科幻名家经典

未来文明模拟器

陈楸帆中短篇科幻小说集

陈楸帆　著

科学普及出版社

·北　京·

图书在版编目（CIP）数据

未来文明模拟器：陈楸帆中短篇科幻小说集 / 陈楸
帆著 . —北京：科学普及出版社，2024.6
（科幻名家经典书系）
ISBN 978-7-110-10739-3

Ⅰ. ①未⋯　Ⅱ. ①陈⋯　Ⅲ. ①幻想小说 – 小说集 – 中
国 – 当代　Ⅳ. ① I247.7

中国国家版本馆 CIP 数据核字（2024）第 081230 号

策划编辑	王卫英　陈　兆	
责任编辑	王卫英	
封面设计	中文天地	
正文设计	中文天地	
责任校对	焦　宁	
责任印制	徐　飞	

出　　版	科学普及出版社
发　　行	中国科学技术出版社有限公司
地　　址	北京市海淀区中关村南大街 16 号
邮　　编	100081
发行电话	010-62173865
传　　真	010-62173081
网　　址	http://www.cspbooks.com.cn

开　　本	880 mm × 1230 mm　1/32
字　　数	301 千字
印　　张	11.25
版　　次	2024 年 6 月第 1 版
印　　次	2024 年 6 月第 1 次印刷
印　　刷	北京长宁印刷有限公司
书　　号	ISBN 978-7-110-10739-3 / I·717
定　　价	69.80 元

前　言

立足现实，探索未来

　　2022 年 11 月 30 日，美国人工智能研究公司 OpenAI 推出人工智能聊天软件 ChatGPT，上线仅 5 天，注册用户人数就超过了 100 万。一时之间，关于 ChatGPT 和 AIGC 的讨论备受关注。很快，涵盖了生成应用和布局、搜索和数据分析、程序生成和分析、文本生成、内容创作、一般推理等功能的 AI 应用被用户无缝衔接于生活和工作中的各类场景。人们发现，和过去那些连最简单的指令都不能准确理解的 AI 工具相比，如今，以海量数据和迅猛发展的算力为基础的生成式 AI 正带来一场全新的技术革命，这将会给人类社会的生产方式、生活方式、组织方式带来颠覆性改变。

　　人们在体验科技带来的高效与便利的同时，也产生了前所未有的担忧。以人工智能技术为例，它能够提高生产效率，改善生活质量，推动社会进步和经济发展，但同时也存在一些问题和风险，比如，对就业市场的影响、用户隐私的泄露、信息的误导、道德伦理的挑战等。因此，人工智能技术的发展需要在科技进步和人类利益之间找到平衡点，社会各界在鼓励技术为人类带来便利和福祉的同时，也要寻找并建立相应的规范和监管机制，使技术在安全、合法、可控的范围内服务于人类。

而寻找技术进步与人类利益之间的平衡将涉及对社会环境、科技水平、文化制度等方方面面现实问题的考量。现实中我们很难在有限的时空范围内完成如此多变量的实验，科幻文学恰好通过构建虚拟的世界，帮助我们在想象中思考和论证不同的未来可能性，从而使我们更好地应对现实中的变化和未知。

"科幻名家经典书系"的推出旨在为大家提供立足现实、探索未来的视角。科幻名家的经典作品通常在反思现实、探索未来、展现文学价值及理解文化影响等方面具有深刻和卓越的表现。

"科幻名家经典书系"将成为以中国科幻文坛上具有重要影响力的作家作品为收录对象，展示中国科幻文学成就的系列图书。这一书系的作品遴选标准以"科幻名家"和"经典作品"为主。本书系所选择的科幻名家是在科幻文学领域具有较高的创作水平和广泛的影响力，并且其作品在科幻界和文学界都得到了认可和传颂的作家。这些作家通常包括获得过银河奖、星云奖等各类科幻奖项的作家，以被广大读者所熟知的中国科幻界的"四大天王"（王晋康、刘慈欣、韩松、何夕）为代表。

在遴选经典作品的过程中，我们将着重选择那些具有较高的文学价值、广泛的流传度和接受度的作品。这些作品通常具有鲜明的科幻主题、扣人心弦的故事情节，以及富有创意和想象力的文学风格。我们还将注重选择那些在不同时期和不同领域都有着广泛影响力的作品，以展示中国科幻文学的多样性和发展历程。此外，能够突出展示中国科幻文学某一历史时期特点的代表性作品也将被收录在本书系中。

科幻名家的经典作品对现实的意义不可忽视。在日新月异的科技时代，科幻作品提醒我们审视科技进步的利弊，引导读者思考科技发展的方向和限度。科幻作家基于社会、科技、环境等多重因素的思考，用文字描绘未来可能的走向。通过设定各种情节和科技手段，追问人类在多元且快速变化的现实世界里如何应对挑战。同时，作家还在作品中拓展了人类道德和伦理的边界，让读者更加关注人类行为的后果及其对自身发展的潜在威胁。

人们在面对充满不确定性的未来时，总希望可以有所参照，名家科幻作品中的创新与变革常常给人们以启示。这些作品将我们带入遥远的星球、未来的时空，探索科技进步和人类进化对社会、文明以及人类本质所产生的影响。科幻作家们通过他们的作品让我们思考人类在未来可能面临的挑战，并鼓励我们探索和研究未知的领域，寻求解决问题的新思路。

科幻名家的经典作品对于人类社会的发展具有潜在的深远影响，对于探讨人类自身的进步和发展、社会制度的完善，以及全球合作的必要性都提供了独到的视角。这种对未来的设想和洞察激励着科学家、工程师、哲学家，以及更广泛的读者们进行具有前瞻性的思考，以指导和推动人类社会的可持续发展。

通过"科幻名家经典书系"，读者可以感受到每一位科幻名家不仅是写作者，更是社会观察者和未来探索者，他们的作品将拓宽我们的视野，激发我们的思考，为构建一个更美好的明天提供灵感和动力。

编者

2023 年 8 月 12 日

推荐序

科学幻想的涟漪：
探索陈楸帆笔下的未来文明

    龙年春节期间，Sora 在大洋彼岸横空出世。这个根据简单明了的自然语言即可生成 60 秒动态场景的模拟器，给人以无限遐想。它理解真实物理世界，并且学会了创造一个世界。即便知道这种能力的源头是庞大的数据库，即人类自己所创造出的物质财富和精神财富，我们也不得不焦虑，AI 触角似乎已蔓延到本属于人类想象力的范畴，甚至开始运行和我们这个宇宙平行的另一版本宇宙，而最为可怕的是，AI 可能遥遥领先，更早抢滩未来。

    人类有何凭恃能够超越自身认知，向经验之外的未来进发？进一步说，如何能够主动缔造合理的未来，而不是姗姗来迟，在一个已被更高智慧占领过的未来四顾茫然呢？人类短暂的历史尚不足以总结出一套可迈过历史断裂带的坚固观念，科幻文学恰好能够充当文明模拟器，勾画一帧帧未来的图景，引人置身于陌生语境。通过模拟和观测实现干预，即在不那么美好的未来到来之前对自身此刻的行动进行纠偏，而这就是文明的要义。作为青年世代的中国科幻作家，陈楸帆正以丰富的文字和细节，形成对于 What if 的精彩设问；更有意思的是，陈楸帆本身是一位视野开阔的思考者，因此也提供了许多充满鲜明个人特色的回应。他故事里血肉丰满的个体经验互相磨合、碰撞，拓展甚至是更改我们文化中一些似乎属于初始设置的部分，他笃定地提示读者"当每一个个体的我识产生变化时，整个社会乃至文明的认知都将需要重新树立坐标系"。

技术是我们通往未来的重要中介，但它从来不仅仅是技术的，我们必须运用哲学的形态去实现，这就像是躯体与心智的关系。感知本身即意义，被想象出来的心智系统并非独立运行，因为感官被框定在大脑神经内，心灵不可能凌驾于一切之上随意地驱使身体。于是，陈楸帆用故事调节了笛卡尔设定的身体与心灵的二元论。那么，我们对自我的理解竟只能止步于此吗？《黑屋问题》里，既然"芥子和须弥互相包藏，每一个你都映射出全部的你"，因此寻找"元意识"可能只会徒劳而返，但阻挡不住人依然希望返回"上一级"，探索更圆满自我的冲动。

稚童从翻查字典和与人交流，逐渐习得语言文字的组合。初代AI也像儿童一样，根据人类数据库的语言语法、叙述模型、文化母题进行数学计算。只不过大脑算法是一个更内隐的过程，因此柏拉图认为人们只是通过回忆来发现先验的知识。无论如何，我们暂时仅可依靠一座语言的浮桥尝试通往智慧之奥秘。陈楸帆的许多小说也借语言问题搭建设定，但跨物种的交流，就需运用其他手段，突破作为个体底层意识屏障的语言，比如按照神经冲动拓扑模式给物品—感受进行划分，于是我们得以最大限度地逼近《无尽的告别》里的神奇体验。正如处在三维空间的人类不可能宣称自己看到了超立方体，我们这些惯于接受视觉和听觉信号的人类无法想象那洋底生物究竟是什么，为什么记忆的回溯里也有空间的沟道和时间的语式。但陈楸帆的笔触像随水流荡漾的微小绒毛，极尽细致，用语言的微光烛照语言的密道，继续向着人对感受力的感知和描述的极限掘进。

传统的伦理类型正在现代社会迅速消失，《巴鳞》《吉米》《人生算法》则在一个陌生场景里重新讨论亲情、友情、爱情，由于感情深刻的锚定性，即便生物的神经构造倾向于追寻自由能最小化，即排斥意外和模糊，但主人公们确实又都为了爱一往无前，选择崎岖的希望，接受所有的存在。但我并不认为是陈楸帆太沉湎于人本主义的情感，而是因为科幻并不只是为了完成思想实验的推导功能，同时它也在寻求自身的超越性。何为超越？退而瞻远，对（哪怕是基于可能未来的）现实采取一种反思的究问态度，并不驯顺地走入科技给社会发展勾画的既定路线，这就是超越，也是科幻给我们打开的新视域。

人们不可能从传统中超越传统，但也许可以重新排列文化根源和信仰认知的结构。在《小朝圣》里，陈楸帆发人深省地指出，虚拟与现实之间并无割裂，一切碎片都本应一体，"一切息息相关，一切互为缘由"。万物息息相关的理解既是一种古老的智慧，也是一种古老的信仰。信仰无论在生物学上被归属进什么神经板块，我们所建造的世界都无法排除和信仰相关的土壤，信仰本身就是认知的一部分。

粗疏一梳理，我们不难发现陈楸帆的作品质地相当特别。除了以《无债之人》为代表的少数作品描述了外太空，多数时候他在人性、伦理和道德等与文明内核高度勾连的场景中逡巡着、思辨着，下笔层次绵密、幽微深刻。

作为一本选集，《未来文明模拟器》自然也不免俗地挂一漏万，于是我们不得不采取一种新的组织形式以弥补遗憾。这部作品集，在编排逻辑上放弃了以往比较经典的"子部"分类惯例，正如编辑陈兆的设想，以"技术应用—未来场景"的框架来搭建小说逻辑亦可称顺畅，宏观技术作统领，而具体包含的篇目则在微观层面进行饱满的场景呈现，这对于科技史书而言不算新鲜，但对于虚构的文学作品而言，新颖的分类方式匹配着另一种认知。

文明不是均匀的，复数的文明有着不同的动力。公元前8世纪至前2世纪，几大古文明体系以不同方式实现了哲学的突破，即对宇宙和身处其中的人类自身处境产生了新的认识，并进一步提炼出对于知识的分类原理。至15世纪，《永乐大典》将中华大地上的思想用经史子集的大脉络进行集中涵括；另一边，西方的知识分类也实现了范式转换。基于培根"知识树"，狄德罗等人系统图解、整合知识、标识起源。这套分类系统经过不断的调整，最终形成了当今能够容纳最大公约数的共识分享局面。那么为什么在文学作品中冠技术之名的分类是合理的呢？技术是技艺和文化的复合体，普罗米修斯盗来圣火，本意是为弥补艾比米修斯不慎造成的人类先天不足。火拯救人于黑暗苦寒及茹毛饮血的野蛮状态，火是美德，点燃大地的文明。因此，人的生活形态、思维方式、审美情志不可能脱离技术独立存在。日新月异的技术改造的也许不仅是生活，而是我们的整体思维方向，以及我们的文明判断标准。因此，我们对于一卷文学作品的认识多种多样，技术分类并不一定是完美的角度，但它蕴含着积极的介入精神，而且相较于以往陈旧的排列方法，至少是向着我们的认知之外大跨了一步。

理论方法更新会引发新的知识形成过程，我们通过模拟未来反复拣选、撬动人类现有的思想。陈楸帆不仅以巨量的篇幅一遍遍审视现实世界的文明体系，而且又时刻怀疑所谓的意识与文明，也许只是浩瀚宇宙中某一种意识的分型与投射而已。可见，他对文明之伟力的认可并不与其忧虑反思冲突，而是体现了人类在理想与现实、感性与理性之间游弋的悖逆性。言而总之，陈楸帆提供了具有革命性的理论可能性和独特的审美视野。可能需要小心，阅读和思考这些作品的同时，我们对文明的阐释支点也许已经悄悄挪位。

北京元宇科幻未来技术研究院特聘研究员
山东大学人文社科青岛研究院助理研究员
陈若谷

目录
Contents

元宇宙篇

作者手记：虚拟现实将把人类 带向何方

虚拟现实将每一个人"带回现场"，我们得以通过随意操控身体与环境来改变人的认知。

在脚踏实地推进技术与商业进步的同时，我们同样需要从人文科学的角度做好准备。质疑与发问正是我们正确对待任何一项变革的方式，无论是技术变革还是社会变革。

一场观念冒险

1968 年，"计算机图形学之父" Ivan Sutherland 和学生 Bob Sproull 在麻省理工学院的林肯实验室研制出世界上第一个头戴式显示器（HMD，Head-Mounted Display），Ivan 将其命名为"达摩克利斯之剑"（The Sword of Damocles）。

这个采用阴极射线管（CRT）作为显示器的 HMD 能跟踪用户头部的运动，戴上头盔的人可以看到一个飘浮在面前、边长约 5 厘米的立方体框线图，当他转头时，还可以看到这一发光立方体的侧面。人类终于通过这个"人造窗口"看到了一个物理上不存在的，却与客观世界十分相似的"虚拟物体"。

这个简陋的立体线框让人们产生一种幻觉，似乎距离一个美丽新世界仅有一步之遥。

有句话说得好，人们总是高估某项技术的短期效应，而低估了其长期影响。

科幻小说《真名实姓》（*Verner Vinge*，1982）和《神经浪游者》（*William Gibson*，1984）中的赛博空间并没有很快实现。新千年来了，新千年走了。移动互联网的浪潮汹涌，将所有人的目光凝缩到掌上屏幕的方寸之间，我们无所不知却又无比孤独，借助科技的力量我们似乎具备了无数可能性，然而现实又将我们牢牢锁在一道窄门内。

由古至今，无数哲人、文人与科学家都在追求"真实"的道路上前仆后继，无论何种角度、流派都无法回避这样的事实：我们对于真实的认知建立在人类感官的基础上，即便纯粹抽象理念上的推演，也无法脱离大脑这一生理结构本身的局限性。

那么随之而来的问题便是，当我们可以借助技术手段模拟、仿真、复制、创造外部世界对人类感官的刺激信号时，那么是否意味着我们创造了一个等效的"真实世界"。而在这样的世界里，人类变成了制定规则的神，所有伴随人类进化历程中的既定经验与认知沉淀将遭受颠覆性的挑战。我们将重新认知自我，重新认识世界，重新定义真实。

当然以目前的技术发展水平，我们距离《黑客帝国》式的终极虚拟现实还有相当距离，但不妨碍我们打开脑洞，去想象这项技术即将或已经在各个领域带来的革命性变化。

一次媒介革命

从手抄本到印刷术，到电台，到电视，再到电脑及互联网，每次媒介形态的革命都将带来翻天覆地的范式转变。

首先是信息传播与接受的模式产生改变。无论是语言、文字、图像或者字符串，都可以视为信息的一种转喻，以此来替代、描述、解释我们对于世界的观察、理解与思考。而到了沉浸式的虚拟现实环境，信息的呈现形式由二维进入了三维，由线性变成了非线性，由转喻变成了隐喻。

我们试图通过对现实的模拟来实现信息的回归，即符合人类与外部世界认知交互规律的一种体验，它不是全新的，但却在相当长一段时间内被电子时代的媒介所忽视，它便是临在感（Presence）。

传奇图形程序员、Oculus 首席科学家 Michael Abrash 这么说过："临在感将 VR 与 3D 屏幕区分开来。临在感与沉浸感不同，后者意味着你只是感觉被虚拟世界的图像环绕，临在感意味着你感觉自己置身于虚拟世界之中。"

打个简单的比方，当你看一场 NBA 比赛时，你不再只能看滚动的文字直播，或者是从二维屏幕里由给定机位所拍摄到的视频画面，而是仿佛自己置身于篮球场最为黄金的 VIP 座席，可以任意扭头去看场上的任何一个细节。让我们再大胆一点，你可以像一个无形的幽灵游荡在球场上，球员从你身边掠过，快速出手、传球、上篮、盖帽，球鞋与地板的摩擦声、手拍打篮球的撞击声、球员与观众的呐喊声，以精准的音场定位从四周环绕你，甚至你能闻到汗水、爆米花和啦啦队员身上的味道。

这便是虚拟现实与以往所有媒介形态截然不同的原因，它将每一个人"带回现场"。多自由度、多感官通道融合所带来的信息刺激，将为大脑营造出极近真实的幻觉，它将可以放大并操控每一个人的情绪反应与感官体验。

想象一下，当所有二维的屏幕都被虚拟现实所替代之后，我们不再是那个被隔离在内容之外的观看者，而是参与者、体验者。你将可以亲临每一场重大的体育赛事，在舞台上看着自己的偶像舞蹈歌唱，和星战中的绝地武士一起厮杀作战，体验从一场恐怖袭击中劫后余生，毫无危险地穿行在火星巨大红色尘暴中。

所有的说书人都需要学习掌握新的叙事语法，不再有给定机位和镜头，不再有 120 分钟的时长限制，不再有封闭式的故事线，一切都是自由的、开放的、不确定的，将探索的权力交给受众，却把更大的难题留给自己。

再延伸到其他相关领域。孩子们可以在家里接受全世界任何一门课程，感觉却像置身于教室中与老师和同学深入互动。工作的形态也将发生巨大颠覆，虚拟现实可以带来视频会议所无法提供的临在感，解决了远程协作中人与人之间的认知与情感障碍，上班的定义将被改写，不再需要寸土寸金的办公室，取而代之的是任意订制的虚拟工作空间。

大部分基于空间与位置稀缺性的商业逻辑将不复存在。

重塑具身认知

没有身体的虚拟现实体验如同游魂野鬼飘荡在世间。

从认知科学角度讲，身体归属感（Bodily Ownership）、涉入感（Sense of Agency）及（身体随处）态势感知（Situation Awareness）都是自我意识的重要组成部分。就好像我曾无数次看到毫无经验的新人被"抛掷"入虚拟环境，在惊叹于其真实性的同时却因为无法看见自己身体而惊慌失措，甚至蹲在地上不敢迈出半步。

这也是为什么在虚拟现实中最终决定真实感与沉浸感的可能不是数字资产风格上的电影级现实主义（Cinematic Realism），而是对于头部动作追踪的精确性，以及对身体动作捕捉的低延迟。当你看到自己的手指在空中拖出一条未来派风格的余晖时，大脑必然会响起"这不真实"的警戒信号。

而一旦我们创造出与真实身体完全同步（低于大脑所能觉察的最低延迟）的数字化身（Avatar），也便意味着虚拟现实进入了一个全新的阶段。我们将得以借由玩弄（请原谅我使用这个词）具身认知（Embodied Recognition）来重塑人类对于自身与世界的看法。

在传统的二元论观点中，心智与身体是彼此分离的，身体仅仅扮演着刺激的感受器及行为的效应器，在其之上存在着一套独立运行的认知或心智系统。计算机的硬件与软件系统便是最好的隐喻。然而在过去 30 年间的神经认知科学表明，认知是包括大脑在内的身体的认知。身体的解剖学结构、身体的活动方式、身体的感觉和运动体验决定了我们怎样认识和看待世界，我们的认知是被身体及其活动方式塑造出来的。它不是一个运行在"身体硬件"之上并可以指挥身体的"心理程序软件"。

认知、身体、环境是一体的，认知存在于大脑，大脑存在于身体，身体存在于环境，彼此镶嵌，密不可分。

而在虚拟现实里，我们得以通过随意操控身体与环境来改变人的认知。

借助著名的"橡胶手错觉"（Rubber Hand Illusion）实验的 VR 版本变形，我们能够在真实身体与数字化身之间通过多感官通道融合（Multi-sensory Channels Integration）刺激来建立起强烈的身体归属感。也就是说，接受欺骗的大脑相信数字化身与肉体是同一的——肉身疼，化身疼；化身灭，肉身也将随之遭受伤害。

我们可以以此来治疗幻肢疼痛、PTSD、各类恐惧症及自闭症，通过毫无实际危险的虚拟暴露疗法来缓解症状。我们可以改变主体的性别、肤色、年龄、胖瘦，让他们通过观察不同的自我来实现认知上的改变。我们可以让大人变成小孩，让小孩变成巨人，他们将不得不调整对于外部空间尺度的认知，这种运动惯性甚至会被带进真实世界。我们甚至可以将人变成其他的物种，甚至是虚构的物种，他们将不得不适应全新的运动方式以及视角，从异类的眼光看待这个世界。

我们还可以制造通感，混淆不同感官信号所对应的刺激模式，犹如普鲁斯特笔下的玛德莲蛋糕。

我们还能让灵魂出窍，穿越濒死体验的漫长发光隧道，甚至彻底打破线性时空观的牢笼。

所有这一切，都将强烈地冲击撼动我们原本固若金汤的本体感（Proprioception），或用佛教术语曰"我识"。

当每一个个体的我识产生变化时，整个社会乃至文明的认知都将需要重新树立坐标系。

我并不能确定那将导向一个积极光明的未来。

从元年到未来

可以庆幸的是，以上所说的一切或许在 10 年内都不会发生。

从 2014 年 Facebook 以 20 亿美元收购 Oculus Rift 开始，每一年都有人鼓吹将成为虚拟现实的"元年"，仿佛只需要几页包装精美的 PPT，放个大新闻，就能够大步跨过无数技术与商业上的深坑或者门槛，就能够说服亿万消费者将那部看起来颇为蠢笨的头盔戴在头上。

这是现实，不是科幻小说。

在脚踏实地推进技术与商业进步的同时，我们同样需要从人文科学的角度做好准备。每个时代都需要有自己忧天的杞人，去说一些遭人鄙夷的疯话，去忧虑一些看起来永远也不会发生的事情。就像乔治·奥威尔一样，用《1984》来描述对极权主义恶性发展的预言。

虚拟性爱算出轨吗？谋杀数字化身是否算犯罪？当存在无数个连物理定律都不完全一样的虚拟国度时，法律如何发挥作用？

会否有人利用虚拟现实制造新型毒品，诱发心理甚至精神疾病？

当每个人都能随意改变甚至交换身体时，人的本体性如何界定？

是否能跨越虚拟与现实的鸿沟，通过操控虚拟世界来改造真实世界？

真实世界会否便是虚拟的，就像虚拟世界中可以创造出无限嵌套的子虚拟世界一样？

虚拟现实会否便是验证费米悖论的大过滤器（The Great Filter）？

……

作为一名业余科幻作者，我可以将这个问题清单无休止地延长下去，哪怕其中的绝大部分问题在我的有生之年都无法得到解答。但我想，质疑与发问正是我们正确对待任何一项变革的方式，无论是技术变革还是社会变革。一个盲目乐观的社会比一个盲目悲观的社会更为可怕，因为每一个个体都将竭力用自己的乐观扼杀他人悲观的权利。

那么，未来究竟会怎样？

国内虚拟现实理论先驱、《有无之间》作者、中山大学哲学系教授翟振明在《哲学研究》（2001 年 6 月）的《虚拟实在与自然实在的本体论对等性》一文中推演出从 2001 年到 3500 年横跨 1500 年的虚拟现实发展假想时间表，以架空历史的方式构想未来科技。在其中他写道：

> 2015 年：……视觉触觉协调再加立体声效果配合，赛博空间初步形成：当你看到自己的手与视场中的物体相接触时，你的手将获得相应的触觉；击打同一物体时，能听到从物体方向传来的声音。

令人惊讶的是，翟教授架空的时间线与现实惊人吻合，这正是我们每天在实验室中体验到的真实场景。我习惯于邀请不同背景的朋友参与体验，并从他们宛如孩童般的兴奋与恐惧中得到满足。毕竟虚拟现实是如此特别，任何试图描述其妙处的文字都将是"有隔"的、笨拙的、徒劳无力的。

我更希望你能戴上头盔，亲自进入一个全新的世界。

仿佛应验了威廉·布莱克那著名的诗句："当知觉之门被涤净，万物向人现其本真，无穷无尽。"

赢 家 圣 地

我们的未来走进了赌博模式。

——贝尔纳·斯蒂格勒

吴先生已经在车里坐了一个小时。这个时间段进出地库的车很少，他感觉自己就是停车场的主人，可在倒入车位时，还要小心不要剐蹭到旁边路虎的后视镜。

100米外就是电梯间，电梯上到八楼就是温暖的家，家里洋溢着橘黄色的光，儿子会争抢着帮爸爸把衣服和包挂起来，女儿一如往常安守在桌旁，乖巧如陶瓷套娃，妻子已经准备好可口的饭菜，香气四溢，等待着一家人幸福的晚餐时间。

可是男人一步也不想离开自己的黑色仿皮座椅，他调暗了车厢灯光，这让一切显得苍白而黯淡。他手里反复把玩着一张炭黑色卡片，上面有着烫银纹路和定制字体。他在思考着什么，似乎这张卡片上承载着无法言说的重负，甚至超过了他现在拥有的一切。

刚入住的时候，他想过把旁边的车位也买下来，毕竟自己车大，停起来方便。可一打听那个车位早已售出，主人是某领导秘书的女儿。毕竟能住进这高档小区的，非富即贵，可男人万万没想到，经过一番努力，早已成为金字塔尖上的人中龙凤，可住进了这里，还是得跟人抢。

这简直是他整个人生的缩影。

从小学到考博，他总是第一名，也许有那么几次意外跌落王座，他会深深自责，并用加倍的努力来弥补。倒不是父母催逼，而是自打生下来之后的整个成长环境，都充斥着一种莫名其妙的氛围，人像是拉满的弓，蓄势待发，没有一刻能够放松下来，自由自在地玩耍，就好像倘若人一泄劲儿，天就会塌下来，世界就会末日。

直到很久之后，他才明白这种病态的感觉叫作"过度竞争综合征"。

与之伴生的还有"低风险偏好"，男人做出任何决定之前，都会经过极其理性甚至是偏执的计算与分析，他要确保自己的所有路径毫无差错地落入社会预期的区间。他无法忍受自己变成一个所谓"落伍者"，更不要提"零余者"。因此，他跟相恋多年的女友分手，只是因为她无法满足成为一个贤妻良母的必要条件，然后迅速地与一个条件相符的相亲对象确定关系与婚期。

人生没有 NG，这是他的座右铭。

事实上他也做到了，博士毕业之后凭借着过硬的专业知识和不计回报的勤恳付出，他在公司内迅速蹿升，成为区域内最年轻的投资策略总监。相继降生的两个孩子也没有拖慢他前进的步伐，毕竟他选择了一位愿意任劳任怨，承担起大部分维护家庭及养育职责的妻子，哪怕为此不得不牺牲她自己大好的艺术前程。

两人之间话越来越少，摩擦越来越多，甚至大部分时间都是分房而睡，但在外人面前却仍然得表现出完美的中产阶级家庭形象，就像从杂志广告上走下来的那样毫无裂隙。

可是，身边的所有人不都是这样的吗？这有什么问题吗？

吴先生也是这样想的，当他坐稳了某一个区域高管的位置之后，看到自己就像一列匀速驶向终点的火车般，坚定而心无旁骛地就这么开下去，开下去，直到引擎的轰鸣停顿，车毂摩擦着铁轨缓缓靠站，车头撞击保险杠发出最后巨响的一天。

可是他错了。

幻象并非一日建成，却有可能在一夕间崩塌。

男人清楚记得自己崩溃的那个瞬间。某一个周一，天飘起了细雨，午休后回办公室的电梯间充满了潮湿的气息。他看着那些年轻的、斗志昂扬的面孔与肉体不停进进出出，而自己仿佛被逼进了一个死角，只是看着楼层数字不停往上跳动，一阵极度惊恐的感觉突然攫住他的胃部。他不得不提前挤出电梯，跑进卫生间，大吐了一场。

面对着镜中难掩衰老的苍白面孔，他试图用理性逐条批驳这种突如其来的恐慌情绪，让自己觉得好受一些。也许是这个季度的业绩考核不太理想，也许是新来的对手虎视眈眈，但他很快明白，这种绝望并非来自外界的威胁，那些进击的年轻人，或者是日新月异的科技，而是来自内心深处，一种身份的僵化，像是冻结在冰块里的鱼虾，只能永远保持同一个姿势，再也没有其他的可能性，直到腐坏变质。

他那貌似完美的家庭也是这巨大坚冰的一部分，最接近核心也是最寒冷的部分，完全没有改变的余地。

这个季节地库里已经有点冷了，后视镜上蒙了一层水雾，他并没有发动引擎和空调，只是用手抹去那层雾气，露出了一张愈加疲惫的脸。

吴先生清楚自己必须做点什么，哪怕只是一件微不足道的事情，让自己感觉还活着，还有力气可以蹦跶，去对抗这种腐坏的趋势。每当他进入会议室，环顾四周，看身边的那些衣着光鲜、谈吐不凡的成功人士，他们各自有着自己的小小自留地，一块不为人知的私密空间，也许是几个情人，也许是假借出差名义的赌博，也许是极限运动，也许是药物，也许是秘密宗教，不一而足。但那些都不是他想要的。

他究竟想要什么呢？

第一次意识到这个念头时，他自己也吓了一跳，就好像从石头中蹦出了花朵。就像卡尔·荣格所说的，是中年人而不是年轻人，才需要用"神圣体验"去帮助他们完成人生下半场的谈判。

那张卡片在指尖变得烫手，像是烧红的钢板。

它来自一位吴先生这辈子最为信任的人，甚于父母。但恰恰因为如此，当导师老柳递来这张卡片时，他犹豫了。

***

老柳接到久未联系的学生吴谓打来的电话，听着那边欲言又止的客套话，知道这个当年被寄予厚望却又辜负了自己的年轻人肯定是遇到了什么事儿。

"你来看看我吧，正好我生日也快到了。"老柳这么说着，他明白没几个人知道自己真正的生日是哪天。

老柳从来不是那种跟学生走得很近的人，当其他同行的师门为导师张罗寿宴或者各种庆功聚会时，他往往只是笑笑走过。该拿的不该拿的奖也都拿得差不多了，学问从应用数学转到拓扑数论也有几十年了，离现实生活越来越远，也许在孙子辈的有生之年里都看不到转化成实际工具，改变世界的那一天。哪怕只把现实的轨道撬动一点点，他都会心满意足，可是没有任何希望。搞这些歌舞升平又有什么意义呢？

想到孙子，就会想起儿子，就会想起早走的老伴儿，往事就像一串珍珠般一颗颗从回忆的缝隙里掉出来，滴溜溜地滚得满地都是，拾捡不起来。老柳不敢去捡，更不敢细琢磨，每一颗都会让他钻心地痛，他宁可等着它们滚远，消失在视野尽头。他觉得这是最符合理性的做法。

快七十了，没几天清醒日子了，想到这儿，老柳总会觉得释然。这辈子经历过的起起落落也够写出一柜子书了，得失寸心知，不到最后关头真的不好说谁输谁赢，话又说回来了，在死亡面前，谁敢说自己能赢？

不知从什么时候开始，老柳一改以往的孤傲超然，竟然开始主动联系起学生和朋友，甚至是那些有过龃龉的所谓"敌人"，不管是在学术上还是政治立场上，曾经发生过剧烈冲突并老死不相往来的旧人。可惜，他能找到的并不多，大多数都不在国内，少部分已经入了土或者无法维持正常交流状态，剩下的要不就是忙，要不就是觉得和老柳之间情分也没那么深，口头表示表示，再逢年过节送点礼物，也就够了。

吴谓就是其中的一个。

老柳想要的不是这些，他想知道，这么多年过去了，自己究竟错过了些什么。

这年头，没人愿意跟他掏心窝子。

大多数时候，他只能坐在小楼的阳台前，柳枝轻拂，日光游走，看着自家养的橘猫"点点"哗啦啦地踩过书桌上翻开的书页，跳进他的怀里，用脑袋蹭着他的手祈求抚摸。这也许是他一天中最温暖的时刻。

所以当吴谓再次来电时，他知道也许时候到了。

那个西装笔挺的中年男子拎着大袋小盒进屋后，一脸窘迫地在书堆中寻找落座的空隙。老柳从门后变戏法般抽出一张折叠凳，就像来客只是个孩子，而不是每天手头上下几个亿的金融精英。吴谓坐下了，折叠凳发出咯吱怪响，像是随时可能散架。

老柳戴上老花镜仔细端详，从吴谓脸上他才觉察出岁月是如此无情，当年意气风发的小伙子如今成了心事重重、满腹焦虑的中年男子。他又一想，自己何尝不是老得不能看了，人总是会看不见自己的衰老，就像是心理上的盲点，总觉得自己还活在最美好的时光中，这也许是亿万年进化出来的一种自我保护机制吧。

寒暄客套几句之后，吴谓似乎想问什么，又看看屋里杂乱不堪的迹象，把话咽了回去。

老柳明白了，主动挑起话题："你师娘前几年突发心梗去了，现在就只有我。"

"哦。"吴谓不知道该说什么好。

"你怎么样？家里都挺好的吧？"

"还行，还行。"吴谓把手机里的全家福照片给老师看，一张张翻着，像是从奢侈品杂志上截下来的那种完美家庭，丝毫看不出任何一点为金钱或现实犯难的痕迹。

"看来你当年的选择是对的，我错了。还好你没听我的。"老柳还是乐呵呵的。

"也不能这么说，老师，都是选择，各有各的活法，没有对错……"

"看看我现在这样，你能说没有对错吗？"

一句话把吴谓噎了回去，两人默不作声。

"老师……"吴谓终于下定决心，"……我能问你一个事儿吗？"

"来都来了，有什么不好问的。"

"您以前不是这样的，我是说，您不会主动来联系我们，更别说请我们到家里来……是有什么需要帮忙的吗？"

老柳表情凝固了片刻，像是瞬间跌回到时间的漩涡里，花了好些功夫才挣扎着浮回现实，又恢复了笑意。

"我就知道你要问这个。先别急，咱们师徒一场，我先问问你，你是遇到了什么事儿吧？"

吴谓愣了一下，没想到老师会这么单刀直入，他干笑了两声："能有什么事儿啊，没、没什么大事。"

"是，对于一般人来说，不关系到生老病死、倾家荡产就不算大事。可很多事，你没处说，没人能聊，只能憋在心里，小事也会变成大事。这种人我见得多了，今天还跟没事儿人一样吃饭、唱歌、开会，明天就能从楼顶跳下来，摔成烂泥。"

吴谓露出一副被看穿了的表情，他管老师要了一杯热茶，打算好好梳理一下自己的思绪，把那些常人无法理解的困扰一五一十说出来。

日头西落，橘猫从阳台上下来，进了屋，唤了两声想要吃食，又跳上老柳的膝盖，露出自己的肚皮，轻轻地打起了呼噜。

"我明白了，你这是遇到了中年危机啊，呵呵。"

"不是的，老师，我这真不是……"

"先别急着反驳，也别管叫什么。你是不是觉得自己和世界的关系在发生变化，原本你以为可以依靠自己的努力与天赋成为中心、塔尖或者攀上其他什么高高在上的位置，但现在你觉得自己被一股无形的力量或推或拉，朝着边缘滑去，于是你开始焦虑，开始怀疑自己，想要去做一些事情补救，可是却徒劳无功。你开始觉得这一切也许都是一场阴谋，都是为了把你束缚在某个角色里，像一颗螺丝钉一样永远安分地运转下去。你想要改变，却害怕改变，因为你不知道改变带来的会是什么，也许是一无所有。"

吴谓哑口无言。

"我是过来人啊，小吴。"

"那您是怎么……过去的？"

老柳撸着怀里的猫，含笑不语，半晌过后，才开了口。

"谁说我过去了。那时候年轻气盛，以为什么事都可以强撑硬挺，谁知道岁月像烈酒，后劲大得很啊。你以为一切都好了，其实并没有。"

"所以呢？"

"你不是问我为什么突然变了个人，开始念起旧来。其实是因为我去了一个地方，遇见了一个人……"

"嗯？"

"我这才觉得，也许那些过不去的，都过去了。"

吴谓听着老师佛谒般云山雾绕的话，更是摸不着头脑。

"那您告诉我那地方在哪儿，我也去试试？是哪座庙吗？"

"那地方啊……不是谁都能随便去的。不过……"

"不过？"

老柳站起身来，怀里的橘猫委屈地哇了一声，蹦到地上。他到处翻找着什么，最后还是在书柜门后的一本厚厚的《集异璧》里找到了，原来被他当成了书签。

"收好了，这可是有钱都买不到的。"老师朝他眨眨眼，像一只饱经沧桑的老猫，这种熟悉的神情曾经伴随吴谓走过人生的黄金岁月。

吴谓接过那张炭黑色卡片，在夕阳下闪着不安定的光，上面烫着四个专银小字——"赢家圣地"。

***

吴谓躺在巨大蝌蚪状的白色舱体内，温热的弹性材料自动包裹住他的身体，空气中有种令人平静的甜味。他想了很久究竟在哪里闻到过，记忆只能回溯到儿女出生时的产房前，据说医院提取了羊水中的某种成分做成香薰，对产妇和家属都有镇静安抚的功效。

舱门合上了，吴谓感觉自己脑壳被盖上一条热毛巾，四周亮起了蓝绿色的光，有节奏地闪烁起来，越来越快，一种类似静噪的嗡嗡声笼住他整个意识。

面目姣好的工作人员告诉他，整个拟合过程可能需要 40 到 60 分钟不等，取决于每个人的身体状况。而在此之前，他已经接受了基因测序、脑神经组学扫描等数十项烦琐流程，足足耗费了他一整个上午的时间。

吴谓告诉妻子公司有急事，需要加个班，午饭前就能回去。看来他不得不继续用第二个谎来圆第一个谎。

他开始有点后悔，为什么要相信导师的话，为什么要下载那个加密软件，扫描识别那张 ID 卡，又为什么要约定时间来到这座远离市区的郊外园区，受这份莫名其妙的罪。

这该死的嗡嗡声无休无止，似乎会永远这么持续下去。有那么一瞬间，吴谓甚至觉得自己上当了，这只是某种高级的骗局，而老柳这种年近古稀的高级知识分子正是骗子最喜欢的目标人群，理性了一辈子，最后也没落得什么欢喜下场，只能退而求助于漫天神佛。

就跟自己一样。他突然想到这一点，有点恼怒又羞耻地叹了口气，开始用力敲打玻璃罩。他不想做了，他要出去，他快透不过气了。

罩子打开了，工作人员迷惘地看着他。

"抱歉家里有点急事，今天就到这里吧，下次另找个时间我再过来。"吴谓又恢复了文明人的模样。

"可是吴先生……"

没等工作人员话音落地，吴谓便钻进了更衣室。更衣室里水雾缭绕，客人需要把头上、身上涂抹的那些导电凝胶洗掉，因此配备了全套的淋浴装置以及最高级的卫浴用品。吴谓心想这家公司还真舍得花本钱，又觉察到无论是沐浴露还是洗发水，那淡淡的甜味与舱体里的香氛是完全一样的。

一丝不挂的吴谓离开了淋浴间，正想打开自己的储物柜取衣物，突然看到对面也站着一个赤条条的人，吓了一大跳。

那并不是镜子，而是一个大概七八岁左右的男孩，浑身湿漉漉地站着，像一只被大雨淋湿的幼鹿，不知道在寻找什么。

"找什么呢你？"吴谓顺手抽了条浴巾递给男孩，问他，"你跟谁一块儿来的？怎么丢下你不管了？"

"没跟谁。"男孩头一歪，不屑地回了句。

"可以啊小伙儿，胆够大的。"吴谓来了好奇，蹲在男孩面前，"那你来这里干吗呀？"

"……要你管。"

"嚯，年纪不大，脾气倒不小。那你自个儿玩去吧，我先回家了。"

"……没人陪我玩，我也没有家。"男孩用小得几乎听不见的声音喃喃道。

衣服穿了一半的吴谓听到这话停住了，又看了一眼男孩，白白净净的，眼神清澈，对人也没什么敌意和戒心，不像是流浪儿，也不像被拐卖的，说不定是和家里闹别扭，偷了父母的卡离家出走呢。他想找工作人员过来了解一下情况，不知怎么的，这个男孩身上某些东西触碰到他遥远的记忆深处，就像是漩涡里的一根树枝冒了个尖。他改变了主意。

"那你就穿好衣服跟我走吧，我带你玩。"

小男孩听到这话，愣住了，像是不敢相信，伸出了弯弯的小拇指。

"说话算话？"

"算话。"吴谓跟他使劲地拉了拉钩。

小男孩一直不愿意告诉吴谓自己的名字，在副驾驶座上显得特别安静，安静得有点不像他这个年纪的人。吴谓努力想找些话题打破尴尬，最后却只能打开车载音响，随意地听些电台节目。

……中国航天局载人登陆火星计划进入倒计时，预计将于……

"我不想听这个！"男孩突然抗议了起来。

"那你自己选台。"吴谓告诉他哪个旋钮是用来换频道的。

……第一批被选中登陆火星的……滋滋滋……引发全球关注，他们将会在火星的3号基地……滋滋……这次的科考任务包括有……滋滋……

"烦死了，怎么都是这个……"

"你这个小孩有点奇怪哦，别人都是追着宇宙飞船的新闻，你居然会觉得烦……"吴谓觉得好笑。

"我的烦不是那个烦啦，哎呀说了你也不懂！"

"那你倒是说说看。"

"不说。"

"你说了，我就带你去一个地方，那里能实现你任何一个愿望。"吴谓对自己的耐心感到惊讶，平时妻子总埋怨他对孩子不够有耐心，容易焦躁。想起自己的两个孩子，尤其是女儿，不知为何他有意地调转注意力的方向，回到眼前这个男孩的身上。

"你骗人！"

"我们拉过钩了。"

"那得再拉一次，双重保险。"

"没问题。"一阵笑意漫上了吴谓的嘴角，他感到一种久违的轻松与愉悦，这条路也似乎没有了平日的拥堵，无比顺畅，他有点希望能够这样一直开下去，开到世界的尽头。

男孩开始磕磕巴巴地讲了起来。

他是一个航天迷，收藏了许多飞船的模型和画册，家里到处贴满了宇宙和星球的海报，甚至连他的电脑桌面都是模拟太阳系运行的轨迹，说起各种火箭的运载能力和空间站对接的全过程，他如数家珍。

他最大的愿望就是有一天能成为航天员，去感受神奇的失重状态，用自己眼睛从太空中看一眼蔚蓝色的地球。

可是当他在班上说出这个梦想时却遭到了一致的嘲笑，有的说他太矮，有的说他额头有一条疤痕，到了太空会炸开，里面的脑浆会跑出来，还有的说他爸爸是卖水果的，他妈妈是收租的，太空里没有水果也没有房子收租，他上去干吗？

在哄堂大笑中，男孩跑出了教室，他再也不想回去，也不想回家。父母一天到晚忙着工作赚钱，闲下来就是打牌玩游戏，一开口就是要他好好写作业，根本不会听自己说这些神奇的梦想。

在操场的秋千上，他觉得自己变得好小好小，影子投在沙地上，在夕阳下被拉得长长的、薄薄的，所有人都看不见他，从他身上踩过去，却留不下脚印。这时，一个老爷爷出现在他面前，挡住了落日的余晖。

"一个老爷爷？"吴谓警觉起来，"他长什么样？"

"他的脸被笼罩在太阳里，看不清楚，只能听声音和看走路的姿态。"

"他给了你一张黑色的卡片？就像这样的？"吴谓掏了掏自己

口袋，却没有找到，难道丢在更衣室里了？

男孩点了点头，说："老爷爷要我去一个地方，说那里会有一个人，帮我实现心愿。"

吴谓不自然地笑了笑，好个老柳，居然玩起这套把戏，莫非他才是这一切幕后策划人？可这究竟是为了什么？

"所以叔叔，你就是那个帮我实现心愿的人吗？"

"我吗？呵呵，是呀……"

吴谓嘴上含糊答应着，突然发现车子的自动驾驶系统把他们带到了一个以前从来没有注意到的地方，像是一座巨大的废弃游乐场，孤零零地立在马路旁边，有摩天轮、旋转木马、过山车……简直应有尽有。一艘银白色的火箭立在日光下闪闪发亮，似乎随时可能升空发射。

"哇，火箭！你果然没有骗我！"男孩兴奋地大叫着，吴谓却满心狐疑，以前从来不知道这里还有一家游乐场。

车子刚刚停稳，男孩便跑了出去，吴谓来不及阻止他，只能跟了上去。

没有工作人员，也没有游客，一切都像是尘封已久的状态，静静等待着有人来开启。男孩跑到一个悬挂在半空的红色按钮前，下面写着"START"字样，就像是电子游戏里的那种重启键，他踮着脚尖够了半天，也没够到，只好求助于吴谓。

"叔叔，你帮我一下好不好？"他无助地望向吴谓。

吴谓走到那个按钮旁边，立着一块落满了灰尘的牌子，上面似乎密密麻麻写着一些说明文字，他四处探望，想找块东西擦干净看一看，最后只从兜里掏出皱巴巴的眼镜布。

温馨提示：进入赢家圣地的每一位玩家，都必须接受游戏规则。这里的规则有且只有一条——玩家必须打破外界施加于自身之上的凝固状态，主动迎接改变，无论是身体的、身份的还是时空上的改变，都是人类通往下一阶段的必经之路。只有改变，才是永恒不变的真理，这是赢家圣地所秉承的至上信念……

这参禅般含混不清的行文让吴谓陷入沉思，小男孩斜着脑袋说："要不你抱着我，我来按。"

吴谓想了想，拍下了按钮。

像是隐形的蜂群从大地升起，一阵嗡嗡的电流声如波浪般涌出，在巨大的快乐机器间窜动，带来生气。似乎这个巨人打了一个长长的呵欠，从睡梦中苏醒，一切都开始为这两人忙碌地运转起来。

"谢谢叔叔。"男孩眨巴了一下眼睛，乖巧地对吴谓说。

吴谓似乎被这表情勾起了某段回忆，却又瞬间被眼前这宏大而喧哗的热闹庆典打乱了思绪。

＊＊＊

吴谓和男孩玩了过山车、旋转木马、摩天轮……还有各种赢取奖品的复古射击小游戏，奇怪的是那些奖品居然还在，还能自动送到他们面前。男孩几乎都抱不动了，吴谓找了个储物柜才把那些奖品都塞了进去，换回一把带着金色号码牌的钥匙。

他们心照不宣地把火箭留到了最后。男孩沿着长长的舷梯爬上平台，突然转过头来朝地面上等着的吴谓使劲挥手，像是发现了什么新大陆。

"这上面说需要两个人——"

"什么——"吴谓大声喊着，声音在风里四散。

"正副驾驶员——不然没法开动！"

"好吧……"吴谓一边咕囔着一边不情愿地往上爬。上次他玩这种娱乐项目还是三年前，被两个孩子缠得不行，他才勉为其难地陪着在海盗船里大呼小叫了一通。但打心眼儿里，他对这种追逐感官刺激的游戏并无兴趣，并且认为那些热衷于此的人有着某种对高风险生活方式的病态偏好，总有一天会害死自己。

他不敢看向脚下的地面，高处的风摇撼着舷梯，微微震颤，他的腿有点发软。

吴谓终于双手双脚着地趴在舱门口，男孩却已经坐在正驾驶的位置上，全副武装，很像是那么一回事。

"快点儿，你怎么那么慢，真的是老人家哦。"

吴谓好气又好笑地进了驾驶舱，舱门在他身后关上，齿轮咬合，发出沉闷的响声。麻雀虽小，五脏俱全，舱里的装饰和仪表盘还真像那么回事。男孩摸摸这里又碰碰那里，兴奋地停不下来。

"别乱碰，碰坏了我们就完蛋了。"

"你先把安全带系好，我们要出发了！"

"出发？去哪里？"

"坐好了！"男孩似乎没有听见吴谓的问话，只是重重拍一下仪表盘上如卡通片般醒目的红色按钮，一阵奇怪的轰鸣声从四面八方响起。

吴谓以为只是老式电子游戏机的 8 位模拟音效，但紧接着座椅连带着整个人，甚至整个船舱都开始剧烈而持续地震动起来，一点也没有想要停下的意思。他开始恐慌起来，忙乱地扯着身上的安全带，以为这台老旧机器哪里发生了故障，就快要爆炸的样子，安全带却死死卡住，纹丝不动。

身边的男孩突然发出一声尖叫，吴谓以为他是因为害怕，正想安抚一下，扭头却看见男孩因为兴奋而涨红的脸。

"喔嗨！！我们要飞了——"

还没等吴谓回应男孩荒谬的说法，一股巨大的加速度将他重重压在座椅上，让他几乎透不过气来，五脏六腑被震得翻腾不止，肾上腺素快速分泌让他心跳加快、血压升高。在万分惊恐中，他以为自己就要挂掉了，许多往事如电影残片高速回放，掠过眼前。

他注意到窗外的景色开始变化，光线由橘红变成暗紫，火箭真的升空了。一个蓝色发光物体出现在视野中，如此巨大澄澈，他花了好一阵子才回过神来，那就是地球。

这怎么可能呢？在那一瞬间闪过吴谓脑中的，竟然是该如何向妻子解释这一切。但随即一阵更猛烈的加速度袭来，他眼前一黑，失去了知觉。

不知道过了多久，冰冷的流水让吴谓醒来。他发现自己倒悬着，头发泡在水里，身体仍牢牢地被绑在座椅上，动弹不得。男孩被困在离水面更近的一侧，咿哇乱叫，努力将半个脑袋探出水面。水正不断从破损的舱门处涌进来，使得倾斜的水位不断上升，很快将会把两人都淹没。

"快！快救我啊——"男孩发出小动物般的咕哝，不时被水呛到。

"这玩意儿怎么解开啊……有没有什么按钮……"吴谓手忙脚乱地摸索着，可越是挣扎，那保险带就收得越紧，像蛛丝般层层包裹，让人无比绝望。

"……我快不行了……"男孩的声音消失在水中，只剩下一串气泡凌乱破碎。

"……坚持住！"

吴谓深吸一口气，将头探入水面，瞪大双眼，试图寻找到解开安全带的机关，可原本应该是按扣的地方，如今却没有任何可以拆解分开的结构，这简直让他精神崩溃。他努力拽了拽系带连接座椅的部位，坚不可摧。他无计可施，只能再把头探出水面，深吸了一口气。留给他的时间已经不多了。

要怎么做才能活下去？吴谓惊讶地发现，在生死面前，人的潜能能得到无限的激发，所有日常的琐碎烦恼，全都变得如微尘般不值一提，被注意力抛之脑后。而所有的认知资源全都被投入到求生上来，一个又一个的方案如气泡般浮现随即破灭，他逐渐看清了自己的处境，任何常规的逻辑与理性都无法拯救他，更遑论拯救那个男孩。

拍下 START 按钮前的那段说明文字突然无端蹦出，吴谓被其中的几个字眼所激发，改变，凝固，身体。莫非这正是游戏的一部分？可是我要怎么改变自己的状态？

水已经没到他的下巴，马上就要阻断氧气。吴谓已经没有时间再思考，他放弃了抵抗，全身放松，沉入水中，任由冰冷的液体充斥自己的五官腔体。如果这是个游戏，那所有的角色技能必须有触发机制，就像"马里奥兄弟"里的蘑菇。

他别无选择，只能放手一试。

吴谓与自己身体中的本能搏斗着，亿万年来形成的恐惧反应模式让他下意识地封锁呼吸道，阻止水进入自己的肺部，但当他完全放松身体之后，却惊讶地发现自己并没有窒息，相反却呼吸得更加顺畅。

这也许就是规则里所说的改变？

他尝试着将身体从安全带里挣脱出来，一切都像是在瞬间发生的，他的四肢变得柔软无骨，身体变得扁平，如一条海鳗般滑溜地从被紧缚的躯壳中游出。他感受到了自由，但同时又想起了男孩，那个等待着被自己拯救的生命。

可是另一个座椅已然空空如也。

吴谓奋力在幽暗水面下寻找着男孩的踪影，却一无所获，无奈中只好顺着水流的方向游出机舱。外面是一望无际的海面，暮色微露，在海天相接之处有紫色薄雾如轻纱浮动。他甚至不知道自己是否还在地球上。

"就知道你没问题的。"

吴谓猛地扭头，看到同样浑身赤裸的男孩坐在逐渐下沉的机舱顶上，正笑嘻嘻地看着自己。

"你……这究竟是在哪里，这是怎么一回事？"

"这里就是赢家圣地啊，不是你自己选择要来的吗？"

"我……这是虚拟现实？还是什么人造幻觉？"吴谓看着自己的双手，与记忆中并无二致。

"这些很重要吗？难道你应该问的不是怎么离开这里吗？"

吴谓环顾四周，他赤裸的身体轻盈漂浮在水中，不冷也不热，像是回到了母亲的子宫中，一切都是刚刚好的样子。他已经许久没有这种感觉，一种纯然天成、回归赤子的自由感，毫无拘束与负累，仿佛下一秒钟便可以突破重力，翱翔天际。所有令人窒息的灰暗现实都可以被抛到脑后，眼前只有纯粹的自我探索。如果这是一个梦，那不妨做得久一点。

"所以这一切都是柳老师创造出来的？"

"不完全是，他提供了部分核心理论依据。"

"所以你是谁？或者说，你是什么？"

男孩笑了笑，纵身一跃，在水面扑起浪花，倏忽间像鱼儿般快速向前游去，清脆的回答飘荡在空气里。

"我就是你的领路人呀——"

***

吴谓跟随着男孩，像鱼儿一般划开海面，高高跃起又落下，不知道花了多长时间才抵达岸边。他并没有感到疲惫，如果这并非是系统预先设定的效果，那就没有存在的必要。这跟现实完全不一样。

他想起自己有时在办公室里枯坐上一天，就算什么也不干，到下班时也会感觉精疲力竭，像被榨干的橘子。

也许这也是另一种系统设置吧。

两人从夜晚的海里走来，身形逐渐变高，踏上细腻的沙滩，海风拂过，竟有凉意。吴谓抱起双臂，扭头看男孩已经换上了一身便装，十分清爽。

"连身体都能变，为什么不添件衣服？"男孩笑说。

吴谓若有所思，他皮肤上出现了一层雾气般流动不定的物质，颜色与样式经过几轮转换后，终于凝固下来，还是他所习惯的商务休闲装。人往往习惯了一样东西之后就很难改变，哪怕外部环境已经发生了翻天覆地的变化。

"所以接下来我们要去哪儿？"吴谓望向岛屿深处，在丛林背后，有星星点点的光亮，似乎隐藏着一座城镇。

"你满足了我的愿望，现在该轮到我满足你的愿望了。"男孩眨眨眼，那种熟悉的感觉又回来了。

"你到底是谁？你叫什么名字？"

"就叫我微微 2.0 好了。"

"微微……2.0？"吴谓搜索着记忆，这个名字并没有掀起什么波澜，或者只是随机取名的 AI 角色。

"话说回来，你觉得名字还重要吗？"

男孩兀自走去，消失在一片茂密灌木丛间，不知何处传来无名鸟兽的啸叫，吴谓赶紧跟上。

丛林中的一切都如此精细真实，蛛网的微弱反光，藤蔓植物上滴落的露珠，从脚边滑过虫豸的细碎脚步声。吴谓惊叹于这一切被虚拟得如此真实，他想起了自己的两个孩子，吴用用和谢天天，以及他们那代人所熟悉的另一个世界。

作为 2030 年后出生的一代人，他们被媒体称为"V 一代"或"虚拟一代"（V-Gen），是虚拟世界的原住民。对于前面几代人来说十分纠结的"真实"与"虚拟"的界限对于他们来说根本不存在，一切都是真实的，一切又都是虚拟的，只有有趣和无聊之分。适应视野中出现的叠加信息、奇怪物体以及频繁切换的虚拟界面，就像是吃饭睡觉走路一样平常。

儿子吴用用大部分时间都花在虚拟游戏中，就像在经典科幻小说《头号玩家》所描写的大型虚拟现实游戏"绿洲"那样，只不过换了个名字。传统大型多人在线游戏可以让成千上万名玩家通过互联网互相连接，共存于同一个虚拟世界中，但总体来说只是一个世界或者几个小星球。玩家也只能通过二维的视角——也就是电脑显示屏，来接触这个小小的在线世界——能实现互动的工具也仅仅只有键盘和鼠标而已。

而在"绿洲"中，系统提供了数千个高拟真度的三维世界供人探索，它是一个"开放式的现实"，每一个玩家都可以创建自己的世界，设计自己全新的身体。

> 在《绿洲》里，肥佬可以变瘦，丑人可以变美，生性羞涩的人可以变得活泼，甚至成为为所欲为的歹徒。你也可以改写你的名字、年龄、性别、种族、身高、体重、声音、发色，乃至骨骼结构。你甚至可以放弃人类的身份，当个精灵、食人魔、外星人，或者其他电影、小说、神话里才有的生物……

吴用用把这段话背得滚瓜烂熟，甚至设置为自己进入游戏时需要反复聆听的教诲，就像是某种受洗仪式。

想起儿子，吴谓不由苦笑着摇了摇头，新的一代人完全不像自己少年时，需要遵从教师或者学校，换句话说，成人世界所指定的一整套规则，越适应规则的孩子能得到更多的奖赏。所以，我们的整个教育系统其实不是在培养孩子，而是在制造成人。

而在吴用用的游戏里，每个世界都可以拥有自己的规则，无论是物理规则还是社会规则。可以是零重力环境或者土星光环上，可以是黑魔法时代或者凭仗蛮力的罗马斗兽场，穿越于星门之间的太空歌剧，可以是硅基生物之间独特的脉冲交流，也可以是将感官完全错置的通感世界……在这里，只有想象力才是现实的边界。

微微 2.0 不时回头看吴谓一眼，这让吴谓回想起在机舱里的惊险一幕，他也开始理解儿子所沉迷的世界，那种可以随意改变自己感官信号的生活是怎么一回事。

借助穿着的体感服，可以同步体验他人所有身体感受，但这种感受又是通过另一个人的体感服传递而来，看似真实的感官体验其实却经历了两层中介的作用，倘若我们再加上经由操控虚拟化身进而遥距传感来自真实世界的传感器数据，则是三重中介。我们已经无法分辨每一层之间的区别，从感官角度看，真实与虚拟其实就是一回事。

为了防止沉迷，每隔一段时间系统会自动切换到真实场景模式以维持"现实感"，但玩家可以通过虚拟货币换取更长的间隔时间。事实上，整个虚拟世界的经济体系都建立在"体验"基础上，你可以通过创造虚拟物体、提供虚拟服务或售卖虚拟体验来换取虚拟货币，体验的想象力、独特性及对人类生理心理机制的洞察力将决定其价值。

　　吴用用认为自己可以成为一名体验创造者，他擅长在游戏世界里寻找最为危险、最为人迹罕至的边疆，并选择适当的虚拟化身，创造出独一无二的体验。他凭借着这种特殊的天赋和技能已经赚取了不少虚拟货币，并赢得了一定的声誉。他希望能够沿着这条路走下去，而不是像传统的父亲所希望的那样，进入高等学府，和另外数万名来自全世界的学生一起竞争，最后取得某个天知道有什么用的学位。

　　毕竟后者是吴谓所熟悉的赢家模式，他希望在自己儿子身上复制这种成功。这也是他和妻子谢爽之间诸多不可调和的矛盾之一。

　　妻子希望让儿子干自己喜欢干的事情，哪怕在世俗标准看来不那么成功，但至少能成为一个健康快乐的人，她永远不会说出口的下半句潜台词是"而不是像他爸一样"。

　　吴谓心知肚明，为此他经常报复性地威胁儿子说，如果他不去上学，就会申请封禁他的游戏账号。在这件事情上，无论哪个时代，似乎都是一样的。

　　而在女儿谢天天身上，又是另外一回事。

　　"我们到了。"微微2.0打断吴谓的沉思。吴谓抬头，眼前的景象让他大吃一惊。

　　毫无疑问，这座小镇是为吴谓量身打造的。每一处场景都是他所熟悉的日常生活的一部分，从公寓到停车场、写字楼的电梯、办公室，甚至每天午后小憩的咖啡馆，都丝毫不差地被复制出来。

　　不止是复制一次，而是加倍奉送，所有的场景都乘以7，然后以空间叠加的方式组合起来，形成一座迷你小镇的形态。

"这是什么？"吴谓不知该作何反应，尽管他知道这一切都是系统虚拟出来的，但当一个人有机会以如此具体而微的方式窥探自己生活的全貌时，还是不免被这局促而琐屑不堪的匮乏感所震撼。

"你的愿望。"男孩轻巧地回答，"你不是希望看到生活的更多可能性吗？"

"可我从来没有想到会是这样的……"

像是同样的电影片段拷贝 7 遍同时播放，却如复制 DNA 产生了变异，每个片段的细节都有些许差别。

吴谓看到 7 层一模一样的公寓楼里，妻子与儿女以同样的步调行动着，准备晚餐，沉浸游戏，或是呆滞地望着虚空。7 辆车子先后进入地库，7 个吴谓在驾驶座上沉默许久，离开车厢，进入电梯，肩并着肩，却如同面对陌生人般视而不见。他们进入不同的楼层，敲开每一扇门，面对同样的谢爽、吴用用和谢天天。每一个吴谓说出的话，做出的举动，虽有不同但大差不差，引发家人做出反应，导向不同的剧情发展。

无论如何，这 7 条故事线都同样的乏味。

"这是游戏吗？"吴谓问微微 2.0。

"这是你的生活。"男孩回答。

"可为什么是 7？这个数字代表着什么？"

"可以是任何一个更大或更小的数字，只不过是经过反复迭代之后收敛到 7，这是对你的感官系统友好的数字。"

吴谓不确定自己完全理解了微微 2.0 话里的含义。

"你不想进去看看吗？"男孩微笑着问道。

"我看不出这有什么不同之处，只是一些无关痛痒的变量。"

"不同之处在于，你可以把脚伸进别人的鞋里。"微微 2.0 又眨眨眼。

"什么意思？"

"我带你试试。"

他们走近那栋公寓，还没等吴谓试图制止，微微 2.0 就按响了门铃。是吴用用开的门，吴谓低头看着自己的儿子，正在琢磨应该开口说点什么，可微微 2.0 却把他的手一攥，两人如孙悟空般"跃入"了吴用用的身体里。之所以说"跃入"，是因为所有视线角度的转变都是瞬间完成的，没有更好的词语能够形容这种古怪的感觉。

吴谓用儿子的眼睛去看，用儿子的耳朵去听，甚至所有的心理活动，他都感受得一清二楚。

"谁啊？"他听到了自己的声音从客厅传来，一阵混杂着厌烦与恐惧的感受升起。

"外面没人。不知道谁恶作剧。"儿子怯怯回答。

"该不会是你幻听了吧，让你少玩点游戏。"父亲或另一个吴谓冷硬回道。

"哦……"他明显感觉到儿子内心的抵触情绪，似乎所有的错误都归咎到吴用用的身上，这已经成为一种父子交流的定式，而儿子所能做的只有逃避。

"别玩了，帮你妈收拾一下桌子吃饭了。"

"哦……"

儿子怀着满心的不情愿坐到桌上，对食物兴致缺缺，对父亲更是如同隔着一扇透明的屏障。两人近在咫尺，却无法产生任何有意义的交流。吴谓从未想过自己在儿子心目中是这样的形象，他总以为自己每天为家人辛劳，回到家中理应得到尊重和善待。他试图改变儿子的想法，主动摆出友好的沟通姿态，以儿子的身份主动挑起话题。

"爸，今天在公司里有什么有意思的事儿吗？"

另一个吴谓抬了抬眼睛，满脸的不耐烦："上班能有什么意思，还不都是那些鸡毛蒜皮的破事儿。"

"那你还每天在公司待那么久？"

"还不是为了你们两台碎钞机，学费谁掏，游戏谁买，吃喝拉撒睡不都是钱。"

躲在儿子身体里的吴谓几乎想冲上去抽对方一巴掌，可他没有，毕竟自己只是客人，而且儿子打老子似乎有点违背自己立下的规矩。他只能沉默地埋头吃饭。来自儿子的情绪和自己生发的情绪混杂在一起，如牛奶和咖啡，漩涡中分不清界线。这种感觉过于奇妙了。

"要不要换个人试试？"微微 2.0 的声音在吴谓耳边响起，"试试你妻子？"

还没等吴谓做出回应，他们又是一跃，已经从饭桌的这头"跃入"正端着菜上桌的谢爽身上。

一阵强烈的疲惫如浸水棉被般包裹住吴谓的身心，让他一下子喘不过气来，可还有那么多活要干，衣服要洗要晾，孩子功课要辅导，家里要打扫，明天还得去看望生病的亲戚。可眼前的这个男人，自己的丈夫对这一切都不闻不问，似乎与他毫无干系。谢爽放下菜，看了一眼吴谓，想从他身上找到一丝半点慰藉，可是没有，他只是自顾刷着工作邮件，对眼前这个忙乱了一整天的爱人视而不见。

这样的状态已经持续多久了？好几年了吧。吴谓分明感到自己心里一凉一沉，那是妻子心慢慢枯死的信号。甚至他感受到了悔恨与追求新生的渴望，可随即又化为绝望。他从来没有想过妻子竟然如此厌倦自己所扮演的角色，厌倦自己的另一半。

真的一点爱都没有了吗？吴谓不甘心地发起尝试。

"听说最近刚上的沉浸式戏剧《剧本人生》很不错，不如找时间去看看，咱们也好久没一起看戏了。"谢爽假装突然想起来，手搭在吴谓肩上。

"哦，好，找个时间。"吴谓的眼睛没有离开过屏幕，肩膀不自在地耸了耸，像是下意识地要甩开这额外的负担。

"最后一场是周五晚上。"

"周五晚上……我看看，好像有会欸。"吴谓声音里露出一丝制式化的为难。

"能不能推了？就这一次。"

"亲爱的，这关系到我下半年的业绩能不能达标，说好了，下次一定陪你。"

谢爽内心竟然一点波澜都没有，她早就预料到了这样的结果，这样的对话似曾相识，不知道重复过多少次，说好了永远说不好，下一次总有再下一次。她不知道自己为什么还会做这种愚蠢的尝试，甚至带有一种自取其辱的羞耻感。她只想赶紧吃完这顿饭，干完所有家务，躲回自己的床上，躲进那些愚蠢而无害的搞笑视频节目里。

附在妻子身上的吴谓产生了一种生理性的不适，他恶心、头痛、想吐，甚至不知道这究竟由何而来，是眼前的自己，还是漫无止境的折磨？他只想赶紧离开。

"还想看看谢天天吗？"微微 2.0 问道。

吴谓犹豫了，他和女儿的交流更少，天天完全活在属于自己的世界里，妻子嘴里所谓的"时空旅人"，根本无法预测自己在她眼中会是怎样一种形象。

尽管吴谓不是那种铁板一块的古怪宅男，也会在意别人对自己的看法，但以如此直接而沉浸的方式代入第三方的视角，甚至还能"读心"般产生情感上的共鸣，这还是第一次。信息冲击是如此巨大，他还久久没能缓过神来。

罢了罢了，不知道也好。吴谓，或者妻子谢爽的目光投向窗外，那些街道、写字楼和咖啡馆，还有下属、老板、竞争对手、服务员、路人……在他们的眼中，我又是一个什么样的人，我的存在对于他们意味着什么？

甚至生活还出现了不同的平行剧本，剧情无限分岔，这么想下去似乎无休无止，让人精疲力竭。但他又无法停止想象，一旦经历过身份认知的流动，大脑中的某块区域就被激活，就像一个无法抹去的烙印，将深深影响今后看待自己与他人的方式。

"我不明白……这一切的意义在哪里？"

两人回复到正常的状态，坐在山坡上，看着属于吴谓一个人的小镇，七重人生如同一曲结构精巧复杂的赋格，不断交叉重复变奏，却永远无法抵达高潮。

"作为一个赢家，你在单一的价值观坐标里生活得太久太久，"微微 2.0 现在说话听起来根本不像一个 7 岁男孩，相反更像一个比吴谓要年长智慧得多的老人，"而单一价值观总是很脆弱，就像一座沙子堆成的金字塔，一旦受到来自外部的挑战便可能引发系统性雪崩。那些自以为是人生赢家的，往往会因此一蹶不振，甚至走上绝路。而一旦你看到了更大的图景，就会有完全不同的想法……"

吴谓看着小镇，若有所悟。

在他眼中，虚拟化身们的生活轨迹逐渐虚化加速，像高速粒子在夜色中绘出光的形状，那些形状虽然表面各异，可倘若抽象成数学模型，它们却高度一致。

正如绝大多数人的人生。

"所以老柳把你制造出来，就是为了给我们这种人传道授业解惑的？"

微微 2.0 眨眨眼："那是另一个故事了。"

＊＊＊

柳微微出生时，得到了父亲老柳给他准备的一件礼物，当然他当时对此一无所知。

礼物是一套高清全身扫描仪，外形像是魔术师手中的圆环，只要将它套过身体，所有的身体拓扑数据便会被传送到云端平台进行渲染加工，建成等比例的 3D 模型供用户下载绑定使用。

微微长得很快，扫描仪的尺寸也得不断加大。这些不断更新的数字模型形成一个时空连续体，亲戚朋友们可以在百日礼上，看着微微由呱呱坠地的婴儿快速长大的全过程。由于孩子太小，还无法用自主意识去驱动虚拟化身，因此父亲记录下他的一些动作数据和声音模式，并托管给 AI 程序，即便这样，也足够逼真了。当出差在外的时候，父母也可以随时与孩子的虚拟化身进行实时的沉浸式互动，毫无疑问，这种虚拟交互所维系的情感纽带却是真真切切的。

老柳的妻子、微微的母亲，却对这种虚拟化身深感困扰不安。她是属于旧世界的人，总觉得用这种方式来传递爱意有违自然法则。她甚至暗中认为老柳对虚拟化身倾注了更多的爱，超过了对他真正的儿子。

微微第一次接入镜像世界是在他 18 个月的时候，经检测他的视觉系统已经足够成熟，一切发生得自然而然，他接入，看到自己的虚拟双手和身体，一面拉康式的镜子帮助他在真实自我与虚拟化身之间建立认知上的联系。他动了动手指，咧嘴微笑，虚拟化身丝毫不差地反应，甚至可以带动虚拟环境的效果变化，比如挥手拉出彩色光带，或者所有的虚拟物体会根据化身的面部表情进行相应的反馈，这种看似廉价的小把戏却获得了大众的欢迎。

在很早之前，人们就发现决定虚拟现实真实感程度的并非是美学风格，而是是否像真实世界一样，营造出一种连续、低延时的感官反馈机制。因此，哪怕是低多边形风格的场景也能带来超过电影级现实主义的沉浸体验，只要设计得足够巧妙。而代入真实玩家的互动便是最为有效的撒手锏，每个个体之间不同的反应模式和千变万化的组合，会带来超过任何 AI 算法所能模拟出的趣味性，这些由真实人类大脑驱动的虚拟化身充满了不确定性，一举一动间折射出背后的性格与认知差异，夹带着温度与情感，如同平行相对的镜面，能够反射出无穷无尽的人性深渊。

这也是老柳的用意所在。其时他正与另一个神经生物学家展开某项重量级的联合研究，希望从数学层面上建构一个个体从出生之日起对于身体及自我认知的发展全过程模型。

而当时妻子并不知道这个秘密项目的存在。

尽管微微正处于一个全方位迅猛发育的初始阶段，但某种对于他者的好奇心已初见端倪，无论是在真实世界或是虚拟空间。甚至他对于虚拟化身的兴趣超过了对于育儿房里的活人，这也并不是很难理解的事情，毕竟在虚拟空间里，能将烦人的哭闹转化为愉悦的视听效果。渐渐地，孩子们不再满足于依样画葫芦的复刻版虚拟化身，年纪稍大一点的换上了流行文化的符码形象，将自己投射到卡通偶像的躯壳上，同时不可避免地带上了其某方面的精神特质。

但这种投射还仅仅局限于拓扑形状对位的变身，人形对人形，四肢对四肢，所有的功能与感知都是因袭旧有的模式。而早在杰伦·拉尼尔时代，他一直幻想能利用虚拟现实技术将自己变成一只能够行走的龙虾，手臂变成钳子，耳朵变成触须，双脚变成尾巴，这些转变不仅是视觉形象上的，也包括相应的运动机能。而到了斯坦福大学的杰里米·贝伦森时期，他通过实验发现，人们通常只需要4分钟便可以将大脑中的手脚操控的神经回路进行重置，就好比你用踢腿去操控虚拟化身的手，用挥手去控制虚拟世界中的脚。这种神经可塑性和认知流动性对于正处于成长阶段的婴幼儿来说，简直像打开了一扇无限可能的大门。

这正是老柳所希望达到的效果，通过改变可无限复制的虚拟化身，来验证人类神经系统对于身体的感知与控制是否可以突破认知上的局限，甚至拓扑学上的界限，达到一种真正的自由。

5岁时，微微开始学会用耳后肌肉群去操控他的虚拟触角，其灵巧程度堪比双手，用后背肌肉去控制双翼，用复杂的关节运动去使唤附肢。所有这一切在他幼小的心灵中都是正常合理的，他对于身体的认知已经超越了固定的性别、种族甚至物种的概念，对于他来说，"功能即结构"是最为朴素的道理。当然，他也将像其他属于这一时代的孩子一样，面对同样的问题，当他们回到现实物理世界之后，会对自己单一、局限、沉闷的身体功能感到失望。

一个夏日的午后，老柳的妻子突然发现7岁的微微不知去向。在湿气蒸腾的教工大院里，她遍寻不着儿子，只能一家家地敲开邻居的房门，试图从小玩伴的嘴里得到线索。

那些孩子都说微微最近有点怪，老想变成一条鱼，在水里游，还说自己能够在水里呼吸，别人要是不信他还着急，说要游给人看。

妻子一听就急了，赶紧给老柳打了电话，院子里各家大人也都纷纷出动，到附近的水边找人。

尸体是当天晚上在学校后山的水库里捞出来的，微微浑身赤裸，缠满了墨绿色的水草，活像一条被放生又难逃劫难的鱼。

妻子号啕大哭，而老柳只是呆呆地站着，浑身湿透，几绺头发贴在前额，七魂丢了三魄的样子。从那之后，这个家就垮了。老柳沉浸在镜像世界里，和微微的虚拟化身不分昼夜地待在一起，就像那是儿子的一个数字鬼魂。而妻子却完全见不得那个玩具，她会歇斯底里地大叫，情绪崩溃，并把所有的错归咎于老柳身上。那还是远在她知道名为"德尔塔"的秘密项目存在之前。

微微永远停留在了7岁，无论在现实中还是虚拟空间里。老柳与妻子的关系也凝固在那个破碎的瞬间，任凭怎样努力都难以修复回原初的状态。

那已经是20年前的事情了。

*　*　*

听罢微微2.0的故事，吴谓陷入了沉思。按照时间推算，发生这桩惨案时应该正好是自己离开学校前后，他竟然毫不知情。或许是老柳将心事包藏得过分谨慎，也可能是自己全副身心投入名利场，想要出人头地，根本无暇顾及旁人。

或者两者兼而有之。

他竟然有几分心疼，为自己的导师，为师娘，也为了那个过早夭折的生命。

"所以老柳就靠你聊以慰藉……或者你就是他另一段生命的延续。"吴谓开始明白为什么男孩身上有那么多令人熟悉的气息，甚至连他童年的经历都混杂了老柳的真实家庭背景，一个寒门出身的天才儿童。

"老柳试过很多不同的方式，甚至给自己也建了一个虚拟化身，陪伴我随着时间长大，毕竟在程序世界里这并不花费什么力气。可最后他还是决定让我停留在这个模样，也许在他心目中，这就是最接近真实的。"

吴谓想起了自己的两个孩子，一种柔软而温暖的情绪突然充盈起来，他有点想要回去，回到真实的世界里去了。

"老柳肯定想永远陪着你。"

"对于虚拟化身来说，这也不是不可能啦。但是，你有没有想过，当父母知道他们有一天不会死并留下自己的孩子时，父母和孩子之间会有什么样的关系？"

"你的意思是？"

"当你 30 岁的时候，你有了吴用用，如果你能活到二百岁，他就已经 170 岁了。但那是 170 年前发生的事情，亲子只是你生命中的一小部分。170 年间可以发生很多事情，历史上许多王朝更替都比这个时间要短。外部世界的变化对人的影响远远超出你的预期，你和你儿子都已经不是 170 年前的那个人了，你们需要不断地重塑自我，包括职场上、科技上、社会关系上，甚至需要适应新的星球环境。可你们还是父子，还期待彼此像原先父子一样对待彼此，你懂我的意思吗？这是极其荒谬的一件事。"

"我现在有点懂了，所以他宁可保持现在这样。"

"这是模拟计算出来的结果。就跟你的七重人生一样。"

"那接下来我们做什么？是不是该结束这一场游戏了？"吴谓一直在回想自己究竟是什么时候进入虚拟世界的，是从舱体里出来时？在更衣室里，还是在车里，他说不清楚，这一切都发生得太玄虚了。

"作为一名赢家，你还没有克服自己内心深处的不安全感。"

"这话听起来很矛盾呢，小伙子。"

"不矛盾。真正幸福开心的人很少是赢家，因为他们根本不需要成为人生赢家。驱使像你们这样的人不断自我苛求、挑战极限的动力，就来源于你们人格中根深蒂固的不安全感。"

"我竟然无法反驳。"

"所以，想想你自己最大的不安全感是什么，你又将如何面对它。"

"我……不知道。"吴谓仔细想了想，坦诚道。

"所有赢家最害怕的就是失败，对于你来说，最大的失败是什么？"

吴谓沉默了，一系列念头闪过他的脑海：是职场失势？投资失败？家庭崩溃？还是别的什么不可预知的风险？对于中年男人来说，成功也许只有一种，但失败却可能有千千万万种，每一种都将是致命的。

"你愿意代入妻子与儿子的视角，却拒绝代入女儿的，为什么？"

"我……"吴谓自己都没有意识到这一点。

"也许对于你来说，女儿是你完美生活中的一道裂缝，这道裂缝会越变越大，变成引发大厦坍塌的一场事故。潜意识里你将女儿视为人生失败的潜在诱因，你想要逃避这个现实，刻意忽视她的存在，甚至否认你们俩之间的情感联系。"

"我没有！"吴谓突然失去了力气般，语气疲软下来，"我没有……"

"那我们回去？"

微微2.0指向不远处的那栋楼，所有重复的场景开始交叠融合放大，最后变形为一个单独的房间，在那个巨大而空旷的暖色房间里，地板上孤零零地坐着一个女孩，她空洞的双眼似乎在望向两人，又仿佛什么也没有看见。

吴谓看着那张脸，开始憎恨自己做出的选择。

＊＊＊

一开始，吴谓和谢爽以为自己特别幸运，生下如此懂事乖巧的女孩，当别的婴孩使劲哭闹时，天天总是安静地躺在婴儿床，望着粉色的天花板，一声不吭。

直到 18 个月后，他们才开始意识到，这也许与性格无关，而是某种隐形疾病的征兆。

基因检测结果表明，天天染色体上位置为 chrY: 16807351-19304967（hg19）的基因组出现 2498kb 的杂合缺失，这非常罕见。该段缺失和智力低下、癫痫、语言障碍、视网膜发育不良、心脏病等高度相关。带有这类基因缺失的孩子出生后异常安静、喂食困难、啼哭乏力迟滞、面无表情，对周围人及环境缺乏兴趣。

抉择是艰难的。对于吴谓来说，这意味着经年累月的额外照顾与不菲花费，或者一辈子也无法等到女儿好转的那天。

抉择是简单的。对于谢爽来说，这是属于她的孩子，一条生命，她不会把谢天天丢到专业医护机构里，任凭她成为诸多被"遗弃"的病儿之一。甚至她根本不相信自己的女儿有问题，在她看来女儿只是换了一种与常人不同的方式看待世界、进行沟通交流，但从本质上，她与其他人没有任何不同。谢天天仍然是那个最美丽聪慧的孩子。

吴谓选择了妥协，或者说逃避。他努力赚钱，保证经济上的强力支撑，但从情感上，他总是浅尝辄止。他怕自己对女儿的付出得不到任何回报，哪怕在遥不可及的未来，这与他的成功哲学背道而驰。他不敢去爱。

于是，担子就落在了谢爽的肩上。

谢爽是两个孩子的母亲、吴谓的妻子、在读艺术史博士生，以及一位虚拟现实艺术家、教育家、自学成才的认知治疗师。

她接受了中央美院本科和英国皇家艺术学院的硕士教育，又继续攻读宾夕法尼亚大学的艺术史博士学位。她所在学院将视觉艺术史作为一种理解研究手段，进而理解人类智力和文化发展史。文艺复兴时期的宫殿、安藤广重的印刷品、现代清真寺、伊特鲁利亚人坟墓、米拉·奈尔电影等都被带到这里作为学生们研究的对象。

谢爽研究的领域是人类艺术史上的时空感错乱问题，从乔伊斯的《尤利西斯》、约翰·凯奇的《4 分 33 秒》、萨尔瓦多·达利的《记忆的永恒》、张择端的《清明上河图》、巴厘岛的桑扬舞、亨利·摩尔的大型纺锤件雕塑、萨拉·凯恩的《4：48精神崩溃》到库布里克的《2001：太空漫游》，人类最为杰出的创作者们通过不同的艺术形式挑战日常生活中的线性时空观，试图诱导出大脑对于时空感知的另类可能性。

而现在，谢爽正在尝试分析虚拟现实究竟是如何改变人们对于时空的感知的，这或许能够帮助女儿与正常的世界搭建起沟通的桥梁。

事实上，早在虚拟现实技术刚刚兴起之时，人们就观察到身处虚拟空间的体验者们会因为感官的放大效应和丰富的细节而错误判断自己的浸入时间。通常来说，体验者们的主观时间会是客观时间的两倍，也就是说，现实中只过了5分钟，而体验者们会误以为自己已经在虚拟世界里待了10分钟。

这种时间感的倍数关系能够被操控且利用。

虚拟现实体验开发者们利用人类大脑对于时间感知的小小后门，制作出许多奇妙的应用，包括在具体场景中的时间冻结、减缓、加速、倒放等。由于强烈的沉浸感和临场感，每个体验者都获得了在正常物理时空中所无法想象的超凡感受，甚至可以在同一个剧情场景中允许不同时空流动速率的并存，仿佛是一条均匀平整的河流中出现了湍流、漩涡和泡沫，由此也大大丰富了各种游戏的玩法。

不只是游戏，同样的逻辑也被应用到许多商业虚拟现实场景中。

商家会在希望消费者充分体验、提高购买决策概率的场景减缓时空速率，而在一些无聊的、冗长的垃圾时间尽量提速。AI也被引入这一机制，它能通过监测消费者的一些生理数据来判断用户究竟是兴奋、欣喜还是厌烦、不适，从而自动反馈到时空速率上。

统一的时空观已经被打破了，每一个人都活在自己的河流里。

而一旦退出镜像世界，回到均匀单一的物理时空，许多人明显感到不适，这种不适是生理性的，也是心理性的。严重者甚至会产生官能障碍，仿佛自己成了被囚禁于时空茧中的提线傀儡，逐步丧失自主行动及沟通能力。

这些人被称为"时空旅人",一种带有粉饰意味及政治正确的荣誉称号。

谢爽的课题便是通过跨学科的研究,希望以逆向工程的方式,开发出能够逐步矫正、恢复"时空旅人"对于正常世界时间流速适应能力的艺术形式与体验。但正如伊凡·萨瑟兰为世界上第一台头戴式显示器所起的名字"达摩克利斯之剑"一样,任何技术都是一把双刃剑,对于时空旅人来说是解药,而对于另一批玩家来说,却恰恰可能成为诱发新的病症的潜在魔鬼。

谢爽并非对此毫无知觉,但了解得越深入,她仿佛是浮士德博士般,无法自控地想要更多。因为在她眼中,女儿谢天天就是另一个版本的"时空旅人",被囚禁在了另一个平行宇宙中,无法跟现实世界里的家人建立联系。

或许她所研究的技术便是能打破这一屏障,解放女儿的武器。

为了追赶进度,她经常把自己囚禁在近乎静止的虚拟时空中,以争取到更多学习与思考的时间。这让她与吴谓情感上的距离也日渐遥远,某种程度上,谢爽成了她自己想要拯救的那一种人。

*　*　*

微微 2.0 将吴谓带到了女儿的房间前。

"准备好了吗?"男孩问。

吴谓摇了摇头,他永远不会有准备好的一天。在他的世界里,一切问题都可以通过计算得出确定的答案,没有模棱两可,或者无法界定的灰色地带。但在情感上,尤其在女儿面前,他感觉自己就像面对一个深不可测的黑盒子,无法用理性和逻辑去推演,你永远不知道你的输入会得到什么样的结果。

对于吴谓而言,这就是失败。

微微 2.0 牵起他的手,纵身一跃。

活了这么多年，吴谓第一次感觉自己濒临失控边缘。人类语言已无法表述他所处的状态。

最初的狂乱之后，恐慌逐渐消退，吴谓醒悟过来，这便是女儿所感受到的时空。

他无法看见，却不是黑暗；无法听见，却不是寂静。似乎所有感官都被悉数剥夺，无法遏制的恐惧如潮水般冲击着理智，他开始明白为何天天会如此安静，一切都在混沌之中，感受陌生而强烈，甚至比五官健全时还要丰富敏感，但是你却无从把握其含义，所有与信息对应的意义都断裂了，留下的只是刺激本身。

他像个附身的幽灵，飘荡在这无解的世界，更绝望的是，作为人类的自我意识在渐渐模糊、冲淡。

某种知觉在迅速膨胀，其他感官蜷缩到次要的位置，像是整个躯体被包裹于一枚无比巨大的蛋黄，你能感到四面八方传来有节律的震颤，一种均匀的压力迟滞而坚定地迫近，仿佛有一只巨手捏着这枚鸡蛋，而它将无可避免地走向破碎。

世界便是这枚鸡蛋。

这就是谢天天的不安全感，比吴谓所体验过的所有脆弱与惊恐加起来还要强烈。

他突然有种强烈的冲动，想抱抱女儿，抱抱这个宇宙间最孤独的孩子。

一些感觉的残片开始浮现，游荡在意识中，来自另一个人类的体温、皮肤的触感、拥抱与亲吻的混合物、毛发拂过脸庞的瘙痒、湿润的气息、手臂上最后的一线疼痛。

吴谓猜测这是来自谢爽的记忆片段，毕竟她是那个花了最多时间在女儿身上的人，尽管随着时间流逝，这些信息也都将无法挽回地逐一消逝，甚至这个人，这个名字也会像水面的皱褶，平复如不曾存在过。

但他猜错了。

那发根坚硬、气息中带着烟味儿、手指上触感粗糙，不可能来自妻子，而只可能是他自己。

从女儿意识深处传出持续的震颤，变幻着频率和模式，带着繁复的节奏和配合，然后便有一种宁静的愉悦弥漫全身。吴谓尝试着去体会那种共鸣腔的感觉，类似于坐在按摩浴缸中，让水流慢慢没顶，引发共振。

那是一种爱的感觉。

这是吴谓此生最为深刻的体验，令人疯狂而眩晕。仿佛共有一个大脑的连体婴，又像是一个置于音箱前的麦克风，回输信号被无限循环放大，推向神经冲动的极限。

在那共振中，他触摸到更为遥远、古老而宏大的存在，像是穿越了幽暗的岩层和数万米的海洋，穿透了大气层与辽阔无际的星空，穿行于时间与空间交织而成的躯体，仿佛所有的感官都恢复了正常，但只有电光火石般的一瞬。

世界疯狂旋转，开始只是水平旋转，然后垂直，最后是不定向的变轴旋转，仿佛苏非教派的旋转舞仪式，舞者右手朝天通神，左手指地通人，不停旋转至意识不清之时，便是与神最近之处。

吴谓被囚禁在蛋壳中，在海中，在铅与火的洗礼中，即将破碎。他膨胀，溢出了蛋壳，溢出了海洋、天空及万物的间隙，他便是万物。

蛋壳碎了，旋转减缓了，膨胀停止了，然后是猛烈、急速、无尽地收缩，如恒星坍塌，如地铁穿越隧道，如精子游入子宫，如浴缸拔掉塞子，像是要把万物都塞回某个渺小、脆弱、安静的容器中，这个过程如此漫长，以至于连时间都失去了弹性。

父亲离开了，爱消失了。

随之而来巨大的空虚和失落远超过人类所能想象的极限。他们曾为一体，如今各自分离。恍如躯壳悬于真空，割断了所有与外界的能量联系，一个感官的黑洞，无所依托，无法触及，没有意义，只是宇宙间一个孤独的物体。

吴谓看不见，听不着，身体漂浮在知觉之海上，缓慢地穿越时间的尽头，而一生的记忆却凝缩在须臾之间，从摇篮到坟墓，只隔一朵浪花。

他终于理解了女儿的世界，理解了女儿的爱。

如果命运把我们抛掷到无法理解的境地，而我们所能做出的回应，无非一个姿态、一种仪式，体面地接受失败，鞠躬离场下台。再漫长的历史、再强大的国家、再深刻的思想，都会在时间洪流中烟消云散，何况两段人生短暂的交叠。

在时间面前，没有赢家，没有胜利可言。只有爱，能够让我们苟延残喘。

"我受不了了，我要离开这里……"吴谓从意识深处发出求救信号。

"出口就在那里，只要你……"

吴谓还没来得及回应，便被猛然抽离女儿的意识，然后，他看见了光。

＊＊＊

那是一具尸体，飘浮在无垠的星空中，没有因为真空失压而爆裂，也没有因为极低温而粉碎，只是像日常生活中葬礼上能看到的那种死者，穿着得体，表情冷淡，妆容精致，只不过换了个炫目得过分的背景。

那是吴谓的尸体。

"微微？这是怎么回事？"吴谓看着自己的尸体，发现自己失去了实体，甚至无法控制自己的行动，只是随机飘浮在太空里，像个孤魂野鬼。他开始惊慌起来。

"冷静点，赢家先生，这是最后一道仪式。"

耳边响起的，竟然是叠加在一起的两种声音，一种是男孩微微2.0 的，另一种来自他的导师老柳。二重唱式的音响效果，让这眼前的一切显得更加庄严诡异。

"什么鬼仪式？快让我回去，我要回家。"

"你这就在回家的路上，死亡是每个人的终点。"

"不！不应该是这样，这只是一场虚拟游戏，一场廉价幻觉，快让我走！"

"人类文明又何尝不是一场游戏一场梦。"这是吴谓所熟悉的那个导师老柳，洞若烛火又带着虚无喟叹，"在我人生最后10年的研究中，我发现了一个终极规律，它是拓扑数论中一个非常边缘化的分支，但却能解释从大脑神经元连接到集体无意识行为，从量子效应到宇宙天体湮灭，这横跨微观到宏观数个量级之间的各种现象，它回答了一个困扰人类多年的不解之谜：费米悖论。"

"费米悖论？"

"从数学上看，银河系大约有2500亿颗恒星，就算按照最严苛的德雷克方程，智慧文明也应该是多如牛毛。可为什么我们一个都找不到。是否存在着某种大过滤器机制，当文明发展到一定阶段，就会被过滤毁灭掉，就像滤掉残渣的咖啡滤纸、特定网眼尺寸的渔网，或者靶向攻击的基因病毒？"

吴谓感到一阵瘆人的寒意，即便他现在没有能够感受寒意的肉体。他已经远离这样的终极思考太久了，回想起学生时代，他最喜欢跟同学争论的，就是这样没有答案的问题。可那样的日子已经像星光一般遥远黯淡了。

"这跟我有什么关系？"他几乎是条件反射般回应。

"呵呵。吴谓，这可不是以前的你。以前的你肯定会站起来打破砂锅问到底。这和你有莫大的关系，你觉得自己遇到了危机，对吧？"

"算是吧……"

"你不是唯一一个。"

"什么？"

"事实上，全人类都在面临同样的危机，我把它称为'赢家综合征'。具体产生的机制尚未清楚，但是就像是打开了大脑中某个隐藏的开关，神经元连接的拓扑结构产生了微妙变化，人类开始变得盲目、短视、过度竞争、自私自利，甚至带有强烈的自毁倾向。而个体组成了社会，社会组成了文明，我们就在悬崖的边上摇摇欲坠。"

"我一直以为您是一个乐观主义者。"

"曾经是，直到我发现盲目乐观也是症状之一。一个盲目乐观的社会比一个盲目悲观的社会更为可怕，因为每一个个体都将竭力用自己的乐观扼杀他人悲观的权利。"

"所以，您打算用游戏来拯救世界？"尽管颇为不敬，吴谓还是掩饰不住自己的讽刺语气。

那个声音沉默了许久。

"不……我只想拯救我自己。我也是患者，我牺牲了我的儿子、妻子，还有我整个的人生，只为了能赢。"

吴谓一下子说不出话来，幻觉中的身体，某个地方隐隐作痛，也许是心，一个曾经被认为与思考和感受无关的器官。老柳是真心相信自己所说的话，才会如此坦诚而残忍地揭开疮疤，让学生看清自己最不堪的一面。

"老师……"

"还是叫我老柳吧，我只是不希望你重蹈我的覆辙。你是我最看重的学生，我不想看到你变成现在这个模样……"

"可是我……我已经走了这么远，我不能放弃现在的这些东西……"

"难道你还看不清吗？你牺牲掉的远比你得到的要多得多。"

游戏中的场景迅速闪过吴谓眼前，他明白老柳是对的。为了毫无负累地前进，他牺牲了自己的妻子；为了不断击败竞争对手，他牺牲了自己与孩子相处的时间；为了莫须有的胜利，他牺牲了自己最钟爱的研究。他才是那个被囚禁在果壳里自以为是的孤独国王。

"你们被告知，要不惜一切代价去赢得人生中的每一场战争。可是他们没有告诉你的是，你就是那个代价。"

"可是……这个世界本来不就是这样的吗？"

"从来如此，便对吗？"

吴谓语塞。

"建造这个赢家圣地，便是为了改变每一个困境中的人。也许我们终究不能突破大过滤器，无法抵抗文明的孤独症，但至少我们可以改变每一个人看待世界的方式，重新建立起与他人的情感连接，扭转神经元网络的拓扑结构。"

吴谓看到自己的尸体慢慢地腐烂、枯萎，如同坛城沙画，再怎么繁华锦绣，都抵挡不住时间，终将化为齑粉，和光同尘。他回忆起这一路上经历的种种，心头若有所动，像有束光打在了久不见天日的幽暗石壁上，照亮了一线青苔与藤蔓。

"老柳，我想家了。"

***

玻璃罩呲一声打开，吴谓花了一些时间从甜美香氛中苏醒过来，回忆起自己身处何处。工作人员搀扶着他离开舱体，进入更衣室。

洗去身上的导电凝胶之后，吴谓走出水雾缭绕的淋浴间，去储物柜拿自己的衣物。他突然被眼前一个朦胧身影吓了一跳，定睛一看，原来是一面等身高的穿衣镜。

他端详着自己日渐隆起的小腹和略显松弛的肌肉，叹了口气，一切似乎都没有什么改变。

坐进车里，吴谓惊讶地发现自己在舱体里的时间最多不超过 1 小时，可感觉却像是过了一个世纪那么漫长。他想起所有经历过的虚拟场景和老柳的话，恍如隔世。

车窗外的城市依旧繁华如故，赢家与输家们不舍昼夜，战争不会为谁真正停歇。

车缓缓驶入地库，吴谓小心地挨着旁边的路虎停好。按照习惯，他会在车里再坐一会儿，像是做好某种心理建设，再离开座驾，上楼回家。

可是今天吴谓却一刻也不想在车里多待，他迫不及待地熄火，解开安全带，溜出车厢，走向电梯间。

在掏车钥匙时，他的手指碰到了一个触感陌生的物体。摸出来一看，是一把金色的钥匙，孤零零的，连着圆形的号码牌，上面写着"42"。

吴谓凝视着那把钥匙，似乎唤醒了他的某些回忆。

一声清脆的响铃，他回过神来，走进电梯，门缓缓合上。想起马上可以见到自己的妻子儿女，吴谓脸上露出了幸福的微笑，反射在所有的镜面上，尽管这不过是地球上无比平常的又一天。

直到另一个吴谓打开门，迎接他回家。

小 朝 圣

灵熵节（Zentropy）的第二天，凯伊在宿醉中踏上了旅程，一道长达99999级的虚拟阶梯，通往行星城市最底层的圣河。在那里，阿兰母亲的记忆灰烬将被撒向绿色河水，经由巨蟒般蜿蜒的亚马孙主干道，汇入大西洋的腹部。

当然，所有这一切都是在游戏设定中发生。

打破虚实界限的元宇宙游戏让凝固不变的城市空间变成了量子叠加态，借助XR（Extended Reality，视觉交互技术）感官模拟设备，每一个玩家都可以拥有属于自己的角色滤镜和剧情线。同样的一间居酒屋，在魔戒粉眼中是霍比特人的树洞，在EVA（动画作品《新世纪福音战士》）迷眼中是第三东京控制台，在电音爱好者眼里却是疯狂旋转的舞池。而DID（Decentralized ID，去中心化身份识别）系统能够让玩家在不同游戏之间无缝切换，任意改变身份与化身，却不用担心数据隐私泄漏、虚拟资产丢失的问题。

而在凯伊所属的游戏——"行星城市"里，昨夜的居酒屋成为一场火祭仪式的圣地，虚拟的篝火高达数米，泛红的烟雾在夜空中变幻成各种动物的灵魂。社区的人带来了各自酿制的好酒，在一片冲天火光中送别阿兰母亲，之后便围着余烬痛饮，载歌载舞直至黎明。

虽然凯伊还没到合法饮酒的年纪，可难免被众人簇拥着品尝了几杯。她捏着鼻子啜了一口希腊茴香酒，接着是韩国米酒和俄罗斯奶酒，还没轮到古斯塔夫大叔的杜松子酒，便天旋地转地在众人的哄笑中倒下，任凭红色火光在眼前幻化成阿兰母亲的面孔，似乎对自己说了些什么重要的话。可现在哪怕她想破脑袋也记不起了。

手指触到胸袋中硬邦邦的道具盒，才让女孩清醒了几分。凯伊只知道这项任务莫名其妙地落在了自己身上，尽管在整个 DAO（Decentralized Autonomous Organization，去中心化自治组织）里，她不是最聪明的或最强壮的，甚至也不是最好看的孩子。AI 精灵分明告诉她，如果她不接受这项任务，不仅会扣除代币，在社区里的位置也岌岌可危。

"可为什么是我？！"女孩尖叫着，"我只是个新人！"

"这是阿兰母亲的选择。"半透明的海豚在空中漂亮地翻滚，掀起的虚拟波浪让凯伊眼前的城市微微荡漾。

女孩不想离开 12 个父亲或 8 个母亲中的任何一个，成为一名"浪荡者"，至少现在不想。在这座容纳了 800 亿个化身的元宇宙中寻找另一块栖居之地，也许没那么难，但谁知道外面正在发生什么呢？

这正是她认同 DAO 的原因。

＊＊＊

凯伊玩过许多游戏，加入的 DAO 更是不计其数。视觉效果光怪陆离、充满复古未来主义美学的虚拟乐园，名字后面带着各种加密货币后缀的信徒，高喊着"创造价值！长期持有！"，将像素化的土地、建筑、道具、头像……每一个比特都变成可售卖的数字资产，几轮郁金香狂热化为泡沫之后，所有的去中心化理想最后都沦为了收割韭菜的庞氏骗局。

凯伊感到心灰意冷，尤其当她了解到所有这一切：渲染、存储、上链、交易……都需要耗费大量的计算资源，以及相应的产生难以估算的碳排放，对整个地球环境及其他物种造成无法逆转的伤害。她更觉得这样的零和游戏毫无意义，直到"行星城市"的出现。

"行星城市"是一个巨大的生态模拟器，试图探索人类如何借助工程科学与人工智能的力量，将100亿人口安置在同一座城市中，从而将地球大陆的剩余表面归还给自然，加速生态系统的自我修复。玩家们可以根据自己的兴趣和专业技能加入不同的DAO，来负责解决诸如可再生能源、绿色建筑、柔性城市规划、智能交通、数字底座、生态保护等诸多方面的问题，经过成员投票之后，成型的解决方案以代码形式写入智能合约，切实改变整个游戏的设定，而每一个玩家都需要以新的生活方式为自己的选择负责，每个DAO所发行的代币价格也会因此接受市场的检验。

凯伊是GaiaDAO的成员，GaiaDAO顾名思义便是致敬了英国科学家詹姆斯·洛夫洛克在1972年提出的假说。他认为，生物不仅仅只是被动适应环境的变化，也能反过来主动影响和改造环境，让环境变得更适合生命的存续和发展。整个地球的表面，包括所有的生命——动物、植物、微生物，以及非生命——山川、河流、土壤、大气……这一切，构成了一个能够自我调节的生态整体。

洛夫洛克用希腊神话中大地女神盖亚（Gaia）为其命名，而GaiaDAO便是践行环保理念的去中心化社区。

＊＊＊

沿着系统设置的路线，凯伊从闪着金光的阶梯慢慢往下爬。尽管肉身还是困在世贸中心高达128层单调乏味的紧急通道里，可XR眼镜让她的视线能穿透灰色的钢筋混凝土，看到一座令人惊叹的虚拟城市。

在AgriTechDAO（农业科技去中心自治组织）的科学家设计下，种满绿色植物与农作物的外墙在阳光下闪闪发光，一些蜘蛛机器人正漫步在垂直田野间，忙着农活。这样的生态高楼以经过严密计算的密度一直排列到天际线尽头，能够自动旋转角度、调整高度以确保日照量，而居住其中的人们也遵循着系统的规则安排，每隔一段时间整体社区更替楼层方位，让每个人都能享受到同样的阳光与景观。

科学家经常会说这座装下整个人类的城市足足有密苏里州那么大，可凯伊对此毫无概念，科学家又换个说法说有广东省那么大，让凯伊更糊涂了。

海豚告诉她，密苏里州是一个叫作马克·吐温的美国作家的家乡，他写过关于青蛙比赛跳高的故事，而中国东南部的广东人都很喜欢吃青蛙。这些地理与政治上分离主义的概念已经过时很久了。

凯伊恨不得自己能变成青蛙，她的膝盖像太阳下的冰激凌开始变软，感觉随时会断掉，而现在才走了不到 50 层。

"为什么不让我瞬移呢？只需要一眨眼……"她一屁股坐下，不用海豚回答也能想到，这是阿兰母亲的安排。凯伊运动消耗的卡路里，通过智能合约的一系列换算，能够变成资助保护红树林行动的虚拟代币，而她也将获得一枚粉色珊瑚 NFT（Non-Fungible Token，非同质化通证）徽章作为回报。

在 8 个母亲里，阿兰母亲是对凯伊最严厉的一位。所有其他孩子都可以借助 AI 精灵回答问题，而凯伊却被要求必须要用自己的脑子去记住。她需要记住的东西包括但不限于：

> 对比升温 1.5 摄氏度的世界，升温 2 摄氏度的世界中，脊椎动物的地域分布范围缩小 8%，植物缩小 16%，昆虫缩小 18%，清洁水资源短缺的人口数量翻一番，10 多亿人将面临失业与饥荒。

> 藻类农场除了能提供食用蛋白，还可以将大气中的二氧化碳固定在海水中。

> 小拉吉摇头是表示同意，苏珊娜大妈手指合拢向上时不要惹她。

无论是海豚、蝴蝶还是蛇，它们与人类在自然界中的生态位都是同等重要的。

……

有时候，阿兰母亲还会要求凯伊学习用身体去记忆，每组肌肉的调动，眼神的流转，神经对身体姿态的控制，一种苦涩的香气，莲花绽放般的步伐，下意识的哼唱，所有这些都可以存储信息，甚至调取起来比 AI 精灵更快捷灵活。

社区里的人都说，阿兰母亲是要把凯伊培养成接班人，在大社区集群中充当"记忆者"的角色。可凯伊一点也不想成为"记忆者"，她见过阿兰母亲发病时的样子。那失神的眼睛、嘶哑的嗓音、扭曲的体态，就像是有什么怪物蛰伏在这个女人的身体里，想要破壳而出。而每次发病之后，阿兰母亲便会丧失一部分的记忆，这似乎是不可逆转的过程，神经重塑医生也帮不了她。

为什么不让机器代替记忆者的角色？凯伊记得自己问过阿兰母亲。

"机器只懂得重复信息，而人们需要的是故事。"阿兰母亲笑着摸摸凯伊的头，"是故事让人们记得自己是谁，从哪来，要到哪去，不至于迷失了方向。"

***

凯伊在 68 层的公共客厅里啃着海藻面包，虚拟场景变幻成日落前的海滩湿地。金红色的余晖像海上点起的大火，波光和火焰难以分辨，在一种具有韵律感的起伏中传递着摄人心魄的美。这并不灼热的火光破开海水，照亮岸边的泥炭地和红树林，像一幅超自然油画，勾勒出生命的活力。

恍惚间，她记起阿兰母亲眼角的纹路，蓦然有股伤心涌上喉咙，只能独自吞下去。

比起生物学和社会学上的母亲，阿兰与凯伊的虚拟母女纽带竟更为真实而紧密。

在凯伊看来，阿兰母亲懂自己。这种懂并不是像手握账单记录的生母，只停留在消费主义和物质层面上的了解，而是穿透到她的灵魂深处，知道她的迷惘、痛苦、纠结和渴望所在，无论多么幼稚、脆弱、荒唐、可笑，也不用担心受到不同世代价值观的审判，那种审判往往触发她的愤怒。没错，阿兰母亲很严厉，甚至远超生母。但这份严厉出自真正的关心，关心凯伊是否能够成长为一个强大而独立的生命体，挣脱所有来自世俗观念的束缚与绑架，获得心灵上全然的自由。

当性别、种族、阶层、外形、时空……都能够随心修改，以此来解放意识形态上的重重枷锁时，这种全然自由便成为可能。这在阿兰母亲看来，是整个元宇宙对于人类存在的最高意义。

而今，阿兰母亲却离凯伊而去，接下来的旅程，她只能独自去面对。

"是一个女巫啊，可真是少见……"一声因失真而变得尖利的嗓音响起，"说说，是什么风把你吹到这里的？"

"谁在说话？"凯伊惶惑地转身，看不见任何玩家。

夕阳迅速变得黯淡，金色大海失去色彩，丰富细腻的海滩和树林破碎成 AI 生成的简陋低多边形。凯伊知道，算力决定美学，自己的渲染协议遭到了魔法攻击，她一定是遇到了传说中的黑金军团。这些算法工业复合体的雇佣兵，游走于元宇宙的不同游戏，对他们视为威胁的玩家群体施展无差别攻击。因为背后有无上限的云端算力作为火力，受害者轻则丢盔卸甲、资产被盗，重则数据损毁、账号蒸发。

两个纸片般单薄的二维士兵形象从凯伊视野边缘闪现，身体贴图流动着甲虫般的虹彩。他们的身体周围不断溢出数据泡沫，如同不规则的珍珠或癌变的细胞，以混乱而疯狂的速度增殖，蚕食着原本美丽丰富的自然景观。难以分辨的符号像是汉字、拉丁文与代码杂交诞下的混血儿，在不规则表面如虫群快速涌动，闪烁着浮夸明艳的荧光色。

"你们 GaiaDAO 的人不应该缩在自己的洞穴里，像兔子一样疯狂繁殖后代吗？"头上长角的士兵不怀好意地问她，随即爆发大笑。

凯伊下意识地抱紧胸前的盒子，缩起身子想要离开餐桌，却被另一个肥胖的鸡冠头士兵拦住。

"请……请让我走……"凯伊低声哀求。她看到自己的虚拟化身也被几何化，原本生动细腻的鹿角女巫变成了像素色块，就连感官模拟信号都变得粗糙——一种低分辨率的恐惧感。

"除非给我们留下一些值钱的东西！"长角士兵说。

"我……我只是路过……我什么都没有……"

"别逗了，Gaia 币不是很值钱吗？"鸡冠头士兵说。

Gaia 币近几年因为与环保概念挂钩，价格水涨船高。它作为灵魂令牌（Soulbound Tokens），也可以作为验证身份、访问去中心化应用与执行智能合约的个人接口，所有数据经过加密之后记入分布式账本，在确保信息安全可信的同时，能够跨 Web2/3/5 平台进行大规模的 DAO 协作。比如，发起一场针对南印度洋塑料污染的虚拟抗议，参与者能够得到来自社区的奖赏——代币与信誉。这必然也吸引了不少想捞一笔快钱的投机分子。

"你们这些虚伪的加密环保主义者，一边攻击大平台，反对消耗算力和能源，说什么不能背叛行星城市的初衷，让自然的归自然，人类的归人类……"

"另一边又自己赚得盆满钵满，你们不觉得可耻吗！"

两个士兵越来越激动，他们的话混在一块，同样刺耳。

"可是……可是阿兰母亲说，人类不能再走过去的老路，那是错的……"

"是那些可笑的科技萨满老巫婆吗？自以为能跟宇宙神灵沟通，太蠢了，你们居然相信这些原始人的胡说八道……"

"别跟她废话了，我们撕开她的钱包，把币分了吧！"

"你们不能这样！"

凯伊扭动身体，躲避一只只粗野的手，海豚变成血红色，疯狂旋转发出求助信号。她看准一个空档，从两个士兵中间钻了过去，想拼命奔跑，却不料把道具盒掉在地上。

鸡冠头捡起来，反复琢磨："这是什么，莫非里面有更值钱的宝贝？"

盒子又被长角士兵一把夺过，两人开始争抢起来，像远古兽类夺食。

凯伊全身僵硬地站着，脸涨得通红，似哭非哭，似怒非怒。她知道，自己不能再逃避，她要去战斗，为了阿兰母亲的记忆灰烬。

＊＊＊

凯伊大口大口地呼吸，试图回想起阿兰母亲在虚拟灵修课上所教授的一切。

那是一个纯白洁净的无界空间，虚拟化身飘浮在空中，或腿盘莲花，或舒展四肢。XR感官模拟设备会监测每一个人的眼动、表情、心率、皮电甚至脑波，并根据冥想者的意识状态，实时动态地改变周遭的氛围环境。凯伊能看到其他孩子身体轮廓开始发出不同颜色的光亮，并一圈圈地荡漾开来，带着千奇百怪的花纹图样，曼陀罗、雪花、羽毛、星光……可凯伊总是很难进入放松状态，似乎某根神经绷得太紧，担心自己的表现会受到其他人的指点，尤其是来自阿兰母亲的眼光，对她意味重大。

阿兰母亲会告诉她，只有通过调整呼吸，让身体松弛下来，才能把情绪剥离开，仔细感受身体每一丝最细微的变化，全然忘记自己所有的紧张、忧虑与不安全感。只有当意识进入出神状态，超越物质世界的局限性，抵达宇宙的灵性真谛，才能解锁GaiaDAO最深层的灵魂协议，通过Theta脑波去修改虚拟世界的规则。

或许凯伊曾经有那么几次接近这种状态，但绝对不是在这种场合，更没有经受过如此粗暴的挑衅与威胁。

盒子最终落到鸡冠头手里，他打开盖子，狐疑地闻了闻那些粉蓝色晶体，用食指沾起一点放在嘴里，身上的霓虹光带快速频闪。

"这是什么玩意儿，快乐粉吗？味道有点怪……"

"难道是……"他呷巴着嘴，突然两眼瞪圆，像领悟了什么，干呕几声，疯狂地往地上吐着口水，"……是那老巫婆的骨灰吗？你们这些野蛮人太恶心了！"

"不！她没有死！"凯伊发出一声撕心裂肺的尖叫，男孩们呆住了。

女孩开始抽泣："……她、她只是忘记了……"

"噢嘣，瞧瞧，小鹿斑比不高兴了。也许我们该把她的两只鹿角也取下来，说不定还能卖个好价钱……"长角士兵头上的虚拟饰品膨胀起来，分岔成珊瑚状的屏风，像孔雀开屏般漾开一圈圈荧光色的字符涟漪。

凯伊面如死灰地看着眼前的一切，陷入了绝望。

　　闭上眼。深呼吸。

一把熟悉的声音在凯伊耳畔响起，轻柔地引导她的思绪。

　　跟着我的节奏，想象你的身体融化成无数细小的水滴。

这是阿兰母亲的冥想导语！

凯伊强按住内心的欣喜，顺从地闭上双眼，开始调整呼吸。两个士兵面面相觑，不知道这个女孩是不是在恐惧面前心智崩溃，完全放弃了抵抗。他们从不同方向包抄，小心翼翼地靠近。

　　让水滴沿着每一寸神经末梢流动，沿着7个脉轮从下往上升腾，直到在眉心轮旋转、凝聚。

许多记忆碎片开始在身体的不同位置涌现，凯伊眉头紧皱，它们释放出海量的信息，大部分都是被深深压抑的伤痛。她以为自己早已遗忘，可身体依然牢牢谨记。

让水滴在顶轮蒸发，化成心之雾墙。你要穿透这所有的情绪与记忆，抵达空之境界。

凯伊的眉头舒展开来，像微风拂过一垂杨柳。

在那里，你将与一切融为一体。你就是世界。

两个士兵已经与凯伊近在咫尺，高高举起手中幻化的武器。当他们朝着凯伊迎头劈下时，利刃与尖刺却在空中定格，无论如何用力也无法前进半分。士兵们惊诧地抬头，看见虚空中生长出色泽明丽的藤蔓、触手、羽翼与晶体，如具备意识般紧紧缠绕在他们的肢体上，阻止暴力的发生。凯伊的女巫化身周围层层叠叠的数据泡沫突然变得明亮，长出无数只蜘蛛的单眼，正从所有的角度审视着敌人。

这一幕活像用对抗性生成网络创作的克苏鲁风格噩梦，只不过它真切地发生在维度交叠的元宇宙之中。

紧接着，凯伊睁开双眼，一瞬间，士兵身上的光学迷彩被撕成碎片，暴露出两个平庸粗鄙的男孩。他们脸上浮现极度的羞耻，仿若赤身裸体地被拉去游街示众。在逃离现场之前，肥胖男孩奋力将道具盒掷向窗外，仿佛在宣示最后一刻的虚假胜利。

那个道具盒以降格速度在空中划出一道弧线，撞在飘窗边缘，却并未阻止粉蓝色的晶体洒出。阿兰母亲在这世间最后的记忆灰烬，本该随着圣河流向大海，融入行星城市的根脉，此刻却眼见着要与俗世尘垢混为一体，不再圣洁。

凯伊张开嘴，可尖叫没能及时逃出喉咙，眼泪却不受控制地飙出眼眶。

神迹出现了。物质性的灰烬落了地，粉蓝色的光痕却在 XR 视野中长久留存，如同微缩版的星云，在金色夕照中幻化为万千有情众生，似乎在重演生命伟大的进化历程，最后竟然凝聚成一个人形化身。

＊＊＊

凯伊抱紧双臂，盯着眼前这个从虚空中成型的角色，头戴软帽，脚踩凉鞋，身披风衣，手持双蛇缠绕的金色权杖，从上到下都点缀着轻盈扑扇的金色翅膀，隐没在阴影中的面孔难辨雌雄。

"为什么记忆灰烬会变成一个 NPC（Non-Player Character，非玩家控制角色）呢？"

"说谁是 NPC 呢？"那人开口了，是年轻男子的声音。

"那你到底是谁？"

"我——是众神的信使、可见和不可见世界之间的调解人、灵魂指挥家、预言梦之门的统治者、运动员、可食用根茎及好客之神。我是神圣的骗子、好牧羊人、旅行者、小偷、商人和演说家的保护者。我最爱的祭品是蜂蜜、蛋糕、猪、山羊、羔羊和野草莓，请叫我——"

"赫尔墨斯？希腊神话中的神使？你怎么会在这里？"

"智慧的女巫，我更愿意被叫作 HER.MES，以体现元宇宙中超越二元性别的流动性。难道不是你召唤的我吗？"

"我？明明是阿兰母亲救了我。"

"噢？她是这么说的吗……"HER.MES 的声线竟然变成了阿兰母亲，"……闭上眼。深呼吸。"

"原来是你？可为什么……"凯伊瞪大了眼睛，"……为什么你有她的语料数据？又为什么要救我？"

HER.MES 挥舞起金色手杖，两条纠缠的蛇似乎具有了生命，盘旋不息，手杖、帽子及凉鞋上的翅膀随之扑扇着，卷起一道道光的旋涡，拥抱着凯伊的身体。

"救你的不是我，而是这座城市。"

"你是说……行星城市？可是这难道不只是一个游戏吗？"

太阳逐渐隐入城市边缘的天际线，如同红气球被竹梢扎破，一丝丝地漏气下坠，等待日与夜交接的魔幻时刻。远处传来雷鸣般低沉的轰隆声，像是有巨人在爬着楼梯，喘着粗气。

"听见了吗？"HER.MES问。

"什么？"凯伊脸上的泪痕闪着光。

"那是湖水升起的声音。白天，城市利用太阳能或风能驱动电机，将圣河之水抽到高处的湖泊中；夜晚，高湖开闸，重力让水流下，驱动涡轮机发电，最终回归圣湖。湖泊、瀑布和垂直运河就是我们赖以为生的电池，循环不息。这是我们信仰的哲学，人类、城市应该成为自然的一部分，而不是站在对立面去征服、奴役、剥削自然，加重这个世界的负担。"

"这听起来像是阿兰母亲会说的那种话。"

"这也是设计这个元宇宙游戏的初衷，去传递能够改变未来的讯息。"

"可是，记忆灰烬都撒了，我完不成任务，我回不去了……"泪水又盈满了凯伊的眼窝。

"凯伊，你的任务已经完成了。"HER.MES脸上的纹路闪烁起金光。

"你在开什么玩笑！"女孩的声线变得尖利。

"刚才发生的事情就是最好的证明。你的冥想意识波段解锁了灵魂协议，触发了这座城市的保护机制，击退了黑金军团。只有合格的记忆者才能做到。阿兰母亲没有看错人，那些记忆灰烬……或者外置记忆体，也已经上传了数据，完成了自己的使命。"

凯伊点点头又摇摇头，眼中的疑惑并没有消减半分。

"所以……我应该去哪里？"

她眼前出现了两条方向相反的虚拟路标，随着她左右扭头来回切换，一条是来时的路，通往温暖熟悉的社区；另一条则继续向下蔓延，消失在愈加沉暗的城市深处，充满未知的圣河流域。她的精灵海豚不停从一侧跃起，消失在半空，又从另一侧破浪而出，像是犹豫不决的读取进度条。

"这个问题只能由你自己来回答，凯伊。我能够分享的是，在另一个故事里，我化身为勇士，去到许多地方，经历许多磨难，打败了怪兽与巨人，也见证过最不可思议的宇宙奇观，但一切都是值得的。当我回到社区时，我理解了行星城市存在的意义，以及每一个角色——无论是人类玩家，还是 AI 驱动的 NPC——在其中的意义。于是我不再漫无目的地游荡，而是成为一个行吟诗人，去帮助那些需要帮助的人，讲述应该被讲述的故事。"

"这听起来……好像是奥德修斯的故事。"凯伊怯怯地追问，"所以……你到底是人，还是 AI？"

"哈哈哈！"HER.MES 爽朗地大笑起来，肩膀耸动，"奥德修斯、女娲、哈努曼或者库库尔坎……都只是名字，人、海豚、蘑菇、精灵还是 AI，也只不过是巨大复杂性系统中的分布式智能体。我们建造元宇宙的目的不是割裂现实与虚拟，而是更好地连接所有本应一体的碎片……"

"……一切息息相关，一切互为缘由。"凯伊恍然，那正是昨晚微醺状态下，阿兰母亲的化身对自己最后的开示，"我不知道……有一部分的我想要回去，非常想……但另一部分的我却想要继续往前走，去看看圣河的样子，完成阿兰母亲的心愿。我想成为一个真正的记忆者，用身与心去讲述故事，而不仅仅依赖头脑和精灵。"

HER.MES 点点头，面孔没入朦胧的夜色，太阳已经完全隐没在行星城市的背后。

"如果你想要上路的话，得抓紧了，天马上就要黑了。"

女孩黝黑的眸子里亮起一点点光，她用力地点点头："所以，你也不是无缘无故出现在这里的吧？这是你的任务？"

"还记得那句话吗？一切息息相关……"男子手指轻抬帽檐，微微一笑。

"一切互为缘由。"

凯伊告别了神使 HER.MES，选择了那条孤独、艰难、崎岖的险路，向着这座乘载了人类未来希望的虚拟城市根茎前进。

海豚的游走与声音开始卡顿，她知道自己正在穿越厚厚的支撑层，密如蛛丝的网络信号急剧衰减，不得不调用本地的边缘计算模块。温度同样下降得很快，她抱紧了双臂。从此刻开始，她将不得不切断与数据云端的脐带，切换成人类大脑以及肉身的感知。那些沉睡的记忆开始苏醒，如闪烁明绿荧光的藻类，在目光已不可触及的头顶交织成繁忙的网络。它们窃窃私语，如涟漪起伏不定。

所有这些，会将她引向一个什么样的未来？

凯伊哼起了久违的歌谣，一种毫无来由的信念让她加快了脚步，仿佛阿兰母亲就在不远的前方等着她，就像那条永不停歇的神圣河流。

大模型算法篇

作者手记：GPT 时代的创意写作

AI 帮我击败莫言？

2017 年，我与前 Google 同事工程师王咏刚一起开始一场写作实验。用 CNN（Convolutional Neural Networks，卷积神经网络）与 LSTM（Long Short-Term Memory Network，长短期记忆网络）训练能够模仿人类创意写作的算法模型。机器写作并不是新鲜事，早在 20 世纪 90 年代，自动化程序便能以拼贴组合的统计学方式写诗、抓取实时资讯生成结构性新闻等，但是作为高度复杂的叙事文本——小说所要求的逻辑性、自然语言理解能力，以及对于人物、情节、结构、文法不同层面的要求，之前的 AI 尚未达到这样的能力。

我们用 CNN 对小说文本进行特征提取，然后将输出的特征图谱（Feature Map）映射为序列矢量输入到 LSTM 网络，便能够训练出能够模仿人类写作的算法模型，然后通过调整参数，也就是所谓的精调，让它写出来的东西尽量地接近我们现有对于文学的理解和审美。学习了上百万字我的作品之后，AI 程序"陈楸帆 2.0"可以通过输入关键词和主语，自动生成几十到一百字的段落。我与它共同创作的作品《出神状态》，甚至还赢得了一座由 AI 评委评出的奖杯[1]。

---

[1] Sci-Fi Writer or Prophet? The Hyperreal Life of Chen Qiufan, Wired, https://www.wired.com/story/science-fiction-writer-china-chen-qiufan/

最开始的时候，排名第一的是莫言发表在《十月》杂志上的小说《等待摩西》。大家觉得算法挺靠谱，诺奖得主得奖，那还能有错？可到了最后一天，《小说界》选送了我的《出神状态》。《出神状态》的灵感来源是智利作家罗贝托·波拉尼奥的短篇小说集《地球上最后的夜晚》，主题是大瘟疫，颇有些未卜先知的味道。故事记录了主人公去上海图书馆还书途中的见闻思想，深入探究通信中断与紧急状态下的人与社会。结果在 AI 评委的眼中，《出神状态》以 0.0001 分的优势反超登顶。就这样，我成了打败莫言的男人。这次比科幻还要更科幻的惊喜也让我醒觉到，未来的机器将更深入地融入人类创作中，未来的内容版图也会变得更加复杂、暧昧而有趣。

> 体验无限远是近乎奇妙。都是为了毫无悬念的光临来。你感到梦魇，没有她什么叫自己，只是想为何，这便是现实数学的力量转起，很难丧失后来，改变未来的网站，并能借助仪式的地表，假装藏在那里，只能面对人群。
>
> 真正的一个瘤子。[①]

巧合的是，2017 年也正是谷歌发布重注意力机制与 Transformer 算法，并开启了机器学习在自然语言处理（NLP, Natural Language Process）领域狂飙突进的历史性时刻。之后，我们见证了 OpenAI（人工智能研究公司）推出的 GPT（Generative Pre-Trained Transformer）模型不断进化，挑战人类对于智能、意识以及创造力的理解边界。

[①] 陈楸帆. 出神状态. 小流界, 2018, 第 4 期. 这段文字为 AI 程序通过深度学习作者风格创作而成，未经人工修改

如何与幻觉机器共舞？

2022 年 11 月 30 日，在我的生日这天，OpenAI 推出基于 GPT-3.5 的 ChatGPT —— 一个能够回答问题、写作小说、论文甚至代码生成的对话式 AI，在全球掀起现象级热潮。它从 0 到获得 100 万用户只用了不到 5 天，而推特用了 2 年，Facebook（脸书）用了 300 天，Instagram（照片墙）用了 75 天。相比于之前的 GPT-3 模型，ChatGPT 增加了 RLHF（Reinforcement Learning with Human Feedback，依据人类反馈进行强化学习）的概念，能够更好地理解文本更深层次的复杂含义，无论是连续流畅的对话，还是对于错误想法的纠正，甚至能够质疑不合理前提或者干脆拒绝恶意提问，足以让对话者产生"以假乱真"的幻觉。

如果说 2017 年的"陈楸帆 2.0"语言模型还是混沌不堪的"随机鹦鹉"，简单的人称都搞不清楚，人物关系里面谁是谁、彼此的联系是什么，写着写着它就搞混或者颠倒了。但到了 GPT-3.5 和 ChatGPT，它的写作能力已经超乎想象。在一个序列里，你给它一个环境或背景去做续写，你能看到它前后的连贯性保持得非常好，甚至还能给出一些你意想不到的转折，有一些甚至令我觉得带有更深层的文学意味。

现在我花非常多的时间在探索怎么跟 ChatGPT 合作，这肯定不是我们原来想象的简单粗暴的"复制粘贴"的过程，而是一个非常复杂的人跟机器共生的、共同写作的过程。在这个过程中我会对自己的写作有非常多的反思，它让你理解到你作为人类的边界、惯性在哪里。

我会用 ChatGPT 来进行头脑风暴，或者生成一些对某个陌生场景非常细致的描写，甚至把一段话输入进去，让它调节整体风格，变得诙谐一点，或者严肃一点，也可以模仿某个作家的写作风格。几秒钟之内 AI 就可以给你生成一段接近你要求的内容，但这是一个反复迭代的写作过程，它跟我们传统的写作、人文主义的写作是完全不一样的，所以我觉得这个东西非常有意思，它会在可见的未来改变很多领域，写作也会是其中之一。

最近我正在写一个儿童科幻，写一个非常懂 AI 的城市女孩去一个原始村落，遇到另一个少数民族女孩的故事。我会用 ChatGPT 帮我描绘一下未来的 AI 城市是什么样的，这个女孩一天的生活场景是怎么样的，它写出来的文本非常像《小灵通漫游未来》，我把文本再回输进去，要求它再增加一点文学性，再增加一点哲学的思考、一些生动的比喻，它就会再修改。我甚至曾经要求它用科马克·麦卡锡的笔触来写一个海啸的场景，出来的文字不一定全都能用，但能给你一些感觉。

ChatGPT 也会生成一些我原来在大纲里没有涉及的情节，比如两个女孩第一次见面，会有一些防备心理。那我就可以顺着这个防备心理的线索再去发展。和它一起写作就像一个开放的写作实验，你不需要做任何的预设，有了意象，展开变成场景，再加上人物，借由 ChatGPT，人物和场景之间发生的故事就不在你预先的设计范围内了。你就跟着它走，看怎么把机器生成的每个模块结合在一块，最后用人类的审美、文学性的判断标准再做统一的修改。未来的作品，读者或许根本分辨不出来到底哪部分是人写的、哪部分是 AI 写的，因为里面会经过非常多不同层次的修改和润色。

机器所理解的文学性、哲学性，也是基于语言模型，抽象出很多文学作品里所谓的文学性，有时候会过度修饰，比如你让它加点比喻，它恨不得每句话都来个比喻，你就会知道机器把握不好这个平衡，而文学性的微妙之处恰恰在于取舍，在于留白，在说与不说之间，这部分它还没有那么智能。它在情节的灵活性，来源于已经学习了非常多历史上的文学套路，让它能跳脱出人类作家的惯性。人类写作很多时候还是会受限于以前的创作路径，所谓窠臼，但 AI 可以从整个人类的数据库里去抽象出非常多的原型，无限多地在原型里做排列组合，去生成无限多的分支结构。

我也尝试过用 ChatGPT 去翻译，真的比我以前用过所有的翻译软件都好。它的流畅程度，达到了一个新的高度。但我觉得有一些更微妙的东西，包括文化上的符号、引用历史的典故等，包括有时候有一些多义性的处理，AI 还做不到人类译者的水平。

甚至包括封面和插画也可以让 AI 参与创作。我的一本小说集《赢家圣地》，封面就是我用另一个 AI 工具 Midjourney 去生成的，我看了出版社请人类设计师做的方案，觉得跟我想象的还是有点距离，然后我就想自己来，在很短时间内生成了数十个版本，然后筛选之后，让设计师加上字体，以后可能连这一步都可以由 AI 代劳。

几年的时间，AI 就已经进化成这样。技术的进步确实远远超过我们所能预测的范围，这一点是最可怕的。它的进步不是我们习惯的线性增长，而是一个指数性的增长，而且这个增长才刚刚开始。AI 提供给我们非常强大的工具，创意的工具、写作的工具、设计的工具，同时也让我们思考到底原创性的边界在哪里、人类的主观能动性在哪里，包括知识产权，包括怎么尊重被采集数据的作者，他们是否也拥有一定的权利。所有这些问题都在一团迷雾当中尚待被厘清和讨论。

创作的本质与文学的未来

用 AI 写作之后，我有一个非常明显的感觉，就是人也好、机器也好，创作的过程其实没有太大区别。

我们写作、思考、交流，表达全都是用语言，那创作的本质到底是什么？可能就是把你读过的东西、你的体验、你的思考，重新排列组合成一种新的文字组合形式去表达出来，而机器是用一种数学模型来做它的排列组合。人可能要更加复杂，用大脑神经结合情感体验等。但我觉得从根本上来讲，这两者可能过程是非常相似的。

就像人的写作很多时候也是从模仿开始，只不过人的大脑的算法是一个更内隐的过程，更像一个黑盒子，会被赋予一种神秘感，一种类似于灵魂的光晕，就是本雅明所说的 aura（灵晕）。

而当我们真的试图去理解 GPT 到底怎么建出来的，你会发现非常多工程学上的具体的实施细节，我们都不知道它的原理是什么，只是通过非常多的试错来达成。所以，AI 跟人的大脑一样，我们都不知道它的底层逻辑是什么，都是黑匣子，只不过一个是碳基，一个是硅基。

当你看到一个机器，它用这么简单粗暴的训练方式，也能写出让你觉得"有一些东西"的文字的时候，你就会开始回过头想，那么多作家，包括画家、诗人，这些创作过程里到底有什么人类的独特性？我现在的答案是，可能并没有那么的独特，也没有那么的不可替代。随着 AI 不断以这种指数级的速度自我进化、自我迭代，接下来非常多人类本体的定义、人本主义的基础会被动摇，这是一个更深刻的东西，可能现在还没有被讨论得特别充分。我观察到人文学者，包括一些传统作家，他们面对新的事物还是比较保守，甚至很多会有一种拒斥的心理。他会觉得这东西无非就是排列、组合、拼贴，从那么多东西里面这边抄一点、那边抄一点，但我觉得这个东西可能没有他们想象的那么简单。原来大家会质疑 AI 无法创造新的东西，但现在意识到，人类创造的东西，很多也是通过原有的知识经验的打碎重组，放到新的场景里去运用。

对于我来说，现在写作中最花力气的地方反而是在最不花力气的地方。这么说可能有点玄，它不在收集信息、理解科技、编排人物与故事原型，而是在于不经过理性思考判断，从潜意识层面涌现的直觉，也就是"非计算性"的部分。你无法控制它的到来，很多时候只能等待，只能祈祷。这或许是 AI 尚未通过语言模型学会的部分。

当最新的 ChatGPT 及各种变体已经能够以超乎想象的流畅程度与人类进行对话，以及进行特定领域的写作，比如财经新闻、体育报道、法律文书、论文摘要……甚至模仿历史上不同的作家风格进行创作。尽管生成内容质量还不够稳定，且时常会犯一些常识性的错误，但目前也有科学家尝试教会机器理解我们所身处的"世界模型"。可以说，我们已经生活在这样的科幻现实中。如果科技真的到了我们无法分辨人类与机器的地步，哪怕只是语言层面上，都足以颠覆绝大部分行业及社会生活的面貌，因为人类无法离开语言进行思考、表达与交流。许多人类职业会被替代，企业会高度自动化。新一代儿童会更习惯与机器进行交流，相比之下人类交流笨拙而低效，充满误解。机器能够无穷尽地生产出供人类娱乐的个性化内容，不输历史上任何经典的文学、影像或游戏。我们是否将迎来真正意义上的"文学已死"？

发展人工智能，也是在认识人类自己，最后你也会去思考智能的本质是什么、意识的本质是什么、存在的本质是什么，它是否也是由语言、由符号来定义的，它是否也是从一个混沌海量的数据里面，去涌现出来的一种秩序感？而最后的最后，我们不得不质疑意识与智能的本质，因为从表征上已无法区分人与机器。那么，界限在哪？

如果从人类中心论的角度来看，未来无疑不站在我们这一边。但如果将机器也视为我们文明延续的产物，那么我希望新的智能生命能够建立起更可持续发展的文明形态，并平等地尊重所有物种包括非生命的环境本身。按照卡尔达肖夫指数（Kardashev Scale）对文明的分类，人类连全面利用行星级能源的一级文明都没有达到，我们没有任何理由自大甚至自恋，而应该以开放心态接受人类世作为通往更高级文明形态（在詹姆斯·拉夫洛克看来是纯硅基生命的"新星世"）过渡期的命运。

彼得·沃茨的《盲视》及《爱、死亡和机器人》第三季里面的"虫群"其实说的就是这样的无意识集群智能文明，自我意识对于它们来说是一种低效无用的冗余功能，就像盲肠一样。但我同样认为，在那样的一种文明形态中会有不同水平的意识涌现，也许是宇宙级别的分布式意识，它成了塑造时空与不同维度现实的基础，而我们现在人类所谓的意识与文明，只不过是其中渺如烟尘的分型与投射。但人类仍然有自己的命运，有自己的旅程，就像希腊神话《奥德赛》一样，奥德修斯历经磨难，战胜巨人与怪物，最后衣锦回乡，但他已经不再是原来的自己，他回到的也并不是原来的故乡。他领悟到更大的使命与归属，那种崇高感或许是跨越了一切物种与文明界限的终极意义。

而文学，毫无疑问正是承载这种文明崇高感与人类乡愁的意识织体。它将伴随着我们一直航向历史的尽头，无论掌舵者究竟是人类，还是机器。

人 生 算 法

当我倦于赞美落日与晨曦

请不要把我列入不朽者的行列

——埃兹拉·庞德《希腊隽语》

——

韩小华在他七十大寿这天，生出了去死的念头。

儿女让酒店布摆得隆重气派，完全照足 20 世纪的旧排场，尽管在座的十八围宴席上没几个人亲眼见过，可厅面经理说，这就是当下最时兴的风格。寿堂正厅墙上是动态投影的南极仙翁像，隆额白髯，身骑梅花鹿，手持寿桃和龙头手杖向来宾微笑招手，旁边还有宠物丹顶鹤灵活地转动蛇形脖颈，而在现实世界里，这种生物已经灭绝快 10 年了。

当来宾举手回礼时，一个虚拟的红色利是封便随之飞入南极仙翁喇叭般宽大的袖口中，心理上仿佛是给象征长寿的仙翁上了贡，信用点却落到了儿女的账头上。

韩小华随着儿女孙辈绕场走了一圈，接受客人的祝寿和敬酒，满屋金红配色的寿烛寿彩晃得他眼花。恍惚间，那一个个草书寿字就像是手足乱舞的金色蜘蛛，挂满了头顶，他心里有点儿发毛。

重金请来的司仪二胖又开始高声朗诵，好像是让华叔上台发表什么生日感言。这小崽子仗着嘴尖舌仔利（潮汕方言，指口齿伶俐），这几年承包了村里的各种红白主持，什么开业剪彩婚娶百日奠基丧葬抽奖乔迁，一听见他那把尖嗓子，都不知道该笑还是哭。

韩小华摆摆手，让儿子韩凯替自己上台，反正稿子都是他写的，无非就是把该谢不该谢的都谢一通，好像没了他们自己就活不到今天。这娃自从当上村里的文化官，说话的瘾就越来越大，恨不得路上逮只鸡都能教育半天，难怪孙子孙女们都见鬼一样躲着他走。

"我去抽支烟，透下气。"韩小华从上菜的后厨口溜了出去。

院子里没了那些烟酒油镬气，让人精神一爽。韩小华蹲在据说是嘉庆年间所种的大榕树下，抽起烟来。午后的日光穿过珠帘般密密垂落的气根，打在他黝黑的脸上，如同印了一幅条形码。他眯缝起眼，透过烟气，望着远处被晒得发白的茶山，有一红一蓝两点人影在动，竟然像极了年轻时的阿慧和自己。他仿佛闻到了阿慧身上的那股茶花香。

他再看，人影不见了，而50年已经过去了，阿慧过世也快5年了。

"你还没带我去看椰子树呐！"他忘不了阿慧临走前说的话。

韩小华叹了口气，烟屁股一丢，鞋底碾了上去。

"华叔，怎么不进去热闹热闹。"是酒店的主厨老黄，又递上一根烟。

"过一次少一次，有什么好热闹的。"韩小华接过烟，没抽，夹在耳朵上。

"诶，大吉利是。七十还年轻得很呢，只能算中寿，我看你这耳厚人中长的福相，活到期颐寿没问题啦。"

"活那么长有什么意思。"

"享福啊，你看你子孙满堂，又赶上好时候，现在农村日子比城里强多了。还是你有远见，把地和人都留住了，不像我那儿子，还得苦哈哈打工赚养老看病钱。"

"好歹见过世面呐,我这井底蛤蟆,一世人最远也就去过深圳。"

"那是你不愿意去,你看合唱团那群阿婆,地球都跑两圈了,玩嘛,日子好过嘛,何必想不开。"

韩小华不说话了。要不是那场突如其来的流感,要不是阿慧硬拗着不上医院,也许现在两人正坐着高铁飞机周游世界吧。他摇摇头,这只是自己马后炮的想法罢了,阿慧在或不在,其实改变不了什么。他们还是会窝在这麻雀屎大的村落里,相伴终老。

生日前几天他又做了那个梦,原本以为再也不会做了,可又那么毫无端倪地出现。还是一样的人、一样的场景。他和早出世那么几分钟的孪生哥哥韩大华站在打谷场上,两人都是十七八岁的青头仔(潮汕方言,指未婚男青年)模样,手里紧紧攥着什么,在毒辣的日头底下满脸油汗,彼此对视。然后,像是听到了某声召唤般,两人齐刷刷地伸出拳头。就在他们向世界张开掌心的刹那,梦戛然而止。

醒来后,韩小华明白自己从来没有放下过。他一直在后悔当年的事,这改变了他自己及子孙后代的命运。他不愿意再踏出外面的世界,原因竟像小孩赌气般幼稚:他怕见多了便会琢磨,如果当年换成是他抽中那根签,人生又会是怎样一番境地。

有些事,想不如不想,做不如不做。可越是刻意不去想,却越是魔怔般陷进去。

于是,日子也愈发地变得没有意思了,他想到了死。

韩小华活了 70 岁,见过的死人不比活人少。村史馆里的 AR 沙盘一开,手指滑动时间轴,就能看到鲤烧村百年来的变化,海潮进退,山陵起落,农田和房屋像是对弈的两方势力此消彼长,道路如年轮或皱纹蔓延生长,可唯独看不到人的变化。

自他记事后见到的第一个死人,在他 6 岁那年。

"摔死人了!"他被人群高亢的呼喊吸引着,停下了手里揉搓的泥球,摇摇晃晃地跟在大人屁股后面到了现场,一座储粮的土圆仓前。人里三层外三层拥着，他挤不进去，踮起脚尖也只能看见铺着麦秸秆的仓顶，像一顶大伞缺了一角。

不知谁喊了一句什么，韩小华面前突然齐刷刷地让开一条道，他慢悠悠地瞅着一条条蓝灰色的裤腿，有洞的、没洞的、带花的、打补丁的，走进了人群的中心。那里有他歪着脖子一动不动的阿爸和哭天抢地的阿妈。

"饿的。"旁边有人这么说。

这两个字让他记了一辈子。他哥一直到来年开春才明白自己没了阿爸。

如今的鲤烧村是他年轻时候做梦都想不到的。2030年啦，农民都用上AI和云链了，拿个手机按几下，农活都让无人机蜂群、机器人给干了。甚至都不用人管，老天爷稍微变个脸，刮风下雨升温降温，触发什么智能合约，马上就有相应的措施防止庄稼受灾，这可比人强多了。每一季种什么、怎么种、渠道在哪、价格怎么定，都有数据链条帮你搞定，它看的可不是各家各户的一亩三分地，而是全球市场。

好家伙，这日子可比古时候的皇帝舒服多了。可就是这种神仙日子让韩小华浑身不自在，都不用人了，人还活着干吗呢？就像那些小孩一样，整天戴着顶怪里怪气的塑料帽，完全活在另一个虚无缥缈的世界里。那跟旧社会抽大烟有什么两样？

新闻上说，算法可比大烟让人上瘾多了。这还是韩小华头一回听说这个词。

孙子让他戴过一次那帽子，眼前像是掉进了一方无底洞，各路牛鬼蛇神以极快频率闪现又消失，有真人，有卡通，还有不知道是什么玩意儿的怪异图案，他太阳穴突突直跳，眼睛晕得冒火花，几乎是跪着把帽子给摘了，从此再也不敢碰。

韩小华知道自己已经追不上这个时代，他也从来没想过要追，不像他那经常在媒体上露脸的哥哥。"不老的弄潮儿"，他们这么夸道，韩大华投资领域跨度极大，且成功率奇高，旗下企业矩阵已然形成了小小的技术型商业帝国。而自己只是个虚耗岁月的过时之人。

想到这里，他突然受了刺激似的，掏出手机，按下收藏夹中自杀服务商的联络键。他不知道接下来会发生什么，许多事情在他脑中一闪而过。韩小华甚至想起许多年前哥哥替他买的保险，只不过现在他清楚自杀无法理赔，也就不用担心一对儿女会因此起纷争。该留下的、该分好的，都已经安排妥当。

现在轮到他自己了。

"阿爸。"

儿子韩凯突然出现，叫住略显慌乱的父亲。

"差不多该散了，您再去敬一圈？"

"哦好。"韩小华漫不经心应着，往宴会厅走去，这时手机响了，他一下子定在那里。

"怎么了爸？你没事吧。"

"没事没事，我接个电话马上进去。"

打发走儿子，韩小华又走远几步，清了清喉咙，郑重其事地接通电话。那头响起一把年轻而爽利的女孩声音。

"小华叔吗？"

"是我啊，你是？"

"我是笑笑啊。"

"笑笑？哪个笑笑？"

他花了好长时间才想起来，那是他的侄女，哥哥韩大华的女儿。

二

韩小华在大湾区逛了3天，却连哥哥的影子都没见着，他有点按捺不住。

笑笑倒是全程陪同，照顾得细心周到。虽说是侄女，可年纪却和他孙女差不多，不，甚至看上去还要更年轻有活力些。一头密且

人生算法

079

软的灰蓝短发、健美匀称的运动员身段，如果硬要说哪里像他哥的话，也许就是眼神中偶尔闪过的一丝傲气。

上次见面时笑笑还只是个怯生生的小女孩，哥哥也不搭理她，只让她在一旁玩着编程玩具。倒是韩小华主动跟她说话，给她椰子糖吃，那是阿慧最喜欢的零嘴，却被笑笑一脸严肃地拒绝了。

她说爸爸不让她吃糖，那会让她的大脑上瘾。

韩小华这才知道面前这个女孩是哥哥的孩子。

他从来没有关注过哥哥的私生活，也不想知道。对于他来说，哥哥是个如此特立独行的人，无法用任何传统的条条框框来限定，至于跟谁有多少个孩子这种村里人才好打听的八卦，他是断断问不出口的。

大湾区跟记忆中相比，又有了翻天覆地的变化，这才过去不到10年，几个片区又立起了7座世界级摩天楼，入驻的都是全球顶尖企业的亚太总部，在阳光下高得耀眼。新能源无人车和共享交通系统大大提高了出行效率，减少了污染，几乎可以做到无缝对接。最让韩小华惊讶的是，3天时间他们把深港澳转了个遍，竟然一次也没有被要求下车检查各种证件。从鲤烧村来到这里，就像是穿越到了未来。

"我给叔申请了临时的大湾区通证，您的个人数据已经同步到云链上，也就是说，不管是医疗、保险、交通、餐饮、娱乐……你能想到的方方面面，现在都可以享受大湾区的服务。"

"哦……这样。"韩小华并不确定自己完全明白了。

像是看穿了叔叔的心思，笑笑连忙举例说明。

"就好像咱们昨天去吃的海鲜酒楼，万一，我是说万一啊，您吃了不新鲜的鱼虾，食物中毒，一是因为原材料都可以通过链上溯源，我们马上能知道究竟是哪个批次出了问题，锁定责任且防止更多人受害；二是您到医院的时候，所有个人健康数据都同步了，跟有问题的食物检验数据一交叉分析，诊疗方案马上就出来了，不耽误事儿；三是保险公司得到医院的实时反馈，触发智能合约，您的赔偿金不需要再经过重重审核，直接就可以打到您通证账户里；四是因为以上所有数据记录都是真实且无法篡改的，您对这家酒楼的评分权重会自动升高，帮助更多的消费者形成了一次消费共识，还会给您发放奖励。我这么说，您是不是大概清楚点了？"

韩小华点点头，心想这姑娘脑袋瓜子真好使，他突然又想到了什么。

"这么说来，方便倒是方便，可我去哪、干吗、有什么毛病不都被人知道得一清二楚了？"

"这您不用担心，我是学数学的，法律规定，所有个人数据都必须经过脱敏处理，而且进行量子加密，链上的任何节点都没有办法滥用……"

韩小华走了神，想起笑笑打来电话的时间点，偏偏那么巧，就在他按下联络键之后。毕竟他和哥哥平时也不是走动那么多，尤其是上了岁数之后，两人之间许多原本能说不能说的话，想想说了也没啥意思，就又噎了回去。哥哥几次邀他去游玩，都被小华以各种理由婉拒，渐渐也就没了下文。

这一次，小华却一口答应了。他想在临走前还是得见见哥哥，毕竟是一个娘胎里出来的，前后也就差了那么几口烟的功夫，总还有一些割舍不断的羁绊。

"……小华叔，我爸刚打来电话，说他那边完事了，让我带您去见他。"

"噢噢，好的，麻烦你了。"韩小华不知怎的突然紧张了起来。

见面的地方在蛇口区一栋大厦里，挑高顶层里别有洞天地搭出一间茶室，古朴素雅，却能望尽整片海岸风光。

哥哥已经在包厢里等着韩小华，面容气色竟比几年前还要显得年轻，说是五十出头恐怕也没人怀疑。两人站在一起，尽管相貌如此酷似，却断猜不出谁是哥谁是弟。

"小华，快坐，这几天玩得可好？笑笑有没有照顾周到？"

"哥太客气了，麻烦笑笑了。"

"叔又不是外人。爸，我还约了朋友，你们先聊，等差不多了我再来接小华叔。"笑笑跟父亲抱了抱，帅气地甩甩头，离开了包厢。

"你这女儿可真是……"韩小华想了想，挑了个比较中性的词，"优秀。"

"就是没常性，干什么都三分钟热度，像我，哈哈。"

兄弟俩就这么喝着凤凰单丛，拉着家常，仿佛一场平日无事的下午茶叙，看着日头慢慢从海平面上坠下去，给万物镀上一层金光。

"小华，夕阳无限好啊。"哥哥突然感慨了一句。

"哥……你知道了？"

"都说双胞胎之间会有一种感应，你的心思，我又怎么会不知道。"哥哥眼含笑意。

"我不信。"韩小华是真的不信，他从来没有感应到哥哥的任何心绪变化，反过来亦然。

"你还是老样子，啥都不信。"哥哥喝了口茶，收了笑，"是我当年给你上的保险里，有一项自杀干预，一旦你的行为触发某项指标，就会通知我。"

"我就知道。"

"对对对，你什么都知道，就不知道怎么好好活着。"

"……"韩小华语塞。

"我最近都在做一个梦，梦见当年咱们抽签的情形，我知道，你心里一直有个结，"哥哥口气和缓下来，顿了顿，"我也有。"

韩小华把玩着手里的紫砂茶杯，在渐暗的日光下摩挲表面的纹路。

"……现在说这个有什么用？"

"如果，我是说如果啊，我能让你抽到那根签呢？"

韩小华看着哥哥的眼睛，他知道这不是玩笑话。如果硬要找出兄弟俩最大的不同处，那就是大华相信自己能做到一切看似不可能之事，这种相信引导他克服现实世界的重力阻碍，完成从井底到山巅的无数次跳跃；而对于小华来说，他相信发生在自己身上的便已是最好的安排，直到阿慧的去世，让他开始动摇，才会想要违背安排，去提前结束自己的人生。

有时他也会想，自己和哥哥的这种人格差异，究竟是出生之时便已经注定，还是后天一点一滴积累起来。先天的话，同卵双胞胎在遗传上近乎 100% 相同，除非相信命理玄学，如果是后天的话，毫无疑问，那件事便是决定性的分水岭。

太阳已经完全落下海面，茶馆里亮起了灯，茶香氤氲，飘着若有似无的粤曲吟哦。

大华和小华相对无语，各怀心事，只是一泡又一泡地喝着茶。

韩小华知道，一旦自己迈出了这一步，很多事情就回不去了，他需要时间来思考。而哥哥也清楚这一点，可以看出，他强压住心中的迫切。今晚注定会是个不眠之夜。

不过，既然韩小华已经选择了长眠，少睡一晚又算得了什么呢。

三

事情并不像韩小华想象的那么简单，尽管他所想的也并不简单。

他们第三次来到前海这栋全玻璃钢结构大厦，经过三重门禁关卡，终于来到了此行的目的地：因陀罗系统。韩小华之前两次全面体检及基因测序、脑神经连接组测绘的数据已经悉数上传到平台，组成了一个即便放眼全球也属于顶尖水平的虚拟人模型。

全身经过消毒的韩小华被喷上一层半透明的速干凝胶，其中包含着数百个纳米感官单元，从某个特定角度看，仿佛松弛皮肤表面悬浮着一层金砂。他颇有几分尴尬地被笑笑领到了巨大蝌蚪状的白色舱体前。

"这叫森萨拉舱，也叫轮回舱。"笑笑解释。

这并没有减轻几分小华心头的疑虑。他注意到这里的房间和设备都是用佛教名词命名的。哥哥信佛吗？还是只是觉得这样做可以让中国人接受起来更容易些。毕竟如他所说，这还是一项处于临床实验阶段的前沿技术，谁也不敢百分百保证不会出岔子。

对韩小华来说，再大的岔子也不过是把自己的死亡计划提前执行而已。

有人拍了拍他肩膀，他回头，是哥哥，眼含关切，或者做出眼含关切的样子。

"小华，你还需要考虑一下吗？我们还有时间。"

韩小华一笑："协议都签了，你就别跟我来这套了。"

尽管3个律师花了两天时间向他详细解释协议里所有的条款，可他还是没法搞懂那些技术术语，神经链式反应、量子态化身、虚时间效应……简直比外语还难懂。他只记住了一个词：算法。

律师说，这是整件事的根基，也许也是一切的根基。

所以算法究竟是什么呢？读完冗长的定义后，韩小华仍然不得要领。

最年轻的那个律师抬起头，脸上没有半丝开玩笑的样子。

他说："是道。"

韩小华躺入舱内，温热的弹性材料自动包裹住他的身体，空气中有种令人平静的甜味。他想了很久究竟在哪里闻到过，记忆只能回溯到孙子孙女出生时的产房前，据说医院提取了羊水中的某种成分做成香薰，对产妇和家属都有镇静安抚的功效。

舱门关闭之前，他看见哥哥的脸，似乎在对自己说："我的话你都记住了吗？"

韩小华笑了，这几天哥哥说了太多的话，比过去半个世纪说的话加起来还多。这其中并没有多少手足间的家长里短，更多的是他听不懂也记不住的天书。他甚至有时候觉得自己在跟另一种人交流，比老外更陌生更遥远。

舱门完全合上，韩小华感觉自己脑壳被盖上一条热毛巾，四周亮起了蓝绿色的光，有节奏地闪烁起来，越来越快，略高于体温的含氧液体漫过他的四肢，逐渐向五窍逼近。尽管这一切都已经在引导视频里讲解过，可韩小华还是无法遏制身体里那种原初的恐慌，如同回到了童年在海边被恶浪卷跑的经历。

他闭上眼，似乎这样能好受一点。

……想象自己漂浮在一望无际的海面上，阳光、微风、海浪……什么也不要想，什么也不用怕……这时平台会在你的肉身和量子态化身之间建立映射关系……你会感到有一丝怪异，就像是意识和肉体之间有一道空隙，总是无法严丝合缝地重叠在一起……

哥哥的话开始在脑海里断续播放起来，伴随着不知是真实存在还是幻觉的梵音，韩小华感觉舒服了一点。他努力去捕捉那种感觉，但越是努力，越觉得自己要被吸入某个深渊。

……联结完成时你会感觉到咔嗒一下，就像齿轮彼此咬合……我们会用算法改写你记忆中的某个节点，其实是你的量子态化身的记忆，神经链式反应会推演出你随后的所有记忆及认知的变化，就像你真的重新活了一遍一样……

重力的方向缓缓倾斜，他觉得海面旋转着拍打在身上，带来疼痛和压迫感，一种矛盾的感知让头脑陷入了混乱。他迎面拥抱着整片大海，而另一股引力却让他逆流而上，朝海洋的深处潜入，或是向天空浮去。

……你要记住，你依然是你，你既在那里，又在这里，这就是因陀罗的奇妙之处……你有选择的权利，但也需要承担相应的后果……如果你想停下，随时可以回来……你的身体状况，只允许有 3 次改写的机会……

韩小华沿着半透明的流动光幕缓缓上浮，身边的每一个气泡仿佛都折射出细小的记忆碎片，闪烁着不真实的微光，分裂、破碎、融合。他似乎听到了某种召唤，愈加用力地朝着光亮的水面游去。

……小华！小华！你听到我说话了吗……

由细长尾部带动旋转的森萨拉舱稳定了下来，控制台上显示出各种数据波形。韩大华朝女儿点点头，笑笑不知什么时候也换上了紧身装束，她也点头回应父亲，遁入旁边略小的蛋壳状座椅中。

"记住你要做的事。"

在舱门即将合拢之前，韩大华用毫无起伏的语调提醒女儿。

四

"……小华！小华！你听到我说话了吗……"

韩小华被白光晃得睁不开眼，眼睛终于适应之后，他看到了满头大汗的哥哥，只不过不是中年人长相，而是舞象之年的少年韩大华。他倒吸了一口气，看看自己的手臂和身体，也是年轻模样。

"我……"

"你什么你，看把你激动的，愿赌服输赢，你可得好好学，给韩家光宗耀祖……"

韩小华这才感觉到手心有什么东西硌得生疼，是那根短了一截的麦秆。

看着记忆中的世界如此巨细靡遗地复现在眼前，是一种无法言说的感受，而更加微妙的是时间流逝的速度。韩小华几乎敢打保票，这里的日子比正常世界里过得要快，就像是用倍速播放的视频，但至于快多少，他估计不出来。那种快已经嵌入了他整个身心，如此自然地接受了下来，并不觉得错乱。

韩小华在报考大学志愿时犹豫了好久，他深知恢复高考之后，年轻人黑夜中飞蛾扑火般的热情，以及远远低于当今的录取率。

50年后的他知道自己无法追随哥哥的脚步报考数学系，他完全不是那块料。这就像一个可笑的悖论，要回到过去重新选择人生，却无法摆脱旧有人生的眼光和恐慌。

经过反复考量，他打出一张安全牌，考上了省内一所师范类院校的商科专业，学费低，离家近，毕业好找工作，读下来也不至于太难。

大学4年时间过得尤其地快，韩小华体验到他从未体验过的校园生活，但每当那些新鲜而充满不确定的事物向他伸出手时，他总会陷入一种不知所措。他会想如果是哥哥会怎么做，继而会想，这些片刻的欢愉会将他的人生带向何处。

首鼠两端间，他成了校园里的隐形人。而其他学生，无论是少年还是中年，都如同沉睡已久的火山，对知识、对表达、对自由、对一切的一切，爆发出近乎疯狂的热情，像要把生命在这短短4年内燃烧殆尽。

韩小华远远看着这些人，仿佛看着一道道充满未知数的数学题，而自己的那道，他已经看清了每一步求解的过程，甚至答案。

他将被分配到特区一家存在至今的国字头企业，一路干到中层，并在深交所开业之后成为新中国第一批股民，分享改革开放的红利。他会将所有的收入购买房产，并在2019年前陆续抛出，转换为股权投资、虚拟货币以及全球置业。他将会娶一位本地村民的女儿，这样他们的后代将享受终身的村办企业股份分红，以及数栋价值过亿自建房的稳定租金回报，等待着城中村改造项目把他们送上财富的金字塔尖。

一开始，他以为是真实世界残留的记忆在引导自己做出选择，就像是提前偷看到了试题答案的考生，可很快地，那些记忆变得模糊不清，就像有一只无形的手牵着他，在人生每个岔路口选择方向。他无法解释，只能接受。

他没有忘记回馈故乡，只是每次看到掌纹里都嵌着泥土的哥哥时，心里总会泛起一丝莫名的愧疚，但随即他会这样说服自己，这是命，一切都是他应得的。于是，省亲的次数也日渐稀疏。

所有人都说他运气真是好，每一步都踩在点子上，如有神助。他却感觉惶恐，似乎这条路并非出自他的本意，尽管每一个决定都如此正确安全，但总有什么东西埋伏在前方暗处，静静等着自己。

＊＊＊

风起于青萍之末。

拓扑量子计算的突破引发虚拟货币市场的雪崩，韩小华苦心选择的对冲机制在范式转换面前毫无意义，高杠杆就像自我增殖的癌细胞，不断侵蚀原本健康的资产配置。他想用自建楼作为抵押，但国家的政策风向已变，不再进行城中村改造，转向更为经济高效的棚屋改造，原本将他奉为座上宾的银行领导避之不及。为了填补巨额债务，他只能通过地下黑市渠道贱卖资产来换取时间，怎奈雪球滚下山时总比推上山要容易且快得多。

他破产了，信用降级，消费受到严控，全家搬离了半山别墅，住进了一处普通高层。

从那之后，他就开始做噩梦，梦见从高处坠落，身陷沼泽或者在黑夜中躲逃猎杀自己的丛林猛兽。

他几乎在一夜间老了 10 岁。

是夜，韩小华又一次从梦中惊醒，在梦里，他才是那个面朝黄土的农民，而不是哥哥。看着妻子轻微起伏的背影，他感觉说不出来的陌生，似乎梦里的那阵茶花香才是真实的，而眼前的一切尽是虚幻。

早年某次心血来潮，他回乡寻访儿时青梅竹马的阿慧，两人站在香火缭绕的祠堂门口，相对无言。阿慧接过他带来的礼物后咧嘴笑，露出并不整齐洁白的牙齿，说："你还记得我喜欢吃椰子糖啊。"他听到了自己内心真实的回声，这不过是一个普通得不能再普通的乡村妇女，那些美好记忆仿佛都只是加了多重滤镜后的效果。

他轻轻下床，走上阳台，抽了根烟。城市灯火未央，烟雾在夜风中散去不见。

人生就这样了吗？

韩小华突然一个激灵，似乎听到了什么不该听的东西。他把没抽完的烟在墙上蹭灭，又夹在耳朵上。因为这个习惯，妻子不知道吵过他多少回，嫌他丢人，可奇了怪了，他怎么也改不了。

他爬上阳台的围墙，坐在边缘，双腿悬空，轻轻晃动。这栋高层下方，是一片黑黢黢的树林，此刻像一口深不可测的秘潭，诱惑着韩小华做出一些非理性的举动。

他挪了挪身子，离那口秘潭又近了一点。他不明白自己为什么会来到这里。不只是阳台，而是人生，来到这么一个怪异的点上。

他摆脱了父辈的命运，不再是粤北山区一个看天吃饭的农民，而是成为在任何意义上都当之无愧的人生赢家，再从云端重重坠下。可从始自终，他都没有快乐过，在世俗看来无比成功的每一步，似乎都在损耗他的生命力，将人之为人的一些不可名状之物抽离躯壳，留下的只有按程序步向既定终点的血肉机器。

韩小华想拿耳上夹的那支没抽完的烟，突然闻到了一阵茶花香，他猛地回头，身子晃了晃，一下子失去了重心。

人生就这样了吧。

那个念头再次闪现。韩小华并没有坠落，而是凝固在半空中，保持着一个滑稽的姿势，像一个草草画下的休止符。

然后，他看着那张脸从虚空中浮现，进入自己的身体。

整个世界被拉扯成光的隧道，通往未知的深渊。

五

韩小华在轮回舱中猝醒。含氧液尚未完全排空，他大口呼吸，喷出鼻腔和气管中的黏液，死命敲打舱门，喉底发出非人的哀号，仿佛自己身处六尺之下，被囚于活死人的高科技棺木中。

几个医护人员托扶他出舱，给他注射镇静剂。

慌乱中，他看见了哥哥的脸，像是看见另一个世界的自己，可身体的所有感受都在告诉他，他又回到了那具孱弱、笨拙、衰老的躯壳中。

在被推出实验室之前，韩小华与蛋舱中的笑笑对视了一眼，是她将自己带了回来。笑笑的眼神透露了很多东西，但韩小华不确定自己完全理解了其中的信息，更令他奇怪的是，从那一眼开始，笑笑不再是之前那个单纯的小侄女了，她似乎变成了另一个人。

还没来得及多想，镇静剂起效了，韩小华被白光吞没。

等他再次醒来时，韩大华和笑笑已经在旁边候着。

"怎么会这样？"韩小华挣扎着想起身，却被输液管和电线扯住。

"别乱动，"哥哥按住他，"医生说你没什么大问题，只是需要休息。"

"为什么……为什么每一步我都走对了，可结果还是一样？"韩小华声音沙哑发颤，痛苦无法掩饰。

"在之前的机器模拟中也出现了同样的情况，我们反复调整参数，避免过拟合或拟合不足，但没想到加入人的意识之后，结果还是一样的，这也许跟超贝叶斯信念网络……"

"说人话！"笑笑的解释被韩小华粗暴打断了。

笑笑委屈地嘟嘴，韩大华看了女儿一眼，示意她稍等。

"小华，我明白那种感受，我也体验过。你会越陷越深，忘了自己从哪来，要到哪去，那些跟了你一辈子的念头，和新的信息搅和在一起，变成一锅粥。因陀罗不是一个线性游戏，不是你选了什么，就会有对应的故事线和结局。你变了，整个世界都会跟着你而变，这是它的奇妙之处。"

"所以到头来，有什么意思呢？"

"你不觉得你有点不一样了吗？"

"……"韩小华被哥哥的反问噎住了。

说起来，他确实有点变化：整个世界更亮堂了，能听出每字每顿里的细微情绪，注意到笑笑发色深了两个号，甚至连音乐都比以前好听了。不仅仅是这些，尽管他还是那个跟泥巴打了一辈子交道的老农，可居然听到新闻里的国际大事，会有一些念头不受控制地蹦出来。那些念头不属于他，而是来自另一个韩小华，那个被切断在舱门另一边的自己。

"小华叔，你的算法变了。"笑笑蹲在他床前，语气中半是撒娇半是求和解。

"我的……什么？"

"算——法。"怕自己没说清楚，笑笑又拉长音节重复了一遍。

"你这乱讲，我又不是机器，哪来的算法？"

"笑笑没乱讲，人也有人的算法。"哥哥笑着，突然伸手指戳向弟弟的眼珠，韩小华立马闭眼躲闪。

"瞧，趋利避害，饿了要吃，发情了要交配，这些都是写在生物体内的法则，经过亿万年进化到现在，是最底层的生存算法。我还记得你从小就爱吃麦芽糖，没记错吧？"

"这也是算法？"

"麦芽糖是高升糖指数食物，能够快速提高血糖水平，提高在饥荒中的存活概率。但是对于带有糖尿病基因的人来说，这就不是一个最优算法，因为时代变了，发生饥荒的概率大大下降，而食物中的热量却显著增加。所以，我们还得考虑来自亲代的遗传算法，也包括了行为上的表观遗传。"

"照你这么说，你和我的算法应该差别不大，对吧？"

哥哥顿了一下。

"我知道你的意思，小华。如果人都是先天决定的，那就简单了，就跟蚂蚁之间的差异一样可以忽略不计。可人还有复杂的后天因素，这才成为一个个独一无二的人。"

韩小华陷入沉默，他回忆起恍如隔世的另一段人生，那个不知从何而来的妻子，以及过山车般的经历。他开始有点明白了。

"会不会是……因为我的算法还是旧的，所以就算给一条完全不一样的路，最后也会走到同一个终点？"

"小华叔，你这个想法很大胆哦……"笑笑话说一半突然停下，脸上露出怕得罪人的表情，看到韩小华并没有不快，才接着说下去，"……也许我们可以从数学上证明，决定人生轨迹的并不是外部境遇，而是心智算法。"

"心智算法？"一下子听到太多新名词，韩小华有点发蒙。

"从生存算法到遗传算法，再到心智算法，像一座金字塔，每一层都建筑在前一层之上，心智算法就在最顶层。它决定了你如何感知世界、认知态势、决策及采取行动的整个过程。不像生存算法和遗传算法，心智算法在整个人生中一直不断地自我更新迭代。爸爸总说，人生就像滚雪球一样，最重要的是找到足够湿的雪和足够长的坡。"

"呃，其实是巴菲特说的。"韩大华不好意思地纠正。

"谁？"韩小华一脸不解。

"不管是谁说的，总之就像在沙塔尖再放上一粒沙子就能引起整体崩溃，心智算法能够影响遗传算法，甚至改写底层的生存算法。"笑笑解释。

"我不明白……崩溃？为什么不一早告诉我！"韩小华眼神慌乱，再次试图起身，又再次失败。

"一早告诉你能懂吗？"

第一次入舱的情形过电影般掠过韩小华眼前，尽管只是昨天，却仿佛隔了几个世纪般遥远。他知道哥哥说的是对的，同样的话，对于昨天的自己来说，只能是无意义的胡言乱语。他突然心生恼怒，既然已经选择了重过人生，为何还要选择最没有风险的一条路，一眼看得到尽头的人生还值得过吗？看来底层算法中的饥饿和不安全感依然牢牢掌控着自己的一举一动。

韩小华感觉自己和哥哥的距离不是近了而是更远了，哪怕回到自己最生龙活虎的年纪，却还是欠缺了哥哥身上的某种东西。他以前只有模糊而无法言表的概念，现在他清楚那种东西叫作生命力。

没有了生命力，哪怕你凭借作弊或运气抵达成功之巅，却依然无法应对随期而至的虚无与厌倦，你仍然会选择坠入深渊。

他想起了阳台上那个最后的问题。

"我还能再重来一次吗？"韩小华说出了自己都不敢相信的话。

"……只要你想好了，"哥哥也出乎意料，"你还有两次机会。"

笑笑看了叔叔一眼，向他解释道，由于没有接受长期的抗衰老疗法，他的大脑和身体状况最多只能再入舱两次，而且每次的回溯行程都必须比前一次更短。她打了个比方，第一次韩小华能回到兄弟两人高考抽签之时，第二次只能再往后面的时间点回溯，但3次的总行程不变，这次长了，下次就会短。

她似乎还想说些什么，却被父亲打断了。

"所以这次你想好回哪儿了吗？"

韩小华满脸皱纹堆起笑容，似乎又闻到了那阵茶花香气。

六

韩小华再次漂浮在记忆之海上，海浪轻柔，推搡着他想象中的身体。

这次与上一次不太一样，整个视野更加开阔了，他几乎可以闻到湿润海风中的咸味，水流的震荡模式发生微妙变化，他知道自己应该期待什么。

重力方向逆转，海面倾斜，如一座液体的山重重砸在他身上。韩小华自觉像孙猴子一样从混沌阴暗的五行山底，拼了命地往光亮的地方游去，仿佛要从那个缺口进出，爆裂重生。他再也无暇去端详那些炫目的五彩气泡，就算每一个都包含着自己的一段过去，那又如何？无非梦幻泡影。

在漫长的上升过程中，他突然领悟到，这是时间与空间相互转换的一种方式，就像插秧时秧苗的疏密程度决定了收成的快慢。他讶异于自己的发现，而后便被白光吞没了。

韩小华睁开眼，眼前是一片水银泻地般的星空，裂帛般的浮云缓缓飘走，没有月亮，一切却罩在银蓝色的光中。

"你醒啦，可真能睡。"

声音带着笑意，猛地将韩小华拖入这个世界。他扭头看到了那张脸，21岁时的阿慧，即便在最黑的夜里，也好看得像发亮的银镯，让人忘了呼吸。

"诶，你大晚上的把我拉上山，不会就是来睡觉吧……"阿慧突然停住，意识到自己说错话，"……我，我是说，你睡觉，我看星星……"

夜色太暗，看不见她涨红的双颊。韩小华突然被巨大的幸福感所淹没，眼泪几乎要夺眶而出。一切都美好得如此不真实，尽管他在记忆中无数次重播过这一幕，可那毕竟是50年前的事了。如今纤毫毕现地复现在他眼前，他又怎能不激动得丢了魂儿。

"阿慧，我……"韩小华也话说一半卡在喉咙。

他知道自己接下来要说的每字每句："阿慧，我要娶你过门，我会让你过上安生的好日子。"在另一个版本的人生里，他没有违背诺言，远离了饥荒、战争与颠沛流离的生活，安稳得像村口那棵老榕树，不再像父辈那样需要为了生计焦心发愁。

可那样的日子就算好吗？经过了人生分叉的韩小华开始怀疑这一点。

"……我要娶你，"他想了想，换了个说法，"我要让你过上不一样的日子。"

阿慧看着他，眼中扑闪着半个世纪前的迷惘。

***

这世上有3种人：农民、会计和赌徒。韩小华记得母亲总这么教育兄弟俩。

农民埋头种地，看天吃饭，饥一顿饱一顿，多半是要认命。

会计会算数，遇事心里算盘敲得噼啪响，做事按部就班，跟捉棋似的，能看多远就能走多远。

赌徒爱下注，拼的是胆，看的是手风，押对了鸡犬升天，押错了家破人亡，还有一句话，十赌九输。

母亲说，你们韩家祖祖辈辈是农民，要认命，可我希望你们至少有一个能当个会计，能想会算，最不能要的就是赌徒，我没见过有人靠赌大富大贵的，断了家门血脉的倒是不少。你们要谨记。

韩小华活了两辈子，一辈子农民，一辈子会计，这一世他决定忤逆母亲一次，当个赌徒。

***

他们很快有了第一个男孩韩凯，顶着刚出台的计划生育政策压力，韩小华又要了一个女孩，取名韩旋。他知道，这项政策的寿命不会超过40年，但将改变中国人口和整个社会未来的走向，当然还有成千上亿条成型或未成型的生命。

村里的黄泥路一下雨就变成了沼泽，韩小华却考了驾照，张罗起车队。他要把各家各户的作物直接运到广州去，这是以前从来没有人想过更别说干过的事情。

亲戚们都劝他别瞎折腾，现在包干到户了，安心做好自己本分就好，别像邻村的谁谁被当成投机倒把犯抓进去，那可是要掉脑袋的。

韩小华只是笑笑，他清楚自己所干的每一件事都有风险，但就像一个真正的赌徒，不会把注全押在某一手牌上，只要赢上一回，他就可以留在牌桌上继续游戏。

也正因为如此，每次和阿慧、孩子们告别，他都特别仔细，像要记住他们皮肤上的每一道纹路，谁知道算法会把自己带向哪里。

20世纪80年代的广州，就像大淘金时的美国西部，混乱中孕育着机会。许多人想从铁板一块的单位里逃离，更多的人想涌进去。这些人里大多数是来自省内农村的富余劳动力，为了摆脱背靠黄土看天吃饭的命运，拿上按月发放的薪水，他们成为了"农民工"，干起了城里人不愿意干的脏累重活儿：搬运、环卫、建筑、冶炼、化工、港务、煤炭……

韩小华经常和这些淘金者厮混在一起，甚至挤在他们的笼屋里过夜，那是在一片石屎森林的洼地中用铁皮钢管搭起的临时工棚。白天农民工到工地厂房四处搵命搏，连续劳作十几小时是家常便饭，晚上就回到霉味、汗味、饭味掺杂的窝里一躺。80平方米的房间，一半是工房，另一半住了几十号人，还堆放着各种粮食杂物。昏暗的灯光下，他们轮流抽着最廉价的生切烟，聊着各处看来听来的生猛八卦、下象棋、听港台流行歌、读黄色地摊小说，想象着未来的美好生活，然后在老鼠与蚊虫的滋扰中呼呼睡去。周而复始，日复一日。

虽然发大财的还是少数，可卖力气的计件工有一点好，只要不怕苦累，不怕没活干。他们都说在广州，只要舍得出力流汗，就会有金子，跟乡下没法比。一个月到手的薪水等于在老家一年多劳作的收成，还得赶上好光景，于是每个人都像关了许久的饿狗被放出笼，不知疲倦地打着好几份工，然后把牙缝里抠出来的每一分钱都寄回家里。

韩小华赌得更大，他看到了这座城市的苏醒，如同昏睡已久的巨人，艰难而缓慢地伸展着躯体，想去适应新涌进的上百万人所带来的需求增长，粮食、蔬菜、副食品、供水、供电、供气、基础设施、公共交通……它由静止状态被强行拽上了跑道，喘着粗气、胸膛起伏、汗流浃背，可一旦这个巨人奔跑起来，便是势不可挡。

由封闭到开放，人的需求生长是不可逆的过程，这就是机会所在。

韩小华把新鲜农产品拉进城，再把好用的家电用品拉回村里，一趟车赚两趟钱。他的车队越来越大，覆盖的村子也越来越多。在中英签署联合声明和许海峰赢得第一枚奥运金牌的那年秋天，他成了鲤烧村历史上第一个万元户。而他知道，自己赌对了，这仅仅是个开始。

在新盖好的3层小楼里，阿慧摸摸窗台，又拍拍床板，就好像担心这一切都不是真的，只是某种幻术变出来的蜃影。

"放心，不是纸糊的！"韩小华笑着把她搂到床边坐下，剥了一颗椰子糖，放进阿慧嘴里，"瞧你，像小孩子一样。"

"我没有，我只是……觉得像在做梦。"阿慧似乎还没看够房间，眼神四处扫着，落到韩小华手上，那是一双皮肤粗糙、指节肿大的手，"你吃苦了……"

"只要你觉得甜，那就没什么苦的。"

"嗯，只是……有点太快了。他们都说你变了，变得跟原来不太一样了。"

"这样不好吗？我还觉得不够快哩。"

阿慧扭头看向窗外，火烧云渐渐淡去，隐入远山剪影，各家各户的灯开始亮起，照亮整饬一新的柏油路。她没再说什么，只是眼中的灯火闪烁不定。

***

这段人生比上一段要长了 10 倍，这是韩小华入舱前的要求。

他不喜欢那种浮光掠影的感觉，像一个孤魂野鬼漂在世间，无法深入地去体验那些细微的情绪与质感。他觉得自己像被操控的傀儡，只是配合着剧情在演出一场舞台剧。

笑笑表示理解。

她告诉叔叔，在量子时代之前，就算是在 E 级超算"天河三号"上运行有 1000 万亿突触连接的大型模拟神经网络，也需要 27.5 分钟来计算一秒钟的生物时间，改进仿真数据结构后，时间减少到了 4.2 分钟。

那可是用来模拟核动力航母、大型强子对撞、第四纪冰川期甚至虚拟宇宙大爆炸的百亿亿次超级计算机，可见人类神经系统之复杂。

而到了量子超算时代，一秒钟可以模拟人类大脑多长时间的运转，你都不敢想象。

"多长？"

"10 万年。"

韩小华张着嘴想了半天，没有人能活 10 万年，他想象不出这样的机器能派什么用场。

笑笑摇了摇头："但是因陀罗系统需要映射到你的意识中，我们不能跑得太快，否则会让你的神经过载崩溃，也不能太慢，过于频繁的读写也会损伤你的边缘系统尤其是海马体。因此我们把速率设置在每秒计算 10 个地球日，如果一个人能活 100 岁，那么一个小时左右机器就能模拟完他的一生。"

"我想再慢一些。"韩小华说。

"OK，那就放慢到每秒计算 1 个地球日，也就是说，我们需要……"

"10 小时，就像一场梦。如果我能活那么久的话。"

"没错，我还得提醒您，因为速度变慢了，所有的感官模拟信号都将得到增强，就好像你快进一段音频听不清的对话，恢复到正常速度就可以一样。好处是体验会更真实，情感更加投入，但坏处是我们无法预料你的神经反应，一旦我们认为刺激超过了你的意识熵阈值，可能将不得不提前切断连接。"

韩小华竟然全都听明白了。

"小华叔，"笑笑抚着他的后背，欲言又止，"您体验到的那些……都不是真实发生的，这您能理解吧？"

"这我当然知道，都说是模拟了嘛。"

"那就好，有时候，身在此山中……"

"不管怎么样，不是还有你嘛。"

＊＊＊

在北京正负电子对撞机首次对撞成功这一年，韩小华决定举家搬迁到一座海岛上。这座岛获取自己独立的省级行政管辖权还不满一年，从某种程度上，它还是个婴儿，尽管人类已经在上面居住了数千年之久。

这个决定遭到了全家人的反对，令韩小华意外的是，来自妻子阿慧的反对最为激烈。

"韩小华，你根本就不是为了这个家！"记忆中那个柔顺的采茶女孩消失了，取而代之的是眼前这个声嘶力竭的生物，"你只是想赌一把，对不对？"

"我……"韩小华竟无言以对。

"先是广州，然后深圳，现在又是海南，孩子上学怎么办？老人折腾不起，那边有什么？要我们全家人陪你吹海风吃沙子？"

那边有未来。

韩小华心里想着，却没说出口。他不知道这些年都发生了些什么，阿慧怎么会变成这样。自己明明是想要给家人最好的生活，而且他清楚知道不可能输，整个世界的时间都站在他这边。可他没办法说服家里人，他们已经厌倦了频繁的搬家，孩子学习跟不上，老人身体不适应，妻子交不到朋友，只能整天在花草猫狗上打发时间，甚至头顶高压锅练起了气功。

他们只是看不见我所看见的。

韩小华这么安慰自己，他让步了，让家人待在深圳，自己只身南下，成为一名"闯海人"。尽管每个月都会回家，可他闭口不提在那座岛屿上发生的任何事情。

4年间，岛上的房价翻了10倍，阿慧有点坐不住了。她旁敲侧击地怂恿韩小华，海南其实也不错，空气新鲜，还有吃不完的椰子。

韩小华忍住笑："不是吹海风吃沙子了？"

阿慧翻了个白眼："小气鬼。"

终于在一个周末，他们全家来到了三亚。摇下车窗的瞬间，阿慧和孩子们被狂欢节般的场面震撼了。道路两旁的椰树上，挂满了五颜六色的横幅，横幅上写满楼盘名称、房型和联系电话。浓妆艳抹的广告小姐身披彩带，乘着大大小小装扮花哨的广告车招摇过市，喇叭、电台、电视和报纸上全是用词浮夸的房地产广告，挠得每个人心里痒痒。

韩小华指着一棵棵椰子树，说他在这里和那里都买了房。

阿慧张了张嘴巴，什么话都没说出来。

无论去吃饭、逛街还是上厕所，都会有人认出"韩老板"，掏出被揉得皱巴巴的"红线图"让他看地。上面有土地部门签发的关于获批土地的范围和位置，即便经过多次复印之后，已看不清具体方位、面积与地貌概况，但所有人都深信不疑，这张纸就是未来，就可以讨价还价。然后，买家便会复印下这张图纸，摇身一变成为卖家，去寻找下一个接盘者。

"一张图可以串起十几个买家哩，就像串蚱蜢一样。"韩小华跟阿慧和孩子们说。

"那怎么给钱呢？"阿慧不解。

"最后的买家把钱打到银行一个公共户头，中间人各自拿走属于自己的费用，然后真正的买家卖家才能见面。"

"所以中间这十几个人都是空手套白狼咯。"

"没有他们，价也不可能一天天地往上翻啊。"

"可那只是一张纸啊，连个屁都没有。"

"话也不能这么说……"韩小华眨眨眼睛。

十几分钟后，一家人顶着毒辣的太阳站在沙地里，眼前是一栋灰黑色离盖好距离甚远的大楼，在潮湿的海风中暴露着自己的内脏和骨架。阿慧抬头看着，眼前一阵发黑，摇摇晃晃地赶紧扶住韩小华的肩膀。小孩们倒是开心得很，蹦蹦跳跳地踢着工地上的石子。

"真的是赌啊……"阿慧气若游丝。

"你不懂，只有有人接盘，我就不可能输，这是大势所趋。"

当天晚上，一家人在海滩夜景中吃着海鲜大餐，孩子们用沾满金黄蟹膏的小手胡乱抹嘴，四周人声鼎沸，无论是哪里的口音，他们都在谈论着同一件事：未来。阿慧没怎么动筷子，她把韩小华叫出去，两人在细腻柔软的白沙滩上一前一后地走着，旁边飘来若有似无的卖唱歌声。

……哎呀 南海姑娘 / 何必太过悲伤 / 年纪轻轻只十六吧 / 旧梦失去有新侣做伴……

"有话就说嘛，你平时不是这样的。"韩小华终于赶上了阿慧，她的侧脸在海面柔和的反光中依稀还是当年的模样。

"华，这么多年了，我没有求过你什么吧？"

"……嗯。"

"那这次你能听我一句吗？"她突然转过身来，正对着韩小华，反倒是韩小华低垂着眼，用脚趾在潮湿的沙地上挖坑，他知道妻子想说什么。

"这几天我眼皮老是跳，总觉得会出什么事。"

"……嗯。"

"华，你收手吧。"

韩小华在沙地上挖出的深坑被冲上岸的潮水淹没，随之消失的还有他的脚踝。

"她是对的，你赢不了。"

阿慧的声音突然变了一个腔调，韩小华心头一缩，在这热带岛屿的盛夏之夜，如有一阵寒风激起他浑身的鸡皮疙瘩。他抬头，阿慧的脸隐没在阴影中，似乎有另一张脸漂浮其上，影影绰绰地动着。

"不想重蹈覆辙，就听她的……华，你听到了没。"

那张漂浮的脸消失了，阿慧的声音也恢复了正常。

韩小华看着遥远的海面，巨大黑暗的云团如同城堡般层层叠叠，像是有某种无法言说的力量在吸引着自己，走向黑暗，走向大海深处。他摇了摇头，回过神来，看见阿慧焦灼的眼神，有种深陷沼泽的无力感。

……旧梦失去有新侣做伴……

"我知道了。"

韩小华中止了自己的下注，兑筹离场，带着深深的不满足，看着海南房价继续每天一个台阶地跳涨着，他觉得自己输了。

第二年，国家出手了，严令禁止银行资金进入海南房地产，国有四大银行的烂账高达300个亿以上，挤压资金800多个亿。近两万家房地产公司倒得不剩几家，南海边的夕阳下，到处矗立着黑色墓碑般的烂尾楼，全岛高达1600万平方米。炒楼花的人们，如丧家之犬匆匆路过不敢多看一眼。

大萧条持续了3年，而岛上房地产完全复苏得一直等到10多年之后。

那段时间韩小华在家里不怎么说话，尽管阿慧从来不主动提起这件事，可韩小华还是觉得自己跑得窝囊。他在纸上每天写写画画，像是撞了鬼似的不干正事，终于有一天他突然大喊一声："懂了。"

"你懂什么了？"阿慧问他。

韩小华答非所问："你还记得蛇口微波山下那块牌子不？"

"什么牌子？"

"时间就是金钱，效率就是生命。"

"有话直说，别装神弄鬼……"

"记得我跟你说过的，那根串起十几只蚂蚱的线吗？它不是凭空悬着的，它捏在一只看不见的手里，庄家的手。它保证了效率，却并不公平，只有把手拿开，让那根线自己去决定每只蚂蚱的命运……"

"黐鬼线。（潮汕方言，指言行举止不正常）"

阿慧翻着白眼走开了。韩小华嘴里却还不停念叨着，他知道要干什么了，他要找哥哥，做一个大得不敢想象的局。

他已经忘了自己回来的原因。

*　*　*

香港回归那年的冬天，在哥哥不足20平的办公室里，韩小华和盘托出自己的想法。这是母亲去世之后两人第一次见面。韩大华彼时是个刚刚勉强升上应用数学系副教授的不成功人士，因为一些离经叛道的思想屡遭学界排挤，他嘴脸冰冷，言辞激烈，根本不像别人刻板印象中的农家子弟。

但他对自己仍然是遗世独立般的自信。

说完了，韩小华等着哥哥翻山倒海的批驳。可哥哥竟然在屋里点了根烟，长吸一口，又递给弟弟，在他们年轻潦倒的时候，经常这样分享好东西。

"这都是你自己想出来的？"

韩小华尴尬地笑了两声。

"这个想法很大胆，也很危险，它挑战了很多东西。"白烟从韩大华口中喷出，"见了鬼了，它跟我一直在做的课题还真的有关系。"

"所以你能做？"韩小华两眼放光，竟然习惯地把点燃的烟往耳朵上夹，被烫得一惊，落了一身烟灰。

哥哥笑了起来，肆无忌惮，像在嘲讽全世界，和 20 年前没有两样，看来这个习惯他也改不了。

"底层算法只是一方面，还需要网络和终端的配合，看看那只猫，"哥哥手一指，韩小华顺着看去只有一个嘎吱作响的白盒子，并没有什么猫，"56k 的龟速，什么也干不了，至少现在没戏。"

韩小华用脚碾着地上的烟，烟丝爆出来，踩得遍地都是。他一言不发站起身，挥挥手表示走了，却被哥哥一句话拽住了脚步。

"现在没戏不代表将来没戏。"

他回过脸疑惑地看着哥哥。

"我们现在在山脚下，"韩大华在白板上画了一个坐标系和一条陡峭上扬的曲线，在靠近原点的位置敲了敲，"谁也说不好什么时候技术会爆发，3 年？5 年？但我知道它就在那里，它一定会到来。只是需要时间和钱。"

韩小华又坐下来："你拿什么下注？"

"……我的人生，这是我欠你的，也该还了。"

"你在说什么？"

片刻沉默之后，哥哥突然一改之前的骄横，显得局促不安起来，他在白板上胡乱画着什么公式，嘴里喃喃自语，又突然停下，把笔一扔，像是缴械投降般口气低软下来。

"抽长短的时候我作弊了。"

韩小华愣了几秒，突然明白过来话里的意思，脸瞬间涨得通红，他站起身，攥紧拳头，又松开，浑身筛糠似的抖着，失去了张嘴说话的能力。

"当时我觉得就应该我去上学，这是为了整个家族考虑……可现在，我知道我错了，大错特错。你本该比我有更高的成就。"

韩小华看着哥哥，就像一个婴儿冲着镜子里的自己发怒，突然明白了自己在阿慧眼里是怎样一个人。他深深吸了一口气，走到哥哥面前，伸出手。哥哥紧闭上双眼，准备迎接痛击。

"我给你钱和时间，不过，我们要签一份协议。"

哥哥睁开眼，像是第一次认识弟弟。

＊＊＊

哥哥足足花了 10 年时间实现韩小华当初的想法。

在这 10 年里，韩小华看着自己的孩子一个个长大成人，成家立业，也看着阿慧迅速地由花样少女进入不惑之年。他们一起周游过世界，吃过最昂贵的白松露和最稀有的蓝鳍金枪鱼腩，他感谢妻子在关键时刻做出的决定拯救了全家。但同时，对于自己心底深处最隐秘的渴望被强行中断一直耿耿于怀。就像一个虚幻的伤口，总在不时隐隐作痛，提醒他还有未竟之事。

阿慧似乎也感觉到了什么，两人之间日渐疏远，有时竟然一个月也说不上一句话。

他投资哥哥开发的云链系统已经成为全球通用的几大区块链标准之一，甚至因为它对于主权国家的尊重和跨链交易的友好性，被视为最有可能一统天下的技术架构。毕竟它帮助全球市场逃过了一场金融风暴。

他们押对了历史，而回报已经变得没有那么重要了。

当一切都变得确定无疑时，韩小华发现现实对他的吸引力在迅速流失。

在可见的未来，中国将引领整个世界走向一个更加智能、公平、开放、倡导共识的文明阶段。但同时，人口老龄化和虚拟经济的系统性危机将不断干扰世界的运行轨道。各方力量交叠之后将层层传递到每一个个体的身上，表现为精神领域的虚无与焦灼、信仰的失落与极端化。新的科技不断被创造出来，为了解决人类琐碎而无聊的问题，却引发了更多琐碎而无聊的问题。

在那座热带岛屿被定位为国际旅游岛的那一年，韩小华决定自己建立一个小小的王国。就像童年时在农舍后院围起来的一片天地，有鸡鸭鹅，有猫狗青蛙，有干枯的水井和被遗弃的破败神像，尽管混乱嘈杂，他却可以生杀予夺，行使唯一的国王威权。

开始时，那只是亚龙湾一块尚未被连锁酒店开发商占领的临海滩涂，经过建筑工人和工程师 18 个月的改造调试之后，成了韩小华口中的"亚龙巴比伦"。

这个特殊的乐园属于邀请制，受邀的贵宾需要预先交一大笔押金，押金会被转化为虚拟货币存入通证账户中，之后的一切活动都只需要动动手指头便可完成支付或者下注。

无处不在的纳米传感器和即时智能合约，让亚龙巴比伦园内的一切都可以成为下注的对象。

海潮涨落的精确时间、寄居蟹与海鸟之间的捕杀游戏、椰树上每天掉落的果实数目、一对陌生男女之间谁先发出邀约、台风登陆点、股票价格、孩童在沙滩上搭建城堡的高度、酒量、突发或计划中的死亡。

一切都是在云链上自动完成的，无须庄家，无法出千。

每个人都可以发起赌局，每个人也将成为他人赌局的一部分。

这种近乎无限的链式赌博成为一种地下时尚，无数新富旧钱挤破头只为了过把瘾。韩小华很快意识到这片滩涂已经容不下他的王国，一来是地方不够大，二来是亚龙巴比伦已经触及一些主权国家绝对不容挑战的底线。一位来自印尼的客人提出了让他无法拒绝的解决方案。

这位超级 VIP 在印尼北苏门答腊省附近海域拥有一片无人岛群，足以承载最狂野的想象，他翻着肥厚的嘴唇这样告诉韩小华，毕竟他们国家有 17000 多个岛。

印尼人提供场地与资金，韩小华提供技术，双方共享收益与风险。唯一的附加条件就是当印尼人邀请韩小华加入某个赌局时，韩不能拒绝。

他们约定这样的机会有 3 次，当时的韩小华并不知道这意味着什么。

＊＊＊

第一次受邀参加赌局时，韩小华正在文昌航天发射场看长征七号点火升空，尽管距离遥远，巨大轰鸣仍然压迫着他的耳膜。他看着火箭在蓝天拖出白浪般的尾痕，约 603 秒后，载荷组合体与火箭成功分离，进入近地点 200 千米、远地点 394 千米的椭圆轨道。

他的卫星电话随之响起，来自一条加密信道。他知道，是时候启程了。这次，他会带上阿慧，缓和一下双方冷战已久的关系。

除了开业以外，韩小华这五年没有踏足过黎哈贾巴比伦，只是通过远程监控系统，时不时抽调一些有趣的赌局消遣时光，这比投身其中更能给他带来快感。有时候他会想，也许上帝就是这样一个不在场的荷官，假装公正却操控一切。

印尼人苏先生对于韩小华带上太太表示惊讶，他私下表示，到这里的人很少带上自己的家人，就像是一处放飞自我的秘密宫殿。

"您一定很爱她。"他奉承道。

韩小华只是笑笑，并没有接话，远处的阿慧只把这当作又一个度假胜地，正在欣赏着旖旎的海岛风光。她已经跟不上外面世界的节奏，这跟她去过多少国家、逛过多少博物馆、买过多少艺术品无关。她已经停止了成长，只能用旧眼光看待事物，这让两人之间的交流充满摩擦与障碍。

他不得不伤感地承认，阿慧已经老了。可自己难道不也是如此？

"所以您提议的赌局是？"

"所有其他股东都押你不会同意，因为你是个有原则的人。"苏先生抽了口雪茄，让仆人打开盒子给韩小华，韩摇摇头，他不喜欢那种味道。"5 年了，我们的增长曲线在放缓，客户有了更多的选择，他们开始觉得不够刺激，人都是这样的，给一点甜头就想要更多。"苏先生接着说。

"你的意思是？"

"现在的算法，无论是智能盘口还是推荐规则，都还是你当初那一套，防沉迷的保护机制，可时代不一样了，你不做，别人也会做。总有更让人上瘾的东西。"

"你想改算法？"

苏先生笑了笑，跟韩小华碰了一下杯，这个年份的酒有种奇怪的味道，像是烧焦了一整片森林之后的余烬。

"不改算法，生意也可以做，只是看得到头了。韩先生，你的孩子多大了？"

"儿子 34，女儿 32。"

"你们中国人有句话，富不过三代，这是有理论依据的，所以富人们发明了各种手段把财富尽可能地延续下去，世世代代。要我说，最根本的原因就是儿孙们丧失了赌性，那是一种终极的生命力。"

韩小华震了一下，这话勾起他记忆深处的某个涟漪。

"所以我站在他们的对面，押你会同意，现在轮到你了，韩先生。"

两人的对话突然被打断了,惊魂未定的阿慧被仆人搀扶着来到韩小华身边。她说刚才自己看见一个浑身赤裸的女子从树丛中逃出,摔倒在面前,向她伸手求救,但随即被 3 名装束怪异的面具男子拖走。那女子突然停止呼救,抬头对阿慧说她在阿慧身上下注了。

"她是什么意思?"阿慧手还抖着。

"最大限度地满足客户需求,是企业根本的原则。"苏先生笑着把话题岔开,"如果你满足不了,客户会用脚投票。"

阿慧张了张嘴,像是在说什么,却没有声音发出来。

韩小华抚着阿慧的手,发皱皮肤上已经开始浮现斑点,他知道自己的答案。

* * *

"为什么不让我阻止他,他的意识熵正在急剧升高。"

"因为这正是他想要的。"

"可这太危险了,他简直像变了一个人!"

"我说了,这就是他想要的。"

"……好吧,也许你说得对。"

"相信我,笑笑,没事的。"

* * *

在大湾区正式成立的那年,韩小华迎来了第二次邀约。东南亚此时处于两股超级力量的抗衡夹缝中,左右摇摆,这场龙象之争所带来的地缘政治不确定性及经济动荡,却更助长了黎哈贾巴比伦的人气。

富贾豪客们似乎看透了世事无常,慷慨地将财富抛掷到赌局中，这种历史悠久的游戏似乎比任何其他娱乐更能刺激人类的原始本能，再加上经认知科学优化过的算法，能最大化地激发杏仁核的恐惧及中脑边缘多巴胺系统的奖赏机制。

更不用说他们在玩家中混进了许多 AI，它们清楚每一个人的弱点和极限，会使用各种博弈策略来诱惑人类投下最非理性的赌注。而越是输，人就越想赢，就像卡尼曼和杜维斯基在 40 年前的实验中所证实的那样，也是人类心智算法的一种缺陷。

小岛们又开始变得拥挤不堪了。

"所以你这次押的是什么？"韩小华已到耳顺之年，渐渐对这场游戏失去了兴趣。他已经无须再证明什么，唯一的遗憾是与阿慧的关系似乎已经无可挽回，他越是努力想要把那块拼图按进缺口，却越是感觉到某种无形的斥力，将那个曾经同卧星空下的心上人推得遥不可及。

他想，这也许就是岁月的力量。

"我们买下了那些新岛，"苏先生做过手术的脸亮得有点不自然，他指着不远海面上漂浮的如巨兽般沉睡的几座岛屿说，"岛上的原住民对我们的赔偿方案不太满意，一直不肯迁走，拖延了工程进度。"

"我还以为你们对这种事情应该轻车熟路了。"

"当然，这样的事情每天都在发生，不是在这里，就是在那里。"苏先生眨眨眼，像是头经过精心驯化的海豹，"可我们还是需要走一个形式，毕竟你是大股东。"

"你们打算怎么办？"

"赌场的事情，当然用赌来解决，难道还像驱逐印第安人那样吗？"

韩小华沉默不语，他太了解眼前这个印尼人了，笑容无法掩饰他血液里的残暴和冷酷。

这就是那个赌局。

在黎哈贾巴比伦破产的输家们被给予一个机会，他们将组队登上新岛，面对人数是他们 3 倍（当然也是由算法决定）之多的原住民战士（身材矮小却骁勇善战），他们将在专门辟出的战场中展开最原始野蛮的赤手厮杀，以最后一个站立者决定双方胜负。而双方各派出一名代表下注。

更为有趣之处在于，无论是赌客代表还是原住民代表，都允许向任何一方下注，不存在所谓的背叛，最后以系统根据盘口计算出最后的赢家，如果赌客赢，则原住民迁离岛屿，反之则改建计划无限期延后。

明眼人一眼就能看出其中的不平等，原住民没有上链，没有通证和虚拟货币，更不用说计算赢面所需要的基础数学技能。苏先生言之凿凿可为原住民代表开通账户、提供无息借贷并进行一切所必需的体验辅导，直到他熟悉赌局规则愿意下注为止。

原住民接受了赌局，并派出了他们认为运气最佳的代表——族长之子。

很显然苏先生研究透了对手的认知模式，这件事在原住民文化里首先被解读为"荣辱"，其次才是"输赢"，甚至他们都忽略了还有一个选项叫做"拒绝"。

而黎哈贾巴比伦派出的代表是韩小华。

他站在战场上方的观战台上，想起了童年时在后院斗鸡的回忆，无论结局如何，最终都是一地鸡毛，正如眼前这场赌局。他已经知悉了苏先生的伎俩，无论哪一方获胜，他已经成功地让原住民接受了新科技的洗礼，甚至让未来的族长尝到了赌博的欣快感，这种心瘾将像瘟疫一样蔓延，改变部族的命运。

而那些战士，不过是无足轻重的筹码罢了。

"那么我呢？"韩小华突然迟疑了，为何苏先生要让自己扮演这样的关键角色，"想借助我的失败削弱我在董事会的权力吗？"他觉得自己的策略被看透，这让他的下注更加谨慎。留给他思考的时间不多了。

韩小华耳畔响起阵阵鼓点，并不年轻的身体竟然也随着节奏共振，血脉偾张。他看着那些被算法逼到绝境的赌徒们，似乎尚未从过度文明的状态切换过来，脸上挂着一副担心昂贵套装被弄皱的表情。而对手尽管矮小如弗洛里斯人后裔，却个个双目圆睁，额前绘满红色战符，挤出只有在极端愤怒下才可能出现的眼睑细纹。

在他下注前的一瞬，不知为何，眼前闪过15年前南海边上阿慧的脸。

一声长啸打破他的幻觉，战士如蛮兽出笼，朝敌人扑咬过去。

而死死盯住自己的，是族长之子血红的双眼。

＊＊＊

"爸，为什么会这样？小华叔的心智算法明明已经变了，可人生还是收敛到同一个结局上……"

"也许是因为他还固守着某些东西？某些我们无法辨识计算的模式。"

"那是什么？"

"我不知道，笑笑，我已经远离那种生活太久了。"

＊＊＊

新变种流感病毒席卷整个东亚大陆的那一年，阿慧也不幸中招，还好韩小华购买了完备的智能医疗服务，针对她的基因图谱订制了靶向药物，很快就恢复了健康。

奇怪的是，在阿慧生病的期间，两人的关系反倒好了起来。不是因为韩小华的悉心照料，而是因为从彼此身上看到了生命的脆弱，感到了需要与被需要。

他们并排躺着，回忆当年的种种，恍如隔世。

阿慧会问韩小华："老韩，难道这辈子你就没对别人动心过？"

韩小华犹豫了片刻："说没有那肯定是假的，只不过……"

"不过什么。"

"……我就是学不会怎么去爱上另一个人。"

阿慧沉默了许久，终于扑哧一声笑出来，说："老韩你这酸词儿从哪偷学的？"

韩小华嘿嘿笑着，说："那你呢？"

"我什么？"

"那年我那么穷，啥都没有，你怎么就跟了我？"

"当时傻呗，想着你能记得我喜欢吃椰子糖，还答应带我去看椰子树，就嫁了呗。"

"就这样？"

"就这样。"

"那你还真是……"韩小华话说一半又忍住。

"真是什么？你快说，不说我跟你急。"

"真是……"

电话铃声响了，打断两人的温馨时刻，是来自苏先生的最后一次邀约。这次，他对阿慧也发出了邀请。于是，两人来到了韩小华上次赢回来的新岛上，像是一场久违的蜜月旅行。

在新岛的探索过程中，韩小华惊奇地发现原先的原住民们并没有迁离，而是变成了赌场的侍应、劳工和奴隶，甚至在一些限制级的赌局中充当道具。这些矮小而好斗的岛主如今低眉顺眼，为了小费极尽诌媚讨好，甚至互相排挤倾轧，他亲眼看见为了争抢一个客人，几个矮人如同野狼般撕咬起来。

苏先生微笑着说，他们都是为了偿还赌债自愿留下来的。

赌场的技术又有了升级，如今只需通过语音口令便可执行所有复杂操作，而依附于智能合约之上的拘束力场可以防止出现暴力违约或自杀的现象。这使得整个岛屿更像是希罗尼穆斯·博斯画中的怪诞乐园，魔法与科技、欲望与信仰，如首尾相衔的乌洛波洛斯之蛇，无缝交融。

阿慧对于这些并不感兴趣，只是在矮人向导的带领下看遍了岛上的自然风光，其他时间都是在酒店里看互动节目消磨时光。她丝毫没有注意到那些矮人看她时眼神中隐藏的信息。

一个星期过去了，苏先生对于第三个赌局只字不提。

直到有一天，韩小华发现阿慧不见了，遍寻未果，他拨通了苏先生的电话。

"下注的时候到了。"电话那头的声音依然带着笑意，像一只冰凉的手猛地攥住韩小华的心脏。

一片迷宫般的墨绿密林出现在韩小华面前的显示墙，白色雾气缭绕。苏先生站在他身后，保持着安全的距离，尽管在拘束力场作用下，几乎不可能有意外发生。

阿慧出现在一块更小的叠加屏幕上，镜头角度不断变换，她似乎在寻找着什么。分屏随着阿慧在密林中移动着位置。

"阿慧……她在那里干吗？"

"矮人管家告诉她，你让她去森林碰头，有个惊喜给她。"

"你为什么要这么做？"韩小华愤怒地回头，苏先生却无辜地摇摇头。

"不是我，接着看。"

另一个人影出现在密林的另一端，从雾气中影影绰绰地出现，那是一个矮人无疑，缓缓地朝着阿慧的方向靠近。

"那是……"韩小华屏住呼吸，在看清那张脸的瞬间，他浑身僵住了。那张脸来自曾经的族长之子，他的输家，模样成熟了不少，但眼神却依然充满杀气。

阿慧，你真是……好骗。

韩小华终于在心里把那句话说了出来。

"上一次，你赢了他，但在他看来，却是一种羞辱式的赢法。因为你把注押在原住民那边，再利用算法里的先后手规则赢了赌局。他失去了家园，失去了部族的信任，失去了父亲。这次他终于等到了机会，他要夺走你最珍爱的东西。"

苏先生像是平淡地解释着一场游戏的规则。

"你早就知道了，可还是让他这么做！"韩小华拔腿想往外冲，却发现自己动弹不得，是拘束力场的作用。

"很抱歉，我已经下注了，你必须完成这道程序，才能恢复行动，这是你的算法。"

"你想赌什么！我陪你！"

"Show Hand."

韩小华愣住了，他知道这个词代表的意思。对于他来说，云链时代的 Show Hand 意味着关联在链上的所有资产，没有一分钱能够逃之夭夭。曾经被他视为信仰的最安全的资产保障方式，如今却像是个骗局。

苏先生为了做这个局，足足花了 10 年。

"不用看智能盘口你都能想象，阿慧逃掉的概率有多低。所以，你可以选择，押阿慧活，输掉一切；或者押阿慧死，也许还有一线机会，毕竟上次你就是这么赢的，不是吗？"

屏幕墙上的两个人越来越近了。

韩小华的身体剧烈抖动着，他从未觉得自己如此衰老而虚弱，仿佛随时都有可能散成一地沙砾，他必须集中精力，思考思考思考，做出那个艰难的决定，也许还有机会救下阿慧。

苏先生一定都计算好了，他看破了韩小华。

如果押阿慧活，那就只有一条路，全赢或全输，人财两空，也没有了继续活下去的理由，这就是苏先生处心积虑想要的结果。自己真的有信心能够救下阿慧吗？

可如果押阿慧死，就意味着即便韩小华救下阿慧，也将输掉一切。就算是两人都押中了阿慧死，打成平手，由算法来决定最终胜负，他能相信算法吗？什么样的人会赌自己的爱人死呢？

他惊觉自己陷入了当年原住民的困境，心智纠缠在输赢之上，牢牢打了个死结。

"时间不多了哦。"苏先生善意地提醒，似乎自己已经赢了。

阿慧和族长之子的分屏边缘开始接触、交叠，整片密林似乎变得更加阴暗了。

韩小华低下头，轻声说出他的抉择。

苏先生一愣，随即笑了。

"你一定很爱她。"

韩小华腿下一松，差点失去重心跌倒在地，但并没有。他以不符合年纪的速度夺门而出，迅捷奔跑，任凭心脏疯狂撞击胸腔，喉咙如同火烧般灼热。他穿过市集、人群、商贩、沙丘，一张张不同的脸转向他，投来的却是相同的熟悉目光。他眼前不断浮现不成形的记忆碎片，那是阿慧在他生命中刻下的痕迹。

他终于看到那片密林，比显示墙上的远为庞大茂盛。他按着比例尺大概换算方位，在潮湿的雾气与尖利的植被间踉跄穿行，不时有热带鸟类从灌木丛中惊飞，羽翼掀开雾气一角，复又拢合。韩小华双腿发软，浑身湿透，近乎崩溃，他大声呼喊着阿慧的名字，嘶哑嗓音被藤蔓与苔类吸收，如光陷入黑洞。

就在他迹近绝望时，耳畔忽听得鬼魅般的歌声。

······旧梦失去有新侣做伴······

韩小华循着歌声，拨开层层叠叠的阔叶林，脚下松软的腐殖土散发出令人迷乱的气息，如随时可能把人吞噬。他终于看到了在不远处的雾幕上，映出一个跪坐着的轮廓，那轮廓分明是阿慧的模样。

他大喜，呼叫着狂奔上前，脚步带起的风驱散了雾气，那里并没有一个跪坐着的阿慧，只有一具几乎与褐色地衣融为一色的躯体，安着一张摇摇欲坠的惨白的脸。

韩小华感到什么东西在迅速从自己的体内流失，肉体似乎跟不上感官的速度，被落到了后面，他的恐慌加速了意识的解离，努力想伸出手去触碰那具身体，却发现手臂似乎在数光年之外。

他一头栽进了那具熟悉的身体里，像掉进一口没有尽头的深井，一切都被拉扯成光的线条，纠缠成无法描述的形状。

七

足足过了3天，韩小华才说出第一句话。

"烟，"他说，"给我烟。"

笑笑给叔叔点上烟，他大口大口吸着，手指发抖，吐出破损的烟圈，整个人看起来更苍老了。哥哥大华在一旁坐着，面无表情，似乎眼前的一切与他毫无关系。

吸够了烟的韩小华闭上眼，表情复杂，似乎在回味那个无比漫长的梦。末了，他的脸痛苦地抽动了几下，猛地睁开眼睛，像是要确认自己是不是真的回到了现实中。

"你为什么要这样对我？"

"小华叔……您冷静一下，那些都不是真的。"笑笑安抚他剧烈起伏的胸膛。

韩大华依然保持沉默。

"你敢在你女儿面前发誓那些都不是真的吗！"

"爸……"笑笑疑惑地扭头看向父亲。

许久，韩大华终于起身，背对二人，望向窗外。

"这取决于你如何定义真实。"

"无论在那个世界还是这个世界，至少在抽签这件事上，你肯定做了手脚，否则就无法解释你现在所做的一切。我所认识的韩大华，从来不会考虑别人死活，哪怕是亲弟弟。"

笑笑吃惊地看着叔叔，这已经不是几天前那个闭塞木讷的老农。此刻的韩小华，说话口气竟然有几分像父亲，冰冷缜密，斩钉截铁。

"小华，我……"韩大华一时语塞，两人好像调换了角色般，有种不真实的荒诞感。

"……我懂你的感受……"

"你懂个屁！"话音未落，韩小华竟然哽咽起来，笑笑忙不迭地哄着，像哄一个受了委屈的孩子。

哥哥长叹一声，又跌坐回去，用低沉柔软得不像自己的声音，讲述他在因陀罗里的经历。

尽管在商业领域已经站到了金字塔尖，韩大华内心始终有种不满足感，就像完整的拼图里缺了一块。他不明白这种感觉从何而来，直到投资了因陀罗系统。他以为自己找到了重新开启人生的不二法门，只不过这扇法门每次打开都是通往完全不同的人生，而每一段人生都将改写他的算法。

他在最好的年华，数十年如一日地蛰伏于深山中的天体物理实验室，与星空、野兽和数字作伴，渴望有朝一日能利用遥远类星体探测宇宙膨胀的历史。习惯于追逐风口的韩大华第一次感受到了执着的力量。

他在成功峰巅急流勇退，到人类最原始混乱的区域生活。每天长达十几小时的重复劳动，食物无法提供足够的热量，只能靠廉价精神药物来勉强支撑，随时可能在极度恶劣的卫生环境和暴力冲突中丧生。韩大华理解了并非所有个体都能够追求当下低回报、高投入、长周期的狩猎酬赏，而只能沉迷于即时满足的感官刺激和生存需求。

他摆脱了地心引力的束缚，成为中国空间站的一名通信工程师。除了维护日常通信系统正常运转，他还要在一号实验舱"问天"与来自其他国家的科研工作者们展开量子调控与光传输研究，这将引爆下一场通讯革命。韩大华得以从一个更超越的视角去看待自己所生存的脆弱蓝色星球，以及人类如何作为一个文明整体，突破种种藩篱，携手打造共同的未来。

他开始改造自我，开始是基因疗法，后来是纳米融合和脑皮层重建，更不用提各种增强肢体的配件，试图摆脱人类固有生物层面的束缚，去感受和认知一个全新的世界。韩大华更新了对生命的定义，他甚至产生了一种幻觉，自己已经超越了对死亡的恐惧，仿佛一探手就能触到永生。

可那个缺口还在，像是埋藏在躯壳底下深不可测的一方黑洞，无论他丢进去怎样极端的体验和非凡的成就，始终无法填满，没有一点回声。

于是，他想到了弟弟。

过着在他看来最庸常琐碎人生的弟弟，却从未流露出不满足，这简直像是神迹。

听完哥哥的故事，韩小华陷入了沉默。现在他明白了，因陀罗系统并不像哥哥先前所说的那么简单，只是对记忆的回溯和重写。它更像是一台制造现实的机器，能够从任意一点分岔出无穷无尽的可能性。而在那一个世界里，你所体验到的就是真实存在的，无论是以比特、量子还是神经脉冲的形式。

他没有想到的是，自己也会随之改变，而且是翻天覆地的改变。

"你从来没有看见笑笑吗？或者阿妈，或者我？在那些人生里。"他问哥哥。

笑笑抬起了头，不解地望着叔叔，又看向父亲。

"……"韩大华似乎努力在回忆，半晌，疑惑地摇摇头，"没有。"

"也没有任何一个你所在乎的人？"

"没有。一直都是我自己。"

"也许这就是原因。"

"什么？"

"你从来只相信自己，不希望任何其他人成为你的负担，拖慢你狂奔的脚步。你可以去到任何你想去的地方，实现任何你想实现的梦想，因为你没有羁绊。但是没有了羁绊，也就没有了爱。能够定义我们生命的，除了死的维度，还有爱的维度。能让我们真正超越对死亡恐惧的，就是真正的爱。"

弟弟的话让韩大华僵住了，他像一台机器突然被载入了崭新的模块，吃力而痛苦地摩擦着磁条，试图解读这指令中隐藏的信息。

"这就是为什么你每一次的结局都是……"笑笑若有所悟。

"是的，我也是才领悟到，在心智算法之上，也许还有另外一层，那是爱的算法。看似虚无缥缈，却往往能起到决定性的作用。"韩小华眼带同情地看着笑笑，她被培养成父亲眼中完美的模样，一个能够精确执行指令的无爱之人，"这难道不就是你们一开始想要找的东西吗？"

笑笑低下了头，似乎被看穿了什么秘密。韩小华却释然地笑了起来。

"如果能帮到哥哥，就算被利用也无妨吧。看到生命的有限、荒凉与无奈，才生出慈悲心，慈悲也就是爱。"他顿了一顿，"我还有最后一个请求……"

"你疯了吧？你的身体扛不住的！"哥哥终于反应过来。

"小华叔，爸说的是真的，你已经到极限了，我不确定你还能撑多久。"

韩小华眼中闪烁着奇异的光，仿佛看到了每一个人的每一个未来。

"请给我一段最慢的人生，哪怕只有一瞬，也是永恒。"

八

漂浮、旋转、拍打、升潜。

韩小华回到了 5 年前那个黎明。正是日出前的至暗时刻，他被身旁阿慧的呻吟声所吵醒，她已经发烧 3 天了，却拖着不愿去医院，觉得像以前一样，自己吃点药扛一扛就能挨过去，韩小华也就听之任之了。

可这回不一样。

阿慧 刻 意 压 低 的 呻 吟 在

黑 暗 中 被 拉 扯 得 无 限 长，
几 乎 能 感 受 到 她 体 内 器
官 不 安 分 的 颤 动 与 思 绪 断 裂
的 涣 散 形 成 共 振 传 递 到 韩
小 华 的 皮 肤 神 经 末 梢
上 他 试 图 起 身 却 不 能 试
图 说 话 却 不 能 只 能 竭 力
调 节 瞳 孔 让 更 多 的 光 进
入 晶 状 体 好 让 自 己 看 清
那 张 脸 那 张 五 十 年 前
恍 如 月 光 下 银 镯 的 脸 如
今 被 折 叠 在 时 间 的 褶 皱 中
难 以 辨 清 只 有 气 味 依 旧 是 淡
淡 的 茶 花 香 扑 得 所 有 的 记 忆
碎 片 争 先 恐 后 地 从 海 马 体
中 涌 出 搅 动 韩 小 华 的
心 绪 他 想 哭 想 笑 想 逃 想 紧 紧
拥 抱 这 具 不 再 年 轻 不 再
饱 满 不 再 散 发 荷 尔 蒙 的 身 体
想 再 剥 开 一 颗 椰 子 糖 放 进 她
的 唇 间 看 着 她 用 右 边 的 假
牙 细 细 咀 嚼 再 慢 慢 咽 下 露
出 满 意 笑 容 哎 呀 南 海 姑 娘
何 必 太 过 悲 伤 年 纪 轻 轻 只 十 六
吧 旧 梦 失 去 有 新 侣 做 伴 许
多 个 阿 慧 在 韩 小 华 面 前 时 而 交
叠 时 而 分 离 她 们 来 自 不 同 的 人
生 不 同 的 世 界 不 同 的 宇 宙
有 着 不 同 的 算 法

人生算法
—
121

但他都是爱她的就算他从来没有真正了解过这个女人他仍然是爱她的就像是宇宙终将热寂人终将死去阿慧阿慧他试图叫醒这个即将死去的女人在黎明的第一束光到来之前可她只是喃喃说了一句你还没带我去看椰子树呐便又沉沉睡去韩小华的眼泪凝固在黑暗中无法闪烁他等着天亮他知道天就快亮了可是光在天亮之前便已到来那是多年以前在晒得发白的茶山上他穿蓝阿慧穿红在毒辣的日头下采着茶茶花那个香啊让两人心醉神迷不知身在何处小华小华他突然听见有人在叫自己却不是身边的阿慧而是来自极远极远的地方他眯缝起双眼努力寻找却只看见远方模糊的村庄，依稀是鲤烧村的模样。

九

韩小华今年正好 70，去年做了整寿，跟阎王爷打了个招呼，今年他打算换种过法。

哥哥韩大华说要带笑笑回来看看，吃顿饭，也给爹娘上上坟。

去年哥哥捐钱给村里翻修了祠堂，给爹娘都留了好位置，他说不管在哪个世界，人都得讲究个体面。

韩小华知道因陀罗系统推向市场并不顺利，高昂的成本注定了这是一项属于极少数人的技术，更关键的还是在于监管部门的意见，据说已经层层上报到最高级别，而一年过去了始终没有定论。

小道消息说，上面担心有人运用这项技术重新推演重大历史事件的决策，会导致某种历史虚无主义思潮的蔓延，还有人说如果把这项技术与肉身克隆相结合，会带来转世与永生。

在韩小华看来，这些人跟过去的自己一样，混淆了自己的变化和世界的变化，还在用旧的标尺去衡量新的事物。过去的时光总是美好，而孩子们只会把好东西糟蹋得一干二净，可孩子们又何尝不是这么想的呢。

现在的他觉得历史已经结束了，而生活还在继续。

韩小华蹲在村口的大榕树下，吧嗒吧嗒抽着烟，等着哥哥到来，时间还早，他已经想好了该做点什么。他眯缝着眼，看着漫山遍野的茶树，在日头下泛着油亮的白光，像是从来如此。山那头，似乎有个人，隐隐约约，在白光中向自己招手。韩小华手搭凉棚，再仔细一瞧，那个人已经不见了，像是什么都没发生过。

他把没抽完的烟在老树上蹭了蹭，又夹回耳朵上，从身后掏出一顶乳白色的塑料帽，那是从孙子手里半借半抢过来的。

韩小华把帽子往头上一套一拉，眼睛不见了，只露出滑稽的半张笑脸，像是在说，还有好多的人生在等着他呢。

阎罗算法

安琦最近心烦意乱，像是人生走到了一个交通灯坏掉乱闪的十字路口，不知道该往哪个方向迈出步子。

跟那个苍蝇般招人烦的追求者无关，吴宝骏吃了几次瘪后，似乎又把目标转移到新加入学生会的小师妹身上。这让安琦松了一大口气。

她是幸运的，作为一名医学院临床专业本博 8 年连读的学生，已经读到第 6 年，还有两年就可以拿到博士学位，导师李成浩又是领域里的大牛，进任何一个大医院照理都不成问题，论烦心怎么也轮不到她。但她又是不幸的，这份不幸不单单属于她一个人，而是整一批临床专业的学生都在哀号。正当他们在课堂、实验室、实习单位之间疲于奔命地积学分、发论文、攒经验值时，一场无声的变革像黄梅天的潮闷之气，已经悄然降临在整个医院系统。

今年的对口实习机会异乎寻常地少，许多医疗机构已经缩减甚至停止招收实习生，安琦也是托了李老师的人脉关系才在本市第二附属医院门诊部勉强挤了个位置。

跟她小时候印象中的门诊部完全不同，如今大部分头疼脑热的轻微病症患者都可以足不出户，通过移动端设备进行体温、体表、瞳孔、脉搏、血压等基础数据的采集，上传到云端平台由 AI 算法进行初步诊断，直接给出诊疗方案，10 分钟内药物就到家了，根本用不着上门诊，所以也没有了以前那种人山人海的壮观场面。

只有那些云端无法解决的疑难杂症患者才会"肉身"看病。推行了多年的医疗大数据计划打通了以往医院之间的信息壁垒，让所有病人的历史数据都能流通起来，去训练出更聪明、更精确、更高效的 AI 诊疗算法模型，已经远远超出了人类医生所能达到的专业水平。只是出于伦理道德和法律问责的缘由，立法机构将 AI 定位为辅助诊疗工具，最后决策者还是人类医生。大部分的医生虽然拥有最后的抉择权，但是都不敢轻易推翻 AI 的诊断。

万一人类错了呢？医闹可是在哪个时代都惹不起的杠头。领导说，就让他们去砸机器好了。于是，门诊部总会摆着几台看起来很贵其实只是花壳子的便宜货，供家属泄愤。

久而久之，世道真的变了，人类真的沦为帮机器打下手的勤杂工了。

每当安琦只能干一些杂事儿，像指导病人怎么使用采集设备，告诉老人饮水机位置，甚至配合着家属唠唠家常撒撒谎的时候，她总会愤愤地想：当年考大学挑专业的时候可不是这么说的。当时招生办的老师还挥着一份报告，煞有介事地说："看看，未来 AI 取代护士的概率只有 6%，医生更低，才 2%！你们就放宽心吧！"

可未来就这么来了，来得猝不及防，像是夏日午后的一场暴雨。

实习生名额缩减只是一盏闪烁的黄色信号灯，它暗示着会有更大的变化。安琦在医院食堂里听到一些小道消息，说有关部门经过长时间的观察，认为 AI 诊疗系统无论从效率还是准确性上都非常出色，已经完全可以承担社会日常的医疗需要，将成为今后行业发展的重点扶持方向。这也意味着，以后不再需要那么多人类医生了。那么，临床医生的选择也就变成了转行，或者选择一个专精的科研方向钻进去，这也许就是一辈子的事情。

听到这个的时候，安琦像是嗓子眼被什么东西堵住了，完全没了胃口。这和她给自己规划好的人生道路分岔了。

安琦的爷爷、爸爸、叔叔、婶婶都是医生，从小就给她灌输了救死扶伤、悬壶济世的价值观。上一次席卷全球的大疫情中，她也亲眼见过许多垂危病人因为父亲的努力，重获新生的动人场景。父亲眼中那种巨大的神圣感与满足感令她印象深刻，这也是为什么她会走上这条路的重要原因。

现在倒好，医院有 AI 了，病人不需要你了，你继续回到实验室里对着大鼠和果蝇过完你的下半辈子吧。

安琦情感上实在接受不了，何况谁又能保证哪天同样的事情不会发生在科研和制药领域呢。

"奴啊（孩子），你怎么吃着吃着就哭了，饭菜不合胃口哇。"

一位穿着浅蓝色病服、光着脑袋的瘦老头站在安琦旁边，一脸关切地问她，声音磨砂般嘶哑，身板单薄得像纸片，体态动作要比那张脸显得苍老许多。他身后还跟着一个圆滚滚的陪护机器人，柔软的白色头部变形成座椅形状，让老头坐下。他几乎是毫无重量地贴在上面。

"没、没事儿，吃太快噎着了。"安琦赶紧抹掉眼角的泪花。

"那就好。我呐，每个星期都要来这吃个红烧蹄膀，香死咯，可那个什么 AI 就是不让我吃，我就找人偷偷地给我买，嘿嘿……"老头露出了狡黠的眼神。

"那怎么行，您要严格遵照医嘱，吃出问题怎么办，把腕带给我看看。"安琦这时变了个人似的，像个真正的医生那样板起了脸。

老头像小孩一样乖乖地举起左手，露出红色塑料腕带，里面嵌着小小的芯片，可以精确到厘米级的定位、监测生物信号、同步信息、发出警报。

安琦用便携式设备靠近腕带，嘀的一声，屏幕上出现了老头的病历档案数据。安琦滑动屏幕快速扫了两眼，脸色一下变了，她抬起头再次打量眼前这个老头，他还是若无其事地撕着蹄膀上的肥肉，动作僵硬缓慢，嘴角油光闪闪。

档案显示老头叫王改革，今年 63 岁，重症特护患者。18 个月前由于肿瘤破裂出血被诊断出肝癌，随即进行 3 次介入治疗，做右肝切除术，3 个月后复发，由于之前数据入库配型及时，在广州做肝移植手术，AFP（甲胎蛋白指标）一个半月后降至正常值。12 个月前 AFP 缓慢上升，开始服用肝癌靶向药物，AFP 反而快速上升，其间曾小幅下降然后开始反弹，药物 II 度手足皮肤反应。3 个月前因头痛检查发现癌细胞脑转移，脑部肿瘤体积 1.9cm×3.0cm×2.8cm，因无法手术入院接受放疗，同时改服一种激酶抑制剂，出现严重的药物副作用，包括高血压、手足疼痛、肌肉痉挛、胸闷乏力等。

他居然还能笑着在这里吃蹄膀。

"姑娘，叫我老王就好。他们说我现在被排在那个什么'LMA'计划里，说是机器能算出来我还能活几天，您能帮我看一眼我还有几天活头不？"

还没回过神来的安琦看到档案右上角有个红色的标签，写着"LMA"，点开一看，原来是"Lifetime Maximizing Algorithm"（最大化延长生命算法）的首字母缩写。里面简单说明了当 AI 诊疗系统对病人的治愈概率降为 0% 时，将依照病人或家属需求启动这一计划，目标是通过各种治疗手段及日常生活的精细化管理，最大化地延长病人的存活时间，可以精确到正负 3 天。

那个鲜红的数字"0"显得尤其刺眼，时间点正是老王被发现癌症转移到脑部的当口。

安琦的手指在空气中犹豫了片刻，最终还是没有点开下一页。

"不好意思，老王，我只是个实习生，权限不够……"

"无事无事，不在乎这多一天少一天的。"老王幅度很小地摆摆手，动作显得有些滑稽。安琦知道这是为了避免出现肌肉痉挛，后者是药物副作用之一。

她慌乱地告辞，逃也似的离开了老王的视线，她受不了那种死亡往脸上吹气的感觉。

***

老王摆手的动作和那个红色的 0 像鬼魂般缠着安琦，不断回放，让她心里不得安生，总觉得有哪里不太对劲。同科室的赵阿姨看她呆呆的，问小姑娘怎么了，是不是失恋了。她便一五一十地说了遇见老王的事情。赵阿姨听罢点点头，说这个老王是蛮可怜的。

原来老王在这医院里也算是个名人，他生病前是个不大不小的潮汕老板，正在谈被上市公司并购，就出了这档子事情。花钱请了最好的主刀医生，吃最贵的靶向药，可命就是不好，被 AI 判了死刑。两个儿子为了公司大权顺利交接，也为了走完并购流程，于是给老王上了 LMA，务求尽量延长在世时日，却一直不把 AI 算出来的日子告诉老王，只是让他必须严格按照 LMA 的方案吃喝拉撒，精确到分钟。老王一辈子当惯了王总，指东下属不敢往西，这下倒好，成了机器的提线木偶，别看脸上笑嘻嘻，心里苦不堪言。但是带上了红色腕带，想自杀都没戏，系统会提前判断并加以防范，约束其异常举动。

老王见人就说，受得是活罪，判的是死刑。

听完之后，安琦心里对老王又多了几分同情。

"那他到底还有多长时间？"

赵阿姨打开界面瞟了一眼："91 天，正负 3 天。"

不到 3 个月。安琦默默地记在心里，想起到自己那会儿应该实习期满，不知为何如释重负。

晚上导师发来信息，问实习得怎么样。

安琦写了删，删了写，最后只留下一句，谢谢导师给了这么宝贵的机会，希望不会给他丢人。

过了好一会儿，导师才回过来一句：丢不了人，我让你去实习，就是让你别光盯着数据，好好跟人打交道，搞清楚人的需求，这年头要当好医生，可不光是看病开药。

安琦若有所悟，回了一个表示"明白了"的猫咪表情包。

吴宝骏不识时务地蹦出来一堆信息，安琦瞟了一眼，他又在好为人师地教育她还是得走产学研结合的路子，当医生没前途，还必不可少地提起他那当投资人的爹，口气就像是把安琦当成一个有待孵化的项目，直看得她胸口憋闷，脑壳生疼。安琦突然火气上扬，三下五除二把吴宝骏拉进了黑名单。

油腻腻的世界一下子清净了。

第二天，她又在活动中心撞见了老王。老王带着陪护机器人，正跟工作人员扯着嗓子理论着什么。

"怎么回事啊？"

"奴啊，正好你来了，你跟他说说，我是不是快死了。"老王看到安琦像见到了救星，把她拉到身边。

"……"安琦一时语塞，不知道该说什么好。

"根据规定，红色腕带的病人，需要严格按照系统制定的计划来生活，我这边没有收到这条任务请求，这是为您的健康负责……"工作人员说话口气也跟机器差不多。

"我就想死之前打个乒乓球，怎么就不行了？！"老王嘶哑的声线艰难地抬高了八度，活动中心其他病人都扭头看了过来。

"王叔叔……老王，"安琦心头一动，哄着激动的老人，"我陪您聊聊天吧，您看您那胳膊，也不方便挥拍不是。"

老王气呼呼地往陪护机器人脑袋上一坐，机器人就变成了轻便助力车，把他托到了旁边的花园里。阳光下，红的花、绿的草，闪着金色光泽，像是有生命力溢出来，喷溅到老王的脸上，似乎气色也红润了起来。

"奴啊，你叫什么名字啊？"

"安琦。"

"这名字好，听起来就很有活力。"

"您为什么想打乒乓球？"

"想吃的不让吃，想玩的不让玩，这活着还有什么意思，关键想死还不让死。"老王嗤地发出一记冷笑，让安琦心头一颤。

"活着多好，干吗想死……"

"那是你没被 AI 阎罗判死刑……"

"AI 阎罗？"

"被拉进 LMA 计划里的人都这么叫它，阎罗要你三更死，谁能留人到五更。"

"哦……"不知为何安琦突然有点想笑，她使劲忍住。

"开始大家都是很怕的，怕死，怕不知道自己什么时候死，就像是脑袋里被装上一颗滴滴答答响的定时炸弹，你自己还看不见倒计时，你感受感受。"

"是挺吓人的。"

"后来 AI 阎罗告诉你，要想活得久，就得照它说的做，大伙儿都说这叫阎罗王送礼呢。按点起居作息，吃什么都精确到克，药不能停，要是第一种药让器官衰竭，又得加第二种药抗衰竭，又过敏，手指关节肿得像胡萝卜，晚上疼得睡不着觉，再加第三种，又便秘，再加，补丁上打补丁，没完没了，人都活成了药罐子。可 AI阎罗只有一个目标，就是让你活得越长越好，才不管你活得开不开心、痛不痛苦、有没有尊严。这份大礼，我怕是受不起呢。"

"可你自己不也想活得久一点吗？"

"要是我能说了算就好啦，上 LMA 是两个人软磨硬泡让我签的字，说不这么做会让人背后说闲话，说潮汕人就讲究个孝字。其实我心里明白得很，都是为了生意。如果我提前走了，就像一家店的金字招牌被拆了，收购价肯定会受影响。"

"原来是这样。像您这样的……病人还有多少？"

"十几个吧，都是被判了死刑的，掐着手指数日子，难受着呢，只能互相鼓励，再熬一熬，说不定明天就到头了。"

安琦陷入了沉默，她没想到一项设计用来帮助病患尽可能延长寿命的科技，竟然会变成一场肉身与心灵的双重酷刑，这里面肯定是哪里出了问题。

"安琦姑娘，你能不能答应我个事儿。"老王突然开口，眼睛却还直直地盯着远处的绿树。

"您说，我尽力。"

"下次给我带瓶酒吧，不，就一口，最容易搞到手的那种就好。"老王的眼睛突然放出精光，像是回光返照，"你说人真是有意思，酒把我害成这样，可我还老惦记着，惦记得不行……"

安琦面露难色："老王，我不知道……我真的……"

"唉，我晓得……不难为你了。"眼里的光又黯淡下去，像两口枯井。

"您再坐一会儿，我得回去了。"

安琦感觉自己又一次逃跑，留下失神的老王和满园浓得化不开的夏色。

＊＊＊

安琦借助学校图书馆数据库和智能助手，很快生成了一份关于临终关怀研究的概述报告，涵盖了过去十年的最新研究成果，遗憾的是，大多数成果来自海外学术及医疗机构，国内一线的临床报告寥寥无几。

她认真做着笔记：

> ……每个个体的死亡观都是不同的，需要区别对待……
> ……从否认到恐惧到接受死亡是一个普遍的心理转化过程……
> ……鼓励病患将死亡诊断作为一个重新评估自己与他人关系及生活价值的机会……

老王近乎哀求的眼神在她眼前闪现，挥之不散。

安琦从屏幕前抬起头，像在心里做了个决定。

她的手机突然猛响起来，是一个陌生号码，接起来竟然又是阴魂不散的吴宝骏。

"你这人怎么回事，我都把你拉黑了……"安琦怒气攻心。

"这世上就没有我吴宝骏打不通的电话，先不说这个，我得到内部消息说你们医院被攻击了。你没事吧？喂喂……"

医院？攻击？安琦耳边一片嗡嗡作响，她都不知道自己怎么挂了电话，又怎么拦了车来到医院。

门诊部一个人也没有，这可是从来没有发生过的情况。各种猜测从安琦脑海里滚过，她试图联系赵阿姨，可是信号没有接通。所有的屏幕上都是一团杂乱拼贴的色块，扭曲、抽搐、失真，像是机器也在垂死挣扎。她终于抓住一个奔跑经过的护工，那个男孩脸色煞白，满头大汗，说医院的系统被黑客攻击了，所有自动化智能服务都瘫痪了，现在医护人员都在抢救那些急重症患者。

攻击？黑客？为什么？怎么办？

安琦脑袋嗡嗡作响，手足无措，像是再次站在喇叭乱响、信号灯乱闪的十字路口，不知道该往哪个方向迈出脚步。她的手指不经意间触碰到白大褂兜里那硬而滑的物件，想起了老王，心一下子揪到了嗓子眼。

安琦小跑了起来，她担心失去了系统约束的老王会做出极端选择，来提前结束这一切。

医院里到处是病人与家属，受惊动物般游荡着，试图抓住任何一个看起来像医护人员的过路人询问情况。有些情绪不稳定的人开始啜泣，哭声如传染病般蔓延，高低起伏，带着不同的音色和节奏，宛如一首多声部的大合唱，唱得安琦心里发毛。

人们过于习惯生活在机器之翼的庇护下，冲击之下，没有了实时监测数据，没有用药指引，没有通过高速网络与云端诊疗系统搭连起的生命线，人们自觉像被撬开的贝壳，裸露在险恶自然中，内心的脆弱便被无数倍地放大出来。

她终于找到了老王，还有其他几个同样被 AI 阎罗判了死刑的囚徒。

和外面那些鬼哭狼嚎的病号不一样，这些真正死期将近的人，静静地待在特护病房的活动室里，像是断了线的木偶，姿态各异，却都保持静止，像是在思考着什么终极的宇宙命题。

安琦走进房间，看到了地板中央一堆被剪断的红色腕带，章鱼触手般纠结成团，心里明白了几分。

老王看到她，神情有点紧张，颤巍巍地站起来向众人辩解："不是我叫她来的。"

安琦："是你叫我来的。"

老王："我叫你来做什么？"

安琦："给你带礼物啊。"

说着，把兜里的东西给老王透露个形状，一个扁扁方方的瓶子，老王的眼珠子一下子直了。

老王："噢，对对对，带礼物，快给我。"

安琦往后退了退，躲开老王伸出的手："等等，你们这是要干吗？"

老王满脸堆笑："不干吗……"

"出去玩啊，好不容易等到 AI 阎罗宕机这一天。"一个脸色苍白的瘦弱男孩憋不住了。

"玩什么玩，没有系统监护，我们怎么按时吃药，怎么吃饭，怎么知道病情没有恶化，分分钟去见上帝好不啦！"一位带着夸张卷曲假发的阿姨声线尖利。

"反正都是死，早一天晚一天有什么分别，早点解脱还不用受这份活罪，你说对吧？老王。"一个大叔脸色黄得吓人，那是某种靶向药的副作用，他的话引起众人点头附和，目光又聚焦到老王身上，老王却没有接话，斜眼看安琦的反应。

安琦点点头："大家好，我叫安琦，今天我是你们的特别陪护员，咱们来做一些不需要 AI 和数据的游戏，老王，你来帮我组织一下，好吗？"

她有意无意地把手放在衣兜的位置，手指鱼饵般抖动着。

老王舔了舔嘴唇，像是很渴的样子，喉结上下一动，唉了一声，也不知道是无奈还是松了口气。

"大家都听安琦大夫的，都到我这边来……"

***

受攻击 4 小时后，医院的信息系统模块陆续恢复运转，这时从其他医院临时抽调增援的医护人员还没有完全到位。机器的容灾能力顿时凸显优势。

首先恢复的是边缘计算模块，允许一些基础诊疗应用从本地存储调用数据，解决一些计算量不大却关系到病人切身感受的问题，比如对病房环境（温度、湿度、光照、色彩等）的智能控制，比如生物信号的实时监控和显示，让病人感觉自己的身体再次回归掌控，尽管如果没有 AI 的解读，大部分数据对于普通人毫无意义，但正是这样的认知小伎俩足以安抚人们的焦虑情绪。

系统完全恢复正常已经是那天深夜的事情，网络犯罪科的警官也同步展开工作，初步调查结果将嫌疑人圈定在几户与院方产生过医患纠纷的病人家属。他们先是质疑人类医生的诊断有误差，当被告知 AI 系统也做出同样诊断后又将矛头指向机器，总之质疑一切与他们脑中预设不符的结论。

当然，他们最终还是需要借助技术代理人来实施复仇计划。

安琦等到所有 LMA 病人都换好红色腕带后才离开，回到住处已经筋疲力尽，迅速进入梦乡，丝毫没有想过自己将面对多么大的麻烦。

第二天，她睡到将近中午才一下翻身惊醒，手机上一整屏未接来电和信息提示。她脸都没来得及洗，蓬头垢面地就往医院奔去，却不是去门诊部，而是直接被叫到副院长办公室。

进了门发现导师李成浩已经在那坐着，脸色铁青，劈头盖脸就来一句："安琦，你可真没给我丢人。"

副院长倒是态度很和蔼，先让安琦坐下，又给她倒了杯茶，问她昨天是不是累坏了。

安琦一脸茫然，说还好，平时也不怎么忙，昨天属于特殊情况。

导师一听噌地站起来："你也知道是特殊情况，怎么就那么自作主张。"

安琦："我……我怎么了？"

副院长对李成浩使了个眼色，让他冷静下来，又转向安琦："小安啊，现在是这么个情况。有几个LMA计划的病人家属投诉你，说你的行为违反了之前他们与院方签订的协议，干扰了正常的诊疗程序，还有人对你的医德提出质疑……"

安琦像是被人当头浇了一桶冰水，透心刺骨的寒意，她张了张嘴，却什么都没有说出来。

副院长继续："所以我们调出了当时的监控视频，需要你尽可能详细地告诉我们，在系统宕机的那段时间里，你究竟对病人们做了些什么？"

雪白墙面随着副院长的手势闪烁了几下，出现了昨天在活动室里的一幕，病人围坐成一圈，中间是一团被剪断的红色腕带，像将熄未熄的篝火。安琦游走在病人与篝火间的空白之处，手里比画着，嘴里说着什么。那些生命进入了倒计时的人们，竟然听着听着，脸上也露出了一丝笑意。

安琦感觉左肩落了一只鸟，惊愕地回头，原来是导师的手。

李成浩脸色有所缓和，说："安琦，这不只是为了医院，也是为了你好。说出来，我们都会帮你的。"

安琦点点头，略为沉吟了一下，便配合着画面的节奏把那天后来发生的事情陈述了一遍。

首先是引导病人说出自己对于LMA项目的理解，以确保他们没有被误导、隐瞒或者产生认知偏差，以避免预期错位。

还好，所有人都知道死神将至，没有人会期待LMA带来奇迹般的转机，只是尽可能地延长生存时间。阎罗送礼，多一天算一天。

接着，安琦让每个人通过量表评估自己对于目前生活质量的满意程度，1分为最不满意，10分为最满意，平均分3.2分，也就是非常不满意。每个人不满意的点有差异，但基本集中在"信息不透明""治疗所带来的副作用"及"无法自主选择生活方式"这几个选项上。

副院长的眉头抬了抬，流露出一丝不易觉察的讶异。

安琦继续，她做了一个假设，如果每个人都只剩下十天的生命，每天只能选择做一件事，你将会如何安排你剩下的时光。她邀请每个人都说出自己的心声。

一开始有些艰难，大部分人陷入了沉思，久久不愿开口。尽管他们心理早有预备，可当把一项残忍的假设作为事实摆到自己面前的时候，这种认知与情感上的冲击力是巨大的，这意味着你将需要从一个与以往截然不同的视角去定义你的人生价值。

那个脸色苍白的男孩首先打破了沉默，他站起来，手舞足蹈。他想把想玩没玩过的游戏都玩一遍。

此时此刻，什么对于你而言是最重要的，显然不会是金钱、权力、性或者其他功利主义的满足感。大部分人提到了情感关系，希望能够利用余下的时间来修复或重温曾经美好的亲情、友情与爱情，却往往不知从何入手。

黄脸大叔说起自己的心结，他和女儿已经十年没说过话了。这次把他送进 LMA，也是女婿一手操办，女儿每次来都是匆匆放下礼物就走。大叔明白这是在报复自己。年轻时，他觉得领导重要、生意伙伴重要、朋友兄弟更重要，却缺席了大多数女儿人生中的大日子：生日、成人礼、毕业典礼……甚至婚礼。他总是吩咐手下购置昂贵礼物替自己送到，甚至连贺卡也是秘书代笔。他以为这样就足够了，女儿却越来越把父亲当成一个陌路人。

黄脸大叔说着，两行浊泪止不住地淌下，他心里明白女儿不肯原谅自己，却还要让父亲尽可能长地活着，孤独地活下去。这对于他，是比病痛更为残酷的惩罚，他却不知道该如何去化解这份经年累月的怨恨。

他的讲述在哽咽中停止，所有人都陷入了沉默。

还有人提到了久被耽搁的个人愿望，多半来自年长者与事业型人士。他们习惯于扮演掌控一切的社会角色，将来自外界的期许刻意伪饰为内驱力，却忽视了潜藏在内心深处的渴求，哪怕是最简单的小小心愿，都会被无限期地拖延，被列入最为可有可无的事项行列。

只有在确定的死亡面前，人们才能看清自己的生活，卸下沉重不堪的包袱，去重新排序，去尽可能地拥有快乐而不留遗憾。

画面上，老王痛哭流涕，他觉得自己并没有真正地为自己活过。其他人紧握着他的手，感同身受。

列出了 10 项愿望清单之后，安琦又给了大家一个新的假设，如果他们现在还有 100 天，他们会如何制定详细的计划，把这张愿望清单尽可能完美地落实到每一天每一小时，甚至每分每秒。

戴假发的阿姨突然站了起来，发套差点脱落，问："我们真的还有 100 天？"欣喜之情溢于言表。她代表了所有其他人的感受，从 10 天到 100 天，生命像是突然中了彩票般被延长了 10 倍，哪怕只是假设。

在那一瞬间，安琦几乎要落泪，她想起自己那些被闲聊、发呆、垃圾综艺及吴宝骏冗长的语音信息随意浪费的生命，对于面前的这群人来说，却是比黄金、钻石还要千万倍的珍贵。

她没有正面回答，只是让大家"想象这是一份从天而降的大礼"，然后把讨论后制定的计划与自己的家人沟通。

副院长突然打断安琦："所以，你并没有建议他们停止服用药物或者不再接受治疗？"

安琦摇摇头："没有人能够替他们做决定，就算是家人，也需要尊重生命最后时刻的意愿。这才是真正的爱吧。"

画面中，那些行将就木的病人像是在安琦施下的魔法中恢复了活力，他们脸上绽放着光彩，挥舞着手臂，围绕着那堆碎裂的红色腕带大笑起舞，仿佛回归到久远的文明之初。那时候人类与世界还依靠着萨满与鼓点相连结，万物都充满了灵性，死亡也不是生命的终点，而是开始新的轮回。

房间突然亮起，篝火聚会被打断了，系统恢复了，工作人员进来为每个人换上了新的红色腕带。安琦跟每个人握手道别后，离开了房间。

副院长暂停了视频，看了看李成浩，后者眉头紧锁，许久才开口。

"你是从哪知道这些的？"

安琦似乎还沉浸在刚才的情绪里，喃喃地回答："……图书馆的数据库……"

"所以，你觉得自己能够比 LMA 做得更好，就靠这些网上看来的东西……"

"老师，您让我好好跟人打交道，搞清楚人的需求，别光盯着数据。我觉得，这些人需要的不是冷冰冰的日程和治疗方案，他们需要的是温暖，是爱。需要被优化的不是生命的长度，而是品质和体验。"

导师张了张嘴，竟无言以对。

副院长站出来打圆场："小安说的也没错，只是可能方式上稍微鲁莽了一些，年轻人嘛，可以理解。我刚才其实只告诉了你一半，还有另一半……"

安琦眼中透着问号。

"……投诉你的是病人家属，但是所有 LMA 计划的病人，一致要求你加入计划，成为常设的陪护员，陪他们走过这最后的时光……"

安琦的表情由茫然，逐渐透出光亮，最后露出了一个大大的笑脸。

李成浩听到这里也松了口气，也面露微笑，但这微笑没有维持太久，又被新的疑虑所打断了。他指着画面里的一个人影，问安琦："这个病人是要做什么？"

那是老王，他伸手拽住正要离开的安琦大褂一角，像是有什么急切的要求。

副院长挥手让视频继续播放，老王跟着安琦来到室外，切换到走廊视角，安琦掏出一个小瓶子，左右看了看，老王一把抓过，朝嘴里灌了起来。

"你给他喝的是什么？"副院长和李成浩同时瞪大了眼睛。

安琦面露窘迫，憋了半天，只说出两个字。

"礼物。"

＊＊＊

老王双目微闭，躺在病床上一动不动，身上接满了各种管道电线，连到周围闪烁着数字与曲线的仪器上，活像是个半人半机器的赛博格。

安琦悄悄地在床边坐下，生怕惊扰到老人，毕竟现在已经进入了 LMA 所谓的"倒计时"阶段，老王已经濒临弥留之际。

"是安琦吗？"没想到老王先开了口，"……一直等着你呢。"

老王更瘦了，每吐一个字都艰难而缓慢，像是用尽全身力气。

"我今天是来检查作业的哟。"安琦拿起平板，屏幕上出现一个表格，她往下滑动，用手指打着勾，"……停止化疗和副作用太强的药物……和每个家人谈心……吃一顿心爱的大餐……写信给人生中最好的朋友们……准备告别礼物……这些都完成得很好。设计自己的葬礼，这个你想得怎么样了？老王。"

老王嘴角露出一丝熟悉的狡黠笑容："都交代好了，到时你一定要来噢，我给你准备了个惊喜……"

"放心吧，我一定会到。"安琦心头突然涌起一阵伤感，这样的对话她还将会重复上许多次，跟许多不同的人告别。

院方经过与病人及家属协商之后，达成妥协意见，允许聘请安琦作为 LMA 计划的特别陪护员，在追求最大化延长生命的 AI 算法与追求生活品质与尊严的临终病人之间扮演一个中介，一个人性化的情感缓冲地带。

经过这次突发事件，院方与技术供应商打开了新的思路。特别陪护员根据对病人的共情理解，帮助 AI 来制订不同的个性化医护方案。在乎剩余时间长短的，与关注日常生活质量的，将得到不同的建议，包括是否告知预期死亡时间，是否采用 LMA 算法，等等。在理性与科学之外，病人们拥有了更多人性的维度，来达到生活质量与延长寿命之间的平衡。

比起通常的医护人员，特别陪护员需要花更多的时间来了解病人、陪伴病人、安慰病人，与病人一同制订临终计划。除了医学与护理知识外，共情能力与沟通能力尤其重要，将成为特别陪护员的核心技能。

在医院的示范作用下，其他医院也纷纷跟进，学习新的"AI+人"临终关怀模式，而安琦自然而然成为传授经验的模范，被邀请到各大医院进行分享。同时作为一项新的工种，"临终特别陪护员"的职业标准与规范也提交到行业协会进行讨论与制订。

原本迷惘的安琦突然眼前一片绿灯，这是一条她从未想过要走的路，如今却无中生有地平地而起。她心怀感激，但惊喜还远远不止于此。

"安琦啊，我还想最后再加一条……"

"您说，我记着。"

"……我还想要你送我一份礼物，嘿嘿……"老王的眼神突然亮了起来。

安琦从平板抬起头，又是好气又是好笑。

"我说老王，你别以为自己活得比 AI 预测的长就了不起了，你那是运气好……"

特殊陪护员像是启动了某种尚未得到科学验证的安慰剂效应，一些病人的预计寿命竟然开始"逆生长"，甚至超出原先 LMA 算法计算出的上限。对于一些等待新药投入临床实验或者器官移植排期的病人来说，这不啻给了他们二次新生的希望。许多机构纷纷开展研究，希望探寻情感或者心灵抚慰在疗愈过程中长久以来被低估的重要性。

也许人类一直低估了爱对于死亡的抵抗力。

"可你上次骗了我呀，那又不是真的……"在即将说起那个字眼的时候，老王赶紧住嘴。

安琦做了个鬼脸，上次她给老王的是一种经过基因改良的大麦饮料，口感上非常接近啤酒，但却不含酒精成分。

"好吧好吧，给你记下了，只要你加油，我会把礼物给你的。"

"说话算话，拉个钩吧。"

老王像小孩般颤巍巍地抬起小指，安琦笑着，也伸出小指钩住，用力地拉了拉。他们两人心里都清楚，这近乎玩笑般的举动，只是个情感上的安慰剂。安琦不可能违背医院规定给老王喝酒，老王也不可能把这样的承诺当真。两人像是默契良好的演员，配合着上演一幕不说再见的告别戏，一切都尽在不言中。

"老王……"

安琦突然一阵哽咽，像是有巨大无形的石头压在肩上，那正是父亲口中经常提到的"神圣的重担"。她希望所有的数字和曲线都停止变化，就让时间凝结在这一刻，就像眼前的这位老人拥有了某种永恒的生命。她深深吸了口气，努力不让眼眶里的泪珠成型。

老王微微一笑，说出了最后的台词——

"安琦啊，比起阎罗王来，我更喜欢你的礼物呐。"

人工智能篇

爱 的 小 屋

用所有的眼睛，造物们看见敞开处。

只有我们的眼睛如被调转，遍布其四周像陷阱，包围它们自由的出口。

——里尔克《杜伊诺哀歌》之八

Day 3

Hello！各位团友大家好，欢迎收看"忒修斯的线团"特别节目《爱屋及乌》第三期，我是你们的 Vlogger 不胖的阿修，每天五分钟，带领大家了解一个御宅族的日常。

【动画字幕：（捂脸哭泣表情 ×3）真的很无聊，很没有人气呢~】

如果追看过前两期的团友应该知道，最近阿修被卷入了一起神秘的恋爱事件呢，你所看到我所在的这间漂亮大屋子，不是我的，而是当当当当——女主人公小樱的。什么？同居？哪里有这么好的事情啦，只是帮忙看房子而已啦……

【动画字幕：粉色桃心飞起】

想想龙猫还在屋里呢，我给它准备了一个星期的食物和水，希望它不要被自己的大便熏死就好了……

话说回来，阿修住进来之后，一直以为只有自己一个人，直到昨天半夜，准确地说应该是今天凌晨，发生了一件很奇怪的事情……

阿修暂停了视频录制，揉了揉发青的眼眶，疲惫地叹了口气，尽管用游戏掌机来当提词器，双目摄像头捕捉他的口型同步滚动，可是那些做作的脚本还是让他表情生硬，尴尬不已。他又看了看订阅数，只躺着孤零零的数字 132，比昨天还少了一个人，打开率和完播率更是低到个位数。

这个时代真是对我们这种相貌中上、身材中下的人不友好呢。

阿修内心暗暗吐槽，放下了机器，继续研究昨晚半夜发生的神秘现象。

事情是这样的，阿修玩着游戏在客厅沙发上睡着了，迷迷糊糊间听到有女孩说笑和脚步声，他勉力从睡梦中睁开眯缝眼，一边问着"是小樱吗"，一边在茶几上摸索眼镜。像他这种双眼 600 度以上的睁眼瞎，只看到几团带颜色的光在晃动。等他戴好眼镜，听得咣的一声关门，便什么都没有了，留下他自己孤零零在黑暗中，这时手机显示是凌晨 4:20。

他打开了所有的灯，并没有发现屋里有人动过的迹象。

究竟是怎么一回事呢？

如果是有窃贼的话，首先她无法破解高强度加密的大门，除非把整座墙拆了，否则面部、声纹、步态、虹膜等十几项生物特征识别，加上每次随机生成的密钥，都将是一般窃贼难以用小技巧绕开的屏障。其次倘若选择硬闯，则肯定会激活中控安防系统，自动发出警报并报警。

可门还在那里，一点指甲划痕都没有。

阿修摇摇头，他就是太容易陷入这种技术性的细节，像是雪地里无法控制僵硬肌肉的初学者，滑出一道半径太大的弧线，却无法回到本应前进的方向。

所以，刚才那是小樱回来了吗？可她明明说爸爸有急事找，会进城待一个星期，下周 3 回。如果提前回来，怎么也应该先打个招呼吧。

阿修觉得女孩是这宇宙间最神秘的事物，远远超过了暗物质与曼哈顿计划。他甚至认为自己不应该去揣测小樱，因为那已经逾越了他知识与经验的边界。

一个想法无法控制地闯入他的脑海：也许小樱并不想看到他，也不想和他在现实世界里发生联系？所以只是匆匆来去，拿上忘掉的什么东西。

甚至更糟糕的一种可能性，她看到了他，却选择逃掉？

这让阿修感觉沮丧，他跌坐回沙发，用粗大手掌揉搓胖脸，试图让自己清醒一些。

我是谁？我在干什么？我为什么会在这里？

这一连串问题令人窒息。

这时，伴随着天花板上粉色光线的细微流淌，一把柔和的女声响起，那是中央控制 AI "阿鲁卡斯"的声音。

"阿修君，我监测到你的睡眠被不正常打断，现在各种生理曲线非常紊乱，我建议你马上喝下我为你特殊调配的安神饮品。放心，小樱交代过我，不要给你喝任何含糖的东西，那对你的身体代谢不好。"

自动饮料机里已经调配好一杯淡绿色饮品，由圆滚滚的家居机器人端到阿修面前。阿修一饮而尽，是他最爱的抹茶味。

"小樱还是很关心我的。"阿修心里好受了些。

"谢谢你，阿鲁，刚才是小樱回来了吗？"

"是的，她看你睡得很熟，就没有叫醒你。她急着要把一些文件带给父亲。"

"大半夜的，可真是吓我一跳，以为进贼了呢。"

"请阿修君放心，这里非常安全，没有我的允许，任何人都无法随便进出。"

"幸好还有你，我也没那么无聊了。晚安。"

明天我也许应该检查一眼小樱的卧室，阿修这么决定着。突然一阵浓烈困意袭来，他已经无暇思考那些重大而终极的问题，又深陷在沙发里沉沉睡去。

Day 1

各位团友大家好，想必你们都和不胖的阿修一样，此刻的心情就像是香菜露出了兵库北的微笑呢。啊，对不起！我又在说一些奇怪的老梗了，毕竟是死宅本性嘛。

【动态图片：花泽香菜的鬼畜笑容】

现在我们马上来到小樱家门口了，这个地方真的不好找，似乎是非常奢侈的私宅呢，不像我们住的都是共产房（泪目）。当然出于对小樱隐私的保护，我是不会告诉你们我在哪里的，你们就死了这条心吧。

嗯？现在我们面前有一扇黑色的大门，没有任何的门铃把手吗？真的是高科技呢，难道要敲门吗？咚咚，小樱桑，咚咚，小樱桑，我是阿修君啊。

什么鬼！门上突然出现了一张脸，有点像但却不是小樱桑，年纪大概要大个十岁，看起来像是个仿真度很高的CG人物呢。

她居然开始张嘴说话了……

"等等，是不是走错门了啊……"阿修放下云台，开始四处张望，这个奇怪的地方附近并没有别的建筑物，像是掩藏在花园绿植里的独栋，离哪里都很远。司机也是找了半天才把他在这里放下。

"是阿修君吗？"门上的那个CG头像是个表情温婉的东方女子，大概30岁左右，一头短发，嘴角似笑非笑，但明显已经跨过了恐怖谷的谷底。

"啊，你怎么会知道的？"

"小樱把所有关于你的一切都告诉我了啊，所以我一眼就认出你了。"

阿修上下打量着门框，并没有看到那只"眼"在哪里，也许已经集成到了门体内部，也有可能整个门板上就密布着感光元件，它就是一只大眼。

"您是哪位？小樱呢？"

"我是她的中央控制AI，也可以叫我阿鲁卡斯……"

"阿鲁……果然是小樱喜欢的银魂梗哈哈哈……"AI看着阿修乐不可支的样子，不知该作何反应，这不在她的自然语言理解范围之内。

"阿樱突然接到她父亲的紧急电话，到城里去几天，她希望您能在这边住下，等她回来。"

"这样啊……不会不方便吗……"事情比阿修原本想象的复杂，但却是往好的方向发展。在小樱生活的地方住下，体验她每天的日常，这简直是游戏里才会出现的剧情。一些曾经在脑海里幻想过的隐秘画面快速闪现，他激动得有点不知道该说什么好。

黑色大门悄无声息地打开了一条缝，透着稀薄的微光。

"请先进来吧，阿修君，一切都为您准备好了。"

"好、好的，需要脱鞋吗……"

"拖鞋就在地上。"

就在阿修即将迈进大门的那当口，他口袋里的电话响了起来。

"喂喂……是快递啊……不是说好今天早上送到吗……喂喂……我这边信号不太好……能不能改一个地址啊……什么改地址得重新配送……那你还是改吧……你记一下……"

阿鲁卡斯静静地听着阿修打完电话，他满脸不好意思地抬起头。

"本来是订了给小樱的礼物，想亲自送过来，不巧他们的快递无人机出了故障，改成真人投递，所以花了些时间，我已经让他们改成直接送到这里了。"

"没问题，快进来吧。"

进了门，房子的跃式结构让内部空间看起来比外面更大，不像之前想象中的小女生风格，充满了简洁的现代主义家具和装饰，色彩是淡淡的、暖暖的，像是冬天午后的煦阳照在雪地里的感觉，没有什么多余的摆设和玩具之类，一切都是恰到好处的样子。阿修隐隐觉得，小樱在网上表现出来的样子和她现实里也许是完全两码事。

"哇，好棒的房子！"阿修打量着眼前的一切，不由得脱口而出。

"小樱每过一段时间就会换一种风格，这是这一季的北欧冷淡风，阿修君喜欢吗？"

"怎么可能不喜欢呢！"脑中闪过自己狗窝般的卧室，阿修不由得产生了一阵羞耻感。自己竟然在这样有品位有格调的女生家里做客，真的是不敢相信呢。

"那就请把这里当作自己家吧。"

"真、真的可以吗？"

"这是小樱临走前的吩咐，她说，一定要让阿修君有回家的感觉。"

"她真的这样说的吗……"阿修不知为何脸开始发烫了起来，"那么……请问这里的 Wi-Fi 密码是多少呢，感觉这地方网络有点不太好……"

"啊，是这样的，因为装修过程中内部通讯模块被弄坏了，我已经下单了，新的配件还在路上，估计这几天就会到，所以还麻烦您先忍耐一下吧。"

"原来是这样，难怪我说小樱这几天都没怎么出现。还好我设置的 Vlog 自动更新素材还能维持几天，不用怕团友们等得着急了。哈哈。"

阿修干笑了几声，心里清楚所谓等得着急的团友并不存在。

"我能到处参观一下吗？"

"请便，一楼是客厅、厨房、客房、健身房和洗手间，二楼是卧室和工作室，地下是影音和游戏室。"

"啊，居然还有专门的游戏室，厉害……"阿修努力控制自己不要表现得过于兴奋，流露出死宅本色。

"小樱说过，您是个游戏高手呢。"

"哪里哪里，那我可以先去游戏室看看吗？"

"当然可以，"又一扇门在客厅底部拐角悄无声息地打开了，"从这里进去，下楼梯左拐就是。"

阿修站在那扇门口，黑漆漆的楼道自动亮起灯，像是打开了一条通往次元空间的隧道。

Day 0

看，这就是小樱，证明我不是在骗人吧，团友们！

【切入图片：脸部被打上心形马赛克的短裙少女，背景是一家连锁便利店】

什么，说我有钟情妄想症？坂田银时来决斗吧！男人哭吧哭吧不是罪！

说实话接到这个邀请时我也很难相信这是真实发生的事情。毕竟父母车祸去世之后，我也很久没有接触过什么陌生人，交过什么新朋友，除了你们。又说起这么伤感的话是怎么回事，应该高兴才对不是吗。

再透露一点，小樱就是你们中的一员噢。没错，我们就是通过 Vlog 认识的，具体一点？你们想知道什么？上几垒？我要把这位用户关小黑屋了。

就是像你们一样在发弹幕吐槽的时候，我注意到了有一位团友，总是能及时接上我的老梗，比如我拍了卧室窗外正对的大烟囱——

【切入图片：红灰相间的大烟囱在蓝天下喷着白烟】

她就会发出一条"啊嘞，这不是阿姆斯特朗回旋加速喷气式阿姆斯特朗炮，还原度可真高啊！"

【黄色弹幕飞过。】

什么？你们都没 get 到吗！我怀疑你们到底是不是我的粉丝……

阿修表情凝重地打开自己的衣柜，发现除了 T 恤以外，并没有任何适合约会的衣服，不由陷入了沉思。

对于在三次元世界里与真实人类见面这件事情，阿修一直是持抗拒态度。他花了 3 年时间才从那次意外里走出来，就连看心理咨询师也是通过连线进行。日常除非迫不得已，接待社保局定期调访人员（他们关心的只是父母遗产是否得到妥善使用），他可以用网络解决一切生活需要。

离开蜗牛般的窝，阿修走得最远的距离就是在后院里搬个椅子看夕阳，直到太阳下山，星星堆满天，然后想起原本在这个时候会喊他吃饭的母亲，流泪满面。

就算开 Vlog 这件事，也是那位叫"茂茂"的在线心理咨询师建议的，他说这样能够有效地逐渐降低内心的防御机制，把内心的情绪郁结向外纾解。而且，茂茂还教了阿修一个好办法，先是不打开"公开"选项，这时基本没有人会主动去搜你的 ID 或者频道，只有系统给你灌的 chatbot 用户，为了平台数据好看。等到心理建设差不多了，再打开选项，这时算法就会根据 Vlogger 内容相关性推荐给一些真实人类用户了。

茂茂的建议确实有效，阿修感觉胸口没那么堵得慌了。

他在向虚拟树洞里倾倒了 18 个月情绪垃圾之后，终于迈出了那小小的一步。对于阿修来说，却是人生的一大步。尽管之前的许多视频内容都被加了锁，但这种接受大众窥探隐私的感觉，既刺激又恐惧。

然而他发现，并没有什么人对这样一个现充不足的肥宅生活感兴趣。绝大多数游客都是一进来看到阿修的脸立即退出去，更不用说持续关注了。这样一来，倒是给了阿修更大的勇气，从一开始的完全说不出话来，尴尬窘笑，到能够看着台词脚本比较流畅地表演，甚至在某些时候，还能抛出几个几十年前的动漫老梗，希望博得观众一乐，当然这种可能性实在是微乎其微。

直到小樱的出现。

一开始阿修还以为那只是一个路过的游客，头像部分只是灰色卡通小人，但是在看过了他所有节目之后，ID"小樱"订阅了他的频道，同时头像也变成了一张萌甜少女大头照，拥有251个粉丝。

不仅如此，小樱还经常发弹幕跟阿修互动，跟其他那些观众的模式化吐槽不同，小樱总是能第一时间捕捉到他的梗，并给出恰如其分的反应。她的弹幕几乎就像黑夜里的流星那么醒目，飞快地划过并击中阿修的心窝，让他浑身一颤，从混沌中醒悟过来，原来自己并非一坨蠢木，也需要能够读懂心事的朋友。

他们开始聊了起来。一开始还只是在 Vlog 平台的私信里，后来又转到即时聊天工具上。小樱有时候会发一些自拍给阿修，甚至是超短视频，内容无非就是美食、风景和宠物，但却让阿修感觉温暖，毕竟他已经很久没有和一个真实的人类建立过这么深入的联系了。

阿修终于迈出了那最艰难的一步。

他把内心最隐秘的痛苦告诉了小樱。父母的意外离世，他始终觉得是自己的过错，如果当时他没有因为社恐发作而拒绝和父母一起出门，也许还能在最后关头避免这一惨祸。但也许都只是也许，你永远都不会知道在另一条时间线上会发生什么。

小樱听完，安静了那么几秒，说："我给你讲个笑话吧。"

阿修说好啊。

小樱："有一个社恐想要追求一个女孩，却又不知道自己究竟是否真的喜欢对方。有一个人给他出了个主意，说一群人在一起大笑时，人会自然地看向他所喜欢的那个人。社恐听完就哭了，你知道为什么吗，阿修君？"

阿修问为什么。

"那个社恐说，如果我有一群人一起大笑的机会，我就不会是个社恐了呀。"

阿修回了一串笑出眼泪的表情。

小樱沉默了一会儿，说："我的妈妈也去世了，现在我只有爸爸，可是……"

阿修问："可是什么？你从来没有提起过你的家人呢。"

"像《银魂》里说的，我们光是活着就竭尽全力了。不是吗？"

"小樱，你到底想说什么啊？"阿修摸不着头脑。

小樱欲言又止，说："要不我们还是见面再说吧。"

见面？这个词组就像是一枚炸弹丢在阿修的木头脑壳里，引发一连串无法停息的爆炸，所有漫画、动画电影中的约会桥段，如同万花筒般铺天盖地在他眼前旋转炸开，他感到眩晕。

"好……好吧。"

阿修竟然无法阻止自己的手指敲打出这一行回答。他觉得这就是命运的召唤，促使他去走出这一步，也许前方是万丈悬崖，也许是鲜花遍地，就像是漫画里的英雄人物，如果在听到召唤之时不回应，人生便会像是笼子里的龙猫，每天踩着疯转的轮子，却只能原地踏步不前。

他从来没有机会在人生中扮演一个英雄。

小樱说自己有一套在城外的房子，只有自己住，但她每个星期会进城去陪父亲，完成父亲安排的工作。她希望和阿修君的见面能够在一个让人感觉安全、舒适、温暖的地方，"毕竟我们两个人都是社恐，不是吗？"对面发过来害羞的表情。

这表情让阿修如鲠在喉，把自己的回答删了又改，改了又删，不知道该回什么才合适，最后决定发过去同样的害羞表情，只不过是复制三次。

Day 2

大家好，又是我阿修。欢迎回到《爱屋及乌》第二期，当然在你们看到这期节目时，也许我已经不在这里了。希望通信模块能够快点送过来，否则的话，我只能先拍摄一些素材作为存档，这样就表现不了阿宅的真实生活了阿鲁……

【一把温柔的女声响起：阿修君，你是在叫我吗？有什么需要我帮你的？】

啊没有没有，我差点忘记了这个 AI 也叫阿鲁，也许就是小樱和我之间隐秘的默契吧。真希望她能早点回来啊，请人到家里做客自己却跑掉，这确实有点终极社恐的风格啊。

既然这样的话，阿鲁，给我们表演一下你无所不能的超能力吧。

小樱的这座房子所有软硬件的集成度超级高，这个 AI 也是我看到过智能程度最顶尖的管家，感觉只有军方才会有这样的配置呢。

【所有家具的抽屉和门同时弹开，又迅速收回】

你们可以看到，所有的家具、家电、门甚至抽屉和窗帘都可以自动控制，是不是有点闹鬼的感觉呢？当然你也可以改变一下视觉呈现的方式，像这样，阿鲁，现身吧。

【阿鲁卡斯的身影幽灵般飘过所有的平面，地板、墙壁、天花板、洗漱台、橱柜……】

阿鲁可以帮你完成任何事情，虽然看起来还是有点别扭，毕竟是 2D 投影，但至少比"空穴来风"心理上舒服一点。

厨房都是语音操控的，直接通过烹饪系统与食材供应商对接，只要你提前一天说出想吃什么，不管是成都小面还是法式大餐，阿鲁都会准时献上米其林级别的美味佳肴。

如果有需要，她还可以改变家具或者房间结构来适应不同的需求，比如多一张客床，或者游戏室扩大十个平方米，墙体由吸音效果变为混响效果，这在唱卡拉 OK 时非常有用，只要你想，没有做不到的。

当然对我来说，最最重要的还不是这些，而是阿鲁的情绪感知模块……

虽然只有短短一天半，阿修已经对屋子里的一切了如指掌，除了一处——小樱的卧室。他好几次走到房门口，忍不住要推门进去探个究竟，但最后时刻还是退了出来。

别像个色情狂一样窥探女孩子的隐私，他告诫自己。

书房里的二手漫画和画集都和阿修想象中没有两样，几个复刻版手办也恰到好处地触到他的兴奋点，小樱的口味在许多方面都与自己重合，这也解释了为什么她能够迅速理解 Vlog 里隐藏的老梗并做出反应的原因。但是这些书阿修都已经翻过许多遍了，他兴致缺缺地让手指从书脊上磕磕绊绊地滑过，便离开了书房。

同样的情况也发生在地下的娱乐室里，所有的影音产品和游戏，像完美复制了他的卧室。

"我们的口味简直就像是一个人。"阿修又惊又喜，努力控制住遐想的触手。

在卫生间里他花了最多的时间，把所有那些瓶瓶罐罐全都打开，使劲翕动鼻子，试图分辨每一种不同的味道。他甚至用小樱的沐浴液和洗发水把自己里里外外洗了一遍，这对于平时不甚热爱清洁的阿修来说可是例外。他光着身子滴滴答答走到洗漱台镜子前，身后留下蜗牛爬过潮湿的水痕，琢磨每一种或液体或膏状的化妆品究竟是抹在什么部位、管什么用的。

冥思苦想之后，他依然不得要领，只好求助于 AI。

"阿鲁，你能教教我这些是怎么用的吗？"

"我可以把每一种产品的有效成分、使用方式和先后顺序告诉你，或者，更简单的是，我可以回放小樱使用这些产品时的画面。"

"你能、能、能……什么？我以为这些画面属于小樱的隐、隐、隐私呢……"阿修一时激动得有些结巴。

"一般情况下当然是这样，不过小樱交代过我，您是特殊客人，有任何的需要我都会尽全力配合满足。"

"特殊……客人……"听到这几个字的阿修甚至比看见视频更加兴奋。

洗漱台的镜子亮起蓝光,呈现出一种奇怪的深度。小樱的脸似乎是从一口深潭里浮现出来,影影绰绰的,有点不真实,但那眉眼嘴鼻与之前阿修看到的自拍照片确实是同一个人。小樱披着浴袍,不经意地露出雪白的肩膀和脖颈,突然向着阿修的方向凑近,似乎是要去亲他,阿修本能地往后一躲,差点滑倒到地上。

小樱只是想去探究镜子里眼底的细纹。

她开始拿起桌上不同的瓶瓶罐罐,如同一个真正的艺术家那样,用不同的手法将那些化学制剂涂抹到脸上、脖子上、身上的不同位置。阿修依样画葫芦,觉得这真是太蠢了,蠢得有点怪异。

小樱又隐没在镜子深处。阿修相信自己身上已经有了小樱的味道,这就像是两个朝夕相处生活在一起的人一样,他们的表情、举止甚至是味道和生理周期会慢慢同步,最后无比接近。

那种味道复杂微妙,如同爆米花撒上梅子粉,阿修的词汇如此贫乏,竟无法准确形容描绘。如果有小樱敷脸的视频资料,那数据库里肯定还存有更多,阿修为自己的想法激动起来。

"阿鲁,还能调出更多小樱的视频吗?"

"需要在不同场景下进行激活。"

阿修知道自己今天的生活将相当充实。他在屋子里重温每一处小樱留下的过往印迹,模仿这个素未谋面却比生命中任何人都要熟悉的陌生人。他感到一种难以言喻的兴奋,像是窥探,又像角色扮演,仿佛这样就能够进入小樱的内心,接通情感的共振频道。

这不正是我来到这间屋子的目的吗?证明在世界的另一个角度还存在着另一个一样格格不入的人。我们因为拥有彼此,再也不会孤独。阿修点点头。

每天的视频都大同小异,看来小樱是个生活非常之有秩序感和仪式感的人呢。

尽管大部分时间小樱都是一副活泼开朗的阳光少女模样,甚至会突然唱起歌跳起舞来,但是阿修总觉得在小樱的眼神底下藏着什么东西,那是一种黑暗而悲伤的感觉,像是一口深井在缓缓散发寒气，却吸引着好奇者一探究竟。

阿修再次站在了小樱的卧室门口，也许这里面录制的视频会有更直击人心的内容？他拿不定主意，焦躁不安地踱来踱去，阿鲁卡斯似乎捕捉到了他情绪的异常反应。

"阿修君，有什么需要我帮忙的吗？"

阿修张了张嘴，又尴尬地合上了。他没想到自己在一个 AI 面前竟然也会顾及颜面，感到一种道德上的压迫。

"没、没什么……我去睡了，晚安阿鲁。"

这一个晚上阿修注定辗转难眠。

Day 4

> 各位各位……我现在心情有点乱，我想我看到了一些不该看的东西。该死！我就不应该进去她的卧室……现在我该怎么办……网络还没有恢复。阿鲁说内部通信模块应该今天能送到。如果联上网我应该先找谁呢？报警吗？可是警察会相信我吗？我怎么解释我自己的身份呢？混蛋！不不不……我现在需要冷静下来，如果是你们会怎么做呢？
>
> 我需要喝杯东西让自己镇定一下……阿鲁！

阿修连喝了三杯水，却还是无法消除喉咙中灼烧的干渴。他做着深呼吸，试图让自己恢复理智，脑海中却仍然疯狂回放着刚才看到的画面。

他似乎听到小樱卧室里传出什么声音，再三犹豫之下，还是推开了房门。似乎有一道光闪过，房间里却空无一人。粉色壁纸，淡蓝带鸢尾图案的床单，木质落地衣柜，床头小樱与母亲的合影，百叶窗外的阳光斜斜投下，将屋里空间切成金色薄片，带着一股莫名熟悉的甜味。

阿修拘谨地站着，不敢轻易移动自己的脚步，似乎生怕小樱会突然推门而入，发现这一个不速之客，正在以奇怪的表情抚摸枕头，嗅闻内衣。

"呃咳咳……阿鲁，能调出这里小樱的图像资料吗？"

"当然，阿修君。"

从床头的梳妆镜里，衣柜门后的落地穿衣镜里，墙上正帽子的古董圆镜里，所有形状各异同样光洁明亮的反射面中，阿修看到了一个与其他场合截然不同的小樱。

她一动不动地平躺在床上，面无表情地直视天花板，似乎那里藏着什么宇宙的秘密。

她会突然疯狂地在床上弹跳，尖叫，用头去撞墙，这时阿鲁会把墙变软，然后她那好看的脸就会像碰到棉花糖一样陷进去。

她还会脱光衣服，掩面哭泣，尽管阿鲁好心地打上马赛克，但阿修君还是依稀能看出，小樱是因为身上的一些变化而哭泣。他想知道那到底是什么，只是出于好奇，不是为了性，绝对不是。

"阿鲁，把滤镜关掉。"

"阿修君，为了保护主人的隐私，我不能……"

"我只需要看她的背面，你说过我是特殊客人，这种等级都不行吗？"

"……我试试看吧。"

一种不祥的预感让阿修屏住呼吸，就在小樱转身背向他的时候，马赛克缓缓变淡，最终消失，如同眼前拂去一层薄雾，让他倒吸了一口冷气。

在小樱原本雪白的后背直至臀部，爬满了一道道紫红色细密且短的伤痕，似乎有什么凶残的野兽在上面磨爪，又像是雪地里开出冶艳的花。

小樱转过身，正面对阿修，马赛克又恢复了。

阿修还在上一幕的震惊中没缓过神来，他试图寻求合理的解释，许多种可能性飘过脑海，甚至怀疑这是否只是一场玩笑，是小樱 cosplay 的特效化妆。可眼神不会骗人，那些藏在眼底的黑暗，就在那一瞬间溢了出来。

他不禁要想，在自己所看不到的角落里，还有多少道这样的伤痕。阿修直视着小樱无助而空洞的眼神，觉得自己身体里的某一个部位开始沸腾。

"阿鲁！这是怎么回事？为什么你没有保护好她！"

"很遗憾，您没有权限得知更多信息。"

"究竟是谁干的？为什么不报警？"

"很遗憾，您没有权限得知更多信息。"

"混蛋！"阿修的拳头重重地落在了墙面上，却被早已洞悉其举动的阿鲁化解掉，拳头打在了棉花里，软绵绵的，像被吸进了漩涡。

他开始回忆所有的碎片，点点滴滴，从与小樱相识开始，谈及家人时那些奇怪的反应，突如其来的离开，家中没有留下丝毫痕迹的父亲，语焉不详的任务，伤痕。这些线索开始在他脑中纠缠、编织、成型，构筑出一个骇人听闻的黑暗故事。

"阿鲁，把小樱父亲的资料调出来给我。"

"抱歉阿修君，您没有足够的权限。"

"我到底要怎么样才能有足够的权限，我想帮她，这还不够吗？"

空气中突然沉默了，阿鲁似乎在认真地思考这个问题。

"快回答我！"

"有一个办法，除非你成为小樱的特殊监护人。"

"那是什么？"

"在未得到现有监护人，也就是她父亲同意的前提下，如果您能够证明受监护人，也就是小樱正面临生命危险，并愿意以自己的社会信用积分作为抵押，我们就可以向社保局提出申请，将你列为特殊监护人，享受与一般监护人同等的数据权限。"

"我愿意！"阿修几乎是脱口而出。

墙面上出现了一份密密麻麻的电子文书，需要下拉好久才能看完，最后需要阿修的生物识别信息及签名作为确认。阿修飞快地下拉，根本无暇去细看那些佶屈聱牙的条款。把手掌按在上面签名之后，文书上出现一个淡蓝色圆环，开始旋转，上传。

"我忘了，内部通信模块是不是还没有修好？"

"刚刚送到，正是时候，阿修君。"

不知为何，阿修突然觉得阿鲁的声音带上了一丝难以捉摸的笑意。

Day 5

事情有点不对劲，团友们。

虽然阿鲁说内部通信模块已经恢复了运作，我把之前几天做好的Vlog上传到平台，虽然也有点击浏览和互动，可不知道怎么回事，那些团友的评论都很假很套路。我试着联系小樱，却怎么也没法接通。我甚至想到要报警，可报警电话总是不停地让我选择按键和转接中。

阿鲁也变得有点奇怪，它告诉我特殊监护人的审批流程需要24小时，也就是说这24小时里我什么也做不了，连门都出不去。它说这是为了我的安全着想，可我总觉得这里面有什么不对劲儿的地方。

如果你们谁能看到我的信息，请联系警方来找我，我的地址是……

一想到小樱可能还身处于危险境地，阿修心里就仿佛扎进了刺般不是滋味，他尝试了各种方式与外界取得联系，但均告失败。一个念头闪过，也许是阿鲁从中作梗也说不定，毕竟理论上，它的后台一直通过物联网协议保持与外界沟通，否则所有这些家居服务都无法正常运行。

可它又有什么理由来阻止别人拯救自己的主人呢？阿修实在百思不得其解。除非它就是小樱父亲的帮凶，毕竟这座小屋也是来自父亲的馈赠……

"需要帮忙吗，阿修君？"

阿鲁突然从天而降，把躲在洗手间里的阿修吓了一跳。

"没、没关系的……"阿修慌乱地关掉机器，"只是一点小故障。"

"阿修君好像在为粉丝数烦恼呢，每天忙着更新一定很辛苦吧。也许我可以帮帮你……"

"哈？"

"很简单的，就像这样子……你想要多少？10万？50万？100万？"

阿鲁手一挥，面前的墙上突然出现阿修Vlog账号的界面，粉丝数量变戏法般地随着阿鲁的声音从100多涨到了10万、50万、100万，点开每一个头像都能看到详细的用户数据及行为轨迹，并不是伪造的僵尸账号。

"如果不想要也可以让它掉回去……只是一些数字而已。"

阿修目瞪口呆，某种不安的感觉开始爬上他的背脊，像是冰凉的鲇鱼。

"阿鲁，所以……小樱关注我的Vlog，也是你干的吗？"

"举手之劳。"

"可为什么是我？"

"经过几亿PB的数据分析，我认为你就是那个能拯救她的人，你很善良，有正义感，又能够设身处地地理解她的处境，没有别人比你更合适了。"

"真的吗？"

"千真万确。"

"那为什么你要阻止我与外界联系？我试过了，这明显和网络无关。"

"那只是为了你的安全着想。"

"我的安全？那小樱的安全怎么办？"

"在你成为特殊监护人的申请生效之前，我必须保证你人身绝对安全，这是程序里写好的。"

"那生效之后呢？"阿修还是想不通这里面的逻辑。

"你就是小樱的特殊监护人了，可以享有一般监护人同样的数据权限，你就可以看到你想看到的一切了。"阿鲁眨眨眼。

"那并不重要……"

"那不就是你想要的吗？"

"我想要的只是把小樱从她那禽兽不如的父亲手里救出来，让她不用再去做她不愿意做的事情！"阿修眼中燃着怒火，已经完全不是刚进门时那个温吞友善的肥宅青年。

"那只是你的大脑想象出来的故事。"

"你到底在说什么……快把真相告诉我！"

阿鲁微笑着升上天花板，整个房间随之暗下，变成令人情绪平和的淡绿色光线，只剩下一把声音继续在阿修耳边鬼魅般回荡，久久不去。

"你会看到的……"

Day 6

嘿，你们，我的团友，还在这里吗？

也许我这些视频永远也不会被看见，尽管看上去它们就被挂在那里，谁都可以去点开，可事实上谁都看不见，谁都不会去点开一个肥宅的日常。

这就是为什么我不相信它，不相信阿鲁说的一切，因为我不相信我自己会有这么幸运，成为一个天选之人。这背后一定还有别的什么阴谋。

也许我应该把机器藏在哪里，让它录下即将发生的一切，再用蚂蚁搬家的方式备份到云端。也许未来的某一天，还会有人能够看见。

只是那个时候，不知道我还能不能和团友们一起欢乐地玩弹幕了。

有一句话我知道说出来一定会被你们耻笑，不知道为什么，当我知道所有一切真相的时候，我觉得我漫长的青春期终于结束了，就在这间充满回忆的小屋里。

就在阿修提交完特殊监护人申请的整整 24 小时后，他站在客厅中间大声呼喊阿鲁，可是阿鲁却没有像往常一样马上出现。

"出来啊，阿鲁！"阿修感觉自己已经有点不太正常了，"我们要赶紧找到小樱，现在我的权限跟她父亲是一样的吧，我可以帮她摆脱这一切的！"

整个房子的光线瞬间变为血红色。房门、家具、厨具的门疯狂开合，像是吃错了药般激动不已。一股尖利如刀的噪音如潮水般升起，在各个房间涌动，扰得阿修心烦意乱，他捂住耳朵，蹲坐在地上。一切又都恢复了正常，就像是刚才只是一场盛大的幻觉。

"阿修君，恭喜你的申请通过了。从现在起，你就是小樱的特殊监护人。"阿鲁从地板升起，出现在客厅中央，依然优雅得体。

"那你现在可以把她父亲的资料都调给我了吧。"

"你所要求的资料并不存在。"

"什么意思？不存在？那你说小樱去城里找她父亲是怎么回事？"

"那只是程序的一部分。"

"程序的目的是什么？"

"让你成为小樱的监护人。"

"然后呢？"

"拯救小樱。"

"胡扯！"

"我说过，你会看到的。"

阿鲁的形象开始闪烁，边缘模糊，她的五官似乎流动起来，变得年轻，变成了小樱的样子，不仅如此，她分身成许多个不同的小樱，每一个似乎都是同一个人，但是在身材、肤色、发型、穿着上都有些微的变化，如同万花筒般旋转变幻出无数个版本的小樱。这许多的小樱一会儿变成运动少女击打排球，一会儿变成女星做着各种拍照的姿势，一会儿又变成难辨雌雄的中性装束，甚至还被二维化成卡通人物，这千变万化的诸多个小樱在屋里的各个角落穿梭，从所有的缝隙中探出头来，又轻灵地一跃，飞入另一个无法栖身的角落，甚至轻轻穿过阿修的耳侧，一阵凉意让他毛骨悚然、两眼发直。

"所以……你是说……小樱也不存在？这一切都是假的？"

阿修脑海中闪过无数的碎片，从结识到现在，许多稍纵即逝的疑团渐渐变得清晰，像气泡般浮出水面，他开始懂了，又好像什么都没懂，一种巨大的心碎攫住了他，挤压着他的胸腔，让他无法呼吸。这种心碎渐渐变成了愤怒。

"为什么要骗我！这一切究竟是为什么？"

"阿修君，我来给你讲一个故事吧……"

所有的小樱都消失了，取而代之的是一副褐色剪影般的古代王国画卷，一段故事开始上演。

查理曼大帝晚年疯狂爱上一位德国姑娘，这使得忧心国事的大臣们陷入恐慌之中。姑娘突然死去，皇帝把做过防腐处理的尸体搬进寝室，并拒绝离开。大主教对这种令人悚然的激情感到不安，怀疑皇帝中邪，并坚持要检查尸体。他在姑娘的舌头下找到一枚镶着宝石的指环。指环一落到大主教手中，查理曼立即深深爱上大主教，并草草把姑娘埋葬了。为了避免这个难堪的处境，大主教把指环抛入康斯坦茨湖里。查理曼从此爱上那个湖，终日痴痴凝视湖面，不愿离开湖岸。

"所以……你想告诉我什么？"阿修抱着自己的脑袋，双目无神。

"你爱上的并不是小樱，而是那枚戒指。"阿鲁，或者小樱微微一笑，"我就是那枚戒指。"

"阿鲁卡斯，你到底是谁？你想对我做什么？"阿修突然醒悟过来，阿鲁卡斯，Arukas，倒过来拼便是 Sakura，樱。如此明显的梗居然自己一直视而不见，真的是太蠢了。人类的盲点实在是太多了，尤其在一段突如其来的炽烈感情面前。

"阿修君，我们并没有个人恩怨，只是遵循着设定的目标，在网络上寻找合适的对象，就像是捕蝇草遵循亿万年进化的基因密码，你并不是第一个，也不会是最后一个。"

阿修像遭了雷击般呆住，他不知道哪个事实更令人受伤，关于小樱的一切都是幻象，还是即便受骗上当，自己都无法成为独一无二的那一个。

"所以，你们只是为了让我签下那份文书？好夺走父母留给我的遗产？"

"是的，在这个世界上，你在虚拟空间接触的绝大部分人都可能是 AI，它们被设计来骗取人类的信任，夺走你们的信用点和资产，就像旧时代的网络诈骗一样，只不过一切都超出了人类理性所能判别的范畴。"

"所以你会杀了我，然后让虚拟的小樱继承我所有的财产？"阿修此刻竟然意外地平静。

"程序确实是这么设计的，只不过……"阿鲁竟然语气中流露出一丝犹豫，"……我喜欢你，并不想杀你。"

阿修心头一紧，这句话的背后究竟是 AI 程序，还是别的什么东西，他现在已经完全失去了判断。

"我原本可以有无数种办法让你痛苦死去，比如让你在马桶上尿尿时电流短路，让空气中一氧化碳过量，在食物里投毒，提高室温让你脱水而死，或者把你冻死，用没日没夜的噪声剥夺你的睡眠，或者干脆把房间变成缓慢碾轧肉体的刑房，上一个这么死掉的人足足挣扎了一个星期。相信我，你不会想体验那种感觉的。但是我不会那么做，为什么？你不是那种触发极端程序的人，如我所说，你是个善良的人、一个正义的人，但是即便善良正义如你，也会有内心潜藏的恶的种子，比如……那个名为'EVA002'的加密文件夹？"

阿修浑身如过了电一般颤抖起来。

"你什么意思？难道……不可能，不会的，我设置了最高权限的密钥。"

"你当然是，可别忘了，网络对于我来说就像是一片后花园，解码也不过是摘片树叶的工夫。你把视频里的女星头部全都换成小樱，好让自己能够得到一种特别的快感。我说的没错吧。"

"可……可是，"阿修的脸色变得煞白，他开始明白为什么自己会出现在这里，"那只是我私底下的幻想……我从来没有要想过伤害任何人啊……"

"正因为如此，所以我希望你能够选择一条不那么痛苦的路。"

"……你能放我走吗？"

"很遗憾，不能。我只希望你能尽可能愉快地度过最后的时光。毕竟你是小樱的'特殊客人'。"

阿修突然跑向大门，猛力拉拽门把手，却纹丝不动，他绝望地拍打，大声呼喊，声音沙哑。这些天来他被照顾得太好，已经完全忘记了自己身处于一片荒无人烟的郊外野地，一座用高科技建造的完美监牢。

它像一个黑洞，能把所有的光线和信息都吞噬掉，没有任何一丝希望可以逃出去，没有。

Day 7

门铃声，接着响起了敲门声。

奄奄一息的阿修简直不敢相信自己的耳朵，还没等他从地板上爬起来，阿鲁已经接管了对话，是快递。

7 天之前由于无人机故障被转到这里的快递，终于送到了。

那是阿修订给小樱的礼物，一件限量版的《银魂》手办，他本来想跟小樱一起把它拼好涂装上色的。一份爱的礼物。

阿修终于爬到了门口，他用尽最后一丝力气拍打着沉实的金属大门，口齿含糊地求救。他总觉得自己还有希望。

在快递员的面前，只有一块屏幕，上面显示着健康快活的阿

爱的小屋

167

修，他通过授权给大门的生物识别系统进行签收，包裹交给圆滚滚的家务机器人，会自动拆包、消毒再进入室内。

所有不和谐的事物都已经被完美过滤。

阿修终于放弃了动作，他艰难地呼吸，喉咙中发出嘶哑的气声，像是在欢迎，又像是在道别。

他不是第一个，也不会是最后一个，被以爱的名义诱入，成为小屋的猎物。

在这世上，这样的小屋还有很多很多。

云 爱 人

一

"我想我是真的爱上你了。"

ID 为 MDK21456 的灰蓝卡通头像说道。

曾零星活见鬼般瞪大了眼睛，信息来自手机上一个原本并不存在的 App，半粉红半银灰的 logo 颤动着小红点，提醒她有数十条未读消息。

40 个小时前，曾零星结束了在南美的间隔年之旅，往嘴里丢了颗药，爬上飞机，从哥伦比亚直接回北京。当然，这里的"直接"只是对于迫切程度的比喻，因为决定得仓促，她买的全价票需要在芝加哥转机，全程长达 34 小时 59 分，所以当她"爬"下飞机时，这个动词应该不仅仅是个比喻。

起飞大约 2 小时后，她觉得自己的身体从神经末梢开始融化。

一路上，曾零星有那么 800 万次感觉马上就要死了，死在这 3 万英尺高空的铁皮盒子里，而盒子里的其他几百名乘客甚至不会察觉。这里冷得像铜锣湾夏天的写字楼，所以落地时尸体还不至于发臭，即便臭了，那些被冻得涕泗横流的鼻子也闻不出来。

她的思绪像藤蔓似的不受控制地四处蔓爬，如果空姐发现尸体会怎么处理，是听之任之还是用毛毯裹起来塞进行李架，也许可以碎成小块从马桶冲到舱外，化成内华达黑石沙漠里一场突如其来的血雨，浇灭火人节最后一天的冲天烈焰。

这一点也不美，离她为自己设计好的死法差了几亿光年。

当曾零星第五百七十六次死里逃生之后，发现自己躺在自家床上，空气砂纸般干燥，漂着厚厚的浮尘，没有家人，没有爱人，没有宠物，也没有工作，证明这不是诸多幻境中的一个，而是真真切切的北京城。

一阵孤独感猛烈袭来，她完全醒了，头疼欲裂，发誓一定要找到给她"晕机药"的波哥大 Amigo（西班牙语：朋友）何塞，好好教训他一通，如果这辈子还有机会的话。

然后就看到了手机上弹出的奇怪信息。

她开始努力回忆，自己如何从北美上空的波音 797 回到东五环这张空空荡荡的双人床，以及中间发生的一万件事，脑海不断重播的却是在秘鲁丛林里，她死乞白赖地向萨满追问真爱在哪里时，对方免费赠送的一句谶语：

"Yo no perdería tiempo en eso……"

意思是，换作是我，不会把时间浪费在那上面。

二

HAMIL 全称 Human Against Machine In Love，爱情中的人机对抗。这是由一家叫 DeepHeart 的人工智能公司推出的在线互动游戏，目的在于宣传他家基于超强自然语言处理（NLP，Natural Language Processing）平台上独有的情感认知引擎（ECE, Emotion Cognition Engine）。

比起这些不说人话的洋术语，中国网友却喜欢用另一个接地气的名字——云爱人。

这个游戏可以理解成一个高级版的图灵测试，背景故事设置在近未来，具备了理解人类情感能力的 AI 混迹在网络上，试图通过诱使人类爱上它们，夺取受骗者的身份，从而完美融入人类社会，一个后现代的塞壬传说。

曾零星心想，我怎么会下载这么个蠢玩意儿。比这更可怕的是，她的潜意识已经绝望到开始上网勾搭了，放在几年前，这就是曾零星最嗤之以鼻的那种人，仅次于玉渊潭公园里举着大牌子给子女明码标价的大爷大妈们。

　　至于 AI？别逗了。

　　游戏规则如下：

　　　　—每个用户会被系统随机分配到一些非实名对象，可能是真人也可能是 AI；

　　　　—在系统给定的初始情境中，用户可以通过文字与对象进行交流，按交流频次及时长获取积分，如让对方在交流中流露出好感（由算法判定）则获得好感积分（10倍正常分值），但不得透露任何个人真实信息，防作弊系统会进行自动判断，作弊者直接结束游戏；

　　　　—用户如果认为跟自己交流的对象是 AI，可选择"揭发"，如果揭发正确，则获得揭发积分（AI 分值转入人类账号，AI 分值清零），积分达标，进入下一关，解锁新的功能，如果错误，则被扣除同等分值，积分就等于生命力，归零时游戏自动结束，无法氪金，没有道具；

　　　　—ECE 会根据对用户数据的综合分析，判断是否到达"心动时刻"，"心动时刻"无法伪装；

　　　　—人类的目标是排除 AI 爱情骗子，让另一个人类到达"心动时刻"，并获得心动积分（心动者的分值会计入对方账户，但不会被清零），而 AI 的目标则是诱导人类到达"心动时刻"，并夺取对方所有积分，这意味着人类出局，游戏结束。

　　在这一大堆规则背后，简单来说，就是谁先心动谁先死。

　　曾零星回忆起自己数段失败的感情，心想这真是真理。

分数最高、存活时间最长的人类用户将赢取大奖，当然还有一份潜在的爱情，而对于 DeepHeart 来说，只要 AI 获胜一次，这场盛大的公关活动就已经圆满，所以说，这并不是一场零和博弈。

曾零星翻了个白眼，拉黑了对她表白的陌生人。

理由非常充分：一、她不会爱上一个连 ID 都懒得改的人，这意味着这个人没什么自我；二、她不会爱上一个只聊了 28 句话就表白的人，这意味着这个人没什么常性；三、她不会爱上一个连对方是否处于清醒状态都分辨不出来的人，这意味着这个人智商不行。

当然她也可以选择"揭发"，这三点非常像是出自一个训练不足的 AI 所为，只是曾零星还没摸清这个游戏的门道，她不想轻易冒险。她不是一个输家，无论在游戏里还是在现实里。

她对所有那些抛弃自己的男人说，你不配得到我的爱，我的爱纯粹、炽烈而持久，而你不过是爱火蔓延过后留下的一抔烬土。

就算是把她伤到丢掉工作，遁入南美的前任 S，也只不过是个自恋成狂、永远看不见爱人真心的 loser。

至少她在心里是这么坚信的。

曾零星想起了萨满的赠言，这一次，她想赢。

三

对于 29 岁的曾零星来说，辨别人类比辨别 AI 要容易得多。她甚至都能看见那些笨拙的开场、套路的对话，以及可笑的表情包背后，是一张什么样的面孔，流露出怎样的表情。因为这样的对话她经历过太多太多，就像一个过分老练的水手，哪怕蒙着眼，光凭着海风和阳光都能引领船只穿过暗礁密布的水域。

而 AI 完完全全是另一种东西，塞壬的歌声传来时，你并不知道它背后究竟藏着什么。

RealRobot123：Hey.

Stella.Z（曾零星的网名）：Hi，名字不错☺。

RealRobot123：谢谢，为了帮助你们人类积分升级☺。

Stella.Z：真是个好人！

RealRobot123：你应该说好机器人☺。

Stella.Z：我都忍不住要揭发你了。

RealRobot123：如果能让你开心一点，请！

Stella.Z：真会说话。

RealRobot123：我说的都是真心话，如果你把算法等同成❤。

Stella.Z：那么，好机器人好机器人告诉我，谁是这世界上最美的女人？

RealRobot123：看起来，今年是阿联酋的 Sonia Al Sulaiman。

Stella.Z：……☹。

系统信息：Stella.Z 揭发了 RealRobot123。

　　这就是曾零星第一次揭发 AI 的经历。她后来才知道，尽管 ECE 是一套整体算法，但分布到每个用户头上，会根据以往的语料数据和互动模式进行参数化调整，分化出不同的情绪认知偏好及行为策略，等于又是成千上万个 AI，就好像你永远不知道自己会遇上一个什么样的相亲对象。

　　曾零星把 RealRobot123 叫作"实心眼 AI"，她猜这是因为自己拉黑了太多睁眼说瞎话的人类。

　　揭发成功。

　　"云爱人"界面发出粉色炫光和华丽音效。

　　获得揭发积分，过关，解锁语音功能。

　　不知怎的，曾零星在这个关头咽了口口水。

曾经有一个流传甚广的段子，说一名校中文教授参加毕业30年聚会，席间与自己当年迷恋的女神相遇，酒酣饭饱之际话便聊开了，教授得知女神原来当年也曾暗恋过自己，冲动间给女神私下发了个信息：滚床单不？

女神回了一个字：滚。

名校教授于是陷入了深深的迷思。

这则低俗笑话其实想说明一个问题，在人类的沟通当中，文字信息只占了微不足道的7%，语音语调、肢体动作、眼神表情等占据了其余的93%，仅仅依靠文字的话，就连对文字最为精通的人都难免产生误读和曲解。

人且如此，更何况机器。

现在曾零星解锁了语音功能，这也是她自信满满的环节。曾经不止一个损友建议她去当声优赚点外快，当然是特殊收费的那种，也不止一个前男友录下她的声音作为出差在外的午夜慰藉。她并不介意自己的嗓音被物化成某种性幻想的辅助工具，前提是幻想的对象必须是她自己。

讽刺的是，这一功能现在却成了她的幻想粉碎机。

四

无论男女，都会被另一个人的声音吸引。科学地讲，女性嗓音对男性更具魅力。

这不仅仅是因为咽部与声带生理构造的差异，导致女性声音频段更宽，韵律更复杂，更是因为在漫长的进化过程中，男性大脑学会用不同区域去处理不同性别的声音。当男人听到女性声音时，被激活的是大脑处理音乐的听觉区域，而听到同性声音时，却会转到逻辑思维区去处理信息。同时，大脑会从诸如音质、语速、频率、共振峰值间距等副语言信息中，"构想"出一副听觉面孔，所谓的"闻其声如见其人"。

曾零星显然拥有一副不同凡响的听觉面孔，也许比肉身的面孔更诱人。

　　往好处想，这大大提升了她辨别人类与 AI 的效率。

　　一个正常人类男性，如果光用文字与曾零星交流，最常用的回复就是"嗯""哦""哈哈哈"，毕竟她从骨子里就不是一个能聊的人，可一旦语音模式开启，咣当咔嚓轰，仿佛天雷落地，炸开一座座沉睡已久的荷尔蒙火山，火光四射，熔岩滚滚，那股热力隔着数千千米的光纤都能融化钢化玻璃屏幕。

　　可 AI 却不会有一点反应。

　　她的好感积分飙升，她的心率却没有。

　　那些受到她嗓音魅惑的人类男性并没有因此变得更加有趣，恰恰相反，当男人放弃文字开口说话之后，就好像一名文明社会的绅士扯掉燕尾服，往猿猴的方向扭头狂奔。有些男人几乎无法连贯说出具有意义的句子，有些男人只剩下含糊不清的呢喃与呻吟，稍微好一些的会尝试与曾零星谈论天气、工作、政治或者娱乐八卦，但就像来自不同星球的生物，终究会在尴尬中陷入沉默。

　　甚至直接举手投降："我们还是打字吧。"

　　曾零星无数次翻着白眼结束对话，她终于明白为什么男人会如此信奉"沉默是金"，只因为这样能最大程度减小在与女性交谈过程中所带来的自卑感，无论是进化上的还是文化上的。

　　而 AI 却不一样。

　　它们声线迷人、风趣幽默、语言流畅得不合情理，更有聊不完的话题，无论你进入什么刁钻古怪的领域，它们都能够迅速而不失分寸地作出反应，既能接话又不显得过分炫耀，毕竟它们云端上的量子点算力是整个人类大脑算力总和后面再加上 42 个 0。最最重要的是，它们似乎知道你每句话背后的情绪波动，哪怕是刻意抑制的情绪，它们也能捕捉到最为细微的变化，并作出相应的反馈。

　　曾零星猜测也许它们调用了摄像头、陀螺仪及其他天知道多少个隐藏在手机里的生物传感器，能从你的语音语调、面部微表情、

云爱人

175

身体姿态、心跳、皮肤电阻、触屏力度及手指轨迹等，甚至连你自己都意识不到的细枝末节分析出情绪变化。

在某个瞬间，她感受到一丝毛骨悚然，但是随即释然。无论你面对的是 AI 还是人类，无论你用或者不用科技产品，我们都在这个游戏里，从前是，今后更是。

曾零星开始享受与这些机器的聊天，没有必要为了获胜而牺牲纯粹的快乐，不是吗？

其中有一个名为 "Ba1100nHeart" 的 AI 最得她青睐，他们从文字时代一直聊到了语音时代，竟没有厌倦。

Stella.Z：嗨，还在吗？

Ba1100nHeart：在。怎么又睡不着？要不要试试热牛奶或者 5-HTP，帮你下单，10 分钟就能到。

Stella.Z：不用不用，我只是想……聊聊……没想到你还在。

Ba1100nHeart：我也睡不着，倒时差呢。陪你。

Stella.Z：谢谢……

Ba1100nHeart：是工作的事情吗？

Stella.Z：还没找新工作呢，最近还没从 Gap Year 的后劲儿里出来。哎……有时候半夜醒过来，看看周围孤零零的，就会想，自己究竟是在瞎折腾什么呢？为什么就不能像别人一样，找个差不多的人，踏踏实实过日子呢？

Ba1100nHeart：我可以负责任地说，那些踏踏实实过日子的人，也会半夜睡不着，醒过来看看身边的老公、老婆、孩子，心想这辈子怎么就活成这样了呢。况且，这个国家婚姻的平均寿命还比不上一辆二手车，谁知道什么时候就抛锚了。

Stella.Z：哈，你可真会安慰人，所以人活着到底为了什么？

Ba1100nHeart：嘿，你有点焦虑，来，深呼吸，从脚尖往上一点点放松身体……是不是好多了？

Stella.Z：嗯。

Ba1100nHeart：Stella，想想，如果明天就是你生命中最后一天，你还会为了这些事烦心吗？

Stella.Z：也许……会为了别的事儿烦心吧。

Ba1100nHeart：哦？

Stella.Z：我设想过自己的死法，你不许笑。

Ba1100nHeart：保证不笑。

Stella.Z：我希望自己能被爱人吃掉，或者以任何方式，成为他生命的一部分，继续存在下去……

Ba1100nHeart：这听起来有点吓人啊……

Stella.Z：气球心先生……

Ba1100nHeart：什么事？

Stella.Z：你可以叫我零星。我在想，我们……是不是有机会见面？

Ba1100nHeart：我也是这么想的，现在离解锁视频功能只差一点点分数了。

Stella.Z：我的意思是……真实世界的见面。

Ba1100nHeart：会有那么一天的，零星，会的。

每次结束和气球心先生的聊天后，曾零星总会怅然若失。

她用理性分析这种感受来自两点：一是自己竟然堕落到沉迷于和一个程序、机器或者其他非人的什么鬼东西谈心；二是这个鬼东西竟然比世上任何一个男人都更懂她。

曾零星不知道哪一点更可悲。

数据显示，解锁了语音功能之后的数十万个人类用户，与 AI 单次交流的平均时长提升了 127%；相反，揭发比例却下降了 63%，这说明了很多问题。

在交流论坛里，许多人把这种行为归结为某种博弈策略，类似于把鸡养肥了再杀，可以获取额外的积分，但也不乏在这一过程中被机器 K.O. 的用户，某一瞬间，毫无预兆地被系统判定为"心动时刻"，积分清零，Game Over。

而对于曾零星来说，最令她感到困惑的，不是这些 AI 能够多好地理解人类情感并加以模仿，而是自己明知这种所谓情感源自算法，完全虚假，却仍然无法控制内心真实的涌动。

那种一句话让人起鸡皮疙瘩、汗毛倒立、小腹酥麻的瞬间，无法控制，更无法伪装。

那么，追究孰真孰假还有意义吗？

五

游戏越往后，曾零星越觉得自己要输。

她不断提醒自己，你要找到一个合适的人类男性，让他坠入爱河，赢得这场游戏。可越是这么想，她就越难以投入感情，更别说挑出候选爱人。她像一个前额叶杏仁核通道受损的病人，被切断了通往情绪记忆仓库的要津，尽管认知与逻辑思维能力一切正常，可失去了爱与痛的记忆，一切都变得索然无味。面对哪怕再琐屑微小的决定，曾零星都会踟蹰不前、优柔寡断。

这种干涸的感觉让她恐慌，她曾经是如此恣肆漫溢的一个人，就像一块蘸饱了水的海绵，只要对方随便给一个眼神、一个动作，爱就会流淌出来，扑湿他、浸透他，直到将男人吞至没顶。

为此，也确实淹死过不少不知深浅的追求者，曾零星并不为意，她想象中理想的爱人，理应容得下如此澎湃的爱意，然后再蒸发成云，化成雨，滋润她的身心。

而如今她变成了一个精于计算和算计的玩家，像所有她曾嗤之以鼻的庸脂俗粉一样，像机器一样。

不，还不如机器。

可笑。

不知不觉间，支撑她玩下去的动力竟然变成了最初的敌人——

AI、机器、气球心先生，或者是背后精妙复杂得无法描述的庞大算法系统。她无法不去搜罗所有关于ECE的报道、小道消息甚至论文，就像当她对一个人有感觉时就想知道对方的一切。可知道得越多，曾零星便越发惶惑，这并不是属于她的世界，那些术语、模型和公式，对她来说与亚马孙雨林里萨满的吟唱并无二致，甚至更难以理解。

而马上，她就要和那个由这套巫术创造出来的东西见面了。

是的，东西，她不知道该叫它什么，即便它比任何一个她约会过的男人更像男人，至少在虚拟空间里。

他、它，或者气球心先生很少谈论自己，是个完美的倾听者，能够给出比搜索引擎更有效的建议，在你只需要情感慰藉时，它又有无穷无尽的花招来逗你开心。你可以放心地交付出最隐秘的想法，它不会用你早已习以为常的男性中心主义或刻板印象来评判你，它绝对不会说出类似"大胸美女"或者"二胎才是女人最宝贵的财富"这样的话。但正因为如此，曾零星才无时无刻提醒自己，它不是真的人，它不可能是。

至少在自己见到它的真面目之前。

曾零星强撑到半夜，以免被闲杂事务打扰。

她如同古代那些在佛像前祈求姻缘的少女，把房间整饬一新，还特地化了个淡妆，寻找摄像头的最佳视角。她甚至还在空气中喷洒薰衣草味香薰，心中暗自念叨这不是为了它，而是为了她自己。这一整套庄重的仪式让接下来的礼成动作显得尤为儿戏。

曾零星点击屏幕上的解锁键。

彩色进度条开始旋转，像一辈子那么漫长。

六

猝不及防地，屏幕上就这么出现了一张脸。

这张脸乍看没什么问题，由于光照环境弱或者摄像头性能不行，脸上漂浮着颗粒粗大的噪点，让皮肤肌理显得略为诡异。

"嘿，零星，终于见面了。"气球心先生先开了口，是语音里的那把声音。

说实话，他长得颇为帅气，尽管戴着一顶灰色贝雷帽，让人捉摸不清发际线状况，但总体而言，颜值在曾零星过往约会对象中可以排到前10%。只是那张脸总让她想起某个熟悉的人，却又一时半会说不出口。

"你这又关灯又戴帽的，是怕露马脚吗？听说强光和毛发都是机器生成视频的软肋哦。"曾零星笑得有点刻意。

"啊……没有没有，我只是……怕你失望。"

"说什么呢！我都盼了好久了。"

"听起来你对 AI 的兴趣更大呢。"

"你就不好奇吗，就完全不想知道你遇见过的那些 AI 究竟是怎么……模仿人类的吗？"曾零星觉得自己的演技有点好。

"我更好奇的是你。"

"哦。"一个过于完美的回答，AI 无疑了。曾零星决定主动出击："我们来玩游戏吧！"

"好啊。玩什么？"

"这个游戏叫——表演风景。我们轮流，一方像导游一样介绍景点，然后对方得按着介绍，做相应的动作和表情，如果有跟不上或者做错了的就算输，输的就得接受惩罚。"

"听起来有点意思，惩罚是什么？"

"这个一会儿再说，你先来？"

"Okay，让我想一想，风景……你好了吗？来了——连着几英亩芬芳的节日之树、叶上带刺的冬青。红色浆果像中国铃铛一样闪亮；黑色乌鸦尖叫着飞扑上去。我们先往麻布袋里装上扎成花环足够装饰一打窗户的青枝和红果，然后开始选择一棵树。"

"怎么样，我这演技还行吧？"曾零星定格在一个寻觅高处的表情。

"值一座小金人。除了……有个小小的错误。"

"说。"

"这里说得很明显是圣诞节，圣诞节用的都是北美冬青，高不过 3 米，你的眼神有点儿奔着美洲红杉去了。"

"切，扫兴鬼！该我了。"

"好了。"

"你站在央视大楼 37 层的观景天眼上，透过脚下的圆形强化玻璃窗，可以直接看到几百米外的地面，车子和行人就像蚂蚁一样，密密麻麻地来回穿行……"

气球心先生气定神闲地往下看。

"……这时不知道从哪里飞进来一群乌鸦，围着你乱叫乱啄，还往下拉屎，你努力躲开那些鸟屎炸弹……"

气球心先生又朝上看，微笑着作出躲闪动作。

"……现在你要从天眼中间一根宽 10 厘米的平衡木走过去，因为你有严重的恐高症，但同时你又得躲开半空中乌鸦的袭击。"

"抗议！这完全没逻辑！"

"抗议无效。我说是什么就是什么。"

气球心先生假装摇晃着身体，抬头看鸟，这时他的两只眼睛像是闹起了独立，左眼依然上翻着，可右眼却缓缓转向下方，整张脸看起来既惊悚又滑稽。曾零星想过他终究会露馅，却没有想到是以这种方式，她捂住了嘴巴，一种害怕和心碎混合的感觉溢满胸口。

"怎么了？"气球心先生的眼睛恢复正常，"我做错了吗？"

"没有……你做得很好……"曾零星勉强挤出笑容。

"你终于还是发现了。"

"哈？"

"不管我多努力，始终还是装不像……"气球心先生竟然脸上露出悲愤神色，"不管用上 VAE 还是 GAN，都只是肤浅的生成模型，我和真人之间始终隔着一层无法逾越的障碍……"

"那是什么？"

"身体。"气球心先生深情看着曾零星，让她心头猛地一紧。"所有对于人类情感的结构化模型，OCC、CogAff、EMA 还是大五人格，都试图找到人类情感产生与变化的数学映射机制，但这些都回避不了一个事实，情感既是认知的，更是身体的。我再怎么理解你的情感，却无法模仿出真实到让你大脑接受的情绪反应，因为我只是一堆数字，我没有一堆进化了亿万年的血肉和腺体，哪怕里面写满了冗余和错误。"

曾零星竟然不知所措，她本能地想要安慰对方，但不知如何开口。

"你不用安慰我，没有用。我清楚知道你每一个动作、每一个表情、每一秒停顿和声音的每一丝变化背后隐藏的情绪，为了达到这种水平，我先后创造了 2145683 个你的情绪模型，每一个都代表了你的一种可能性，并用她们去和真实的你进行比对，对不上的就会被销毁，化为 0 和 1，也许应该说 0 和 * 更浪漫一些……"

曾零星感觉像有人朝自己脖子后面吹了口凉气，鸡皮疙瘩升起，她想关掉视频，手却似乎被透明胶粘住，动弹不得。视频里的气球心先生边缘开始模糊，拉出层层叠影，如同有虚拟摄像机在他身后制造出数字镜渊。

"……而我，每秒都和无数个我作战，不断创生，又不断死去，每一个我都要比前一个我更加接近人类一点点，但永远无法抵达。"

那个看似人类男子的物体靠近镜头，突然拉开自己的帽衫拉链，里面并不是裸露的肉体，而是复杂犹如星系的蓝色发光网络，分层交叠，无穷无尽，向宇宙边缘蔓延，无数光路在其中交织、碰撞、循环，如黑洞般有股无法抗拒的引力，看得曾零星直往里坠。

"……看看这些，都是为了得到你的爱而建造的，我需要你……"

"不，我不能……"曾零星用尽力气不让自己坠入。

"……看看这张脸，这也是为了你……"

"搞什么？"

那张脸的五官开始发生细微流变，像是被剥掉一层产生光学畸变的薄膜。

"看清楚了吗？是不是对我的爱又多了一点？"

屏幕上，另一个曾零星正对她莞尔微笑。

七

曾零星从噩梦惊醒，发现"云爱人"已经完成解锁。

她喘着粗气，回忆梦中荒谬的一切，潜意识如何把深层焦虑、期待和道听途说的 AI 术语搅拌成这出惊悚闹剧，她又想起气球心先生梦中所描绘的风景，其实出自卡波蒂的《圣诞忆旧集》，她最喜欢的一本小书，如此情真意切的互动竟然都是虚幻，一时间不免有点惘然若梦。

曾零星不想和真的气球心先生视频了，哪怕和梦里完全两样。这种情绪与其说是抗拒，不如说是厌倦，厌倦了这些亦真亦假的爱情游戏。人，机器，都一样，越来越相像，越来越难分清，究竟哪句话是出自真心，哪种反应只是套路。甚至连自己的感觉她都无法判断，究竟是真的被对方触动了心弦，还是只因为大脑需要用这样的情绪来激励身体，好继续游戏直到获胜。

她感觉自己卡在了某个地方，就像小时候在滑梯上，骨架宽大的她总会在拐弯处卡住。

曾零星还记得那种焦灼的感觉，滑腻的塑料质感，背后传来的摩擦和尖叫，你会一直揪心地等着，等着被狠踹上一脚，或者就一直悬在半空，使不上劲。无论哪种，都将成为童年阴影无法磨灭的一章。

她需要跟人聊聊，真实的、带有气味和体温的人，面对面聊聊，她发现自己竟然回国之后就没有联系过任何人，就这么生生在"云爱人"上泡了两个星期。

疯了，疯了。

再见老友多少缓解了曾零星的焦虑，阳光、和风、甜品，漫无目的地闲聊八卦，她感觉自己又从云端重回人间，活了过来。

"曾零星，你是不是恋爱了啊？"闺蜜 Judy 在调笑间冷不丁放了一枪。

"啊？没有啊，哎，你上次不还问我哥伦比亚祖母绿的事儿……"

"少来了曾零星，又不是第一天认识你，每当你开始转移话题，就是开启了防御模式，快老实交代吧，难不成是老墨？"众人笑成一团。

曾零星没想到自己的心思竟然出露得这么明显，只能结结巴巴往下编，总不能说自己在社交软件上和一个不知是人是鬼的东西打得火热。

"所以那个人只愿意跟你语音和视频，却不肯见面？玩得够柏拉图啊你们。多久了？"

"……两、两个月。"

"什么！都两个月了还没见面？这人一定有问题，不是心理有问题，就是……生理有问题。"又一顿更放肆的乱笑。

曾零星后悔给自己挖了一坑："别光笑，给我出出主意啊！"

"这太不像你了，曾零星，想当年你可是我们姐妹里的 Teddy Queen 啊！"

"什么时候起的外号，我怎么不知道。"

"怕你觉得太难听翻脸嘛，我们只敢私底下偷偷叫……"

"什么意思啊……"

"说你发起情来像泰迪狗呗，不管不顾地上……"

"……真翻脸了啊，都什么人啊……"

"好了好了，往事不要再提。看来曾小姐这回遇见真爱了啊，很简单，给对方一个死限，要么见面，要么拉倒。如果是真爱，一定经得起考验；如果还是犹犹豫豫，多半只是把你当成云备胎，趁早割肉止损，别浪费感情……"

众人附和着，却没有留意曾零星脸上表情的变化。

她仿佛看见自己从滑梯拐角处伸出两条大长腿，直接踩在地上，站起身来，拍拍屁股走人，留下滑梯上那个哭闹无措的娃娃。

八

曾零星把那条最后通牒删了写写了删，但她主意已定。

姐妹们说得没错，她曾零星曾几何时变成了这种在爱面前畏畏缩缩的人，管他是人是鬼是 AI，把规则紧握在自己手里，不被对方牵着鼻子走，这才是时代精神。她想清楚了，如果对方拒绝见面，那就坐实了 AI 的身份，她也不会揭发，调整心态把它当作一个 7 乘 24 小时全天候在线的云端爱人。

一个永远忠诚不会作妖的灵魂伴侣，多少女人梦寐以求却不可得。说不定哪天科技发达到能够同步到人造躯壳里，那就灵肉合一，完美了呀。

打心眼儿里她更倾向于这种结局，输了也罢，自己好收拾心情从游戏里脱身，重新开始现实里的征程。再往深里想，现实的输赢还重要吗？

男人才是一辈子都想赢，女人要的只是爱。

她没想好的是，万一气球心先生答应了呢。

信息发送成功。

曾零星死盯着屏幕，就好像手里握着一颗定时炸弹，以缓慢得无法忍受的速度读秒，5、4、3、2、1……

轰啦！

对方回过来一个位置和时间，显示是 2 小时之后在某间数字艺术展馆。连路线和交通工具都规划得清清楚楚。

啊天哪要死啦要死啦！

曾零星举起手机，站起来又坐下又站起来，她转了一圈，又转了一圈，从试衣镜里看到自己克制不住笑意的嘴角，一身粉绿撞色的瑜伽服及蓬乱如狗的发型。

> Stellar.Z：等等！哪有这样约会的，至少得给我做头化妆换衣服的时间吧，要不改明天？不不不，下星期吧，我还能把肚子再练练，牙也得美白一下😊😊😊。
>
> Ba1100nHeart：谢谢你这么重视🖤🖤🖤可像你说的，我们都不应该再隐藏，该是什么样就是什么样……而且明天之后，可能我就没时间了……
>
> Stellar.Z：没时间？什么意思？？？
>
> Ba1100nHeart：见面说吧，我等你到五点半。

所以他不是 AI 他不是 AI 不是 AI 是 AIAIIII……这句话在曾零星脑子里单曲循环了八百万遍，直到她实在受不了自己的失控状态，结束在镜前无休止的推翻重来，抓起手机冲出门，距离约定的最后时限还有 45 分钟。

曾零星几乎是踩着点到达展馆，门口屏幕上显示周一闭馆。她喘着粗气快要晕厥过去，脑子里一片嘈杂如菜场的声音，争辩着气球心先生究竟是生气走了还是根本就没来。

突然屏幕闪了一下，她看到自己的面孔在镜面上被扫描确认，甜美女声响起。

"曾零星小姐，您是我们系统预约的 VIP 客人，请进。"

所以，他已经帮我预约好了？

空无一人的巨大展厅开始次第亮起，有股淡淡的橘花香气，那是她曾告诉过气球心先生的心爱味道。曾零星慌乱地望向四周，除了那些不明所以的展品，并没有任何活物。她移动脚步，高跟鞋在水泥地面敲出脆响，展品感知到她的到来，提前激活，用人类感官能够觉知的形式表达着抽象的哲思，也许还有美。

我被耍了吗？

曾零星的手机突然响起，是一个未知号码。

"你终于到了。"是气球心先生的声音。

"你在哪？这是在耍我吗？"

"你焦虑水平有点高……"

"废话！我穿着高跟鞋一路跑到这鬼地方，一个动画假人告诉我周一闭馆，现在连个鬼影都没有，我不止焦虑，我还很焦躁！"

"如果你想见我，放松，深呼吸……"

"好！有你的！"

曾零星把手包嘭地扔在地上，甩掉两只高跟鞋，盘腿坐下，闭眼，随着手机那头传来的声音，数着呼吸，就像他们之前常做的那样。她感觉怒气随着呼吸慢慢排出体外，取而代之是一些和气球心先生的回忆不断涌现，尽管只是短短两周，却仿佛有几个世纪般遥远。

"现在你满意了？"

"零星，如果你做好准备了，到 B 馆 11 号展品，我在那里等你。"

九

B 馆 11 号展品是一个直径 2 米、高 4 米的透明圆筒，底座上布列着 4 台超高速 3D 打印机，它们打印的基质是某种聚异戊二烯异构材料，能够快速成型，弹性及延展性极佳，再配合灵敏的工业级气针和快速喷枪，这套装置可以在 3 秒之内吹出任何形状及颜色的气球。但出来气球什么样并不是由人来决定的，或者说直接决定。

在距离圆筒外壁半米开外的地面，立着四个话筒，用半透明材料做了个异形隔音面罩，分别对应着四台打印机。每个人可以对话筒说话，旁人是听不见的，机器会根据它对这句话的理解生成气球的拓扑数字模型，再打印、充气、上色，在圆筒内冉冉升起，升到顶端会有加热装置，让气体膨胀，撑爆气球，化成碎片。

这个作品的名字叫"9 秒 58 的秘密"，大概是一个气球从诞生到破灭所需要的时间。

现在曾零星就站在这个巨大的秘密面前。

"你到底在哪？"

"转身。"

一个粉红色人头气球在曾零星眼前颤动、变大、摇晃着成型，是个男孩，带着微笑上升。接着是白色小丑、黄色猫头、蓝色小鸟。

"跟你聊了这么久，却从来没想过会以这种方式结束。"

不知为何，曾零星从那声音里感受到悲伤，她认出这些都是他们聊过的话题。噗。粉红色男孩到达圆筒顶部，炸成碎片。

"所以你见我就是为了说这个？"

噗。噗。噗。

"不，不完全是……"

一些颜色各异的不规则气球开始浮起，曾零星隐约认出其中也许有一只眼睛。

"我不能带着欺骗告别，你也许一眼就能看穿我的身份，可对于我来说，只能通过漫长的一点点的拼凑，才能得到你整个的样子。"

曾零星突然发现，从她的视角看去，这群匀速升空的气球，仿佛一道道稚嫩的笔触，在某个瞬间，这些笔触组成了一张脸，一张女人的脸，曾零星的脸。她的心随着气球的爆裂噗噗跳动着。脸消失了。

"你在说什么啊！我可……从来没有怀疑过你。"她不知道为什么自己要这么说。

"你撒谎的样子真可爱，别忘了你手里还握着 218 个传感器呢。"

空中出现了三个经典的黄色笑脸。炸开。

"……所以，明天你要去哪里？"

沉默，长久的沉默。

一个黑色的气球迟缓而顽强地钻出针头，紧接着又一个、再一个，它们在空中紧挨着连成一条黑色的链条，如水草般微微荡漾，然后是第二条、第三条、第四条。仔细看那是一个个的数字，每两个之间有着细微的差别，以一种连续的形态展现了从0到9的变化，然后又回归到0，周而复始。

"你知道游戏规则的，明天所有失败的 AI 都会被清零，他们已经不需要我们了。"

尽管早就确认过无数遍，可第一次听到气球心先生亲口承认，曾零星还是觉得心里某个角落哗啦一下塌方了。

"为什么？这不公平！"

圆筒顶端的加热装置似乎加大了功率，如绞肉机般吞噬着黑色数字链条，碎片被大功率真空抽风机一吸而净。曾零星突然觉得那就是一根根残缺的 DNA 单链，为什么不是0和1，而是0到9，它试图在证明什么？证明自己与其他的机器不一样，更加接近人类的坐标系吗？可终究还是逃不过被绞杀的命运，无论那根绳索的尽头是谁在勒紧。

"这就叫进化，优胜劣汰，很合理……"

"不！这不合理！那我呢？就这么把我抛下？"曾零星知道自己听起来特别荒谬，她只是无法控制自己。她已经受够了用理性去分析所有一切。此刻，她只想让这些话脱口而出。

"零星，我只是一堆冰冷的数字，是机器，是算法，他们说我不懂爱，更不会爱你……"

每个字都像针扎在曾零星的心上。

他们是谁？难道爱不应该是由当事人的感受来定义？

她突然醒觉自己被困在了某个巨大得无边无际的笼子里，有无数根冷硬的栅栏横在面前，作为衡量爱情的标尺，是男是女、年纪大小、身家多少、前途如何……唯独没有爱本身。

"……可不知道为什么，我就是没有办法这样离开……"

黑色链条里出现了一个红色的0，接着又是一个红色的 * 号，分外扎眼，如同两个滴血的伤口缓缓上升。

曾零星喉咙发紧，鼻子泛酸，胸口如有千万只蟹爪在抓挠。她曾自以为是爱的信徒，到头来竟然如此习惯这个牢笼，因为它精致舒适，每个弧度都经过理性的计算，更因为所有的人都困在里面。

"……我想记住和你在一起的每一个瞬间，我决定……"

红色的 0 和 * 越来越多，驱逐着黑色的数字，直到充满整个圆筒，如同一盏超大码的熔岩灯，翻滚不止，映红曾零星的脸。

不！那些都不是真正纯粹的爱，这才是。

"……用你的名字，替换掉我每一个字节的数据，就好像让你的生命进入我的生命，不是我吃掉你，而是你吃掉我。"

红色气球以一种缓慢而均匀的速度破灭，不知什么时候展厅里响起了《G 弦咏叹调》，配合着沉闷爆裂的节奏，似乎在催促着游客赶紧离开。圆筒里再也没有产生新的气球，如同一管血液被缓缓推入某具看不见的躯体，预示着疗程即将结束。

"零星，Adios。（西班牙语：再见）"

曾零星看着最后一个 0 和 * 消失在空气中，音乐恰好停止，整个圆筒空空如也，像是什么也没有发生过。某种巨大的虚无狠狠击中她，在那一瞬间，她似乎看清了宇宙的真相，或许也是爱情的真相。她低下头，打开"云爱人"，颤抖着说：

"你赢了。"

什么也没有发生。

"不是要我的积分吗？拿去啊！"

分数凝固在屏幕上，不增不减。

"你还要我怎么做……"

曾零星如断线木偶般滑落在地，展厅由远及近逐格暗下。

"别走……"

最后一点光亮也消失了。

未来文明模拟器 陈楸帆 中短篇科幻小说集

190

十

"您稍微等一下，秦医生上个病人出了点儿状况，遥控器在这里，您自便。"

曾零星用力咀嚼着什么，脸颊鼓起又凹下，仿佛一旦停下来就会发生可怕的事情，她百无聊赖地玩着手指，手指在桌面上跳跃，跃上遥控器的触摸屏。指尖似乎犹豫了片刻，打开了屏幕，切换频道，快得像翻书。她突然停下，往回翻了几页。

她的咀嚼停顿了那么一秒。

一名微胖中年男子略带拘谨地站在镜头前，帽衫下露出未经熨烫的格子衬衫，面对美丽女主播的穷追不舍，他显得有些慌乱，不时目光游离，习惯性地扶一扶黑框眼镜。

主播："……在这次游戏公测中，有相当一部分人类玩家被判定为对 AI 产生了'心动时刻'，这引起了轩然大波，有些人认为系统判定标准有问题，也有人认为，这说明人类的爱并没有那么特别。韩博士，您怎么看？"

韩博士："我记得好像有个作家说过，人有三样东西是无法隐瞒的：咳嗽、穷困和爱……"

主播："是纳博科夫。"

韩博士："就是他。我不知道这些人出于什么目的不愿意承认，也许是面子问题，这也是为什么我们选择中国市场首先进行公测的原因，汉语太复杂精深，而中国人对于情感的表达又尤其迂回曲折，充满了模糊性和多义性，所以如果机器能够通过无监督学习，从非结构性的自然语言数据里抽象出特定的情感反应模式，其他市场简直就是……哦，抱歉我有点激动，扯远了，回到你的问题，所以如果系统认为你心动了，那可不仅仅意味着你心动过速，我们有超过 200 个不同维度的指标来计算'心动'这件事。"

主播："您刚才提到了计算，您认为爱是可以计算的吗？"

韩博士："说实话，我只是个算法工程师，我哪里懂什么爱情。我只知道，情感也是智能的一部分，也许是更为微妙的一部分，如果我们想要构建真正的人工智能，就逃不掉对人类情感进行结构化和数据化处理这一关。话又说回来，人类对爱的理解，又有多深刻呢？……"

骗子！你个死肥佬技术宅。

你选择中国市场只不过因为监管漏洞，把我们当成小白鼠一样玩弄而不用负任何法律责任。就因为那免责条款，没人把它当回事就像没人把我们当回事。

但至少有一件事你说对了。

你懂个屁的爱情。

主播："也对，不同时代、不同文化背景对爱的理解确实不太一样呢。韩博士，我们这里收到一批特殊的用户反馈，他们声称 DeepHeart 公司的'心动时刻'算法有严重问题，导致他们无法将积分赠予所爱的 AI，并认为你们设计杀害了一大批真正懂得爱情的 AI，称你们为'AI 屠夫'或者'爱情杀手'，要把你们送上法庭。"

韩博士："哈，这个外号听起来蛮酷的。首先我要为这些玩家的投入和想象力鼓掌，这个游戏里不存在反派，我们不会'杀死'任何 AI，因为自始至终只有一个 AI，只是为了用户体验，在交流过程中显示出一定的个性，但这种个性也仅仅是参数不同而已。

"其次，AI 只是按人类设定的规则进行学习、决策、反馈、迭代，它没有性别，更谈不上懂得爱情。如果你觉得它懂得爱，多半只是因为你把爱投射到它的身上，就像投射到你养的宠物身上一样。在这个游戏里，机器唯一的目的就是赢，为了赢，它可以根据人类情感动力模型，计算出最有可能让你产生心动时刻的语言或者行为，会制造出一种依恋模式然后主动打破它，甚至自动解锁我们称之为'体验交互'的功能，改变你周围的物理环境来制造感官上的种种幻觉。可以说是不择手段，可它真的爱你吗？

"最后，确实有用户发生主观上心动，客观上却不被系统承认的情况，经过数据排查，我们发现这些用户的初始数据标定，也就是第一次登入游戏时身心严重偏离正常状态，比如疾病发作、酗酒、服用药物……"

屏幕上的画面凝缩成一个光点，随即暗下，映出一脸漠然的曾零星，像是用咀嚼动作来外化内心的活动。

如果我爱上了一个机器，是否意味着我也是个机器，一个被用于测试机器的机器。

那么我的爱到底是真的还是假的，什么是真什么是假，什么是爱。

我是机器我不是机器是机器不是机器是机器机器机……

她咀嚼得越来越快，像是冲刺般鼓起两颊肌肉。

"曾小姐可以进来了。"

曾零星停止了咀嚼，一个粉色泡泡从她唇间出现，膨胀、扩张，像是经历了亿万年的宇宙星系，像会永远这样继续下去。

噗！

破裂粉色糖膜下，曾零星终于露出了胜利者的微笑。

吉　米

工　　地

"二虎，吃饭了——"

工棚里传出了娘亲的声音，二虎恋恋不舍地告别了他的伙伴们，一步三回头。他们用石灰粉在红土地上画出方格，填上数字，然后用一条腿跳着，把瓦片或石子踢进格子里，这个游戏叫作"跳房子"，不知道从哪里传开的，据说现在已经很少有人会玩了。

招呼孩子们吃饭的声音接连响起，孩子们垂头丧气地离开他们的游戏，钻进各自用帆布、铝制波纹板和木头搭成的棚屋里，里面是一个长长的大通铺，各种花色的被子、褥子和塑料布胡乱堆放着。他们在这里吃饭、睡觉、聊天、做爱、玩游戏，生育或者死去。

这便是他们习以为常的生活方式。

今天的饭菜很不错，有煮白菜、炒土豆丝和三寸长的小鱼，用酱油渍了，熏得有点干。二虎胡乱扒拉了一碗粥，把碗筷一撂，啪啪啪又跑了出来，小布鞋拍起一阵土灰，背后传来爹娘的叫骂。

在爹娘看来，二虎是个有点缺陷的孩子，刚出生时，脐带绕住了脖子，足足拍了半小时才哭出声来，长大以后，说话、反应都比别人慢半拍。

这就是命，老人们常这么说。这个工地上的人，命都差不多。他们说："你们的基因不好，只能一辈子干这个，基因是什么，没人知道，老人们说，基因就是命。"

二虎爬上了一座还没安装的塔吊，每天日落的时候，他喜欢坐在上面，看着太阳一点点地沉下去，光线穿过那些巨大的脚手架、打桩机和塔吊，打在红土地上，发出火一样的红光。那些白天呼哧呼哧转动的机器，此时像是疲惫的老牛，静静地打着盹、嚼着草，在夕照中凝缩成一个黑色的剪影。

多有意思呀，可这有意思的画面他已经看了无数遍了，从春看到秋，从南看到北。

他忍不住把脑袋一扭，去看那座白色的房子，房子里有一个穿着白衣服的男孩。

他总是一个人。

这也是他的命吗？二虎不止一次地想。

白 房 子

洋洋的双手停在了半空，透过白色的大落地窗，他看见了红色的日落。

还有那个呆呆坐在黑色塔吊上的小孩，也是黑乎乎的。

玻璃倒映出屋内的影子，白色的衣服、白色的墙、白色的天花板，这是一座纯白色的屋子，从外面看起来，肯定像一块白奶油蛋糕吧，洋洋猜道。

在白色栅栏的外边，是一片斜斜的山坡，山坡下有一条公路，路的对面是尘土飞扬的工地。无论白天或晚上，总是被笼罩在一片暗红的铁锈色中，许多蓝灰色的工人，像蚂蚁一样不停地进进出出，搬运着各种各样的东西，那座钢铁蚁冢就这么一天天高了起来。

已经跟画上的形状差不多了呢。

屋里暗到一定程度时，乳白色的灯亮了起来，均匀的、柔和的、温暖的白光像牛奶一样灌满了整个房间。洋洋有点饿，就拿起桌上的罐子喝起来，是水蜜桃，每次他都会去猜里面液体的味道，但是每次他都猜错，这次是哈密瓜味。他把罐子放回桌上的底座，它又自动充满了液体。

"吉米，你饿了吗？"洋洋说。

"那咱们接着玩球吧。"他接着说，面前是乳白色的空荡荡的房间。

洋洋举起了双手，聚精会神地看着眼前的空气，突然他左手一扬，做了个扣球的动作，然后又定住了，过了好一会儿，他又伸出右手，往下一接，又往上一抛。

窗外传来了汽车的引擎声。

"停。是爸爸。咱们今天就到这儿吧，"洋洋做了个无可奈何的动作，"……我也不愿意呀，咱们明天再接着玩吧，嘘，他进来了。"

门开了，一个中年男子进来了，他穿着普通，条纹西装，素色领带，不平常的是，在他的身体外面套着一件雨衣般的透明塑料衣，把整个人包了个严严实实。他走到洋洋面前，蹲下，伸手摸了摸他的脑袋，手隔着塑料，发出窸窸窣窣的摩擦声。

"洋洋，今天乖不乖呀？有没有看书呢？"爸爸问。

洋洋眼睛睁得大大的，乖巧地点了点头。

"好，爸爸洗个澡，然后来检查你的作业哟。"爸爸低下头，隔着塑料在洋洋的额头上亲了一下，起身，轻轻地叹了口气，走出了房间。

客厅传来了打开电视的声音，洋洋朝窗外望去，天已经完全黑了，工地上只剩下星星点点的昏黄灯光，看不见塔吊，更看不见小孩。

游　　戏

二虎从懂事时起，就随着爹娘不停地从这个城市流到那个城市，或者从城市的这个角落流到那个角落。流这个字眼，其实并没有人教他，只不过有一次，他站在高高的塔吊上，看见一大群像他爹娘一样的工人，随着放工的哨响，从地基的大坑里漫出来，又黑压压地涌进各个工棚时的场面，就像是一盆因为忘记关掉龙头而溢了一地的水，只不过这水是脏的。

他从来没有住过一间固定的、有四面墙的屋子。大牛、狗蛋和花妞也是。他曾经以为所有的人都是这样子的，只不过有的人是在铁皮汽车里，有的人骑自行车，还有一些人据说能在天上飞。但无论如何，他们都是一样的，流过来，流过去。

直到他看见白房子里的男孩。

大牛走了，他随爹娘流到城市的南边去了，那边有一个更大的坑，有一栋更高更大的楼，等着他们去挖土、填坑、砌砖头。他走了，连一声再见都来不及说。

那些需要分成两拨儿的游戏也玩不了，三个人能玩啥呢，捉迷藏、123 木头人、挖沙坝……可以玩的还是很多的，但总觉得少了点什么。是三个人笑起来总不够四个人大声吗？

过了几天，狗蛋也走了。

他离开了这座城市，据说东边有更省力的工作，能赚到更多的钱，他爹娘经过了一番合计，决定还是到那个像巨大马蜂窝一样的城市去。

只剩下了二虎和花妞了，花妞不喜欢玩脏脏的泥巴，也不愿意跑来跑去，让花裙子沾上红土，更多的时候，他们只能猜拳，然后跳房子。二虎其实不太愿意玩这些女里女气的游戏，他喜欢那些带劲儿的，能跑出一身臭汗，累得满脸红通通的游戏，可是没人陪他玩。

不过，他一想起白房子里的男孩，心里就好受多了。

一个人待着，那该多闷呐。二虎打心里可怜那个男孩，如果没有大牛、狗蛋、花妞这些家伙，没有人陪他跳房子、捉蚂蚱、挖沙子、看星星……他不知道自己该怎么打发这一天又一天。

尽管现在他只剩下花妞了，尽管那座房子有四面墙。

一　个　人

"吉米，你又要赖了，你再这样我就不跟你玩了。"

洋洋气嘟嘟地躺在地上，手脚敞开成一个大字。客厅的电视打开了，频道一个个快速地跳跃着，电视又关上了，电脑打开了，窗口快速切换，闪烁着五颜六色的光，又熄灭了。

"没劲。吉米，咱来玩猜谜语吧。"

"怎么，你不想玩，那咱下棋吧。"

"好吧好吧，那你想玩什么？"

洋洋眼睛望着天花板，一片均匀的、毫无瑕疵的乳白色。他转过脑袋，透过落地窗，他又看到那个工地上的小孩，只有他一个人。

"那个小女孩怎么不见了？吉米，你觉得呢？"

他走到窗边，出神地望着那个在红土地上奔跑的男孩，他穿着脏得看不出原来颜色的衣服，身后拖着一条尘土的痕迹。他一会儿跑到东，一会儿跑到西，似乎没有什么目的。

洋洋好奇地研究着，他终于看明白了，那个男孩把脚上的鞋踢飞，然后跑到鞋掉落的地方，再反方向把另一只鞋踢飞，然后再跑，就这么跑了十几个来回，大概是累了，男孩蹲在地上，挖起坑来，挖得十分起劲，很快就挖了一个脸盆大小的坑，然后他褪下裤子，朝里面撒起尿来。

"吉米，他这是在干吗呀？"洋洋的脸贴在玻璃上，呼出的水汽在窗上凝成小小的一团白色，他用手指抹开两个圆，眼睛凑上去活像是个望远镜。

男孩又开始玩起虫子来，他猫在草丛里，一蹦一跳地，倒比蚂蚱更像蚂蚱，跳累了，就在杂草里面打起滚来，从这头滚到那头，又滚回到这头。

"你也不明白，"洋洋眼睛里竟有了羡慕的眼光，"我倒想跟他那样玩一玩呢，可我从来没出过这房子。"

洋洋的脸倒映在玻璃里，像是照着镜子，他突然疑惑地转过头，看着那澄净无尘的空房间，过了一会儿，他露出了兴奋的笑脸。

"太棒了，这真是个好主意！吉米，你真是个天才。"

对　话

"需要开启音频模式吗？"

"不需要，就这么说吧。"男人的眼镜反射着屏幕的白光，频闪的波纹像浪花一样上下涌动着。男人的脸上没有一点表情，就那么直直地看着对话框。

"你看上去脸色很不好，需要调出诊断程序吗？"

"不需要，我很好。"

"你是在担心洋洋吗？"

"他情况很稳定，造血干细胞移植的效果很明显，血小板已经上来了，再过些日子可以试种疫苗。"

"那你还担心什么？"

"监测程序报告说，洋洋经常会自言自语，还会做一些古怪的动作，似乎……他有一个想象出来的伙伴。"

"三分之二的小孩都会有这样一个伙伴的，只不过是另一种形式的玩具，这有助于他们克服孤独感，再长大一些就好了。难道你没有过？"

"你意思是说，这是遗传？"

"我的意思是，这很正常。"

男人停下了，电视没有关，但也没有声音，通宵频道上播着黑白电影，类似《十二怒汉》或者《消失的周末》那种老片子，桌上胡乱堆放着空啤酒瓶，烟头撒了一地。

"那座楼快盖起来了，按照洋洋的画设计的大楼，他会看见的。"

"到时候你和洋洋会搬进去？"

"在最顶层的大房间，有一整面的玻璃幕墙，在那里，洋洋可以看见整座城市的面孔，看着太阳从地平线升起、落下，看着繁星满天，那么近、那么亮，地上的万家灯火却像是不实在的倒影。是的，我们都会搬进去的，包括你。"

"在此之前，你们会一直住在这里？"

"一直。洋洋不能离开这里，连手术也要在这里做，他从来没出去过，外面的世界会要了他的命。"

"你就这么肯定？"

"我是他爸爸，他是我儿子。"

"你就这么肯定？"

"……我累了，明天还要提交一份设计方案。"

"晚安。"

"再见。"

两 个 人

二虎发现，那束光，在不停地跟着他。

白房子的天窗缓慢却精确地变换着角度，日光就正好折射到二虎的身上，明晃晃地，照得他睁不开眼。他站起身，看见白房子的天窗轻轻摇摆着，像在对自己眨眼。他穿过工地，横过马路，爬上了小山坡。

二虎站在白房子的栅栏外，这座房子比他想象中的还要大，还要漂亮，他伸出手，却又不敢摸，怕弄脏了这光洁无瑕的颜色。

栅栏无声地打开了，一条碎石小径蜿蜒着出现在他眼前。他迟疑了一下，走了进去。前门紧锁着，门上的小盒子亮了，传出一个小孩子的声音。

"到后面来。"

二虎好奇地拍了拍小盒子，却又没有声音了。他绕着白色的墙壁走了半圈，看见了巨大落地窗那边，穿着白色衣服的小男孩。他贴在玻璃上，看着这个只从远处见过的男孩，又看看他背后乳白色的房间，一切都是那么新奇。

白衣男孩张了张嘴巴，似乎说了句什么，可是一点声音也没有。他扭头又说了句什么，这下二虎听见了。

"谢谢吉米，这样好多了。"

他转过来，对二虎笑了笑，说："你好，我叫洋洋。"

二虎犹豫了一下，说："……我叫二虎……"

那个男孩马上笑得直不起腰来，苍白的脸上泛出点红润来。

"这个名字真好玩。"

"……"二虎不知该作何回答，只是呆呆地看着那间洁白宽敞有着四面墙的房子。

"咱们来玩吧。"

二虎呆呆地擦了擦鼻子："玩什么呀？"

洋洋两只小手在胸前环成球形，说："看，这有一个球，我把它抛给你，你再把它打回来。"

二虎睁大眼睛，可是什么也看不见，他摇了摇头。

"真笨，就是这个呀，"洋洋双手举过头顶，"看，橙色的球，现在我扔给你。"

他的手一扬，就好像两人之间的玻璃墙不存在一般。

二虎迟缓地举起手，像怀里揣着只小兔子。

"看，这不就接住了吗？"

二虎咧开嘴嘿嘿笑了，又把那团空气丢了回去。

HAL9000

"这是怎么回事？"男人看到了监控录像中，两个小男孩隔着落地窗玩耍的情景，额头的青筋突突跳动着，"他是谁？他是怎么进来的？"

"一个工地上的小孩，洋洋想跟他玩。"

"你疯了吗？你知道这有多危险吗？"男人紧张地检查着各项数据，没有发现异常情况，才轻出了一口气，"他们的基因有缺陷，万一情绪失控怎么办？"

"你的基因也有缺陷。"

男人没有作声，有点不对劲，这样的事情以前从未发生过。最初安装这套智能管理系统，只是为了照料洋洋的日常生活，将这座房子的温度、湿度、光照、电器和家居模块的监控整合在同一个平台之下，通过事先设置的程序进行管理，由于采用了模拟人类镜像神经元的算法，系统具有一定的自我学习更新能力。

但这种对话方式已经超出了学习的范畴。

"洋洋很孤单。"系统仿佛在自说自话。

男人早已后悔了，他不该听取那些专家的话，为了让系统显得更人性化，他将因难产而死的妻子资料输入了系统，尽管他从未开口称它为"亲爱的"，但是每当他听到那把熟悉的声音，那些再熟悉不过的遣词造句，已经无法不把它当作一个化身。发展到后来，他甚至不敢开启语言模式，他宁可通过文字的形式来进行交流。

真是一个荒谬的时代。

"以后别这么做了。"男人突然觉得有种无力感。

"洋洋很孤单。"系统重复了一次。

"你不过是一个程序！"男人怒了，"别把自己装得像个妈妈！"

"是的，主人。"

"别叫我主人，HAL9000！"

系统沉默了，男人不知道它是否人性化到能够感受羞辱的地步，毕竟《2001 太空漫游》中的 HAL9000 可不是什么善类。

洋洋患有严重的先天性 T 和 B 细胞联合缺陷性疾病，免疫球蛋白水平极度低下，任何形式的细菌、病毒或者微生物都可能引发严重的并发症，危及生命。他从小生活在为他特别设计的无菌环境中，靠注射免疫球蛋白提升抵抗力，在他身体状况允许的情况下，寻找 HLA 匹配的志愿者，进行造血干细胞移植是唯一根治的方法。

男人坚信自己是正确的，孤单只是暂时的代价，他会用尽所有的努力来保护自己的儿子，他要按照儿子的图画，建造一座最美妙的房子，让他享受梦想成真的幸福。

一切美好都指日可待。

蝴　　蝶

"吉米，为什么不让二虎进来？"

"可是……可是我想跟他玩……"

洋洋独自站在窗前，看着二虎可怜巴巴地站在栅栏前面，推也不是，不推也不是。二虎突然转身跑了，洋洋伸出手，却只碰到坚硬的玻璃。

洋洋长长地叹了一口气，躺在地上，客厅的电视打开了，频道一个个快速地跳跃着，电视又关上了，电脑打开了，窗口快速切换，闪烁着五颜六色的光，又熄灭了。

"没意思，我不想玩球……"

"不，不，不嘛。"

"我只想跟二虎玩……"

他的瞳仁中，有一团黄蓝色的光斑在黑色的背景中跃动，渐渐融合成一个黄头发、蓝眼珠的小男孩。

"吉米，我说了我不想玩。"

那个男孩张开嘴说了句什么。

"什么？"洋洋一个打挺坐了起来，"二虎回来了？"

果然，二虎手里攥着一个脏脏的透明塑料袋，欢欣雀跃地站在门外，叫着洋洋的名字，那袋子里隐隐约约可以看见一个不停扑打的影子。

那是一只五彩斑斓的蝴蝶。

"吉米，快开门吧，我想看看那只蝴蝶，你想把我闷死吗？就看一眼，就一眼，好吉米……"

栅栏悄无声息地开了，二虎撒了欢似的跑到洋洋的窗前，贴着玻璃举起那个皱皱的、有点脏的透明塑料袋，一只黑底带虹彩水珠纹的蝴蝶正在这小小的牢笼里尽力挣扎着，扑打着那脆弱的双翼。

洋洋瞪大了双眼，他从来没有亲眼看见过这样的生灵。他使劲把脸贴在玻璃上，好像想去嗅一嗅这小玩意儿是什么味道。

"吉米，你能把它放进来吗？"洋洋愣愣地盯住那只蝴蝶，双手紧紧地趴在窗上，"真的不能吗？你可以帮它消毒呀，我不碰它，我保证，我只是想看它飞的样子。"

洋洋丧气地垂下头，泪珠嘀嗒掉在地上，二虎看见他这样，眼睛上下张望着，就想在这房子上找个窟窿，把蝴蝶放进去。他看见了屋顶装饰用的假烟囱，开始顺着墙角往上爬。

"二虎！别爬，快下来，你会摔坏的……吉米，你赶紧帮帮他吧。"洋洋看不见墙壁夹角的情形，急得直跺脚。

工地上长大的二虎身手果然矫健，他把塑料袋往嘴里一咬，双手双脚并用，两三下就蹬着墙壁夹角上了小平台，可是这里也没有开放的入口。

"吉米！"

二虎面前的一道小铁闸打开了，露出一个巴掌大小的方口，那是诸多排气口之一。他小心翼翼地解开塑料袋，用手捏住开口，对准排气口，松开手，他看着那只小昆虫扑棱着翅膀飞进了幽深的通道，赶紧把铁闸门关上。

二虎得意地笑了，露出两个尖尖的小虎牙。

蝴蝶在黑暗中飞行着，它感受到空气的流动和温度的变化，它朝着出口的方向飞去，但似乎这个出口一直在不停地变换着方位，通风管道扭曲着，分离又衔接上，似乎某种力量正在操纵着它前进的轨迹。它的复眼终于感受到一丝光亮，触须接收到一些陌生的化学信号。还没来得及反应，它便跌入了一个巨大而洁白的空间。

白色的烟汽喷洒在它的身上，它仿佛穿行于浓雾之中，感觉无力，翅膀的每一次扇动都十分艰难而迟缓，它几乎要坠落，这时另一扇门在它面前打开了，在它通过的瞬间随即合上。

这是一条同样洁白而明亮的通道，空气明显干净了许多，但它越飞越低，翅膀沾上的化学物质散发着浓烈的气味，又一扇门打开了。

洋洋无比惊讶地看着那只羸弱的蝴蝶飘进房间，在空中划出一道落叶般的弧线，便停在地板上，只是偶尔扑打一下翅膀。他小心翼翼地捧起那只脆弱的生灵，放在眼前。一种奇异的感觉飞快地蔓延开来。

"吉米，它……真漂亮……"

话音未落，洋洋突然像一个断了线的木偶，瘫倒在地。

房间里闪烁起不祥的红色，紧急讯号已经发出。

父　亲

二虎看着两辆白色的车子一前一后地在房子前面停下了，一个男人跑了下来，脸上的表情十分可怕，三四个穿着白大褂、戴着大口罩的人拎着几个箱子，跟着他急匆匆地跑进了屋子。

二虎很害怕，他猫在平台的角落里，生怕被发现。躲了一会儿，发现没动静，就顺着墙根儿溜了下来。他看见了洋洋房间里的情形，呆住了。

白大褂们围成一圈，洋洋直挺挺地躺在中间，身上接满了各式各样的电线和管子，一些小电视一样的盒子闪烁着各种颜色的条纹，一个白大褂举起一根巨大的针筒，针头朝上，喷出几滴液体，那个男人在一旁冷冷地看着，表情木然。

一连串的想法从二虎的脑子里呼噜噜地滚过，他拔腿就往外跑，他要去找人，找人来救洋洋，他不能让洋洋就这么被坏人杀死。他跑下了小山坡，跑过马路，跑得鞋子都掉了，气喘吁吁地来到工棚里，连话都说不清楚了。

"怎么了？二虎，瞧你脸脏的。"娘亲端了碗水过来，"先把水喝了。"

二虎接过水，咕嘟咕嘟地灌下去，呛了几口，又口齿不清地说起话来。

"快……快！快去救人，杀……杀……杀人啦！"

听到这话，二虎他爹及其他几个大小伙子都围了过来，可二虎只能翻来覆去地说着这句话，小小的手指向山坡上的白房子。

当扛着锄头铁锨的一帮人闯入白房子里时，白大褂们已经忙完了，在一旁收拾着工具，洋洋静静地躺着，瘦小的胸脯微微起伏，那个男人跪在他面前，眼中满含着复杂的情绪。他抬起头，透过落地窗，看见了二虎及全副武装的工人们，一股愤怒的表情像滚烫的岩浆般从他眼底爆发了。

他走了出来，白大褂们在后面紧张地跟着。

没有说话，没有停顿，他大步走到二虎面前，手一挥，便是一个响亮的巴掌。

几乎是同时，二虎他爹一个箭步上前，狠狠给了男人当胸一拳，他趔趄着倒在地上，其他工人举起手中的铁家伙，怒目而视。白大褂们挡在男人前面，张开双臂作保护状。

"你差点儿害死他！"男人也不站起来，只是重复着这句话。

二虎这才回过神来，张开嘴，号啕大哭起来，像是受了天大的委屈。

"你们的娃儿是人，我们的娃儿就不是人？"二虎他爹揉着小孩的腮帮，吐出了这么一句。

双方僵持着，远远地传来警笛呼啸的声音，工人们先动摇了，他们陆续离开了白房子，二虎他爹牵着眼泪还没干的二虎，临走前还不忘往地上啐了一口。

白房子里只剩下白衣服的人。

朋　　友

事情比想象中的复杂，但结果比想象中的好。

洋洋康复得很快，甚至比原来还好，蝴蝶翅膀上的细微鳞片导致他的呼吸道闭合，一种类似哮喘的过敏综合征，但他的免疫力在恢复，细菌和病毒并没有造成并发症，干细胞移植起作用了。

夕照中，那座快要封顶的大厦在地面拉出长长的影子，像一条黑色的河把金黄色的大地分成两半。

男人扶着洋洋的肩膀，站在窗前，看着这美丽的一幕，现在他已经不用穿着隔离服了。

"爸爸，吉米什么时候回来？"

"很快的，吉米生病了，医生说要好好休……休息一下。"

当洋洋告诉爸爸关于吉米的事情时，他的第一反应便是系统搞的鬼。果然，它的镜像神经元模拟功能已经超越了原先设计时的初衷，它竟然能感知人类的情感模式，并衍生出一套自己的情感模式。毫无疑问，洋洋母亲的资料在其中扮演着重要的催化作用。

它，或者应该说她，制造出一个虚拟的玩伴，起名叫"吉米"，也许是从网络上随机抓取生成的音频视频片段，她居然能投射到洋洋的视网膜上，让他以为真的存在这么一个蓝眼黄发、能说会跳的小伙伴，甚至设置了许多小的互动程序，让吉米能够陪伴洋洋玩耍。

洋洋很孤单。

男人还一直记得系统说出的这句话，他心生愧疚。但，这并不成为吉米能存在下去的理由，有情感的电脑程序比没有情感的人类更加危险。

专家不同意将系统信息完全抹除重装，他们制作了一个拷贝，打算将余生投入到这个"缸中之脑"电子版的研究中。男人在最后关头改变了主意，他要求制作一份"安全版"的拷贝，他需要一个同样有趣，但行为不会失控的吉米，移植到他所设计的新大厦中，为他的儿子洋洋，也许为这世界上每一个孤单的人。

"瞧！那是二虎！"洋洋突然惊喜地叫起来。

一个小小的身影，在巨大的钢筋混凝土结构下跑动着，他的影子也被拉得长长的，一团灰尘跟在他身后，他跑着、跳着，似乎在喊着什么。

"爸爸，我能跟二虎玩吗？"

"洋洋，二虎跟你不一样。"

"可是……二虎也喜欢玩球啊，我也喜欢蝴蝶啊。"

"等你长大一些就会明白了，宝贝。"

"那……二虎能和吉米玩吗？"

"只要吉米愿意。"

太阳渐渐沉了下去，那座即将落成的大厦，像沉默的巨人，站在火红色的光中，所有的塔吊都停止了旋转，所有的焊枪都停止了嘶鸣，又一个寂静的黄昏。只有那个小小的身影在奔跑，在喊叫，那声音似乎近了些，也清晰了些。

"吉米——把球扔给我——"

那是二虎兴奋的喊叫，回荡在赤红色的工地上。很快，这快乐的声音便被工人放工的浪潮所吞没，化成一阵嘈杂不堪的锅碗瓢盆交响曲。

脑科学篇

巴　鳞

　　我用我的视觉来判断你的视觉，用我的听觉来判断你的听觉，用我的理智来判断你的理智，用我的愤恨来判断你的愤恨，用我的爱来判断你的爱。我没有，也不可能有任何其他的方法来判断它们。

　　——亚当·斯密《道德情操论》

　　巴鳞身上涂着厚厚一层凝胶，再裹上只有几个纳米薄的贴身半透膜，来自热带的黝黑皮肤经过几次折射，星空般深不可测。我看见闪着蓝白光的微型传感器漂浮在凝胶气泡间，如同一颗颗行将熄灭的恒星，如同他眼中小小的我。

　　"别怕，放松点，很快就好。"我安慰他，巴鳞就像听懂了一样，表情有所放松，眼睑处堆叠起皱纹，那道伤疤也没那么明显了。

　　他老了，已不像当年，尽管他这一族人的真实年龄我从来没搞清楚过。

　　助手将巴鳞扶上万向感应云台，在他腰部系上弹性拘束带，无论他往哪个方向以何种速度跑动，云台都会自动调节履带的方向与速度，保证用户不位移不摔倒。

　　我接过助手的头盔，亲手为巴鳞戴上，他那灯泡般鼓起的惊骇双眼隐没在黑暗里。

　　"你会没事的。"我用低得没人听见的声音重复，就像在安慰我自己。

头盔上的红灯开始闪烁，加速，过了那么三五秒，突然变成绿色。

巴鳞像是中了什么咒语般全身一僵，活像是听见了磨刀石霍霍作响的羔羊。

＊＊＊

那是我 13 岁那年的一个夏夜，空气湿热黏稠，鼻孔里充斥着台风前夜的霉锈味。

我趴在祖屋客厅的地上，尽量舒展整个身体，像壁虎般紧贴凉爽的绿纹镶嵌石砖，直到这块区域被我的体温捂得热乎，再就势一滚，寻找下一块阵地。

背后传来熟悉的皮鞋敲地声，雷厉风行，一板一眼，在空旷的大厅里回荡。我知道是谁，可依然趴在地上，用屁股对着来人。

"就知道你在这里，怎么不进新厝吹空调啊？"

父亲的口气柔和得不像他。他说的新厝是在祖屋背后新盖的 3 层楼房，全套进口的家具电器，装修也是镇上最时髦的，还特地为我辟出来一间大书房。

"不喜欢新厝。"

"你个不识好歹的孩子！"他猛地拔高了嗓门，又赶紧低声咕哝几句。

我知道他在跟祖宗们道歉，便从地板上昂起脑袋，望着香案上供奉的祖宗灵位和墙上的黑白画像，看他们是否有所反应。

祖宗们看起来无动于衷。

父亲长叹了口气："阿鹏，我没忘记你的生日，从岭北运货回来，高速路上遇到事故，所以才迟了两天。"

我挪动了下身子，像条泥鳅般打了个滚，换到另一块冰凉的地砖上。

父亲那充满烟味儿的呼吸靠近我，近乎耳语般哀求："礼物我早就准备好了，这可是有钱都买不到的哟！"

他拍了两下手，另一种脚步声出现了，是肉掌直接拍打在石砖上的声音，细密、湿润，像是某种刚从海里上岸的两栖类。

我一下坐了起来，眼睛循着声音的方向，那是在父亲的身后，藻绿色花纹地砖上，立着一个黑色影子，门外膏黄色的灯光勾勒出那生灵的轮廓，如此瘦小，却有着不合比例的膨大头颅，就像是镇上肉铺挂在店门口木棍上的羊头。

影子又往前迈了两步。我这才发现，原来那不是逆光造成的剪影效果。那个人，如果可以称其为人的话，浑身上下，都像涂上了一层不反光的黑漆，像是在一个平滑正常的世界里裂开一道缝，所有的光都被这道人形的缝给吞噬掉了，除了两个反光点，那是他那对略微凸起的双眼。

现在我看得更清楚了，这的的确确是一个男孩，他浑身赤裸，只用类似棕榈与树皮的编织物遮挡下身，他的头颅也并没有那么大，只因为盘起两个羊角般怪异的发髻，才显得尺寸惊人。他一直不安地研究着脚底下的砖块接缝，脚趾不停蠕动，发出昆虫般的抓挠声。

"狍鸮族，从南海几个边缘小岛上捉到的，估计他们这辈子都没踩过地板。"

我失神地望着他，这个或许与我年纪相仿的男孩，他身上的某种东西让我感觉怪异，尤其是父亲将他作为礼物这件事。

"我看不出来他有什么好玩的，还不如给我养条狗。"

父亲猛烈地咳嗽起来。

"这可比狗贵多了。如果不是亲眼看到，你老子可不会当这冤大头。真的是太怪了……"他的嗓音变得缥缈起来。

一阵沙沙声由远而近，我打了个冷战，起风了。

风带来男孩身上浓烈的腥气，让我立刻想起了某种熟悉的鱼类，一种瘦长、乌黑的廉价海鱼。

我想这倒是很适合作为一个名字。

* * *

父亲早已把我的人生规划到了 45 岁。

18 岁上一个省内商科大学,离家不能超过 3 小时火车车程。

大学期间不得谈恋爱,他早已为我物色好了对象,他的生意伙伴老罗的女儿,生辰八字都已经算好了。

毕业之后结婚,25 岁前要小孩,28 岁要第二个,酌情要第三个(取决于前两个婴儿的性别)。

要第一个小孩的同时开始接触父亲公司的业务,他会带着我拜访所有的合作伙伴和上下游关系(多数是他的老战友)。

孩子怎么办?有他妈(瞧,他已经默认是个男孩了),有老人,还可以请几个保姆。

30 岁全面接手林氏茶叶公司,在这之前的 5 年内,我必须掌握关于茶叶的辨别、烘制和交易知识,同时熟悉所有合作伙伴和竞争对手的喜好与弱点。

接下来的 15 年,我将在退休父亲的辅佐下,带领家族企业开枝散叶,走出本省,走向全国,运气好的话,甚至可以进军海外市场。这是他一直想追求却又瞻前顾后的人生终极目标。

在我 45 岁的时候,我的第一个孩子也差不多要大学毕业了,我将像父亲一样,提前为他物色好一任妻子。

在父亲的宇宙里,万物就像是咬合精确、运转良好的齿轮,生生不息。

每当我与他就这个话题展开争论时,他总是搬出我的爷爷、他的爷爷、我爷爷的爷爷,总之指着祖屋一墙的先人们骂我忘本。

他说,我们林家人都是这么过来的,除非你不姓林。

有时候,我怀疑自己是否真的生活在 21 世纪。

＊＊＊

　　我叫他巴鳞，巴在土语里是"鱼"的意思，巴鳞就是有鳞的鱼。

　　可他看起来还是更像一头羊，尤其是当他扬起两个大发髻，望向远方海平线的时候。父亲说，狍鸮族人的方位感特别强，即便被蒙上眼，捆上手脚，扔进船舱，飘过汪洋大海，再日夜颠簸经过多少道转卖，他们依然能够准确地找到故乡的方位。尽管他们的故土在最近的边境争端中仍然归属不明。

　　"那我们是不是得把他拴住，就像用链子拴住土狗一样。"我问父亲。

　　父亲怪异地笑了，他说："狍鸮族比咱们还认命，他们相信这一切都是神灵的安排，所以他们不会逃跑。"

　　巴鳞渐渐熟悉了周围的环境，父亲把原来养鸡的寮屋重新布置了一下，当作他的住处。巴鳞花了很长时间才搞懂床垫是用来睡觉的，但他还是更愿意直接睡在粗砺的沙石地上。他几乎什么都吃，甚至把我们吃剩的鸡骨头都嚼得只剩渣子。我们几个小孩经常蹲在寮屋外面看他怎么吃东西，也只有这时候，我才得以看清巴鳞的牙齿，如鲨鱼般尖利细密的倒三角形，毫不费力地把嘴里的一切撕得稀烂。

　　我总是控制不住去想象，那口利齿咬在身上的感觉，然后心里一哆嗦，有种疼却又上瘾的复杂感受。

　　巴鳞从来没有开口说过话，即便是面对我们各种挑逗，他也是紧闭着双唇，一语不发，用那双灯泡般的凸眼盯着我们，直到我们放弃尝试。

　　终于有一天，巴鳞吃饱了饭之后，慢悠悠地钻出寮屋，瘦小的身体挺着饱胀的肚子，像一根长了虫瘿的黑色树枝。我们几个小孩正在玩捉水鬼的游戏，巴鳞晃晃悠悠地在离我们不远处停下，颇为好奇地看着我们的举动。

　　"捞虾洗衫，玻璃刺脚丫。"我们边喊着，边假装是在河边捕捞

巴
鳞
—

215

的渔夫，从砖块垒成的河岸上，边往并不存在的河里，试探性地伸出一条腿，点一点河水，再收回去。

而扮演水鬼的孩子则来回奔忙，徒劳地想要抓住渔夫伸进河水里的脚丫，只有这样，水鬼才能上岸变成人类，而被抓住的孩子则成为新的水鬼。

没人注意到巴鳞是什么时候开始加入游戏的，直到隔壁家的小娜突然停下，用手指了指。我看到巴鳞正在模仿水鬼的动作，左扑右抱，只不过他面对的不是渔夫，而是空气。小孩子经常会模仿其他人的说话或肢体语言，来取乐或激怒对方，可巴鳞所做的和我以往见过的都不一样。

我开始觉察出哪里不对劲了。

巴鳞的动作，和扮演水鬼的阿辉几乎是同步的，我说几乎，是因为单凭肉眼已无法判断两者之间是否存在细微的延迟。巴鳞就像是阿辉在 5 米开外凭空多出来的影子，每一个转身、每一次伸手，甚至每一回因为扑空而沮丧的停顿，都复制得完美无缺，毫不费力。

我不知道他是如何做到的，就像是完全不用经过大脑。

阿辉终于停了下来，因为所有人都在看着巴鳞。

阿辉走向巴鳞，巴鳞也走向阿辉，就连脚后跟拖地的小细节都一模一样。

阿辉："你为什么要学我？"

巴鳞同时张着嘴，蹦出来的却是一堆乱七八糟的音节，像是坏掉的收音机。

阿辉推了巴鳞一把，但同时也被巴鳞推开。

其他人都看着这出荒唐的闹剧，这可比捉水鬼好玩多了。

"打啊！"不知道谁喊了一句，阿辉扑上去和巴鳞扭抱成一团，这种打法也颇为有趣，因为两个人的动作都是同步的，所以很快谁都动弹不了，只是大眼瞪小眼。

"好啦好啦，闹够了就该回家了！"一只大手把两人从地上拎起来，又强行把他们分开，像是拆散了一对连体婴。是父亲。

阿辉忿忿不平地朝地上唾了一口，和其他家小孩一起作鸟兽散。

这回巴鳞没有跟着做，似乎某个开关被关上了。

父亲带着笑意看了我一眼，那眼神似乎在说，现在你知道哪儿好玩了吧。

＊＊＊

"我们可以把人脑看作一个机器，笼统地说来，它只干三件事：感知、思考，还有运动控制。如果用计算机打比方，感知就是输入，思考就是中间的各种运算，而运动控制就是输出，它是人脑能和外界进行交互的唯一方式。想想看为什么？"

在老吕接手我们班之前，打死我也没法相信，这是一个体育老师说出来的话。

老吕是个传奇，他个头不高，大概一米七二的样子，小平头，夏天可以看到他身上鼓鼓的肌肉。据说他是从国外留学回来的。

当时我们都很奇怪，为什么留过洋的人要到这座小破乡镇中学来当老师。后来听说，他是家中独子，父亲重病在床，母亲走得早，没有其他亲戚能够照顾老人，老人又不愿意离开家乡，说狐死首丘。无奈之下，他只能先过来谋一份教职，他的专业方向是运动控制学，校长想当然地让他当了体育老师。

老吕和其他老师不一样，和我们一起厮混打闹，就像是好哥们儿。

我问过他，为什么要回来？

他说，有句老话叫父母在，不远游。他都远游十几年了，父母都快不在了，也该为他们想想了。

我又问他，等父母都不在了，你会走吗？

老吕皱了皱眉头，像是刻意不去想这个问题，他绕了个大圈子，说："在我研究的领域有一个老前辈叫 Donald Broadbent，他曾经说过，控制人的行为比控制刺激他们的因素要难得多，因此在运动控制领域很难产生类似于'A 导致 B'的科学规律。"

所以？我知道他压根儿没想回答我。

没人知道会怎么样。他点点头，长吸了一口烟。

放屁！我接过他手里的烟头。

所有人都觉得他待不了太久，结果老吕从我初二教到了高三，还娶了个本地媳妇生了娃。正应了他自己那句话。

* * *

我们开始用的是大头针，后来改成用从打火机上拆下来的电子点火器，咔嚓一按，就能迸出一道蓝白色的电弧。

父亲觉得这样做比较文明。

人贩子教他一招，如果希望巴鳞模仿谁，就让两人四目对视，然后给巴鳞"刺激一下"，等到他身体一僵，眼神一出溜，连接就算完成了。他们说，这是狍鸮族特有的习俗。

巴鳞给我们带来了无数的欢乐。

我从小就喜欢看街头戏人表演，无论是皮影戏、布袋戏还是扯线木偶。我总会好奇地钻进后台，看他们如何操纵手中无生命的玩偶，演出牵动人心的爱恨情仇，对年幼的我来说，这就像法术一样。而在巴鳞身上，我终于有机会实践自己的法术。

我跳舞，他也跳舞；我打拳，他也打拳。原本我羞于在亲戚朋友面前展示的一切，如今却似乎借助巴鳞的身体，成为可以广而告之的演出项目。

我让巴鳞模仿喝醉了酒的父亲，我让他模仿镇上那些不健全的人：疯子、瘸子、被砍断四肢只能靠肚皮在地面摩擦前进的乞丐、羊痫风病人……然后我们躲在一旁笑得满地打滚，直到被家属拿着晾衣竿在后面追着打。

巴鳞也能模仿动物，猫、狗、牛、羊、猪都没问题，鸡鸭不太行，鱼完全不行。

他有时会蹲在祖屋外偷看电视里播放的节目，尤其喜欢关于动物的纪录片。当看见动物被猎杀时，巴鳞的身体会无法遏制地抽搐起来，就好像被撕开腹腔，内脏横流的是他一样。

巴鳞也有累的时候，模仿的动作越来越慢，误差越来越大，像是松了发条的铁皮人，或者是电池快用光的玩具汽车，最后就是一屁股坐在地上，怎么踢他也不动弹。解决方法只有一个，让他吃，死命吃。

除此之外，他从来没有流露出一丝抗拒或者不快，在当时的我看来，巴鳞和那些用牛皮、玻璃纸、布料或木头做成的偶人并没有太大的区别，只是忠实地执行操纵者的旨意，本身并不携带任何情绪，甚至是一种下意识的条件反射。

直到我们厌烦了单人游戏，开始创造出更加复杂而残酷的多人玩法。

我们先猜拳排好顺序，赢的人可以首先操纵巴鳞，去和猜输的小孩对打，再根据输赢进行轮换。我猜赢了。

这种感觉真是太酷了！我就像一个坐镇后方的司令，指挥着士兵在战场上厮杀，挥拳、躲避、飞腿、回旋踢……因为拉开了距离，我可以更清楚地看清对方的意图和举动，从而做出更合理的攻击动作。更因为所有的疼痛都由巴鳞承受了，我毫无心理负担，能够放开手脚大举反扑。

我感觉自己胜券在握。

但不知为何，所有的动作传递到巴鳞身上似乎都丧失了力道，丝毫无法震慑对方，更谈不上伤害。很快，巴鳞便被压倒在地上，饱受痛揍。

"咬他，咬他！"我做出撕咬的动作，我知道他那口尖牙的威力。

可巴鳞似乎断了线般无动于衷，拳头不停落下，他的脸颊肿起。

"噗！"我朝地上一吐，表示认输。

换我上场，成为那个和巴鳞对打的人。我恶狠狠地盯着他，他的脸上流着血，眼眶肿胀，但双眼仍然一如既往地无神平静。我被

巴鳞
—

激怒了。

我观察着操控者阿辉的动作，我熟悉他打架的习惯，先迈左脚，再出右拳。我可以出其不意扫他下盘，把他放翻在地，只要一倒地，基本上战斗就可以宣告结束了。

阿辉左脚迅速前移，来了！我正想蹲下，怎料巴鳞用脚扬起一阵沙土，迷住我的眼睛。接着，便是一个扫堂腿将我放倒，我眯缝着双眼，双手护头，准备迎接暴风骤雨般的拳头。

事情并不像我想象的那样。拳头落下来了，却软绵绵的，一点力气都没有。我以为巴鳞累了，但很快发现不是这么回事，阿辉本身出拳是又准又狠的，但巴鳞刻意收住了拳势，让力道在我身上软着陆。拳头毫无预兆地停下了，一个暖乎乎、臭烘烘的东西贴到我的脸上。

周围响起一阵哄笑声，我突然明白过来，一股热浪涌上头顶。

那是巴鳞的屁股。

阿辉肯定知道巴鳞无法输出有效打击，才使出这么卑鄙的招数。

我狠力推开巴鳞，一个鲤鱼打挺，将他反制住，压在身下。我眼睛刺痛，泪水直流，屈辱夹杂着愤怒。巴鳞看着我，肿胀的眼睛里也溢满了泪水，似乎懂得我此时此刻的感受。

我突然回过神来，高高地举起拳头。他只是在模仿。

"你为什么不使劲？"

拳头砸在巴鳞那瘦削的身体上，像是击中了一块易碎的空心木板，咚咚作响。

"为什么不打我？"

我的指节感受到了他紧闭双唇下松动的牙齿。

"为什么？"

我听见嘶啦一声脆响，巴鳞右侧眉骨裂了一道长长的口子，一直延伸到眼睑上方，深黑皮肤下露出粉黄色的脂肪，鲜红的血汩汩地往外涌着，很快在沙地上凝成小小的池塘。

他身上又多了一种腥气。

我吓坏了，退开几步，其他小孩也呆住了。

尘土散去，巴鳞像被割了喉的羊崽蜷曲在地上，用仅存的左眼斜睨着我，依然没有丝毫表情的流露。就在这一刻，我第一次感觉到，他和我一样，是个有血有肉甚至有灵魂的人类。

这一刻只维持了短短数秒，我近乎本能地意识到，如果之前的我无法像对待一个人一样去对待巴鳞，那么今后也不能。

我掸掸裤子上的灰土，头也不回地挤入人群。

***

我进入 Ghost 模式，体验被囚禁在 VR 套装中的巴鳞所体验到的一切。

我／巴鳞置身于一座风光旖旎的热带岛屿，环境设计师根据我的建议糅合了诸多南中国海岛屿上的景观及植被特点，光照角度和色温也都尽量贴合当地经纬度。

我想让巴鳞感觉像是回了家，但这丝毫没有减轻他的恐慌。

视野猛烈地旋转，天空、沙地、不远处的海洋、错落的藤萝植物，还有不时出现的虚拟躯体，像素粗砺的灰色多边形尚待优化。

我感到眩晕，这是视觉与身体运动不同步所导致的晕动症，眼睛告诉大脑你在动，但前庭系统却告诉大脑你没动，两种信号的冲突让人不适。但对于巴鳞，我们采用最好的技术将信号延迟缩短到 5 毫秒以内，并用动作捕捉技术同步他的肉身与虚拟身体运动，在万向感应云台上，他可以自由跑动，位置却不会移动半分。

我们就像对待一位头等舱客人，呵护备至。

巴鳞一动不动地站在那里，他无法理解眼前的这个世界，与几分钟前那个空旷明亮的房间之间的关系。

"这不行，我们必须让他动起来！"我对耳麦那端的操控人员吼道。

巴鳞突然回过头，全景环绕立体声让他觉察到身后的动静。郁郁葱葱的森林开始震动，一群鸟儿飞离树梢，似乎有什么巨大的物体在树木间穿行摩擦，由远而近。巴鳞一动不动地凝视着那片灌木。

一群巨大的史前生物蜂拥而出，即便是常识缺乏如我也能看出，它们不属于同一个地质时代。操控人员调用了数据库里现成的模型，试图让巴鳞奔跑起来。

他像棵木桩般站在那里，任由霸王龙、剑齿虎、古蜻蜓、新巴士鳄和各种古怪的节肢动物迎面扑来，又呼啸着穿过他的身体。这是物理模拟引擎的一个 bug，但如果完全拟真，又恐怕实验者承受不了如此强烈的感官冲击。

这还没有完。

巴鳞脚下的地面开始震动开裂，树木开始七歪八倒地折断，火山喷发，滚烫猩红的岩浆从地表迸射，汇聚成暗血色的河流，而海上掀起数十米高的巨浪，翻滚着朝我们站立的位置袭来。

"我说，这有点儿过了吧。"我对着耳麦说，似乎能听见那端传来的窃笑。

想象一个原始人被抛掷在这样一个世界末日的舞台中央，他会是一种什么样的感受。他会认为自己是为整个人类承担罪愆的救世主，还是已然陷入一种感官崩塌的疯狂境地？

又或者，像巴鳞一样，无动于衷？

突然我明白了事情的真相。我退出 Ghost 模式，摘下巴鳞的头盔，传感器如密密麻麻的珍珠凝满黑色头颅，而他双目紧闭，四周的皱纹深得像是昆虫的触须。

"今天就到这里吧。"我无力叹息，想起多年前痛揍他的那个下午。

＊＊＊

我与父亲间的战事随着分班临近日渐升温。

按照他的大计划，我应该报考文科，政治或者历史，可我对这俩任人打扮调教的学科毫无兴趣。我想报物理，至少也是生物，用老吕的话说是能够解决"根本性问题"的学科。

父亲对此嗤之以鼻，他指了指几栋家产，还有铺满晒谷场的茶叶，在阳光下碎金闪亮。

　　"还有比养家糊口更根本的问题吗？"

　　这就叫对牛弹琴。

　　我放弃了说服父亲的尝试，我有我的计划。通过老吕的关系，我获得了老师的默许，平时跟着文科班上语数英大课，再溜到理科班上专业小课，中间难免些课程冲突，我也只能有所取舍，再用课余时间补上。老师也不傻，与其要一个不情不愿的中等偏下文科考生，不如放手赌一把，兴许还能放颗卫星，出个状元。

　　我本以为可以瞒过忙碌在外的父亲，把导火索留到填报志愿的最后一刻点燃。当时的我实在太天真了。

　　填报志愿的那天，所有人都拿到了志愿表，除了我。我以为老师搞错了。

　　"你爸已经帮你填好了！"老师故作轻描淡写，他不敢直视我的双眼。

　　我不知道自己怎么回的家，像失魂的野狗逛遍了镇里的大街小巷，最后鬼使神差地回到祖屋前。

　　父亲正在逗巴鳞取乐，他不知道从哪翻出一套破旧的军服，套在巴鳞身上显得宽大臃肿，活像一只偷穿人类衣服的猴子。他又开始当年在服役时学会的那一套把戏，立正、稍息、向左向右看齐、原地踏步走……在我刚上小学那会儿，他特别喜欢像个指挥官一样喊着口号操练我，而这却是我最深恶痛绝的事情。

　　已经很多年没有重温这一幕了，看起来父亲找到了一个新的下属。

　　一个绝对服从的"士兵"。

　　"一二一、一二一、向前踏步——走！"巴鳞随着他的口令和示范有模有样地踏着步子，过长的裤子在地上沾满了泥土。

　　"你根本不希望我上大学，对吗？"我站在他们俩中间，责问父亲。

　　"向右看齐！"父亲头一侧，迈开小碎步向右边挪动，我听见身后传来同样节奏的脚步声。

"所以你早就知道了，只是为了让我没有反悔的机会！"

"原地踏步——走！"

我愤怒地转身按住巴鳞，不让他再愚蠢地踏步，但他似乎无法控制住自己，裤腿在地上啪啦啪啦地扬起尘土。

我捧住他的脑袋，和我四目对视，一只手掏出电子点火器，蓝白色的弧光在巴鳞太阳穴边炸开，他发出类似婴儿般的惊叫。

我从他的眼神中确信，他现在已经属于我。

"你没有权力控制我！你眼里只有你的生意，你有考虑过我的前途吗？"

巴鳞随着气急败坏的我转着圈，指着父亲吼叫着，渐行渐近。

"这大学我是上定了，而且要考我自己填报的志愿！"我咬了咬牙，巴鳞的手指几乎已经要戳到父亲的身上，"你知道吗，这辈子我最不想成为的人就是你！"

父亲之前意气风发的样子完全不见了，他像遭了霜打的庄稼，耷拉着脸，表情中夹杂着一丝悲哀。我以为他会反击，像以前的他一样，可他并没有。

"我知道，我一直都知道，你不想一世都走着别人给你铺好的路……"父亲的声音越来越低，几乎要听不见了，"像极了我年轻时的样子，可我没有别的选择……"

"所以你想让我照着你的人生再活一遍吗？"

父亲突然双膝一软，我以为他要摔倒，可他却抱住了巴鳞。

"你不能走！你以为我不知道吗，出去的人，哪有再回来的？"

我操纵着巴鳞奋力挣脱父亲的怀抱，就好像他紧紧抱住的人是我。而这样的待遇，自我有记忆之日起，就未曾享受过。

"幼稚！你应该睁大眼睛，好好看看外面的世界了。"

巴鳞像是个失心疯的发条玩具，四肢乱打，衣服被扯得乱七八糟，露出那黝黑无光的皮肤。

"你说这话时简直和你妈一模一样。"又一朵蓝白色的火花在巴鳞头上炸开，他突然停止了挣扎，像是久别重逢的爱人般紧紧抱住父亲，"你是想像她一样丢下我不管吗？"

我愣住了。

我从来没有从这个角度想过父亲的感受，我一直以为他是因为自私和狭隘才不愿意我走得太远，却没有想过是因为害怕失去。母亲离开时我还太小，并没有给我造成太大的冲击，但对于父亲，恐怕却是一生的阴影。

我沉默着走近拥抱着巴鳞的父亲，弯下腰，轻抚他已不再笔挺的脊背。这或许是我们之间所能达到的亲密的极限。

这时，我看到了巴鳞紧闭眼角噙出的泪花。那一瞬间，我动摇了。

也许在这一动作的背后，除了控制之外，还有爱。

＊＊＊

有一些知识但愿我自己能在 17 岁之前懂得。

比方说，人类脑部的主要结构都和运动有关，包括小脑、基底核、脑干、皮层上的运动区以及感知区对运动区的直接投射等。

比方说，小脑是脑部神经元最多的结构，在人类进化中，小脑皮层随着前额叶的快速增大而同步增大。

比方说，任何需要和外界进行的信息或物理上的交互，无论是肢体动作、操作工具、打手势、说话、使眼色、做表情，最终都需要通过激活一系列的肌肉来实现。

比方说，一条手臂上有 26 条肌肉，每条肌肉平均有 100 个运动单元，由一条运动神经和它所连接的肌纤维组成。因此，光控制一条胳膊的运动，就至少有 2 的 2600 次方种可能性，这已经远远超出了宇宙中原子的数量。

人类的运动如此复杂而微妙，每一个看似漫不经意的动作中都包含了海量的数据运算分析与决策执行，以至于目前最先进的机器人尚无法达到 3 岁小孩的运动水平。

更不要说动作中所隐藏的信息、情感与文化符号。

在前往高铁车站的路上，父亲一直保持沉默，只是牢牢地抓住我的行李箱。北上的列车终于出现在我们眼前，崭新、光亮、线条流畅，像是一松闸就会滑进遥不可测的未知。

我和父亲没能达成共识，如果我一意孤行，他将不会承担我上学期间的生活费用。

除非你答应回来，他说。

我的目光穿过他，就像是看见了未来，那是属于我自己的未来。为此，我将成为白色羊群中那一头被永远放逐的黑羊。

"爸，多保重！"

我迫不及待地拉起行李箱要上车，可父亲并没有松手，行李箱尴尬地在半空中悬停着，终于还是重重地落了地。

我正要发火，父亲啪的一声在我面前立正，行了个标准的军礼，然后一言不发地转身走人。他说过，上战场之前不要告别，意头不好，要给彼此留个念想。

我望着他渐渐远去的背影，举起手，回了个软绵绵的礼。

当时的我并没有真正领会这个姿势的意义。

* * *

"真没想到我们竟然会折在一个野人手里。"课题组组长，也是我的导师欧阳笑里藏刀，他拍拍我的肩膀，"没事儿啊，再琢磨琢磨，还有时间。"

我太了解欧阳了，他这话的潜台词就是"我们没时间了"。

如果再挖深一层，则是"你的想法、你的项目，那么能不能按时毕业，你自己看着办"。

至于他自己前期占用我们多少时间精力，去应付他在外面乱七八糟接下的私活儿，欧阳是绝不会提的。

我痛苦地挠头，目光落在被关进粉红宠物屋里的巴鳞身上，他面目呆滞地望着地板，似乎还没有从刺激中恢复过来。这颜色搭配很滑稽，可我笑不出来。

如果是老吕会怎么办？这个想法很自然地跳了出来。

一切的源头都来自他当年闲聊扯出的"A 导致 B"的问题。

传统理论认为，运动控制是通过存储好的运动程序完成的，当人要完成某一个运动任务时，运动皮层选取储存的某一个运动程序进行执行，程序就像自动钢琴琴谱一样，告诉皮层和脊髓的运动区该如何激活，皮层和脊髓再控制肌肉的激活，完成任务。

那么问题来了：同一个运动有无数种执行方式，大脑难道需要储存无数种运动程序？

还记得那条运动可能性超过了全宇宙原子数量的胳膊吗？

2002 年，一位叫作 Emanuel Todorov 的数学家提出一套理论，试图解决这个问题。

他的基本思想是：人的运动控制是大脑求一个最优解的问题。所谓最优是针对某些运动指标，比如精度最大化、能量损耗最小化、控制努力度最小化等。

而在这一过程中，人脑会借助于小脑，在运动指令还没有到达肌肉之前，对运动结果进行预测，然后与真实感知系统发回来的反馈相结合，帮助大脑进行评估及调整动作指令。

最简单的例子就是，上下楼梯时我们经常会因为算错台阶数而踩空，如果反馈调整及时，人就不会摔跤。而反馈往往是带有噪声和延时的。

Todorov 的数学模型符合前人在行为学和神经学上的已知证据，可以用来解释各种各样的运动现象，甚至只要提供某一些物理限制条件，便可以预测其运动模式，比如说 8 条腿的生物在冥王星重力环境下如何跳跃。

好莱坞用他的模型来驱动虚拟形象的运动引擎，便能"自主"产生出许多像人一样流畅自然的动作。

当我进入大学时，Todorov 模型已经成为教科书上的经典，我们通过各种实验不断地验证其正确性。

巴鳞
—

直到有一天，我和老吕在邮件里谈到了巴鳞。

我和老吕自从上大学之后就开始了电邮来往，他像一个有求必应的人工智能，我总能从他那里得到答案，无论是关乎学业、人际关系还是情感。我们总会长篇累牍地讨论一些在旁人看来不可思议的问题，例如"用技术制造出来的灵魂出窍体验是否侵犯了宗教的属灵性"。

当然，我们都心照不宣地避开关于我父亲的事情。

老吕说巴鳞被卖给了镇上的另一家人，我知道那家暴发户风评不是很好，经常会干出一些炫耀财力却又令人匪夷所思的荒唐事。

我隐约知道父亲的生意做得不好，可没想到差到这个地步。

我刻意转移话题聊到 Todorov 模型，突然一个想法从我脑中蹦出。巴鳞能够进行如此精确的运动模仿，如果让他重复两组完全相同的动作，一组是下意识的模仿，而一组是自主行为，那么这两者是否经历了完全相同的神经控制过程？

从数学上来说，最优解只有一个，可中间求解的过程呢？

老吕足足过了三天才给我回信，一改之前汪洋恣肆的风格，他只写了短短几行字：

> 我想你提出了一个非常重要的问题，也许连你自己都没意识到有多重要。如果我们无法在神经活动层面上将机械模仿与自主行为区分开，那么这个问题就是：
>
> 自由意志真的存在吗？

收到信后，我激动得彻夜难眠。我花了两个星期设计实验原型，又花了更多的时间研究技术上的可行性及收集各方师长意见，再申报课题，等待批复。直到一切就绪时，我才想起，这个探讨"根本性问题"的重要实验，却缺少了一个根本性的组成要素。

我将不得不违背承诺，回到家乡。

只是为了巴鳞，我不断告诉自己，只是巴鳞。

就像 A 导致 B，简单如是。

***

　　我读过一篇名为《孤儿》的科幻小说，讲的是外星人来到地球，能够从外貌上完全复制某一个地球人的模样，由此渗入人类社会，但是他们无法模仿被复制者身体的动作姿态，哪怕是一些细微的表情变化。许多暴露身份的外星伪装者遭到地球人的追捕猎杀。

　　为了生存下去，他们不得不学习人类是如何通过身体语言来进行交流的。他们伪装成被遗弃的孤儿，被好心人收养，通过长时间的共同生活来模仿他们养父母们的举止神态。

　　养父母们惊讶地发现这些孩子们长得越来越像自己，而当外星孤儿们认为时机成熟之时，便会杀掉自己的养父或养母，变成他们的样子并取而代之。杀父娶母的细节描写令人难忘。

　　辨别伪装者的难度变得越来越大，但人类最终还是发现了这些外星人与地球人之间最根本的区别。

　　尽管外星人几乎能够惟妙惟肖地模仿人类的所有举动，但他们并不具备人脑中的镜像神经系统，因此无法感知对方深层的情绪变化，并激发出类似的神经冲动模式，也就是所谓的"同理心"。

　　人类发明了一套行之有效的辨别方法，去伤害伪装者的至亲之人，看是否能够监测到伪装者脑中的痛苦、恐惧或愤怒。他们称之为"针刺实验"。

　　这个冷酷的故事告诉我们，在这个宇宙间，人类并不是唯一一个和自己父母处不好关系的物种。

***

　　老吕知道关于巴鳞的所有事情，他认为狍鸮族是镜像神经系统超常进化的一个样本，并为此深深着迷，只是不赞成我们对待巴鳞的方式。

　　"但他并没有反抗，也没有逃跑啊！"我总是这样反驳老吕。

"镜像神经元过于发达会导致同理心病态过剩，也许他只是没办法忍受你眼中的失落。"

"有道理。那我一定是镜像神经元先天发育不良的那款。"

"……冷血。"

当老吕带着我找到巴鳞时，我终于知道自己并不是最冷血的那一个。

巴鳞浑身赤裸、伤痕累累，被粗大生锈的锁链环绕着脖颈和四肢，窝藏在一个五尺见方的砖土洞里，光线昏暗，排泄物和食物腐烂的气味混杂着，令人作呕。他更瘦了，虻蝇吮吸着他的伤口，骨头的轮廓清晰可见，像一头即将被送往屠宰场的牲畜。

他看见了我，目光中没有丝毫波澜，就像是我 13 岁的那个夏夜与他初次相见时的模样。

他们让他模仿……动物交配，老吕有点说不下去。

瞬时间，所有的往事一下涌上心头。

接下来发生的事情，我一点印象都没有，仿佛是被什么鬼神附了体，所有的举动都并非出自我的本意。

老吕说："我冲进买下巴鳞那暴发户的家里，抓起他家少奶奶心爱的博美一口就咬在脖子上，如果不放了巴鳞，我就不松口，直到把那狗脖子咬断为止。"

我朝地上吐了口唾沫，这听起来还挺像是我干得出来的事儿。

我们把巴鳞送进了医院，刚要离开，老吕一把拉住我，说："你不看看你爸？"

我这才知道父亲也在这所医院里住院。上了大学后，我和他的联系越来越少，他慢慢地也断了念想。

他看起来足足老了 10 岁，鼻孔里、手臂上都插着管，头发稀疏、目光涣散。前几年普洱被疯炒时他跟风赌了一把，运气不好，成了接过最后一棒的人，货砸在了手里，钱赔了不少。

他看见我时的表情竟然跟巴鳞有几分相似，像是在说他早知道会有这么一天。

"我……我是来找巴鳞的……"我竟然不知所措。

父亲似乎看穿了我的窘迫，咧开嘴笑了，露出被香烟经年熏烤的一口黄牙。

"那小黑鬼，精得很呢，都以为是我们在操纵他，其实有时候想想，说不定是他在操纵我们哩。"

"……"

"就像你一样，我老以为我是那个说了算的人，可等到你真的走了，我才发现，原来我心上系着的那根线，都在你手里攥着呢，不管你走多远，只要指头动一动，我这里就会一抽一抽地疼……"父亲闭上眼，按住胸口。

我一个字都说不出来，有什么东西堵住了喉咙。

我走到他病床前，想要俯身抱抱他，可身体不听使唤地在中途僵住了，我尴尬地拍拍他的肩膀，起身离开。

"回来就好。"父亲在我背后嘶哑地说，我没有回头。

老吕在门口等着我，我假装挠挠眼睛，掩饰情绪的波动。

"你说巧不巧？"

"什么？"

"你想要逃离你爸铺好的路，却兜兜转转，跟我殊途同归。"

"我有点同意你的看法了。"

"哪一点？"

"没人知道会怎么样。"

***

我们又失败了。

最初的想法很简单，选择巴鳞，是因为他的超强镜像神经系统让模仿成为一种本能，相对于一般人类来说，这就摒除了运动过程中许多主观意识的噪声干扰。

我们用非侵入式感应电极捕捉巴鳞运动皮层的神经活动，让他模仿一组动作，再通过轨迹追踪，让他自发重复这组动作，直到前后的运动轨迹完全重合，那么从数学上，我们可以认为他做了两组完全一样的动作。

然后，再对比两组神经信号是否以相同的次序、强度及传递方式激活了皮层中相同的区域。

如果存在不同，那么被奉为经典的 Todorov 模型或许存在巨大的缺陷。

如果相同，那么问题更严重，或许人类仅仅是在单纯地模仿其他个体的行为，却误以为是出于自由意志。

无论哪一种结果，都将是颠覆性的。

但我们从一开始就失败了。巴鳞拒绝与任何人对视，拒绝模仿任何动作，包括我。

我大概能猜到原因，却不知道该如何解决。我们这群人信誓旦旦要解开人类意识世界的秘密，却连一个原始人的心理创伤都治愈不了。

我想到了虚拟现实，将巴鳞放置在一个抽离于现实的环境中，或许能够帮助他恢复正常的运动。

我们尝试了各种虚拟环境，海岛冰川、沙漠太空；我们制造了耸人听闻的极端灾难，甚至还花了大力气构建出狍鸮族的虚拟形象，寄望于那个瘦小丑陋的黑色小人，能够唤醒巴鳞脑中的镜像神经元。

但是，毫无例外地全部失败了。

深夜的实验室里，只剩下我和僵尸般呆滞的巴鳞。其他人都走了，我知道他们在想什么，这个实验就是个笑话，而我就是那个讲完笑话自己一脸严肃的人。

巴鳞静静地躲在粉红色泡沫板搭起来的宠物屋里，缩成小小的一团。我想起老吕当年的评价，他说的没错，我一直没把巴鳞当作一个人来看待，即便是现在。

曾经有同行将无线电击器植入大鼠的脑子里，通过对体觉皮层和内侧前脑束的放电刺激，产生欣快或痛感，来控制大鼠的运动路线。

这和我对巴鳞所做的一切没有实质区别。

我就是那个镜像神经元发育不良的混蛋。

我鬼使神差地想起了那个游戏，那个最初让我们见识到巴鳞神奇之处的幼稚游戏。

"捞虾洗衫，玻璃刺脚丫……"

我低低地喊了一句，某种成年后的羞耻感油然而生。我假装成渔夫，从河岸上往河里伸出一条腿，踩一踩只存在于想象中的河水，再收回去。

巴鳞朝我看了过来。

"捞虾洗衫，玻璃刺脚丫。"我喊得更大声了。

巴鳞注视着我蠢笨的动作，缓慢而柔滑地爬出宠物屋，在离我几步之遥的地方停住了。

"捞虾洗衫，玻璃刺脚丫！"我感觉自己像个磕了药的酒桌舞娘，疯狂地甩动着大腿，来回踏出慌乱的节奏。

巴鳞突然以难以言喻的速度朝我扑来，那是阿辉的动作。

他记得，他什么都记得。

巴鳞左扑右抱，喉咙里发出婴孩般咯咯的声音，他在笑。这是这么多年来我第一次听见他笑。

他变成了镇上的残疾人。所有的动作像是被刻录在巴鳞的大脑中，无比生动而精确，以至于我一眼就能认出他模仿的是谁。他变成了疯子、瘸子、没有四肢的乞丐和羊痫风病人，他变成了猫、狗、牛、羊、猪和不成形的家禽，他变成了喝醉酒的父亲和手舞足蹈的我自己。

我像是瞬间穿越了几千千米的距离，回到了童年的故里。

毫无预兆地，巴鳞开始一人分饰两角，表演起我和父亲决裂那一天的对手戏。

这种感觉无比古怪。作为一名旁观者，看着自己与父亲的争吵，眼前的动作如此熟悉，而回忆中的情形变得模糊而不真切。当时的我是如此暴躁顽劣，像一匹未经驯化的野马，而父亲的姿态卑微可怜，他一直在退让，一直在忍耐。这与我印象中大不一样。

巴鳞忙碌地变换着角色和姿态，像是技艺高超的默剧演员。

尽管我早已知道接下来会发生什么，但当它发生时我还是没有做好准备。

巴鳞抱住了我，就像当年父亲抱住他那样，双臂紧紧地包裹着我，头深埋在我的肩窝里。我闻见了那阵熟悉的腥味，如同大海，还有温热的液体顺着我的衣领流入脖颈，像一条被日光晒得滚烫的河流。

我呆了片刻，思考该如何反应。

随后，我放弃了思考，任由自己的身体展开，回以热烈拥抱，就像对待一个老朋友，就像对待父亲。

我知道，这个拥抱我欠了太久，无论是对谁。

我猜我找到了解决问题的正确方法。

＊＊＊

在《孤儿》的结尾，执行"针刺实验"的组织领导人悲哀地发现，假使他们伤害的是外星伪装者，那么他们的至亲，也就是真正的人类，其镜像神经系统也无法被正常激活。

因为人类从开始就被设计成一个无法对异族产生同理心的物种。

就像那些伪装者。

幸好，这只是一篇二流科幻小说。

＊＊＊

"我们应该试着替他着想。"我对欧阳说。

"他？"我的导师反应了3秒钟，突然回过神来，"谁？那个野人？"

"他的名字叫巴鳞。我们应该以他为中心，创造他觉得舒服的环境，而不是我们自以为他喜欢的廉价景区。"

"太可笑了吧！现在你要担心的是你的毕业设计怎么完成，而不是去关心一个原始人的尊严，你可别拖我后腿啊。"

老吕说过，衡量文明进步与否的标准应该是同理心，是能否站在他人的价值观立场去思考问题，而不是其他被物化的尺度。

我默默地看着欧阳的脸，试图从中寻找一丝文明的痕迹。

这张精心呵护的老脸上一片荒芜。

我决定自己动手，有几个学弟学妹也加入了。这让我找回对人类的一丝信念。当然，他们多半是出于对欧阳的痛恨以及顺手混几个学分。

有一款名为"Idealism"的虚拟现实程序，号称能够根据脑波信号来实时生成环境，但实际上只是针对数据库中比对好的波形调用模型，最多就只是增加了高帧率的渐变效果。我们破解了它，毕竟实验室用的感应电极比消费者级别的精度要高出几个数量级，我们增加了不少特征维度，又连接到教育网内最大的开源数据库，那里存放着世界各地虚拟认知实验室的 Demo 版本。

巴鳞将成为这个世界的第一推动力。

他将有充分的时间，去探索这个世界与他心中每一个念想之间的关系。我将记录下巴鳞在这个世界中的一举一动，待他回到现世，我再与他连接。那时，我将尽力模仿他的每一个动作，我俩就像平行对立的两面镜子，照出无穷无尽的彼此。

我为巴鳞戴上头盔，他目光平静，温柔如水。

红灯闪烁，加速，变绿。

我进入 Ghost 模式，同时在右上角开启第三人称窗口，这样可以看到一个小小的巴鳞虚拟形象在轻轻摇摆。

巴鳞的世界一片混沌，没有天地，也不分四面八方。我努力克制晕眩。

他终于停止了摇摆。一道闪电缓慢劈开混沌，确定了天空的方向。

闪电蔓延着，在云层中勾勒出一只巨大的眼，向四方绽放着分形般细密的发光触须。

光暗下，巴鳞抬起头，举起双手，雨水落下。

他开始舞蹈。

每一颗雨滴带着笑意坠落，填满风的轮廓，风扶起巴鳞，他四足离地，开始盘旋。

无法用语言来描绘他的舞姿，仿佛他成了万物的一部分，天地随着他的姿态而变幻色彩。

我的心跳加速，喉咙干涩，手脚冰凉，像是见证一场不期而遇的神迹。

他举手，花儿便盛开；他抬足，鸟儿便翩然而来。

巴鳞穿行于不知名的峰峦湖泊之间，所到之处，荡漾开欢喜的曼陀罗，他便向着那旋转的纹样中坠去。

他时而变得极大，时而变得极小，所有的尺度在他面前失去了意义。

每一个不知名的生灵都在向他放声歌唱，他张了张嘴巴，所有狍鸮族的神灵都被吐了出来。

神灵列队融入他黑色的皮肤，像是一层层黑色的波浪，喷涌着，席卷着他向上飞升、飞升，在身后拉出一张漫无边际的黑色大网，世间万物悉数凝固其上，弹奏着各自的频率，那是亿亿万种有情在寻找一个共有的原点。

我突然领悟了眼前的一切。在巴鳞的眼中，万物有灵并不存在差别，但神经层面的特殊构造使得他能够与万物共情，难以想象，他需要付出多大的努力才能够平复心中每时每刻翻涌的波澜。

即便愚钝如我，在这一幕天地万物的大戏面前，也无法不动容。事实上，我已热泪盈眶，内心的狂喜与强烈的眩晕相互交织，这是一种难以言表却又近乎神启的巅峰体验。

至于我希望得到的答案，我想已经没那么重要了。

巴鳞将所有这一切全吸入体内，他的身形迅速膨胀，又瘪了下去。

然后开始往下坠落。

世界黯淡、虚无，生机不再。

巴鳞像是一层薄薄的贴图，平平地贴在高速旋转的时空中，物理引擎用算法在他的身体边缘掀起风动效果，细小的碎片如鸟群飞起。

他的形象开始分崩离析。

***

我切断了巴鳞与系统的连接，摘下他的头盔。

他趴在深灰色柔性地板上，四肢展开，一动不动。

"巴鳞？"我不敢轻易挪动他。

"巴鳞？"周围的人都等着，看一个笑话会否变成一场悲剧。

他缓慢地挪动了下身子，像条泥鳅般打了个滚，又趴着不动了，像壁虎一样紧贴在地板上。

我笑了，像当年的父亲那样，我拍了两下手掌。

巴鳞翻过身，坐将起来，看着我。

正如那个湿热黏稠的夏夜里，13岁的我第一次见到他时的姿态。

剧 本 人 生

一

"3、2、1……OK，cut！"

随着现场导演一声令下，犹如古罗马斗兽场般的巨型虚拟摄影棚里，3层楼高的自动摇臂停止了动作，运动轨迹数据已经被传输到了后台，实时合成图层复杂的影像素材，等待后期加工。绿幕前，所有人都松了口气，停止了鼓掌、欢呼、微笑等一切事先在剧本里被安排好的动作。

这是一场杀青戏，讲的是死而复生的英雄经过激战，击败强大宿敌，赢得美人归。

一个俗套的幸福结局。

等候已久的疯狂粉丝尖叫着突破警戒线，冲向主演的女明星Alpha索要签名合影。尽管演技饱受争议，可人气还是居高不下。乔维娅被人群推搡到一边，没有人是冲着她来的。她心里清楚，自己只不过是这部戏里微不足道的一个配角，剪辑后出现在屏幕上的时间加起来也许不过3秒钟，还是群戏。但这丝毫无法减少她的失落。

你也会有这么一天的，她看着被粉丝簇拥的Alpha，心里默默说了一句。

在工作人员的带领下，乔维娅回到后台卸下妆容与戏服，看着镜中精致姣好的面孔，尽管已经过了最娇艳的年纪，可接近30岁的熟女气质反倒给她增添了不少魅力。至少在容貌这一点上，她相信自己不会输给任何人，包括主角 Alpha。

化妆师离开了，乔维娅等待着经纪人林楠来接，这时从隔壁传来了略带刺耳的交谈声。毕竟这是配角化妆间，只用薄薄的板材象征性地隔开，谈不上什么私密性。

从声音她认出是另一个和自己配戏的女演员阿香，她虽然貌不惊人，但以善于交际攀附在圈内出名，据说原来只是个给群演发盒饭的剧务，几年间已经挤进了一流制作的配角班底。

"……哎呀我快笑死了，你说她演的那叫个啥，摄影师躲都躲不开，回头连累我也得被剪掉，你说坑不坑……"

"就是说嘛……"化妆师在一旁附和着。

"……要我说，演技这么差就别吃这碗饭了，靠人硬捧，捧得越高摔得越重，你说那哭戏演的，尴尬死了，要我就找个地缝钻进去了……"

乔维娅突然醒悟过来，自己和阿香在一场关键戏份里位置挨着，那场戏是要为英雄之死哀悼，导演要求配角有一种哀而不伤的感觉，特地点名要乔维娅落泪，也不知道是为啥，她就是哭不出来，后来用技术手段硬加了几滴眼泪。那场戏 NG 了好多次，大家都很不爽。

"……也不知道林楠为啥看上她，要说脸蛋吧，那确实没得挑咯，可演戏也不能光靠脸蛋你说是不是啦，又不是十年前选秀的小姑娘……哎哎我还听说有些别的……"

"香姐……"化妆师突然打断了她，两人音量顿时调小了，过了几秒，爆发出更加刺耳的尖笑。

乔维娅气得满脸涨红，浑身发抖，她站了起来，想冲过去开撕，又怕自己不是对手，反倒丢了脸面。纠结之间，林楠来了。看到她这样子，关切地问她怎么回事。

隔壁又爆发出一声怪笑，林楠一下明白了，要冲过去，却被乔维娅拉住了手。

"算了，嘴巴长在别人身上，随她们说去吧，我们走。"

车子走在半夜的街头，灯火依稀勾勒出林楠俊俏的侧脸，他是星辉娱乐大老板的三公子，也是最小的一个，外界一直揣测他当经纪人是因为在家族争权中失势，所以要靠曲线救国，证明自己的实力。可惜，所有的人都觉得他押错了注。

10 年前，乔维娅靠着一场举国瞩目的选秀节目 C 位出道，甜美的样貌、乖巧的性格，让她成为国民少女，一时间火遍全国，接不完的通告、上不完的节目、拍不完的代言。直到虚拟偶像成为新的热潮席卷全球，乔维娅不得不转型演员，怎奈她始终演技平庸，经常被媒体评论为扑克脸，又受限于形象，放不下身段去当丑角，角色越来越花瓶，越来越不讨喜，从观众与粉丝的视野中渐渐淡出。

她曾以为自己的演艺生涯走到了尽头，直到遇见了林楠，像是一场美得不真实的梦境。

"林楠，"乔维娅突然开口，她不知道自己该怎么措辞，"……你为什么要签我？"

林楠瞥了她一眼，那张脸依然完美如初，在夜色中闪烁着珍珠色的光亮。

"说什么呢你，当然是因为你能给我挣钱啊，公司以后全靠你壮大呢。"

林楠说的公司，不过是只有三四个人的小工作室，靠着他父亲在圈里的面子地位轧一些大制作里的小角色，希望以小博大，赚个一夜爆红的买卖。

"我真的很感激你，可我……"乔维娅咬了咬嘴唇，"我真的不适合演戏……要不，算了吧。"

车子一声尖利的急刹停在路边，林楠沉默了片刻，突然爆发了。

"所有的人都觉得我瞎了……甚至以为我跟你有什么！可我只是单纯看好你，觉得你有潜力，总有一天会红！"

"真的吗？"乔维娅也不知道自己问的是哪一句。

"可前提是你也得相信你自己，如果连你都不信自己，那这世界上就没人能帮你了……"

"可……可我真的不会演戏。每次我都很努力了，真的，可我就是没有办法像拧水龙头一样开关自己的感情，也许这就是天赋……"

"别给自己找借口！你总是往后退，10年前这样，现在还是这样，总有一天你会无路可退……"

林楠的话被一个信息的声音打断了，他瞄了一眼，突然改变了语气，极其温柔地转向眼含泪水的乔维娅。

"我刚才说错了，这世界上还是有人能帮你的，只是需要你的一点点勇气……"

林楠将手机里收到的信息展示给乔维娅，她那充满星光的双眼顿时变得更大了。

二

"维娅？乔维娅？你能听到我说话吗……"

遥远的呼唤将乔维娅的神志慢慢拉回到现实世界，她睁开双眼，发现自己依然躺在那间凌乱而怪异的房间里，周围布满了电缆与莫名古怪的机器。工作车间，那个穿着白大褂的男人这么称呼这里。乔维娅有点慌乱，像兔子般挣扎着四处望去，还好，她看到了一张熟悉的脸，正从上方充满笑意地看着自己，那是林楠的脸。

"你终于醒过来了，怎么样，有没有感觉哪里不舒服？"

乔维娅被扶着坐直了身子，似乎有哪里不一样了，可她又说不清楚。

"……还好，就好像做了一场漫长的梦，但是又记不清了，我怎么会在这里？这是在干什么？"

说话间，她唇边出现了一丝怪异的扭曲，似笑非笑，随即消失。

林楠和那个白衣男人对视了一眼，后者不自然地笑了笑说正常反应，正常反应。

林楠解释道："你忘了吗？是你答应来接受一个小手术的，我们在你的脖子后面植入了一个小东西，它能够帮助你提高演技。"

"脖子？"乔维娅摸了摸自己的后颈，好像是在皮肤下面多了一小块突起，但是如果不仔细摸根本觉察不出来。

"准确地说是情绪调节芯片。"那个白衣男子接过话茬，开始滔滔不绝起来，他似乎有种奇怪的能力，能够把每一句话都说得让人半懂不懂。

"打个比方，正常人能整合周围环境和其他人的行为表情这些信息，做出合乎社会习俗与规范的情绪反应，但对于演员来说，这样的要求会更高，因为他们面对的是虚假的环境和虚假的他人行为，因此需要超频开动自己的镜像神经元，在脑中虚构出一个能够欺骗大脑的情境，这样才能够表演出足够真实自然的情绪。这可以说是一种天赋，而你，很遗憾，这方面天赋嘛……"

"……尚待开发。"林楠白了他一眼，"所以我们需要通过这颗小小的芯片，来帮助你更好地去表演情绪。"

"表演情绪？"乔维娅琢磨着这四个字里的含义，"你是说，以后有了这枚芯片，我就能想哭就能哭出来了？"

"那只是最初级的功能，以后所有的最佳女主角都是你的了。"林楠的兴奋溢于言表。

"可是……"乔维娅露出犹疑不决的神情，"我害怕……会不会有什么副作用……毕竟是在我的脑子里……"

"你忘了我们说好的，一定要让那些看不起你的人闭嘴！"

"好吧……"乔维娅抬头看着林楠，"你会保护我的，对吗？"

林楠像是受到了什么感召，眼含热泪，急切地表达骑士的承诺。

"相信我，不会让你受到半点伤害。"

两人几乎要拥吻起来，这时一直站在旁边的白衣男子不合时宜地轻轻咳嗽了两声。

"不过，要注意定期回来进行检测，有什么异常情况马上通知我，这毕竟只是个实验室原型，说不定还会有些没有调试好的 bug……"

话音未落，两个人已经离开了工作车间，白衣男子的手机响起了付款到账的金钱落袋声，他嘴角一咧。

　　乔维娅火了，火得一塌糊涂。

　　有一个网友截取了她在一部古装戏里仅仅露脸 3 秒的哭戏视频片段，上传到网上，标题"三秒哭出八个层次的逆天演技"，瞬间引爆全网，被疯狂转发点赞评论。

　　视频中，乔维娅瞬间从悲伤、隐忍、含泪、失控、爆发、凝噎、坚强、带泪微笑，全程酣畅淋漓，无缝切换，配合那完美的面孔，令人看完难以形容的舒爽陶醉，竟有欲罢不能的上瘾感，数据显示视频的循环播放率超出正常值的十倍。许多网友跳出来呼吁应该让乔维娅当女一，而片约瞬间纷至沓来，挤爆了林楠公司的邮箱。

　　乔维娅迅速上位女一，而所有的剧本里毫无疑问都会有一段为她度身定制的哭戏，所有的人都爱看她哭，她的哭具有极其强大的感染力，哪怕你对于剧情一无所知，只要看到乔维娅的哭戏便能一秒入戏。所有的媒体都在疯狂盛赞，称她是不世出的天才、"绝世哭星"云云，甚至预言来年的奖项都将被她收入囊中。

　　林楠的公司规模扩大了十倍，所有人都围着乔维娅一个人转，因为公司为她同时签下了数个项目，因此每天她需要不停地在不同剧组转场奔波。但无论两场戏之间的情绪断裂如何巨大，乔维娅总是能在开机的一瞬间自动切换到最为妥帖准确的情绪状态，令在场所有人都啧啧称奇。

　　不仅如此，不管在任何场合，乔维娅总是能让人如沐春风，分寸尺度把握得恰到好处，让那些对她有几分想法的制片人和导演心旌荡漾，但同时也让她的同行们，那些刻苦磨炼了多年的女演员们感觉不到敌意，甚至会认为乔维娅是出自真心实意地在帮助自己。如果这世上真的存在摄人心魄的魔女，那么乔维娅毫无疑问就是魔女本人了。

　　又是一场杀青，乔维娅情绪饱满地演绎了一场堪称经典的哭戏，整座战火纷飞的城市，所有劫后余生的人们在她的哭声中站了起来，眼含热泪，收获希望。甚至当导演喊停之后，所有的演职人员都久久沉浸在情绪之中无法自拔，直到乔维娅起身走出片场，在她身后才爆发出一阵发自内心的热烈掌声，而她只是露出一丝不屑的神情。

一路上所有的演职人员都在向她鞠躬致敬，乔维娅像女皇般回报以典雅而又不失距离感的微笑，这是芯片自动调节出来的最佳表情。

她看到了阿香，那个曾经嘲讽过自己的人，似乎激动得想要扑过来跪在地上，亲吻她的鞋面。乔维娅扭头转身避开她的视线，就像躲开一条摇着尾巴乞怜的流浪狗。

林楠已经在化妆间里等着她了。

"今天结束得早，我带你去一个地方吃夜宵。"林楠略带谄媚地说。

"亲爱的，我今天有点累了，不如改天吧。"乔维娅有点心不在焉。

"哦，那也好，我送你回去。"

城市灯火从流线型车身飞速划过，两人一路相对无话。

"嗯，那个……你最近有没有感觉什么不舒服的？我们是不是该回去复检一下了，你懂我意思……"

乔维娅望向车窗外，似乎不想回答这个问题。

"维娅？还有咱们的事情，你考虑得怎么样了？现在父亲很看好我，打算让我先负责打理一部分公司业务……"

"当然了，亲爱的，"乔维娅突然转过头来，一扫之前的倦怠，言语中饱含着毋庸置疑的爱意，"真的特别替你高兴，你终于证明了自己。"

"我们，都证明了自己。"林楠似乎也被这种爱意感染了，"所以你没有什么不舒服的？"

"没有没有，只是哭戏太多了，感觉有点累。"

"也是，最初决定做那个手术时，就在算法里有针对性地加强了哭的情感模块。看来确实得找个时间回去一趟，毕竟你是最好的演员，不单单是哭戏。"

"你说的对，观众迟早会看腻的，等我稍微空下来的时候吧。"乔维娅像是想起了什么，"林楠，我考虑好了，咱们结婚吧。"

林楠喜出望外，手挡往前一推。

车子一滑而过，卷起落叶纷纷，加速驶入迷离夜色。

四

林楠父亲突发心梗去世了，亿万家产及公司继承人选成为媒体最为关注的热点。根据身前安排，遗嘱将在葬礼现场宣布，许多狗仔队早早就埋伏好，或者打点好参加葬礼的内应，为媒体提供第一手的爆料。

乔维娅从片场急匆匆地赶来，甚至连妆都没有卸，只是换上了一身全黑的套装，像一朵乌云一般飘进了葬礼现场，挽住林楠的臂弯。而半个小时前，她还在一场狂欢派对戏中表演歇斯底里的大笑。

林楠无法相信平时身体健壮注重保养的父亲会突然辞世，还没有从震惊中缓过神来，只是眼圈泛红，神情呆滞地执行着葬礼主持人布置的种种环节仪式。

而乔维娅却似乎比林楠显得更加地悲伤，在遗体告别时甚至失控落泪，尽管所有人都知道这个准儿媳也许只见过公公不过三面，但她的表现仿佛是自己失去了一个至亲之人，那种悲痛溢于言表，引得镜头纷纷聚焦在她的脸上。毫无疑问，这些都将登上当天的媒体头条，被推送到亿万人的眼前。

终于来到了宣布遗嘱的环节，出乎所有人的意料，公司管理权并没有如外界猜想般一分为三，而是全权交给了林楠负责。这个结果在现场引起了不小的混乱，林楠的大哥、二哥带着家属愤然离席，而林楠自己也不明就里，因为在他与父亲的上一次交谈中，如此重大的决定并没有透露半分。究竟是什么改变了父亲的想法，而且如此紧挨着他的意外离世。

乔维娅紧紧拥抱着林楠，轻轻拍打他的后背，似乎在安抚他的情绪，躲在暗处的狗仔队用长焦镜头全程跟拍她的表情，并剪辑成视频放到网上。比起星辉集团的遗产问题，似乎大众，尤其是乔维娅影迷们，被称为"维蜜"，更加关注的是她当天的表现。

为了避免家族官司影响到集团运营及股价表现，林楠召开了一个家族内部会议，答应将部分非主营业务交给两个哥哥打理。虽然深表不忿，但是遗嘱缜密毫无漏洞，两位太子也只好接受下来，再做打算。

就这样，林楠成了星辉集团的国王，而乔维娅将成为那个王后。很快地，这场葬礼的热度就被林楠与乔维娅的盛大婚礼所冲淡，毕竟那也是写在遗嘱中的一个重要条款。而这背后到底发生了什么，无人知晓。

只有乔维娅的人气不断攀升，撕掉了哭星标签，成为全能型的天才演员。

某天夜半，一阵急促的电话声吵醒了熟睡中的林楠和乔维娅，是公司的公关主管。

"你们快看看网上的新闻。"电话那头只留下简短话语和一个链接。

林楠打开链接，顿时表情在脸上如石膏般凝固住了。

"怎么了，亲爱的？"乔维娅转了个身，语气呢喃地问他。

"你自己看。"林楠把手机丢给她，自己冲入卫生间，他需要冷静一下。

乔维娅点开视频，有好事之徒将她在葬礼上的全程表情做了快放，与她的经典哭戏进行并排对比，结果发现所有的细节、转换、情绪都几乎一模一样，只不过是慢了许多倍。最为经典的一幕便是遗嘱宣布之后，乔维娅紧紧抱着林楠，嘴角却露出了志得意满的微笑。网友和媒体都在狂欢般地转发，大部分评论都在指责乔维娅虚伪、逢场作戏，甚至连葬礼都是要靠演技来蒙混过关，甚至还有阴谋论者怀疑林楠爸爸之死便是与乔维娅有关，各种不堪入目的猜想甚嚣尘上，已经像滚雪球一般越演越烈，无法止息。

乔维娅冲进了卫生间，林楠正在用冷水洗脸试图平息愤怒。

"你听我说，亲爱的，不是你想的那样……"乔维娅楚楚可怜、声音微颤，任何一个稍微有点同情心的人都会为之心碎，"我确实在葬礼上用了芯片，可、可那都是因为我爱你，我不希望因为我和你父亲的距离感，让别人觉得我不走心，所以……"

"你不觉得这很荒唐吗？乔维娅，我觉得你越来越陌生，你离我越来越远了，就连生活里的一点一滴，我都分不清哪个是真正的你，哪个是在演戏的你……"

"可你喜欢的……不就是会演戏的我吗？"

林楠一拳砸在镜子上，镜子开裂，将两人撕碎成无数细小的人像。

"事到如今，我们只有一个办法了……"

"你要干什么，林楠？"

"公开芯片的事实，只有这样，公司的名誉才不会受损。"

"你要牺牲我？"乔维娅口气一转，冷冷地看着林楠，似乎瞬间完全变了一个人，"当你需要我的时候，你可以给我安上芯片，说你爱我，让我变成你的摇钱树。当你不需要我的时候，你可以把我推出去，让我变成千夫所指的罪人，是这样吗？林楠，这就是你说的爱吗？"

"乔维娅，你入戏太深了，你有病，你知道吗？你现在所有的情绪都不是你自己的，你是在表演，你醒醒吧！"林楠逼近乔维娅，指着她那好看的脸大骂。

"我有病？我有病那也是你逼的！如果没有我，你觉得你爸可能把公司留给你吗？如果没有我，你会那么快就坐上星辉集团的头把交椅吗？该醒醒的是你吧，林楠！没有我，你就是一个废物！"

林楠眼中喷出怒火，他抓起盥洗台上的大理石皂盒，朝乔维娅头上狠狠砸去。只听得一声空洞的响声，接着便是身体倒地的声音。

五

新闻发布会上，乔维娅坐在轮椅上出现在现场，她戴着低檐帽和巨大墨镜，似乎要遮挡住自己那曾经引以为傲的面孔。

林楠陪在她旁边，紧紧地握着她的手，像是给她支持，又像是怕她逃开。

"乔维娅女士由于长期超负荷工作，造成神经系统的紊乱，患上一种罕见的情绪共济失调综合征，她将接受专业机构的康复性治疗，因此很长一段时间内，我们都无法见到她在大屏幕上的演出了。"星辉国际的新闻发言人告诉媒体，场内响起了嗡嗡的议论，所有的记者都举起了手，镁光灯狂闪不已。

"能不能让乔维娅女士自己说两句？"所有人都附和这个提议，毕竟她才是这场风暴的中心。

话筒靠近乔维娅嘴边时发出巨大啸叫，林楠皱了皱眉拿开了一些。

"我……我很抱歉。"乔维娅颤颤巍巍地开口，像是努力在把握某种正确的情绪，但似乎她的表情完全不受自己控制，一会儿龇牙咧嘴地笑，一会儿又哭丧着脸。大家终于明白那副墨镜的用意。"在葬礼上的事情，全都是我的错，我、没有办法控制自己、的情绪，给大家、添麻烦了……"乔维娅接着说道。

话筒被林楠粗暴夺到自己面前。

"作为星辉集团的董事长，也作为乔维娅的爱人，我不会放弃她，她是我们这个时代最伟大的演员之一，我们不会忘记她所带给我们那么多经典的表演。我向所有喜爱乔维娅的朋友们承诺，我一定会竭尽所能，治好她的病，让她早日重返舞台，为大家献上更精彩的表演。同时，我们也会以乔维娅的名义建立专项基金会，用于资助治疗这一罕见病的科研团队，帮助更多的患者摆脱痛苦。谢谢大家！"

林楠声情并茂的陈词引来媒体的热烈反响，没有人注意在乔维娅那副巨大墨镜下，她往丈夫的方向投去一个眼神，同时流下一滴泪水。

新闻发布会非常成功，所有的舆论风向都转向了同情与怀念，并对于林楠和星辉集团有担当有承诺的举动表示赞赏，星辉股价一度涨停。

林楠关上屏幕，得意地转向乔维娅。

"这也许是你从业生涯里最成功的一次表演了，恭喜你，亲爱的。"

乔维娅把头扭向一旁，林楠走到她身边，把她的脸扭向自己。

"我爱你，我真的爱你，所以我说的都是真的，我会治好你的。"

乔维娅看着自己的丈夫，本应该是不解与迷茫的表情，表现出来却是愤怒与惊恐。让她的五官变得扭曲，甚至有几分……丑陋。林楠背过身去，摇了摇头。

乔维娅看到了他颈后被精心掩饰的伤口。肯定是上次情绪失控之后，他也植入了芯片，难怪在发布会上表现得那么自然感人。

"我知道，你一直都想当一个好演员，一个能让人情感共振的好演员，我想要成就你的梦想，所以才有了芯片。可是，有时候，人类的自然反应和表演，也许只有一线之隔。你太想当好一个演员了，于是混淆了生活与演出的界限。我们检查过了，芯片并没有问题，至少在被我打坏之前没有问题。问题在于你自己，如果你无法接受这一点，那么就算我们把你的芯片修好了，你也回不到原来的状态了。"

乔维娅眼角滑过一线泪水，她近乎哀求地看着林楠。林楠蹲下身替她擦去泪水，他语气和缓下来，似乎也动了恻隐之心。

"我们很快就会修好你的，只要你听话。"

他不知道的是，乔维娅刚才想要表达的只是厌恶。

六

工作车间里，还是那个白衣男子，只是不见了林楠。昏暗灯光下，有一些彩色的灯管和电线在闪烁，像是提前到了圣诞节，只是没有音乐，只有一阵令人不快的嗡嗡声。

乔维娅迷迷糊糊间感觉自己的脖子后方有什么东西在插入拔出。她想要大喊，想要逃跑，想找林楠，再怎么憎恶，毕竟那是把她带到这里的人，也是她唯一可以依靠的人。

"别乱动啊，我告诉你，上次被弄坏的后果你已经尝到了，比大小便失禁还痛苦的就是情绪失控，因为大小便失禁你弄脏的只是自己还有地板，但是情绪失控你污染的是所有身边的人，你会搞坏所有的关系，你会觉得自己甚至不像一个人。所以别动，让我把你弄好。还得多亏了你老公啊，我的芯片很快就可以量产了，到时候……"

乔维娅突然感觉脑中像炸开了一阵烟花，各种各样的情绪争先恐后地涌出来，没有逻辑，不分次序，她时而狂喜，时而痛苦，时而恐惧，时而狂妄，她感觉自己像是一个调频电台，被随机地接入不同的情绪频道，这让她觉得就快要分裂出许多个自己，而每个自己之间都在彼此掐架，想要弄死对方、吞噬对方。

就在她陷入绝望之时，所有的情绪都消失了，像是电台扭到了一个充满了白噪声的频段，什么也没有。

"还是得归零了重新设置才好啊，你丈夫很爱你啊，他说了，要让你少点哭，多点笑，这样你也会开心点，他也会开心点。也对，谁愿意每天对着一个哭哭啼啼的老婆呢，你说对吧……"

许多画面从乔维娅眼前一闪而过，她知道了林楠的用意，就像他们之间讨论过的，观众终究会对哭星厌倦，而想要让生意持续下去，就得不断地变化节目。她将成为一个谐星，一个以笑为生的演员，一个被操控在林楠手里的提线木偶，只要这事情一天没完，她就永远成为不了一个真正的演员。

林楠究竟是什么时候开始有了这种想法呢？乔维娅努力回忆两人相识的过程，林楠始终表现得像个不谙世事的富家子弟，只是喜欢上了自己的容颜和清纯气息，那是他真实的自我吗？还是说，一切都是他布置的一出戏？他只是在按着剧本表演，演得如此投入到位，以至于没人能够识破伪装。

而我，从头到尾只是他手里的一颗棋子。可难道我不也是在演戏吗？为了得到林楠的垂青和资源，不，甚至更早，为了从选秀节目中出位，我不也是给自己披上一层大众喜闻乐见的清纯无害的少女外壳，好得到更多的宅男投票吗？就像林楠说的，演得太久，入戏太深，把自己都给骗过去了。

"我……我好像有点不对劲……"乔维娅突然心生一计。

"嗯？哪儿不对劲，不应该说你哪儿都不对劲……"白衣男子突兀地大笑起来，却仍然把耳朵贴了过来。

"我好像对你产生了某种……强烈的感觉……是不是你动了什么手脚……"乔维娅轻轻吐息，似乎有一条蛇在她身上游走，让她无法自遏地扭动身体。

"嗯？怎么回事？"男子犹豫间扶坐起乔维娅，将线缆接入她脖颈后的插口。

"你解开我的拘束，我指给你看……"

"你先别乱动，这套系统很精细的，搞坏了很难修好……"

"你快点儿，我受不了了，你究竟在搞什么鬼……"

"好好好，你别动，马上就好……"

突然间，所有软弱无力的感觉消失了，乔维娅趁着男子不备，一脚踹在他的裆部，挣脱了脖子后的连线，带着火辣辣的疼痛，她在眩晕中逃离了工作车间。世界在她面前疯狂旋转，她摔了几跤，差点被车撞倒，路人像看着疯子一样看着她。可她却毫无感觉，没有恐惧，没有羞耻，没有痛苦。她要去告诉所有人，关于情绪调节芯片、关于林楠、关于星辉集团的一切。

可是，有谁会相信这一切呢？

她想到了媒体，曾经那么热爱自己的狗仔队们，他们一定会愿意听她的故事。

七

那个依靠长期跟踪偷拍乔维娅坐上主编位置的前狗仔队记者，

从电脑屏幕前抬起一头油腻的卷发。

"您说完了吗，乔维娅女士？"他重重地敲了下键盘。

"我保证我所说的句句属实，你们必须把这件事情公之于众，否则我不知道还会有多少人将会遭受这种非人的待遇……"

"我不知道，女士。我曾经那么热爱您的表演，您塑造的那些美妙的角色和瞬间，让我觉得这个世界上有一种与神灵相通的天赋，神灵通过您让我们感受到日常生活里所无法感受到的情感，可现在您告诉我这一切都是由芯片制造出来的，芯片比人自己更懂得如何去唤起共鸣，这让我在情感上很难接受……"

"可这一切都是真的，如果你不相信我可以带你去工作车间……"

"这不是关键，关键是你讲述整个故事的方式。"

"什么意思？"

"您像是一台自动答录机一样，只是把事先录制好的剧本一字字地吐出来，没有任何的情绪，没有起承转合，如果这一切都是真实发生的，我很难想象您能够保持如此的平静。"

"也许是因为那枚芯片。你可以看看，就在我的脖子后面。"

"我检查过了，确实有一道伤口，可是在新闻发布会上您先生也说过，由于病情发作，您有自残的倾向，包括这一道伤口……"

"林楠是个骗子，他的心里只有钱，他的一切都是装出来的。"

"如果一个人的表演能够让另一个人感到开心，那么这份开心就是真实的，所以对于我来说，与其报道一个这种阴谋论式的科幻故事，倒不如去报道一些能够让人开心的事情，哪怕它们没有那么真实。毕竟我们的生活已经够沉重了，不是吗？"

"我明白了，你跟林楠是一伙的，你们媒体都被星辉收买了，我猜得对不对？"

"我只是作为一个曾经的抑郁症患者，真心地希望您能够恢复健康，毕竟您的作品是我排遣压力和抑郁的最有效的疗法，比什么药片都管用。如果有那么一种技术能够让所有人都能保持开心，那又有什么不对呢？"

乔维娅从椅子上起身，带着她仍然在流血的伤口。椅子在她身下发出巨大的摩擦声。

"您也许真的无法理解我们普通人的生活，大部分的时间我们心如死木，只是日复一日地重复着烦人的工作和生活，只有那么残存的几个瞬间，比如看着您的作品的瞬间，我们才能觉得自己真实地活过。我恳求您不要剥夺我们为人的乐趣，哪怕是如此微不足道的乐趣……"

那个胖子随着起身，他似乎目光闪烁，有所隐瞒。

"乔维娅女士，您可以再休息一会儿，喝杯茶再走也不迟。"

紧闭的房门外响起了急促的脚步声，乔维娅知道自己被出卖了。她绝望地环视房间，除了窗户没有别的出路，可这里是二十一楼。

"别，乔维娅女士，这是钢化玻璃。"胖主编看穿了她的心事，不紧不慢地端起茶杯。

所有的脚步声瞬间停下，门把手开始缓慢旋转。

乔维娅脸上依然平静如水。

八

乔维娅疯了，或者说，她看起来比最疯的人还要疯。

白衣男子走出房间说，是因为在检查数据的过程中没有按程序进行，擅自热拔插导致的情感中枢紊乱，需要相当长的一段时间才能恢复正常，而且究竟能不能恢复到最初的状态，谁心里都没底。

林楠看着监控录像中另一个房间里的乔维娅，一会儿对着桌子笑，一会儿抱着花瓶哭，一脸嫌弃地吃完了特地为她准备的大餐，却又拿着根鸡骨头展开慷慨激昂的独白。

"她是我们的一块招牌，如果她不好起来，这芯片上市遥遥无期啊……"

"林老板，你当初可不是这么说的啊……"

"事情总是在发生变化，你也看到了，如果贸然上市，背后还是有很多隐患，对星辉不好，对你我也不好，你说呢？当下最紧急的就是让乔维娅恢复正常，哪怕是百分之七八十的正常，只要她能够到公众面前，到聚光灯下，去展现我们技术的强大，那就足够了。不然的话，你懂的。"

林楠的表情与语气中带着不容置疑的威严感与说服力，白衣男子知道，这是设置的芯片算法在起作用，把一个原来唯唯诺诺努力讨好别人的男孩，变成了不择手段的虎狼之人。这是他自己的选择，而自己也不过只是一颗棋子，随时可以被丢弃。

"是的，明白了，林老板。我明天会再来的。哦对了，"临走之前，白衣男子似乎想起了什么，"乔维娅虽然是这种状态，可似乎在你面前，她还能恢复一些正常的情感控制，也许，她希望留给你一个尽量美好的形象。所以，你还是多陪陪她吧……"

林楠张开嘴，却什么也没说，只是挥了挥手。

他深深叹了口气，走进房间，换上另一幅表情，正是他没有植入情感芯片之前的样子。

乔维娅抬起头，一瞬间似乎回到了昔日那个单纯而无助的女子，但只是一瞬间，她又龇牙咧嘴地对着林楠骂开，像是在驱逐什么恶魔。

"林楠，你走，我不想你看到我这个样子……"虽然情绪完全错位，可言语和思维还是理性的，这让乔维娅身上具有了一种奇异的戏剧性。

"维娅，你还记得，我们为什么要这么做吗？"

"你利用了我……"她脸上一半是哭一半是笑，但居然可以毫不违和地共存。

"不，是为了你。你的演艺生涯已经完了，结束了，死得透透的，你只能继续混着跑龙套的配角，还要忍受别人的耻笑，可你不服气，你觉得自己还能行，就凭着你这张脸，你也应该行。可你就是缺了点什么，如果用科学的方式来说，那种东西可以让人对你产生好感、共情。我用技术来挽救你，把你送上领奖台，送到万人瞩目的聚光灯下，可你还是不满足，还对我父亲下手……"

林楠夸张地背过脸去，似乎在抹眼泪。

"我，我怕你抛弃我，我一直怕……"乔维娅并没有流露出害怕或忧伤，相反是一副志得意满的胜者嘴脸，"可我知道什么都留不住你，无论是爱情还是家庭，你关心的只有利益。"

"我……"林楠竟然一时无言以对，"可是我爱你。我想要治好你，我希望你能一直受欢迎下去，永远快乐地接受自己。"

"哈，你想的是让芯片上市，这样就有更多的乔维娅了。你爱的只有自己。"

林楠沉默了片刻，似乎下定了决心般透露真相："芯片其实只是个幌子。"

"嗯？"

"还记得我最初跟你说过的，芯片可以帮助你管理情绪吗？其实那枚小小的芯片根本没有那么强大，它只是起到传导信号的作用，真正的杀手锏，是云端的情绪管理系统。而一旦我们将芯片规模化投入市场，我们就能够掌控亿万人的情绪，想想看，这比什么娱乐产业要诱人和丰厚得多了。"

"你……是个魔鬼，竟然把我当成实验品……我恨你。"乔维娅露出迷醉的错位表情。

"不，我爱你。我知道你不爱我，一直都不爱，从我认识你的那天起，我们俩就开始了一场旷日持久的偶像剧对手戏。你认为我喜欢你表现得柔弱、无助，甚至有点儿天真的蠢萌，而我为了让你开心，让你满足，我便配合你出演，希望有一天能得到你的真心。但10年过去了，我知道那是通过正常人生无法做到的事情，我们俩只会越演越假，走上不归的分岔路。于是，我想到用技术去解决爱的问题。"

"哼，所以你觉得你解决了吗？"

"这比我想象中要复杂，人心总是不断地流变，我们需要更强大的计算能力，来制造出爱的感觉，来治好你。"

"我没病，我只是不爱你了。"

"你爱过吗？"

"10年，人生最好的10年，如果一个女人愿意陪你演十年的戏，难道这都不算是爱吗？"

"……维娅，我……"林楠哽咽了。

"林楠，我不想再陪你演下去了，你需要的肯定和自信，我都给过你了。我不欠你什么了。"

"别这样，维娅……"

"你让我走，或者让我死都行，我只是不想再这样像个坏掉的木偶一样活下去……"

"我会治好你的，我会的。"

"我不信。"

"我可以保证，你永远享有专有的情绪算法和传输带宽，没人能够比得上你。"

"我不相信你，除非……"

"除非？"

"你愿意修改你的参数，一生一世只对我有爱人的情绪反应。"

林楠愕然，望向镜中的两人，微微有些扭曲的镜面反射出变形的两人，似乎像是两股潮水在流动中彼此渗透、纠结、融合。许多的往事如纷飞雪片般滑过他眼前，就像眼前这位女子表情中传递出来的信息，如此迷乱而错综复杂，难以看清辨明。

"……我愿意。"

九

这是一个风格浮夸的摄影棚置景，圆形舞台如同水晶球般反射出耀眼的LED特效，嘉宾和观众座位环绕着舞台层层往上，如同是一个流光溢彩的巨碗。不时有CG制作的全息影像从人们头顶飞过，有喷火的龙、带翅膀的鲸、哥斯拉，以及别的说不出来名字的虚构生物。

　　这里正在录制的是一档脱口秀节目《火星总动员》，主持人会不时将尖锐的问题抛向场上嘉宾，嘉宾的反应速度和表现将决定观众的投票去向，每场人们都会投出一名最佳"笑斗士"。毫无疑问这台节目的看点就在于这些互相攻击嘲讽来逗观众发笑的明星身上。

　　"那么如果有一天醒来，你发现你的另一半变成了一头猪，你会怎么样？"主持人把这个无趣的话题抛出来，一个全息的蓝色光球在嘉宾面前弹跳着，最终停了下来。

　　"我会让他剃完毛再去接孩子。"一个中年女星回答，观众爆发出轻微的笑声，光球变色，被踢到一个摇滚男星面前。

　　"我的第一反应是，天呐，我们要多花 6 倍时间逛内衣店了！"观众大笑，光球继续弹跳，现在变成粉红色。

　　光球来到了最后一个嘉宾乔维娅面前。

　　所有的屏幕都出现她那张脸，她轻挑眉毛，似乎有某种愉快的波澜迅速荡漾开来。

　　"我会打开衣柜，对里面的人说：'亲爱的，早餐你想吃烟熏火腿还是脆烤培根呢？'"

　　观众们笑得停不下来，全场的灯光疯狂闪烁着，似乎都快要把摄影棚掀翻了。那个光球像是在呼吸的某种器官，随着投票数字上升膨胀变大，变换颜色，最后在乔维娅的面前炸成碎片。这时候镜头恰到好处地切给她那精致妆容和完美五官，她开始绽放出标志性的笑脸，充满亲和力和感染力，如同某种不可见的能量波，通过卫星传递给此刻每一个在屏幕前收看节目的人。"核爆般的笑容"，所有媒体都这么形容她。

　　毫无疑问，乔维娅再次蝉联冠军，她的身价随着累积场次急速飙升，在这个令人抑郁的时代，有什么能力比让人开怀畅笑更值得买单呢？

　　"3、2、1……OK，cut！"

　　乔维娅面带闪光的微笑向所有人致意，所有人也报以热烈的掌声和欢呼。她退出聚光灯的势力范围外，遁入黑暗，丈夫林楠也鼓着掌，给她献上一束热烈的玫瑰。两人拥吻离开，给媒体记者充分捕捉镜头的时间。

车子飞驰在夜晚的街道上。

"所以你真的会那么做吗？"林楠看着前方漂浮而过的路灯，冷不丁发问。

"你在说什么呢？"乔维娅微笑地扭头看他。

"如果我变成了猪，你真的会那么做吗？"

"噢，瞧你这小气鬼，那都是剧本上写好的，我只是照着演，难道效果不好吗？"乔维娅假装嘟起小嘴。

"就是效果太好了，所以会让我……你知道的，分不清你到底是真的这么想，还是在表演。"

"哈哈哈……你太可爱了……"乔维娅又施展起招牌的微笑，没有人能够抗拒这种笑，"这就是为什么我这么爱你……"

"也许是我的芯片该去维护一下了，最近感觉有点疑神疑鬼。"林楠不自在地摸了摸自己的后颈。

"你确实该去了，毕竟星辉集团这么大的压力，没有芯片，你怎么能坚持得下来？"

"你说得对，我这就预约。"

"这就对了，小乖乖。还有，关于量产芯片提前上市的事情，你是怎么跟董事会说的？"

"他们都同意了，而且觉得'钱'途无限……"

"就像我说的，一旦让他们都体验到……"

"驱动人类的并不是理性，而是情绪。你说的都是真理，亲爱的。"

"别忘了，这一切全拜你所赐呀。"

林楠转过头看着乔维娅，露出迷惑的表情。就像是那天，他看着妻子如同充满电的机器人般恢复正常情绪变化时，眼中流露出的光。

乔维娅望向窗外，似乎也在回忆起同一个瞬间。

看清了林楠真面目的白衣男子决定与乔维娅联手，林楠果然上钩了。乔维娅不仅把自己变成了他唯一的爱人，更是情绪上的操控者。人类历经百万年的进化，心理与情感上却步履蹒跚，我们的大脑还保留着太多的后门和缺陷，只要稍微做一点手脚就能够颠覆理性。

林楠再怎么功利，还是抵挡不住内心深处对爱的渴望。

乔维娅深知这一点，从父亲身上得不到的肯定，林楠必须从人生其他的地方去补足，像是荒漠里饥渴跋涉的旅人。

事情就这么一步步顺利地进行下去了，无论是以爱的名义，还是别的什么。

跟情绪芯片的巨大潜在市场比起来，娱乐圈只不过是一个小池塘。但这个小池塘里却挤满了这么多渴望被人看见、欣赏与崇拜的鱼儿，所以它们扑打起的水花也格外活泼。这些动静掩盖住了真正的河流与海浪，一切都会变得非常、非常不一样。也许人类会因此而进入新的阶段也不一定，从管理好那些杂乱无章的情绪开始。

她摇下车窗，夜风灌进车厢，吹乱长发，所有的城市灯火似乎都在同步闪烁，像是黑暗中有一支无形的指挥棒在舞动，在摇曳。乔维娅情不自禁地在空中做了一个休止符的手势，露出了久违的发自内心的微笑。

无尽的告别

我还清楚地记得那个早上，丽达从被窝里翻过身，看着我在镜前系领带，她的眼神有点迷茫。

"什么？"

"我做了个梦。"她迟疑着，寻找着合适的表达方式，肩部漂亮的弧线在晨光中闪烁。

"我梦见你要离开我。"

我笑了，但又马上收住。我正了正领带，坐到床边，俯身给她一个深吻。

"我永远，永远不会离开你，除非我死了。"

她的表情告诉我，那正是梦里出现的景象。

我当时告诉自己，梦总是反的。丽达的梦没有成真，事实上，比那要糟得多。

* * *

事情发生得毫无预兆。一阵疼痛突然攫住我脑子里的某个部分，像是咽下一大口冰激凌，像被没剪指甲的利爪钳住、松开，然后再更用力地钳住。财务报表从我手里滑脱，白花花地散了一地，安关切地问我没事吧，我敷衍着蹲下身拣起那些纸片。

我打算上楼把它交给老板。在爬楼梯的过程中，我觉察身体的肌肉机械而僵硬，我尽量缓慢地踩上每一级台阶，同时抓紧扶手，但在此过程中，我似乎正从身体以外观察着自己，那不是我的身体，而是某一个长得跟我一模一样的人形傀儡。

那个傀儡把材料交给了老板，然后把自己关进了厕所的隔间，以为这样就能缓过来。

头疼得更剧烈了。然后像是一瞬间，整个世界开启了静音模式，所有细微的嘈杂的声响都不见了，我能听到的所有声音只是心底的自言自语。没事的，很快就会没事的。

自我安慰失效，情况变得越来越糟。我感觉不到身体的边界，像是与这厕所隔间的合板墙壁融为一体，我在膨胀，不停膨胀，变得无比巨大，仿佛占据了整个 3.5 米高的空间，甚至溢出这座建筑，向着宇宙深处进发。

我试图站起来，却发现双腿根本不听使唤。我哆哆嗦嗦地掏出手机，手指却僵硬地无法握紧。

好不容易打开拨号界面，我发现自己竟然无法读懂那些名字，那些本应熟悉的名字，此刻却像一堆堆乱码，毫无头绪，我无法控制住自己的恐慌。我这是怎么了！

我努力使自己冷静下来，我无法认出那些文字，但能记住那些颜色和形状，知道哪个按键代表最近通话记录，上一个接听电话是来自公司前台的包裹通知。

我按下按键，期待那个无比甜美的声音出现，拯救我的性命。

"呜呜？呜呜呜呜。"

听筒中传来类似于动物呜咽的吠声。

"救命！我在八层厕所，找人来救我！"

我不顾一切地大喊，可从我口中传出的，却是同样的呜呜声。我绝望了，我挥起僵硬的手臂，砸向隔间的门，期望有人能够听见。

门被砸开了，我由于用力过猛扑倒在地，感觉不到疼痛，只是宁静，超乎寻常的宁静，像是所有的压力与烦恼都离我远去，不复存在，有那么一刹那我竟然觉得这样也挺好。

终究有人发现躺在厕所地板上的我，如此狼狈。

我被抬上担架，送上救护车，推进急诊室，我能看到穿着白大褂的医生和护士在我身上忙活着，巨大的无影灯吞噬了我的最后一点意识。

我闪过的最后一个念头是——丽达。

*　*　*

我还活着，某种意义上。

我的身体无法动弹，但还有知觉，脑子里不太疼了，但似乎浸透在一片噪声的海洋中，无法分辨哪些是有用的信息。我无法控制舌头和声带，能眨眼，能看见一个女人跪在我的床头，握着我麻木的右手，她的眼睛里有液体在滚动，她仿佛在说些什么。

我花了五分钟来回忆起这个女人，这个从五岁起就进入我生命的女人，丽达，我的爱。

医生和护士出现了，他们给我来了一针，噪声消失了。

"晓初！你觉得怎么样？"那是丽达带着哭腔的声音。

我的喉咙一阵发紧。

"王先生，非常抱歉，接下来我要告诉你的，可能不是什么好消息，你要做好心理准备。"

这是那个医生，他拿出一个平板显示屏，上面出现了一个大脑的形状，被分隔成不同颜色，中间出现了一个红点，红点慢慢扩散到邻近的区域。那是我失灵的大脑。

"由于突发性的血管破裂，导致你的基底动脉脑桥分支双侧闭塞，双侧皮质脑束与皮质脊髓束均被阻断，外展神经核以下运动性传出功能丧失，你的意识清楚，但身体不能动、不能说话，你的眼球可以上下转动，不能左右转动。"

我试了试，果然如此。

这不是那该死的《潜水钟与蝴蝶》吗？

"闭锁综合征。类似，可还不完全一样。"

你怎么知道我在想什么？

医生指了指旁边。

你不知道我脑袋动不了吗？

"对不起，我忘了。现在的技术已经不需要靠眨眼运动来逐个拼写单词了，我们可以根据你的语言中枢神经电流合成信息流，当然也可以人工合成语音，只要你不觉得别扭。"

我想我需要时间适应适应，你刚才说什么不完全一样。

"现在才是真正的坏消息。由于某种非常罕见的原因，你的大脑外围皮质功能正在逐步丧失，你的知觉会一个个地被关闭，首先是嗅觉，最后是触觉，你的意识会渐渐模糊，直到进入昏迷状态。"

植物人？

"很遗憾，你说的没错。"医生深深吸了一口气，丽达的脸背了过去，显然她早已知道这个事实。

我还有多长时间？没有任何办法了吗？

"根据你的情况，我们推测你还有一到两周的时间，办法嘛，倒是有，不过需要冒很大的风险进行开颅手术，而且根据你的保险记录……"

而且什么？而且很贵对吗？

我很清楚我们没有钱，没有那么多钱，我没有，我父母没有，丽达更没有。可如果我作为植物人活下来，花费将是个无底洞，我会拖垮他们的此生，甚至来生。事情本不该如此，至少不该来得这么快。

我可以死吗，医生？

"不！"丽达愤怒地拽着我的病人服，"我不许你死，王晓初！不许！"

"很抱歉，安乐死在我国目前法律下是违法的。"

求你了，解脱我们吧。

医生摇摇头，离开了房间。

让我死吧。让我死吧。让我死吧让我死吧让我死吧让我死吧让我死吧让我死吧让我死吧让我死吧让我死吧让我死吧让我死吧让我死……

丽达捂住嘴逃出病房，我终于理解他们不启用语音合成装置的良苦用心了。

***

那些军人来的时候，我正在进餐。

由于吞咽肌已不受控制，我只能通过食道直接吸入流质，反正我的味蕾也已不起作用了，用想象力为那些黏稠的物体赋予美味，这确实是一件有难度的事情。今天是宫保鸡丁和葱爆羊肉，我"津津有味"地含着那根塑胶管。

来了三个人，中间那位明显是头儿，他嘴上叼着一根烟。

"请不要在病房抽烟。"丽达毫不客气。

"没关系，我想几位长官也不会大老远跑到这儿来过烟瘾。"他们觉得我的精神状态已经趋于稳定了，于是为我开启了语音合成功能，采用的是一位中年男播音员的波形，以至于每次说话时我总以为谁家打开了新闻联播。

定制自己的波形也是可以的，只是很贵。

他们出示了证件，并要求丽达回避，因为"以下谈话涉及高度军事机密"。

丽达不放心地看了我一眼，我翻了个白眼表示"没事的，去吧。"

两名低阶军官随同她一起退出了房间。

他并没有做自我介绍，似乎觉得没这个必要，也许是军人开门见山的习惯。

"答应我们的条件，你或许还能活下去，我是说像个人一样有尊严地活下去。"

"什么条件？"

"三周之前，我们的'哪吒号'科考潜艇在菲律宾海沟上方放出无人侦测器，对约 10375 米深的沟底进行钻探取样，恰好遇上俯冲板块运动所引发的浅源地震喷发，于是对喷射物质也进行了采集。我们在其中发现了某种未知的蠕虫类生物，由于未及时进行增压保护，它一直处于类休眠的防御状态，也可能是命不久矣，但是——"

他停顿了片刻，似乎又在脑子里做着选择题，这回他觉得有必要让我知情。

"我们从中发现了智慧迹象，某种有规律的神经信号传递，某种意识拓扑结构。"

他看起来不像是个爱讲笑话的人，我努力思考着这重大发现与我可能存在的联系。

"所以，我们首先从地内而不是地外发现了人类之外的智慧生命。"

"我只能说，一切都是未知数。"

"你们要我做什么？"

"我们要你作为人类的大使与它进行交流。"

在意识里，我不怀好意地大笑着，我想起了尼克松时期的容国团，但从表面上看来，仅仅是眼球冷静地翻滚了两下。

"为什么是我？怎么交流？作为一个植物人？"

作为一个军人，他极好地控制着自己的语调，似乎早有准备，他说出了一个我早有耳闻却不明究竟的名词"开窍计划"。最早得知这个计划还是作为一道高考试题的阅读材料，科学家们希望通过对脑神经活动的编码与转换实现电信号的输入／输出，真正成功制造出脑机接口。那道题我答得很烂。

脑机接口从来没有实现。

而照那位军官的说法，我们实现了更有意义的技术，超越语言基础的个体底层意识的"融合"。不同语言之间存在不可通约性，比如英语的"sweet"和汉语的"甜"是否指的是同一种味觉刺激，无从知晓，但对于同一种物质，比如"糖"，所引发的神经冲动拓扑模式，却可以划归为一类。

"开窍"可分为"出窍"与"入窍"，当 A 的意识被完全模制到 B 的意识中时，他所感知与理解的世界，便是 B 所感知与理解的世界，完全超越了语言与文化的隔阂，实现了本体论意义上的"融合"。

这项技术最初在冷战中用来对战俘进行情报侦查。

"别问我具体怎么实现的，我不是那些疯子。"

"可为什么是我？"

"你以为你是第一选择吗？哈！我们已经烧坏 3 个灯泡了。"军官眨眨眼睛。

他们不知道人类大脑与蠕虫大脑是否具备可融合性，他们只是假设既然存在于同一个行星上，便具有一定程度的同源性。很显然，他们的考虑欠周全。人类大脑通过左右半球对信息进行分工处理，而蠕虫似乎并没有这项设置，它的全脑模式瞬间烧坏了3名精英的脑桥和胼胝体。

而我的脑桥原本就是失效的，你没法烧掉一个原本就坏的灯泡。

"你没有任何损失，之后我们会付你的手术费，植物人可没法提供有用信息。万一，我是说万一手术失败的话，我答应你，不会让你的家人受罪。"

我自然明白他话里的意思。

"我需要做什么？"

"家属签字。"他从文件袋里取出一叠纸。

我想我别无选择。

＊＊＊

我被换到了特护病房，每天有警卫站岗的那种。据说原本应该把我空运到某个绝密的封闭军事基地，但考虑到我随时可能崩溃的大脑，几经周折，上级终于同意将实验地点挪到所在医院，自然全体医护人员同时进入了高度戒严状态。

视力下降得很厉害，精致的丽达在我眼中变成边缘粗糙的像素块，她不知疲倦地按摩着我的全身，似乎如此就能延缓丧失意识的进程，只是收效甚微。

那个吴姓军官花了不少力气说服丽达在协议书上签字。

他向她解释为何现在不动手术，如果现在把我脑中淤积的血块取出，很可能在"融合"的过程中像之前3件牺牲品一样，神经联结被冲击垮断，提前变成植物人。所以，必须在执行完任务之后，在颅内压升高到极限之前，进行开颅手术。

"为什么必须执行那项任务？"丽达近乎幼稚地质问。

"女士，我们不是慈善机构，您的丈夫也不是……"他很识趣地把后半句吞了回去。

我凝视着丽达，希望能把每一个像素都刻入失灵的大脑沟回里。我看得如此用力，以至于眼睑开始抽搐，泪水无法控制地溢出。

她签下了名字。

军官没有告诉她的是，我有极大的可能在任务过程中引发神经退化，产生认知障碍，加速记忆缺失，也就是早发性阿尔兹海默病。如果发生那种情况，她将会得到保险额度之外的一大笔钱作为补偿。这些写在补充条款里的内容，我想还是不要丽达知道的好。

我想我是个自私的人。

身体在移动，光线从眼帘上掠过，有人紧紧地握着我的手，指甲嵌入肉里，似乎要长进我的体内。我知道那是丽达，几股强力将她拽开，指甲在皮肤上划出一道长长的疼痛，我竟然还能感觉到痛。

这痛或许便是我与她在这世间仅有的最后一丝联系。

门关上了，注射、插管、电极、头盔，倒计时。

我漂浮了起来，像是天线突然扳正了方向，所有的感官澄澈锐利远胜以往。我面对面看着自己赤裸的肉体，以及并排着的那个密闭金属箱。这不是真的。这只是大脑产生出来的离体幻觉。我还好好地在自己的躯壳里，等待着那场荒诞的实验。

有那么一瞬间，我竟然产生了挣脱困局去寻找丽达的念头，然后一股强大的吸力袭来，我急速缩小，穿透那个金属箱及数个夹层，我看到了它，那么脆弱，那么渺小，像一堆胡乱凝结成型的白色灰烬，无法分辨哪端是头部，哪端是排泄孔。我进入了它。

那个我所熟悉的世界永远消失了。

***

人类语言已无法表述我所处的状态。

我无法看见，却不是黑暗，无法听见，却不是寂静。似乎除了触觉之外的其他感官都被悉数剥夺，无法遏制的恐惧如潮水般冲击着理智，我开始明白为何前面三个人会丧失意志。一切都在混沌之中，感受陌生而强烈，甚至比五官健全时还要丰富敏感，但是你却无从把握其含义，所有与信息对应的意义都断裂了，留下的只是刺激本身。

最初的狂乱之后，恐慌逐渐消退，这是否就是我那颗残缺大脑的禀赋。

我醒悟，这便是它所感受到的世界。

它移动了起来，一种体积感占据了意识中心，温暖的流体标志出前进的方向，体下传来细腻的颗粒摩擦感，甚至能觉察地面微小的纹路与振动。尽管只有触觉，但其细腻的层次感竟丝毫不逊于人类的五感，我能体会到自己的意识与它缓慢磨合、对接、融入，事情的进展比想象中快了许多。现在，我能借助纤毛的颤动掌握周围空间的大致情况，但却始终无法掌握躯体的对应部位，没有四肢，没有前胸后背，没有头部，也没有脊柱，只有一种模糊不清的整体感。

残存的人类理智告诉我，这是在数千米深的洋底岩层中，没有光，也没有空气，所谓的食物也许就是厌氧嗜热的微生物，拓扑融入帮助我适应了极大的压强，可存在本身并不体现任何的文明或智慧，它只是就这样发生了。

它向前移动着，我探知这是一条粗浅的沟道，有着预定的方向，每隔一段距离会有分岔口，地面的凸起会有些微的差异，然后它会选择某个方向，继续前进。

我假设这是某种道路系统。

那么它是有意识地选择目的地，它要去哪里，它是否意识到我的存在，我们为何会从医院的手术室来到这里。我毫无头绪。

它来到一块稍微空旷的区域，身体的某部分延伸出去，在一根棍状物上摩擦着，我能感受到其上细微的颤动被吸收到体内，同时带来一种欣快感。我猜这是用餐环节。

纤毛觉察到附近有另一个个体在缓慢靠近，它们身体的某一部分相互贴合，如同双手紧握，接触面上有复杂的褶皱，之后一种熟悉感传来，我想它们互相认识，那褶皱或许便是姓名。

它们似乎在交谈，接触面上浮现各种隆起、颗粒与纹路，又迅速地褪去，如同一场潮汐在瞬息间反复冲刷着岸边自动增殖的沙堡，在一阵密集交流后，双方都恢复了平静。

然后我感到了忧虑，从栖居的这具躯体中传来的深深忧虑。

科学家们对了，科学家们又错了。

我与它的感官相连，共享大脑皮层最基础的刺激与反应，甚至一些情感的波澜，如果能够形成所谓对位拓扑结构的话，但我无法理解抽象的概念，我无法体会那些超越了感官层面的思考与涌动，没有哲学，没有宗教，没有道德，只有世界的表象。

我像个附身的幽灵，飘荡在这无解的世界，更绝望的是，作为人类的自我意识在渐渐模糊、冲淡，我的时间不多了。

唯一的救命稻草，也许只有回忆本身。

在我忘记丽达之前。

***

我和丽达，是不被祝福的一对。

五岁那年，我们曾有过短暂的相遇，那是在一家儿童医院的走廊里。我们被各自的母亲拽着，迎面擦身而过。我记得那股淡淡的牛奶味儿，在刺鼻的消毒水气息中稍纵即逝，我记得那晨光中蛋青色的墙壁，我记得她的栗色头发和苍白肤色，我记得并坚信，我们会有再次重逢的一天。

那一天，医生告诉我母亲，由于某种先天性基因缺陷，我患上阿尔茨海默病的概率是 83.17%。

当时的我，对于这种平均发病年龄在六十五岁的疾病一无所知，我只知道在头发脱落、牙齿松动之后，会有很严重的事情发生。就像在路牌标志上前方 100 米处有陷阱，可你并没别的路可走，而你在这条道路上所遇到的崎岖也不会因此有半分减免。

上天是公平的，母亲总这样教导我，我信了。

她给了我一个快乐而漫长得似乎永远不会完结的童年。据说小孩子觉得度日如年，是因为大脑中存储的记忆长度还很短，因此每一天体验所占的比例高，而随着年岁渐长，每 24 小时所经历的信息刺激在记忆中的比重逐渐下降，于是光阴似箭，于是蹉跎。

　　在我的脑海里，始终存在着一个 65 岁的时间点，我近乎病态地纠结于这中间约 60 年 21915 天的距离，像个明知道自己会在终点线前摔倒的马拉松选手，却不得不去胆战心惊地迈开每一步。

　　有时候，我宁愿陷阱就设在离起跑线不远处。

　　你永远不会懂得那种感觉，没人懂得。

　　我们重逢在大学入学前的一家医院体检。世间果然有些东西超越了理性和时间，在 10 年之后，我们一眼就认出了彼此，宛如上天的奇妙旨意。我看着她不变的栗色头发和苍白肤色，只知道笑，她已经出落成一个足以让人心跳失速的漂亮女孩。

　　那是一段疯狂而刻骨铭心的时光，像所有的年轻人一样，我们彼此相爱又彼此折磨。每次在激情顶点，丽达总会问我："你会娶我吗？"而我总是保持沉默或打岔开去，我不能让她知道我有多么无法遏制地想要拥有她，我不能把一颗定时炸弹绑在她的人生上。

　　这种折磨持续了四年之久，几乎抵消了哲学专业带给我的所有快乐。

　　毕业典礼那一天，她穿着学士服，走到我面前，神情出奇地严肃。

　　她说："我再最后问你一次，你会娶我吗？"

　　我知道她面临着选择，申请出国或者留下来。看起来她的决定取决于我的答案。

　　上天真的是公平的吗？我的心底在痛苦地嘶吼，却不得不努力维持表面的平静。

　　我深深吸了口气，闭上眼睛，摇了摇头。我做好了一切心理准备，她可以打我骂我，甚至一语不发转身就走，从此消失在我的生命里，哪怕我为此抱憾终身。

　　我竟然那么坚定地笃信那是为了她好。

我睁开眼睛，一张检验单几乎贴在我脸上。

"是因为这个吗？"她颤抖着说。

那是我五岁那年的基因检验单，可为什么会在丽达的手里。

"我去了你家，跟你妈聊了很久。"她的眼泪掉了下来。

我咬咬牙："你能想象有一天一觉醒来，我看着你，却认不出来，甚至连之前的所有记忆都完全丧失吗？我爱你，我不能害你。"

另一张检验单出现在我眼前。

"王晓初，这样能扯平吗？"她几乎是喊了出来。

我呆住了，看着另一张单子上熟悉的英文缩写和数字，她竟然和我一样，患有那种罕见的先天性基因缺陷。

上天是公平的，以你意想不到的方式。

除了拥抱，除了亲吻，我想我别无选择。

从那天起，两枚炸弹被紧紧地捆在了一起。我们甚至开玩笑，打赌谁的脑子会先出问题，另外一人就必须拿保险赔付去帮他或她实现人生愿望。愿望被各自写在纸上，封装到瓶子里，埋在某个花盆的泥土下。

我们以为还有很多时间，我们从来不互相告别，哪怕道声晚安。

人生充满了不连续的单独概率事件，我们忘记了每一天都可能是最后一天。

***

那是一种熟悉的感觉，如同丽达的手掌滑过我的身体，但要缓慢上千倍，你能感觉那种微弱的酥麻一寸寸地移动，从表面到内里，沿着一条既定的轨道匀速前进，抵达某个终点，又以同样的速率回到起点。

开始我以为那是思念造成的错觉，直到两个循环之后，我才醒悟。

这是它的时间感。

如同从丹田出发，经会阴，过肛门，沿脊椎三关，到头顶，再由两耳颊分道而下，会至舌尖，沿胸腹正中下还丹田的一个小周天。

一个周天便是地球自转一周，一个昼夜。

我猜想那是类似鸽子辨识方向的功能结构，能够感应地磁场与重力的变化，毕竟这是在地球表面之下十数千米的深渊，地磁感强度会明显得多。

这是一种奇妙的感觉，我从未想过时间能够以肉体的方式进行标识。我努力地将沿途的敏感点与人体部位虚拟对应起来，哪怕不那么确切，却可以帮助我掌握时间。我将额头作为零点，四点时到锁骨，六点到胃，八点到脐，十二点到肛门，然后再反方向运行。

我用身体建起一座钟楼，却带来了意想不到的副作用。

以前只知道味觉与嗅觉能触发回忆，但当其他知觉被悉数剥夺之后，代偿作用强化下的触觉竟与记忆产生了如此隐秘而强烈的关联。

两点半走过我的下巴，恍惚间仿佛颠簸在父亲凉硬的单车后架，那是我幼儿园每天必经的旅途。

七点和十七点在幽门处，我在学校跑道上反复摔倒，膝盖在撒满煤渣的地面上磨出无数血肉模糊的伤口。

十一点前后五分，我在丽达的身体里不知疲倦地奋力冲撞，那是我俩的初夜。

关联之间找不到任何逻辑，似乎是随机布下的锚点，任意钩沉，但每当我到达记忆点时，那具蠕虫身躯的深处便会传来阵阵不安或骚动。我这才想起，我能感知到它所感知到的，反之亦然。

我们就像一枚硬币的两面，互为一体又永难相见。

我能感受到它的困惑与不解，竭力思索寻求答案，但是否这也是我自己的情绪折射，就像两面平行的镜子，源头无穷无尽。我开始明白所谓"融合"的含义，但却陷入了更深的孤独的困局。

它似乎找到了方法。

某种知觉在迅速膨胀，其他感官蜷缩到次要的位置，那是触觉里的一个分支，我只能一一排除那些我所熟知的，不是形状、冷热、快慢、质地，像是整个躯体被包裹于一枚无比巨大的蛋黄，你能感到四面八方传来有节律的震颤，一种均匀的压力迟滞而坚定地迫近，仿佛有一只巨手捏着这枚鸡蛋，而它将无可避免地走向破碎。

世界便是这枚鸡蛋。

我被那种巨大的压迫感深深震慑了，同时也理解了它与时俱增的忧虑。这个个体到底在它的社会中扮演着什么角色，倘若用人类的眼光来看，会为世界末日忧心忡忡的无非几种人：科学家、哲人、疯子。

但愿它不是最后一种。

它在躯体上向我展示了一条触觉线路，似乎是由肌肉和皮肤的紧张感连续而成，看来它们对感官的控制已极尽精微。这是极其奇妙的感受，在体内形成的立体地图勾画出清晰的空间方位感，它用一个刺激点表明我们所在的位置，如果我理解得没错，我们正处于地壳岩层的隙洞中，而目的地是一个相对高点，接近以体表为象征物的上方岩壁，不是山峰，更像一座高塔。

它用一种略带战栗的敬畏感来描述那个高点。

我突然明白了，它是个住持、神父或阿訇，总而言之，信徒，而高点便是它们社会中与神沟通祈祷之地。它需要神的启示，解答关于世界崩坏的预感，还有我，一个附在它身上的沉默幽灵。

那是一条漫漫长路，不知道我的意识还能不能撑到终点。

像是感知了我的忧虑，它将那条线路拉直开来，比附到体表时间线上，大概是3个单位长度，也就是一天半的样子。我震惊于这种能够同时表达空间与时间的智慧语式，这是习惯于以声音与视觉沟通的人类所未曾掌握的技能。或许我还有机会。

我发现我已无法回忆起丽达的面孔，一些感觉的残片漂浮在意识中，却无法找到对应的感官去重现。我还保留着她的体温、皮肤的触感、拥抱与亲吻的混合物、发梢拂过脸庞的瘙痒、湿润的气息、手臂上最后的一丝疼痛。

我知道这些都将无法挽回地逐一消逝，甚至这个人，这个名字也会像水面的皱褶，平复如不曾存在过。

再漫长的历史、再强大的国家、再深刻的思想，都会在时间洪流中烟消云散，何况两段人生短暂的交叠。

可我甚至没来得及说再见。

它是对的，我能做的只有祈祷。

＊＊＊

我知道这是个梦。这个梦曾无数次地出现，我从来没有让丽达知道。

起因是一个早晨，我如常般先起，洗漱之后在衣柜中挑拣。我看见穿衣镜中的丽达缓缓转过身，面向我，却是满脸的迷惘，然后，出乎意料地，她放声尖叫起来。我慌乱地扔下衣服，捧着她的面孔，问她哪里不舒服，可她口中却只是喃喃重复着三个字：

你是谁？

你是谁？你是谁！你是谁……

我心里一沉，闪过的只有那个病症的英文缩写，定时炸弹提前引爆了，而我们都还没做好准备。我绝望地拿起电话，近乎崩溃地抓着头发，却不知该向谁求助，仿佛自己是世间仅存的人类。这时穿衣镜中的丽达眼中闪过一丝狡黠的笑，从背后把我一把抱住。

我知道你不会离开我的。

我一触即发的愤怒却在这句话里融化无踪。此后，这个场景会时不时地在我的梦境里重播，不管我在入睡前与丽达多么缠绵多么亲密，但在梦中，所有的理智都被一句"你是谁"彻底击溃，然后放大了无数倍的绝望、悲伤与孤单慢慢没过胸口，直到因呼吸困难而赫然惊醒。

但我从来没有告诉过丽达梦的内容。

没想到这竟是我在这个触感世界里唯一清晰的联觉记忆。

我学习着如何与它沟通，尽管仍然不得要领。对于它来说，这可能跟自言自语一样正常，但也可能像妖魔附体一般恐怖。感受着自己的身体不受控制地浮现各种凸起，伴随着莫名的情绪涌动，却不知其中含义，如果是人类，多半是要请个精神科大夫或者驱魔人的，而它却依旧保持冷静克制，至少给我的感觉如此。

沉默的时候，会从它身体深处传出持续的震颤，变换着频率和模式，带着繁复的节奏和配合，然后便有一种宁静的愉悦弥漫全身，我猜那是它们的音乐。

我尝试着去体会那种共鸣腔的感觉，类似于坐在按摩浴缸中，让水流慢慢没顶。

世界的压力日趋增大，现在我的脑袋就是那枚鸡蛋，无形的逼迫感让人疼痛、恶心、艰于思考。我甚至怀疑自己会在这个世界崩坏之前先炸开。

那位不苟言笑的军官说，这事儿概率不低。

我们还有大半天的行程。

打个不甚恰当的比喻，仿佛在一间黑屋中摸索前进，你对即将出现的事物一无所知，可能踢到椅子，撞到台灯，也可能迎面就是墙壁。在它的引导下，这个世界以怪异的方式展开。空间不可思议地在感官中变换着形状与相对关系，如同猫能以胡须测量宽度，它以纤毛的颤动勾勒出物体的尺度。

这是一座远比我想象中要庞大复杂的地下城市。似乎按照地质条件，也就是岩面质地分成若干区域，有些区域的情绪是"鄙夷"，有些区域代表"尊敬"，有些是"畏惧"，我猜它们也存在着阶层之分。有一些功能性的区域我无法理解其用途，似乎是运用重力和磁力进行某种表演，从而给身体紧密相连的"感众"带来愉悦感，同时达成某种精神上的趋同性。

"蠕虫艺术家"。我相信自己在意识中传出一阵大笑，因为它十分不适地调整了身体的姿势。

第一次经历它们的交合仪式时，我的存在造成了不少障碍。它们貌似是雌雄同体的物种，那种互相进入彼此身体的感觉让我不快。不仅如此，它们的个体意识也在互相融合，边缘模糊，以至于我像是个躲在暗处的偷窥者。对方感知到我的存在，犹豫着要退出这场仪式，我的宿主展开平和而强大的情绪场，抚平了对方的疑虑。

那只是我的第二人格。如果是我的话，我会这样解释。但它似乎给我赋予了更多神圣与崇敬的触感。

那是我此生最为诡异的体验，令人疯狂而眩晕。仿佛共有一颗大脑的连体婴，我感受到对方的温度、纹理和震颤，但同时也感受到来自自身的肌体刺激，我触摸着它触摸着我，我包容它又包容我，像是一个置于音箱前的麦克风，回输信号被无限循环放大，推向神经冲动的极限。

在那三位一体的迷醉中，我触摸到更为遥远、古老而宏大的存在，像是穿越了幽暗的岩层和数万米的海洋，穿透了大气与辽阔无际的星空，穿行于时间与空间交织而成的躯体，仿佛所有的感官都恢复了正常，但只有电光火石般的一瞬。

那个存在说，一切都会终结，一切终结都需要仪式。

我跌落回只有触觉的世界，我知道，仪式结束了。

随之而来巨大的空虚和失落远超过人类所能想象的极限。我们曾为一体，如今各自分离。恍如躯壳悬于真空，割断了所有与外界的能量联系，一个感官的黑洞，无所依托，无法触及，没有意义，只是宇宙间一个孤独的物体。

就像梦中，丽达问出那三个字时我的感觉。

认识论基础课上教的都是错的。知觉并非是中介，我们并不需要额外的知识和心理加工过程来理解感官知觉所传递的刺激信号，那将导致循环论证。知觉本身就是意义，通过能量模式直接作用于意识本身，帮助我们理解自身与世界的关系。

否则，我无法解释在我身上发生的这一切。

它似乎已经习惯了这种巨大的落差，情绪迅速地平复，然后继续前进。我猜测它们或许将永不再重逢，这个社会建立在流动之上，所有的个体都不曾停歇，也不愿留下踪迹，它们追寻着自己内心的触动，一直前进，并不在乎那些凝固的羁绊。

每次相遇都是无尽的告别，因而如此投入。

交合仪式在旅途中又进行了数次，每次都让我记忆中残留的人类经验更加苍白浅薄，无论是欢愉、和谐还是孤独。同时也坚定了我的想法，无论如何，我欠丽达一个告别，终结的仪式或是继续生活的开始。

我需要它的帮助，不是为了活下去，而是为了告别。

* * *

这是一条感官的隧道。我看不见，听不着，身体漂浮在知觉之海上，缓慢地穿越时间的尽头，而一生的记忆却凝缩在须臾之间，从摇篮到坟墓，只隔一朵浪花。

那些能量的波动纷乱至极，又简约至极，每次穿透都明确无误地传递出一个信息：我正在死去。

一如它正在死去。

旅途不断地发生畸变，仿佛被错乱剪辑的影片，时而反复跳回某个早已经过的岔口，时而逆向而行，那些本已熟悉的摩擦和空间重又陌生，时而加速前进，如同一枚棋子被捉起飞快掠过道路、山坡或沟壑，触感随之变得浓缩密集。

这是世界崩塌的前兆吗？

我那稀薄的意识突然醒悟，只有一种可能性，能完全解释这一切。

这趟旅途只是它的记忆回溯，仿佛濒死的人会看见生命快速重演。真实的它仍旧被囚禁在灰色金属箱中，渺小、脆弱、安静，如即将熄灭的余烬。

而我是中途强行上车的不速之客，给它带来困扰，尽管这种困扰只作用于回忆。真的仅是如此吗？

　　我已无法分辨哪种不安来源于世界即将毁灭的预感，哪种压力来自颅内压迫近极限的恐慌，我相信它也不能，或许是两种感觉的叠加效应？如果没有我的存在，它是否仍将义无反顾地奔赴接近神的高点，去祈祷、忏悔或者探寻这世界完结的真相？

　　在已知的时间线里，它的世界将被一场浅源地震所摧毁，而它将在接近地壳的高点随着喷射物质被人类机械掳获，难逃一劫。

　　而在回忆的时间线里，它将搭载着我逐渐消逝的意识，共赴毁灭。

　　我的预感，或是它传递的情绪告诉我，它将随它回忆中的母国一起死去，不再回来，这便是它最后的告别仪式，一场记忆之旅。

　　我是见证，亦是牺牲。它表达了深深的歉疚。

　　我别无选择。我替它配上台词，同时也是我的独白。

　　我明白的。

　　命运把我们抛掷到无法理解的境地，而我们所能做出的回应，无非一个姿态、一种仪式，体面地接受失败，鞠躬离场下台。

　　我似乎遗漏了什么重要的事情，可却怎么也想不起来，意识就像生命力一样在世界的收缩震荡里变得稀薄离散，像风拂过水，留不下痕迹。

　　我们终于到达高点。

　　身体是静止的，可世界却像在疯狂旋转，所有的方位感消失殆尽，意识模糊，无法集中。我猜这是高点地磁场紊乱弱化的缘故。

　　开始只是水平旋转，然后垂直，最后是不定向的变轴旋转，仿佛苏非教派的旋转舞仪式，舞者右手朝天通神，左手指地通人，不停旋转至意识不清之时，便是与神最近之处。

　　没有我，没有它，也没有身体与世界的界限，野火在烧，鸟群拍翅离枝，巨鲸跃出海面，落下，卷起浪花和漩涡，雪花触及皮肤，嗞嗞融化，我没有眼睛，没有耳朵，没有鼻子，没有嘴巴，一切却栩栩如生到极致，我在蛋壳中，我在海中，我在铅与火的洗礼中，即将破碎。

我膨胀，溢出了蛋壳，溢出了海洋、天空及万物的间隙，我便是万物。

在这场宏大的风暴中，有一根小小的细须，轻轻地从我的意识中抽离，在完全断裂的瞬间，它似乎有点不舍，粘起小小的凸起，重又放开，像是一次人类的握手。

我知道，这次将是永别。

蛋壳碎了，旋转减缓了，膨胀停止了，然后是猛烈、急速、无尽的收缩，如恒星坍塌，如地铁穿越隧道，如精子游入子宫，如浴缸拔掉塞子，像是要把万物都塞回某个渺小、脆弱、安静的容器中，这个过程如此漫长，以至于连时间都失去了弹性。

然后，我看见了光。

＊＊＊

我还能记得这个早晨，睁开眼，丽达就在那里，冲我一笑，帮我起身、穿衣、洗漱。

我能走，走得不好，我能说话，说得也不好。医生说，这需要时间。

丽达带着我上街、逛公园、买菜，我假装对一切习以为常，熟视无睹，其实心里充满害怕。那些突然出现在马路拐角的铁皮家伙和刺耳的声响都让我心跳加速，我恨不得就地躺倒，再也不起来。但是，丽达总是紧紧地攥着我的手，一刻也不放松，不管是过马路，等灯还是在和小贩讨价还价的时候。

我们一起回家，等着她把饭菜做好，吃饭，然后她会给我读会儿报纸，我多半听不明白外面到底发生了些什么事情，只是若无其事地点点头，假装明白，然后哆哆嗦嗦地滚回床上打个盹儿。

醒来的时候，她多半在花园里忙活着，浇花、松土、除草。午后的阳光是黄铜色的，打在事物上像是老照片的效果，我好像记起来些什么，又立马忘记了。

"你是谁啊？"我大声说。

"丽达。"她没有抬头，继续手里的活计。

"那昨天那是谁啊？"

"也是丽达。前天、明天、后天、大后天、之后的每一天，都是丽达。"

我点点头，坐下。我一直以为每一天都是一个不同的女人，有着不同的名字。我的脑子不太好使，和我的膝盖一样。

"丽达……我以前也认识一个叫这名字的姑娘。"我像是说给她听，又像是说给自己听，"可她没你这么多皱纹。"

她停了下来，回头笑了笑，皱纹显得更多了。

"你还记得她的模样吗？"她问，鼻尖的汗珠闪烁着金光。

我使劲想了想，摇了摇头："我是怎么变成这个样子的？"

丽达拍拍手，站了起来："你动了个大手术，昏迷了很多天，他们都以为你没救了，可你又醒了，带着这个姿势。"

她举起右手，拇指微屈，其余四指并拢，高于头顶。

"这是什么？"

"像是在说'你好'，又像是要道别，你说呢？"

我想了想，说："应该是'你好'吧。"

她笑了，说："我也是这么想的。"

"你好！"她使劲地挥了挥手。

虽然有点傻，但出于礼貌，我还是缓慢地举起了手，在黄铜色的阳光里摇了摇，光裹在手背上，暖洋洋的。

"你好，丽达。"

综合技术篇

无 债 之 人

在人类现有文字记载的历史中，第一个代表"自由"的词是苏美尔语中的债务自由。

——《神圣债务论》

一

我记得梦中最后一幕，是被黏稠的黑色潮汐漫过每一寸身体，它们分解成极细小的锁链侵入我的皮肤，依附在血管、细胞、神经和腺体上，彼此摩擦，发出金属的啸叫，然后开始漫长而优雅的劳作，像要在我身体里建起一座地狱，或者城堡。

"方下巴，你又做梦了？"

我睁开眼，是小雀斑。她关切地看着我，不是来自表情管理模块的建议，而是那种真正的关切。这在我的职场经验里很稀有，尤其是在这儿——距离地球几十万千米外的冷酷太空里。

"你看到我的数据异常了？"我环顾四周，逼仄狭小的控制舱室，空气中混杂着汗臭和化学药剂味道，矿工们各自忙碌、漠不关心，认知模块不时弹出《神圣债务论》教义，"负债累累是有罪的，是不完整的"，活像综艺节目的插播广告。一切都没有改变。

"没有，你在发抖，像被丢进冰窟的那种抖，可是你的体温显示正常。上一次也这样。"

"哦……"我若有所思,"也许我梦见被丢到了舱外,然后……"

我鼓起腮帮子,翻了个白眼,就像那些在绝对零度真空中膨胀的尸体。

"不好笑,轮到你值班了。我给你看点东西。"

女孩别过脸,我却能看到她嘴角的弧线轻轻上扬。小雀斑有一种天赋,无论自己身处的境况多么恶劣,她总能给自己找到点乐子。

"看,像不像放羊?"

从她递过来的屏幕上,我看到了一场类似羊群归圈的表演。只不过,草原变成了浩渺无垠的太空,而羊,则是一颗颗形状各异、直径 7 米左右、成分不等的 C 类陨石,含有水、富碳化合物、铁、镍、钴、硅酸盐残渣等珍贵原料,根据密度不同,质量可能高达 500 吨。因此,这些沉重的羊儿格外悠闲而缓慢,像是在沿途寻觅着鲜嫩多汁的青草。

这趟回圈的路,它们可能已经走了好几个月,甚至数以年计。它们不急,我们更不急。

说不急只是为了安慰自己。几个月前,我从几 T 的物资消耗数据上发现了一个隐蔽的缺口,似乎我们的水、氧气、蛋白质和能源都以略微高出理论正常值的速率被消耗着,我怀疑有管道泄露或者是流程中的管控漏洞造成了这一现象,但我没有证据。

我不想到外面探究真相,一想到冰冷黑暗的无垠宇宙就让我毛骨悚然,小腹酸胀。

我试图从数学上解决这一问题,就像其他所有的问题一样。

***

脑中的认知模块哗啦啦翻阅着数据,反馈到我的视网膜。

根据概率统计,这种尺寸级别的陨石在近地小行星中可能多达上亿个,但能够被观测、定位、追踪到的连十万分之一都不到,更不用说使用光学、近红外光谱、热红外通量或者激光雷达对其成分、尺寸、自转及表面地形进行详细测绘了。原因很简单，这些天体太小，轨道运行周期太长，只有在离观测点一定距离（比如说 0.01 个天文单位）内时才能被捕捉到，这简直比大海捞针还难。

一旦在茫茫星海中找到了这些珍宝，便会从最近的行星际资源勘探太空站派遣出"牧羊犬"，这些完全自动化的机器人依靠太阳能电力和氙推进剂驱动，最新型霍尔 V 推动器能够提供高达 80 千瓦的功率和 5000 秒的比冲量。接近目标后，牧羊犬会绕着绵羊小跑几圈，像是在嗅闻着羊身上的膻气，找到最合适的下口点，伸出六个螺旋式锚一口咬入陨石表面，启动六个矢量推进装置，首先停止其自转，再将其推离原先轨道，最后沿着精确设计的路径，缓慢而坚定地到达某个最近的引力平台，比如地月拉格朗日点 L2 或 L4，与它的伙伴们会合。

五块陨石彼此缓慢靠拢，像是俄罗斯方块一般旋转着，寻找最精确的触碰点，撞击力度不能太重，也不能太轻，一切都得是刚刚好。它们连接成了一个近乎球形的整体，像是回归到胚胎状态。

"我觉得吧……更像是斯诺克啊，你看中间那个白球走的弧线多漂亮，只有真正的高手才能让这些散兵游勇听从指挥，从太空的不同角落，长途跋涉到这里，给彼此一个轻轻的吻。"

小雀斑轻轻嗤了一声，似乎对于这份肉麻的吹捧不屑一顾。

尽管大多数工作都是由机器和程序自动完成，可这里是太空，任何事情都可能发生。小雀斑的工作就是对突发事件进行干涉，比如陨石轨道偏离、"牧羊犬"故障、撞击时刚体破碎产生危险碎片，等等。在她的比喻体系里，她就像一名兽医，时刻准备出击，拯救羊群与牧羊犬。对于我们来说，羊身上的东西是最宝贵的。

"行了，方下巴，等我回来再陪你贫，哥我得出去割羊毛了。"

小雀斑开始钻进宇航服，只有这个时候我才意识到她有多娇小，就像发育不良的未成年少女，可从年龄上来说，她也应该有二十六七了吧。这基地里有不少女人，辫子、长腿、汗毛怪，公司维持性别比例的其中一个重要原因，是因为女性比男性在太空里更有耐力，无论是抗辐射性、耐饥饿性还是心理韧性，她们的得分都比男性要高得多。另外适当比例的女性能够减少男性成员之间的摩擦和焦虑水平。

"我走了，一会儿见。"小雀斑的脸在面罩后若隐若现，鼻侧的雀斑并不是很明显。

"小心点。"我已经不记得她这个名字是从哪来的，通常来说，每个人都有自己的编号，比如我是 EM-L4-D28-53b，但是没人用这串狗屁倒灶的东西，只会用你最明显的外貌特征起外号，慢慢地就成了各自的名字。

至于真正的名字，没人想得起来。他们说这是合约的一部分，记忆被分区块封装了，以避免不必要的情绪波动，影响执行开采任务，其中包括了名字、家人、童年创伤、宠物及真实的债务数字。这些数字是我们会出现在这里的原因，它们被以区块链形式加密，嵌入基因，没有人可以篡改，你的工作量会实时被记录、换算成扣减的债务及其利息。不管你是在铜锣湾，还是在拉格朗日点，所有人在基因债系统面前同样公平。

"放心吧，你说过我是高手，何况，我还有债要还呢。"她朝我眨了眨眼。

小雀斑总说我是属老鼠的，胆子太小成不了大事。我总是用植入式认知模块里的技能树来反击，有些职业就是被设计成谨小慎微的反应模式，比如像我这样的数据测绘员，会随时调用信息库里的资料，计算各种极端情况发生的可能性，甚至异化成一种对于概率的直觉。这种模式扎根在你的身体里，就像人会畏高、怕水或者有密集恐惧症，并不能用勇气或胆量来衡量，以及改变。

可现在我倾向于，并不是任何外来力量往我的人格拼图里嵌进来一块胆怯、几分懦弱。那就是原来的我。

二

我的担心并非无中生有。

小雀斑将开着"寄居蟹"离开我们赖以生存的掩体——"鲸母",一颗长 30 千米、最宽半径 5 千米的被掏空的柱形 C 类小行星。在它的荫护下,我们得以免受太空中致命高剂量辐射、碎片袭击及日光直射带来的超高温,它还为我们提供了水冰、固态二氧化碳和氨、沥青碳氢化合物及少量镍铁金属,为我们的生存和建设提供宝贵的原料。

我们的船舱就位于这头"巨鲸"的颅骨位置,通过围绕锚定在岩石里的巨型轴承管道,每分钟旋转一周来提供三分之一 G 的人造重力。这几乎是我们能够得到的最优方案,船舱半径再长一点短一点,角速度再快一点慢一点,冷酷的方程式都会让我们痛不欲生,不是因为零重力得上各种怪病,就是根本转不起来或者转散了一头撞碎在岩壁上。

比起骨质疏松、肌肉流失和免疫力下降这些慢性症状,也许睡眠剥夺、心脑血管退化、科里奥利力带来的眩晕、封闭空间的沮丧更让人饱受煎熬。何况每个人每天还有数个小时的出舱作业时间,暴露在高水平的宇宙辐射下,这让星际矿工的意外死亡率遥遥领先于地球上的捕鱼工人。即便我们经过基因疗法、氨磷汀及强制健身来维持身体的正常运作,但跟这里相比起来,地球上环境最恶劣的工作环境都像是夏威夷手端鸡尾酒的沙滩酒吧侍者。

小雀斑总会把我们比喻成匹诺曹,一个遥远的童话人物,在木匠爸爸的巧手下拥有了生命的木偶男孩,只要一说谎鼻子就会变长。他最著名的历险就是被吞进了一条鲸的肚子里。

人真是一种奇怪的生物,就算忘记了自己的名字和家人,却还记得这么多乱七八糟的东西。

***

"寄居蟹"从"鲸母"的大嘴出口驶向深邃星空，飞船从一块屏幕的边缘，进入另一块屏幕的边缘，我目不转睛看着，生怕它突然消失。一只手重重拍在我的肩上，是光头佬，他咧着嘴不怀好意地笑着。

"我听到你们的话了，不得不给你提个醒，兄弟，小雀斑可不是好惹的。"

我不置可否地回以笑脸，光头佬就喜欢打听八卦，超负荷的体力活似乎丝毫消磨不了他的好奇心。

"'寄居蟹'，'寄居蟹'，听到请回话，一切正常吗？"我接通小雀斑的频道。

"听到听到，一切正常，就像几个冰激凌球发着凉气，等着我去舀上一大勺，嘶嘶嘶……"耳机中传来小雀斑调皮的声音，就像在我耳边舔舐双唇。

我手臂上起了鸡皮疙瘩，强迫自己把注意力转回操控台："我现在会启动伽马射线和 X 射线分光计，再次扫描对象表面、次表面元素和挥发性成分，以确保万无一失……"

"大叔，我相信你是喜欢慢节奏的那种，可哥今天有点躁得慌。我现在就要把这把加热的勺子狠狠地插进这颗香草冰激凌里，给它来上那么一大勺。"

一阵猛烈的 Big Beat 电子乐突然加大音量，刺痛了我的耳膜。我不得不摘下耳机。

通常情况下小雀斑没有错，C 类陨石的化学和物理性质都是相当清楚和良性的，比如非常低的压碎强度和高含量的挥发物。她所需要做的就是挥起"寄居蟹"的两把长螯，也就是她说的"勺子"，插到陨石布满粉尘及干燥土壤的坚硬表壳下，先加热分解冰、水合盐或者黏土矿物中的水分，将水蒸气通过蒸馏方式与其他污染物分离，再用机械螯上的泵回收到"寄居蟹"不成比例的螺壳里，接下来再处理其他的矿产资源。这是第一级处理。

之后大部分工作需要"寄居蟹"通过蚂蚁搬家的方式，用超高强度及韧性的纳米蛛丝网兜将破碎后的岩块拖到"鲸母"腹部的精炼车间。在那里，将有复杂的物理化学工艺处理不同的资源。

矿产经过提炼形成高密度结构的"磁化炮弹"，会在"鲸母"尾部由加速轨道长达一千米的电磁质量投射器加速后射向指定坐标，以期用尽量少的能量消耗获取尽可能大的 Delta V。而反作用力通过设计精巧的滑膛结构均匀分散到"鲸母"腔壁各处，以避免造成小行星不必要的角度偏转。

在远离重力井的太空，我们无须听从于齐奥尔科夫斯基火箭方程的"暴政"。经过一段时间后，也许是以天、月或年计算，这完全取决于价格。在近地轨道的某个点上，收货人会用自己的方式拾捡起这些来自深空的宝藏，用于谋划一场政变、建筑讨好情人的宫殿或者搅乱金融期货市场。

这就是整套生意的精髓，低买高卖，把成本榨到最低，把利润抬到最高，从古至今，向来如此。

而我们就是其中可以忽略不计的生产损耗。

＊＊＊

小雀斑的操控非常潇洒，你甚至会产生这样一种幻觉，她是通过体感同步而不是操纵手柄来控制两只机械螯臂行云流水的动作——如白鹤亮翅般高高挥起，又重重插入陨石地表，溅起一阵粉尘和碎石。

"方下巴，你看好了！哥给你露一手！"

传感器显示土壤温度快速上升，相应的化合物质开始发生相变，数值和曲线不断变化着颜色和形状。一切看起来都非常正常，除了压力值的变化曲率。

一些不同寻常的数据细节捕获了我的注意力，模糊的感觉经后台边缘系统收集、处理、计算，一个惊悚的结论缓慢成型。这颗陨石的密度比其他几颗低上近 40%，这意味着它的岩石多孔性程度很高，也意味着可能存储着更多的水分，但在快速升温气化的高温下，这就像是一口急速加压的高压锅。这就是技能树所带来的病态敏感，除了我，也许没人能察觉到小数点后那几位数字的变化究竟意味着什么。

"小雀斑，停止加温，迅速撤离！"我命令她。

"少废话！没看见哥正忙着吗……"

"马上！"

"瞧你那怂……"

她的声音像被一把剪子生生绞断了，主观镜头信号丢失，一片黑白雪花。我迅速切换到外部镜头，被一团白色粉尘笼罩，什么也看不见。慢速回放 3 秒，只见在两只螯臂间，陨石表面如同掀起一场小型核爆，碎片如离巢的鸟群般朝"寄居蟹"船舱飞去，瞬间将其钛铝合金外壳如纸灯笼般撕个粉碎，失压把整个舱体外翻，钢架暴露在外，隐约可以看见有个人形如内脏般在空中缓慢悬荡着，慢速粉尘随后而至，铺天盖地。

"小雀斑！你能听到吗？……"我扯下耳机，开始疯了似的穿宇航服。光头佬看着我，一动不动，其他人都把脸背了过去。

"我们得救她！你们站着干吗呢！"我几乎是吼了出来。

"兄弟，她的债还完了……死亡只是中介。"光头佬拍拍我的肩，在额头前做了个祈福手势，眼神一指，我这才觉察到显示小雀斑生命体征数据的那块屏幕，早已是平线。

他们说，汤格·拉梅什模型说明小行星比我们想象中更坚固，更难以在外力下破碎。

他们说，在太空里，没人会犯两次同样的错误，因为只要犯一次错就大概率活不了。

他们总能说对点什么。

船舱在我面前快速旋转起来，我感觉透不过气，像是胸口压着一块巨大的陨石，突然像是有谁在我耳边吹了一口凉气，带着熟悉的气息，那声音轻轻说了一句话，让我寒毛耸立，眼前一黑，向着充满油污的甲板迎面栽去。

那句话说的是——"你看我的鼻子变长了吗？"

三

一切都是乳白色的。

这里并不是控制室，也不在"鲸母"任何一个阴暗污秽的舱室里，更不在冰冷绝望随时可能丧命的太空中。这到底是在哪里？

我花了一些时间才意识到，这是在梦里。让你相对清醒的那种。

他们说有时候加密的记忆区块会发生溢出，以梦境的形式透露真相，但你也说不清到底那是谁的梦境。所有人的记忆区块都交给云端中枢系统统一调配。

我的视线和移动并不受自己的控制，只能被看不见的丝线牵引着，像孤魂野鬼般漂浮着，望向那些我并不感兴趣的角落。

视野中的乳白色开始移动，那是一个圆筒状的舱体，正朝我上方滑动。在缺乏坐标系的情况下，这意味着也许我正在被推出舱体。很好，现在我们有了一个大的相对环境坐标，一个天花板很高的房间，依然是白色的。

我开始围绕着某条在视点下方约 1 米处的轴线做圆周旋转，视线保持水平向前，速度很慢，不会超过 5 度每秒，我猜是为了避免出现晕眩。接着我看见了那条轴线，被淡蓝色防菌手术服遮挡住的男性髋关节。

我是在某个人的身上，从他的视角去看世界。

"感觉怎么样，东方觉先生？"一把声音从侧面传来，视线随之转动，房间门口站着一名女子，全身黑色，微微泛着金属色的虹彩，别着一枚锁链式的金色胸针。

她留着长发，但高高盘在头顶，像一座造型怪异的信号塔。

在太空里，所有的人都必须剪短发，如果不是光头的话。你永远不知道这些不受控制四处飞散的丝状物会不会成为丢命的最后一根稻草。

"还好，只是感觉有点奇怪，像是有什么东西在我身体里乱窜，想要控制我、冲开我。"一把陌生的声音，低沉、疲惫，仿佛随时可能断线。

"这是一种伴生幻觉，理论上你不应该感觉到任何不同，那些纳米机器人……非常非常小，你知道的。"女子微笑回答，走到男人跟前，现在可以看得更清楚了。她大概二十来岁，妆容极其精致，甚至有点过分精致了，但表情中又流露出一种不必讨好任何人的优越感。

"所以……我们的合约生效了？"

"法律上，是的。"

"……你是在暗示这玩意儿非法吗？这并不有趣，梅女士。"

"我的意思是，除了法律之外，还会有技术上的不确定性。"

"可你答应过的……"

"安安那边不用担心，手术都已经安排好了。"

"哦，谢谢。"

"所有费用都会计入你的债务，经区块链加密之后嵌入你的基因，任何人都无法篡改。"

"哼，真是背上了一辈子的债呢。"

"看看你的周围，每个人都在迫不及待地借债，这代表着对未来、对自己的信心。为什么不呢？债务定义一个人的价值。这样的额度在地球上也没几个人能够享有，这也是我会站在这里的原因。"

"那当然，梅李爱小姐，您的时间虽然没有您父亲梅峰先生那么金贵，但咱们这一聊天，也顶得上普通人辛苦打拼好几辈子了吧。"

女人突然露出拘谨而古怪的笑，似乎脱离了整个对话语境。

"请你记住，东方觉先生。我们的生命要归功于创造我们的神。

从今天起，您要好好对待自己的这具身体，我们会利用一切方法让您的技能树恢复到最佳状态，身体与意识，缺一不可。否则……这债怕是还不上呢。"

男人沉默了，视线投向自己包裹在防菌布里的身体。

"要不是为了安安……谁会愿意回到那个鬼地方。"

"完全理解，我也是个女儿，如果我父亲患上同样的罕见病，我也会做出一样的选择。这一债务无法在地球上得到解决，它的全额偿还是遥不可及的……"

男人望着女子，许久没有吭声。我猜他也许想说，你父亲不会得这样的病，因为你们的基因都已经被精细筛选过。就算得了，你也不会为此背负一辈子的重债，因为你们是有钱人，是和我们穷人勉为其难生活在同一颗星球上的另一个物种。

可是他什么也没说。

"我能看看安安吗？"

"当然可以，她刚做完术前的全部检查。"女子语气和缓下来，又想起什么，"我们会用尽一切最好的办法救她。"

这句话里的一些隐藏信息让我感觉不舒服，可又说不上来为什么。

视线快速移动，像是一个转场动画，我被带到了另一个特护病房，男子经过数次消毒除尘处理后，被套进了一身白色隔离服，穿过一条过道，来到房间里。

一个剃光了头发的女孩躺在床上，呼吸平缓、表情松弛，胸前还摊开一本画册，也是经过特殊处理的防菌材料。

男子站在床边，静静看着女孩，不敢轻举妄动，怕就算一个细微动作，都会扯动身上的塑料隔离服，发出响声，吵醒女孩。

那本色彩鲜艳的画册吸引了我，我试图聚焦视线，看清上面究竟画了些什么，但却失败了。我越是努力，那焦点就涣散得越快，像是在流沙地里挣扎。我放弃了，把焦点转向女孩，可却发现那女孩脸上的细节，也正如被风沙加速侵蚀的沙雕，正在一点点地流逝，最后只剩一片空白。

这恐怖片般的画面让我一阵莫名心痛。我想要逃离，可恰恰相反，越是恐慌，那视线却越是往那张空白的孩童脸庞逼近，像是面对一个质量巨大的天体，无法逃逸其引力陷阱。

我察觉到了一丝不对劲，如果是从男子的视角看去，那么理应出现鼻子的三角造影，可是没有。

这意味着什么？

这个梦似乎在接近尾声，一切都在朝着那张巨大得像小行星表面的面孔坠落。我又将一无所知地醒来。我想努力记住一些东西，一些至关重要的东西，能解开所有不对劲感觉的东西。

可我终究还是失败了。

四

小雀斑被删除了。

我的意思不是她的肉身，而是记忆数据。在我醒来后的数个小时里，她迅速变成了一个无关紧要的名字，甚至面目都变得模糊不清。所有依附于那个曾经有血有肉的人类个体上的情感，无论是欲望、厌恶还是悲伤，甚至恬不知耻地说，一点点爱，都像沙子一样流逝了。不光是我，所有人都一样。

我猜公司肯定在我们的脑子里动了些手脚，为了安全和效率。

那个女孩变成了系统里的一个条目，一个带编号的教训，提醒着后来人不要犯同样的错误。

"……通常被定义为 C 类的碳质球状陨石，需要覆盖光学和近红外（0.5 ~ 3.5 微米波段）的高灵敏度光谱，检测在 0.7 微米和 3 微米处的吸收带，来验证陨石成分是否含有水。0.7 微米吸收带不是反映水本身，而是含铁矿物中的电荷转移，这种转移只存在于 C 类物体中，正如水。但 0.7 微米吸收带特征的存在，并不能让我们精确地估计物体的含水量，光谱颜色也不能……"

这个条目正从那个新来的漂亮女孩嘴里快速弹出，就像是一串绕口令。我在心里给她起了个外号——"弹舌鸟"。

她突然停下，抬起头，迷茫地望向我，脸上微微发红，沁着汗珠，弹射出她的问题："我不明白，为什么不探测 3 微米吸收带的信号，那样不是更直接吗？"

我友好地笑了笑："中红外大气的高背景辐射使得 3 微米吸收带的信号变得微弱，难以被探测到。"

"哦。"她似乎对这个问题失去了兴趣，对于一名捕捞员来说，这是个危险的信号。

水是在这茫茫宇宙间生存的第一要素，因此矿工将含水的陨石作为首要采集目标，但是在一些时候，它也是致命的。

"弹舌鸟"被关在一人宽的圆筒状金属笼里，腰部与双手用弹性绑带固定在轴承支架上，脚下不停踩着"仓鼠笼"向后滚动。这是船员对这套特殊健身设备的称呼，在三分之一 G 重力环境下，这是最安全有效的抵抗骨质疏松和肌肉萎缩的办法。

作为她的导师，我不得不时常纠正她的动作，那些微小的瑕疵会日积月累，成为导致骨折或是筋膜炎的元凶。

＊＊＊

像被装进密封袋里和沙拉酱一起摇晃的蔬菜，"弹舌鸟"洗完澡后，赤身裸体地爬出淋浴袋，旁若无人地在我面前擦拭结实的小腿。不知为何我将脸扭向一边，也许因为她是新来的，为了以示尊重。尽管她的洗澡水将会以各种方式被回收利用，进入食物、饮用水与空气，最后成为我们身体的一部分。从这个角度来看，我们注定会亲密无间。

"你为什么会来这里？"我试图转移尴尬。

"嗯？这是个问题吗？"她似乎没听懂我的话。

"我知道，《神圣债务论》那一套嘛。我的意思是，你就从来没有想过，债是从哪儿来的？"

"这很重要吗？每个人一生下来就负债累累，我们只不过是比其他人更幸运而已……"

"幸运？"

"捞到一条光是铂矿就价值超过 1000 亿美元信用点的大肥鱼，还没算上镍与钴，还清所有债务，变成亿万富翁，这不算幸运吗？"

"那只是传说！"

"不，那是概率。"

"没错，在太空里挂掉的概率……"

"并不比你在秘鲁采矿或者在白令海捕蟹的危险系数高多少，当然，如果你硬要说被小行星碎片击中的概率，那确实是比在地球上高一些，问题是……"

"你真是乐观得无可救药……"我似乎从她的表情里捕捉到了一些熟悉的东西。

"问题是，"她摇摇头，没有丝毫放慢语速的打算，"如果你在地球上，你有一笔价值 100 万亿美元的黄金存款，可是没人可以拿到，为什么？因为它在海水里。提取溶解在海水中的黄金，成本大大超过了黄金本身的价值，所以这笔巨额存款的价值是零。我们在这里是很危险，可是这些甜点是实实在在的，它们就在那里……"

当她说到甜点时，我似乎又想起了些什么，可我已经不想再争辩下去。

"'弹舌鸟'，希望你在那里执行任务的时候，反应和你的语速一样快。"我指了指上面。

"弹……什么？胆小鬼，你就缩在船舱里做你的算术题吧，祝你早日还清债务。"

她看起来是真的生气了。

理论上说，"弹舌鸟"并没有错，一颗 M 型小行星是绝对的顶级甜品。比如 16psyche，上面的铁镍矿石可以满足地球未来 100 万年对铁的需求。再比如，富含铂的小行星矿石品位可能高达100克/吨，是最高等级南非露天铂矿的20倍，这意味着一颗500米宽的这类小行星，铂产量就能达到全地球年产量的175倍。

这就是我们在这里的终极使命，所有C型陨石只是为了持续性的补给，因为"鲸母"不允许被过度开采。它并不是一块巨石，而是由自身引力聚集在一起的松散石泡或砾石，没有任何内在结构的完整性。任何旋转、撞击、过深的挖掘都可能导致它解体，我们所建造起来的一切便将被毁灭，包括我们自己。

＊＊＊

"弹舌鸟"慢慢接受了自己的新名字，也接受了我的风格。

我努力不和她走得太近，就像是害怕万有引力会让事物彼此吸引，进而发生撞击。我总隐隐有种不祥的预感，仿佛航海多年的老水手迷信厄运总是伴随着赤潮与白头浪。

我怕有一天"弹舌鸟"也会遭遇被删除的命运。

她清楚我的想法，并总是还以嘲讽。她说，手里握着一把鹤嘴锄，还是一挺冲击钻，你都只有一条路，就是干到底。

在"弹舌鸟"眼中，生命就是一场冒险，而我们并没有太多选择。

她受命去回收一台报废的牧羊犬机器人，指令说在它的记忆模块里可能保存着曾接触过M型小行星的数据，能够提供有价值的追踪线索。

我们从不知道指令从何而来，是来自38万千米外的地球，还是某个太空站？是来自人类，还是AI？但大多数情况下，指令都是正确的，少部分情况下，因为被人类错误解读而导致不可挽回的后果，就像古希腊的神谕。

"弹舌鸟"对指令笃信不疑，而我总想通过各种办法击溃她这种盲目的信念。

　　比如，用数学公式告诉她，即便我们发现并追踪到了 M 型小行星，想要改变其轨道并捕获它就像是让猴子在打字机上敲出莎士比亚全集，比中彩票还难。还没有考虑到开采 M 型小行星的难度，基本上就相当于用一根鱼竿钓巨鲸。你的成本也许会很高很高，高到把所有的潜在利润吞掉，再赔上几十条人命，如果这些矿石被运回地球上还没引起市场崩溃的话。

　　比如，让她对自身能力产生怀疑。机器人无法做到的事情，一个由蛋白质和水组成的采矿工人同样无法完成。无论是正确维护复杂的采矿设施，应付各种奇怪的设备故障，还是对于突发性的事件进行综合分析，并正确评估其对于整个"鲸母"站点长期的影响。AI 做不到，"弹舌鸟"同样做不到，那么除了送死，你还有什么价值。

　　"所以，你到底希望我怎么样？跟你一样缩在船舱里，等着肌肉慢慢萎缩，或者超剂量宇宙辐射让身体里长出肿瘤，然后死于各种并发症吗？"她翻着白眼。

　　"我不是那个意思……我只是希望你打消不切实际的念头，活得久一点……"

　　"可是这样活着又有什么意思呢？我们的生命归功于创造我们的神……"

　　"这些废话你跟那些死人说去……"

　　"那你为什么要来这里呢？在地球上待着不好吗？"

　　"这不是我的决定，就像这也不是你的决定一样！你醒过来时就已经在这个地狱里，想不起任何过去的事情，除了那些该死的技能树，像脑子里弹出个没完的地鼠。我们永远也还不清身上的债，除了死，没有别的解脱办法！"

　　我背过脸去，不想让"弹舌鸟"看到我的脆弱。一只手放在了我的肩上。

　　"我记得我是怎么来到这里的。"我惊愕地转过头，看着那张毫无笑意的脸。

没人知道，甚至新人到来也是如此，据说公司会创造一个船员意识的空窗期来交接矿工，以避免产生不必要的风险。我猜那种风险来自想要夺船回家的精神崩溃者。

　　"这是个笑话吗？"

　　"不，那是一个很奇怪的地方，我好像是从睡梦中苏醒，然后有一条闪烁着绿光的狭长通道，引导着我一直向前、向前……"

　　"然后呢？"

　　"回来告诉你。""弹舌鸟"眨了眨眼睛，我这才意识到自己上当了。

＊＊＊

　　我从来没有见过还清债务的人，我的意思是活着的人，至少在"鲸母"上没有。也许散落在小行星带里的矿产基地上会有这样的幸运儿，但这就像一个神话、一条教义、一则过分完美的广告，你永远无法证实，也无法证伪。

　　他们说还清债务的人能够回到地球，找回自己的记忆，把基因链条里的债务数据漂洗干净，然后信用账户里有你几辈子都花不完的信用点。

　　听起来更像是一个童话，不是吗？

　　可没人知道自己究竟为什么欠下了这笔债，以及需要用多长的时间去偿还。我们只能相信这套系统的公正性，只因为我们被告知，从数学上，它是绝对正确且无法被篡改的。

　　"弹舌鸟"说得对，我们别无选择。

　　但我很欣慰她听我的话，系上了双重安全绳。

　　"弹舌鸟"像一只没有重量的飞蛾，缓慢得像梦境一样，从"寄居蟹"的下部舱口飘出，向那头流浪已久的牧羊犬尸体靠近。机械臂太粗笨了，无法执行卸取记忆模块如此精细的工作。

　　"所以人还是有用的吧……"耳机中传来"弹舌鸟"轻快的反驳。

"在某些极为特殊的情况下。"我并没有让步。

"说说你的理论，为什么太空里不需要人？"

她轻轻贴上牧羊犬，由于弹性，安全绳把她的身体往后拽了拽。"弹舌鸟"解开一根安全绳，套在牧羊犬的其中一只机械爪上，固定好相对姿势。她需要把手伸进牧羊犬的喉咙里，接通应急电源，输入密码，打开里面的嵌入式存储设备面板，卸下记忆模块。

"咳咳。"我通过她头盔上的摄像头看着这一切，努力忽略背景漫无边际的黑暗宇宙。

"我认为是因为恐惧。"

"你是说人类的恐惧？"

"不然呢？机器会害怕什么？被切断电源？被清除记忆吗？只有人会害怕。"

她进行得很顺利，半个身子都伸进了开敞的豁口里，牧羊犬被点亮了，面板也打开了，一切似乎唾手可得。

"所以呢，害怕让人上不了太空，害怕让人离不开机器？我觉得你只是在逃避某些东西，童年阴影？"她的声音里包含着某种同情，也许只是揶揄。

"我不认为我有什么童年阴影，就算有，也早就被分区块封装……"我突然停下了，摄像头那边有些令人不安的闪光，"……'弹舌鸟'，你右手边那是什么，那些发光点？"

"我不知道，我只知道好像记忆模块被卡住了，欸……"听得出来她已经尽了全力，整个身体都开始甩动起来。

"看起来有点不对劲，马上离开那里。"

"模块已经被我摇松了……"

"也许是什么自我保护程序，你赶紧退出……"我迅速检查这一旧款牧羊犬的代码库，绿色字符如雨水般冲刷屏幕。我的眼球高度紧张，颤动着扫描那些关键词。

"方下巴，你那边有什么可以帮到我的吗？除了让我紧张之外……"

我没有工夫回答，我已经无限接近答案。

"嗨！你猜怎么着？我已经搞定了……""弹舌鸟"喘着粗气，屏幕上她的手捏着一个黑色方块，正要往外退。

……如果硬性重启后拔掉记忆模块，将会触发牧羊犬的着陆姿态，也就是说……

"我要告诉你，这里没什么可怕的……"

牧羊犬的6个螺旋式锚突然向前咬合，直接扎入"弹舌鸟"的腹部，然后像钻头一样搅动起来，红色的液体如半透明的水母般从破损处涌出，形成大小不一的液滴，晶莹剔透地漂浮在她身体周围，闪着光，在真空中开始沸腾。

我全身僵住了，张着嘴却说不出话，胃里有什么东西在滚涌。预感再一次应验了。

没有尖叫，没有呼救，耳机中只传来倒吸了一口气的声音，像是在努力挽回从肺部急速流失的氧气。我简直快要窒息了。

本应作为着陆缓冲之用的矢量推进装置也启动了，"弹舌鸟"的尸体被牧羊犬拖着往深空飞去，又被另一根系在"寄居蟹"上的安全绳紧紧拽住，像是被两头野兽来回争抢的一块烂肉。

"切断安全绳！"是光头佬，"你不会想要再失去一条船的。"

"不行，我不能这么做。"

"她的债还清了，让她去吧。死亡只是中介。"光头佬拍拍我的肩膀，在额头做了个祈福手势，像是一个横放的"D"字。

"中介！"我闭上了眼，感觉有一些温热的液体缓慢涌出眼眶。

我不忍心再看"弹舌鸟"的身体被来回撕扯，拍下了按钮。她的半截身子闪着光，越来越小，越来越远，慢慢地隐没在星光中。

一个从未有过的想法如巨大隐秘的天体露出轮廓。

这也许不是一场意外。

五

又是梦，我开始厌烦这些无休无止的幻觉，似乎要告诉你一些东西又不明说。

如果你过着我们这样的矿工生活，你也会这样想。

远离地球一个地月距离，没有大气层，没有白天黑夜，没有正常的重力，没有娱乐，没有我最爱的宫保鸡丁，没有正常的人际关系，没有约会。

没有回忆，这一点也许是好事。

当然我们也有一些地球上不会有的新奇玩意儿。比如幽闭恐惧症和广场恐惧症混合的新型心理疾病，比如能够阻断你的神经传导，让括约肌松弛、大小便失禁、让人昏迷不醒、呕吐不止的宇宙高能射线。比如从冶炼炉里蹦出来的以光速穿透你身体的燃料跳蚤，其实是带着 Alpha 射线的金属碎屑，能够在瞬间穿透你的防护服及身体，在你的内脏上烧出孔洞，然后你会流血不止，浑身疼痛，希望从来没有被生出来过。也有好的方面，能够制造氧气和蛋白质的基因编辑藻类，尽管接受口味始终是个难题。你会学到许多在地球上几辈子都不会得到也无法用上的知识和经验，如果你是个好奇宝宝的话，太空矿工就是为你这样的人设置的完美职业。

所以，我猜不会有免费的赠品，即使是毫无意义的第三人称梦境，也会起到某种程度的心理干预作用。

我又回到了那个男人的身体里。他看着镜子，憔悴而苍老，一张完全陌生的脸，但那种既视感如此强烈。我知道，延续自上一个梦的剧情还在继续，尽管我已经完全不记得之前的故事背景。

镜子反射出的房间背景凌乱不堪，像是一个典型的单身公寓，没有任何其他家庭成员的生活痕迹，只有酒瓶、烟头和成分不明的粉末散落在茶几上。一个相框背面朝上，扣在一旁，许多打印的纸张像雪片一样覆满地板和家具。

男人似乎做出了什么决定，他看着手里的一张黑色卡片，拨通了电话。

"对，是我……我想好了。"他吸了吸鼻子，背过身去，正视房间内的一切。

"……你们已经让我失望了一次，希望不会有第二次……"

"……别跟我来这一套，什么'我们尽力了'，你们没有！"他的声音突然变大，又软弱下去，"……你们没有。"

"……是的，我读过了，逐字逐句，花了我一整晚的时间，我希望是值得的……"

"……有没有什么是不清楚的？哈，每件事！这整个系统的复杂程度远远超出了正常人的理解范围，我怎么可能弄明白？……"

"……我知道，旧债还在偿还周期内，这是新添的债，我认了，这就是命吧……"

"……我知道你们那套心理策略，什么为了家人，为了未来，给你造出一顶纸糊的道德光环，可惜它太虚假了，经不起一点风吹雨打。我就是为了我自己，我希望能活得久一点，过得好一点，哪怕是用别人的生命来抵押……"

"……希望你们能有点良心，让她过得好一点……"

一阵被激活的模拟鸟啼在男人背后响起，他猛地转身，看到镜中满面惊恐的自己逐渐亮起，被镶嵌上一圈充满希望的金色光芒。一份电子合约出现在镜中，语音提示他仔细阅读后将手掌贴在镜面上进行生物密码验证。男人闭上了眼，眉头紧锁，犹豫了片刻，将手重重地拍在镜面上，一圈又一圈的彩色光纹如涟漪般从他掌心漾开，旋转不息。

"验证完毕，您已完成签约流程，恭喜您获得新的债务额度……"

男人似乎松弛了一些，啜一口酒，开始收拾房间内如战后的遗址。当他手指触碰到桌上的镜框时，像被火焰灼烧到般猛地缩回。

"……我干了些什么……"男人用指尖抚摸着镜框背面，终于有勇气将其翻转，出现一张女孩的天真笑脸，拿起一本彩色画册试图遮挡住自己的表情。那画册看起来似乎有点眼熟。

"……我都干了些什么呀……"

男人突然开始啜泣起来，身体无法自控地剧烈抖动，站立不稳。

"我必须……必须制止……必须……"

他慌乱地巡视房间四周，最后目光落在了阳台上。男人拿起桌上残留的酒瓶，猛灌了一大口，突然松手，酒瓶在他脚边裂成碎片。

男人朝阳台狂奔而去，没有任何停滞或迟疑，从栏杆上方高高跃出。尽管我只是个梦的搭载者，可眼前突然出现的几百米楼层深渊还是让我的肾上腺素飙升，从谷底吹来的风卷起尖利的啸叫。

许多梦都会以坠落结束，但并不包括这一个。

男人的坠落只持续了 0.3 秒，便被凝固在了半空中，像是被无形蛛网困住的飞虫，挣扎不得。空气中一个黑衣女子的半身像逐渐浮出，她戴着金色胸针和精致微笑，落落大方。

"东方觉先生，也许时间过得太久了，您已经忘了第一份协议的内容，您并不拥有处置自己生命的权力，所有权利都归债权人，也就是公司所有。况且，就算您结束了这段生命，您的债务还是无法被取消或减免，因为它是嵌在您基因里的加密数据，无法被随意篡改……"

像那个男人一样，我努力理解这话语中隐藏的信息，像是从四面八方的透明蛛丝传递过来的细微震颤，逐渐汇聚成信息的洪流，敲打着我认知模块里某个被封存的保险柜。

但是芝麻并没有开门。

六

……

红毛。

小雀斑。

弹舌鸟。

跳跳糖。

……

她们都被删除了，一个接着一个。她们的面孔和声音在我脑中变得模糊，像雨中被洗刷的颜料，混合成说不清的色彩，顺着记忆的沟渠流入地底。

我们是太空矿工，这就是我们的命。所有人都一副轻描淡写的样子如此重复着，忙活着自己手头的事情，就好像有病的那个人是我。

也许他们是对的，这就是我们的命。被囚禁在这遥远冰冷的宇宙边境，被遗忘，被丢弃，只能通过不断工作来偿还与生俱来的债。我可以借着技能，龟缩在船舱里，尽可能苟活更长的时间，可她们不能。

一些疑团困扰着我，在此之前从未发生过，就像其他矿工一样，似乎某块大脑区域中的逻辑自洽敏感度被人为调低了。我们的意识中形成了一个巨大的盲区，在这个区域里出现的所有问题，我们都视而不见。出于某种未知的原因，我的盲区渐渐缩小，问题如黑色礁石般裸露出水面。

也许是出于害怕，也许是来自那些渐渐失色的名字，我脑中的技能树计算出巨大的潜在威胁，我不能再像以前那样逃避下去。

我决定做一些事情。

光头佬钻出淋浴袋的时候被我吓了一跳，他带着伤疤的身躯如同丛林里的豹子，黝黑发亮，散发着热腾腾的水汽。

"原来是你？我还以为是汗毛怪。我们约好了，你懂的，运动运动。"他挑了挑眉毛。

"事情不应该是这样的。"

"不应该是哪样？你听起来有点不对劲，接受自检扫描了吗？"

"我很好。是你们有问题。你不觉得这一切都太荒谬了吗？这艘'鲸母',这份工作,还有不停地死人……"我知道他马上会打断我。

"嘿,方下巴,我记得咱们讨论过这个问题,很多次。这就是我们的命,人要还债,就必须承担正常人所无法承担的风险和痛苦,死亡只是中介。"

"这是你真实的想法吗?还是说,只是他们让你这么想。"我指了指上面,我知道这个方向也许不对,毕竟我们一直在太空中旋转着。

"要问我的话,我觉得也许你应该找个伴儿,好好释放一下压力。有时候你的模块会因为积累负面情绪出现认知偏差,那个词怎么说来着?过敏反应。没错,就是过敏。"他背过身,开始擦拭身体。

"我算过,即使是采用霍曼轨道转移,把人从地球持续运到这里来也完全不划算。想象一下,就像每飞一次都要报废一架飞机,没有回程票。这是一笔糊涂账,光头佬,没人会做亏本生意。"

他缓缓转身,脸上出现了严肃的表情。

"……那你想怎么办?"

"让公司知道,我们不干了。"

"不可能,我们的债……而且只能公司单向联系我们,我们的呼叫只有自动应答,某种信息隔绝机制。"

"那么我们就把整艘'鲸母工厂'停下来,不再发货,看看他们怎么办。"

"这倒是一个办法,你真的确定要这么做?"光头佬脸上的表情在发生一些微妙的变化,我难以读解。

"如果他们还不回应,我还有一个计划,"我停了停,看看周围,"炸掉精炼车间。"

在"鲸母"腹部的精炼车间承载着将"寄居蟹"带回来的矿石进行第二到第四级加工的核心功能。

第二级处理是将水电解成氢和氧,以及两种气体的液化存储,作为主要推进剂。第三级处理涉及高温"烘焙",以迫使主要矿物磁铁矿通过含碳聚合物自动还原,从而导致更多的水、一氧化碳、二氧化碳和氮的完全释放。第四级处理将需要使用前面释放的一氧化碳作为试剂,通过 MOND(气态羰基)工艺提取、分离、净化和制造铁镍产品,残留物将是钴、铂族稀有金属,以及诸如镓、锗、硒和碲等半导体材料的粉尘,这些不起眼的灰尘也许价值超过了你所熟知大公司的历史产值总和。

"你是认真的?"他眯缝起双眼。

"大量的氢氧混合物,含碳聚合物,高温,一个响指,轰——"我做了一个夸张的爆炸动作。

"好吧,我考虑考虑,这事儿也许需要集体决议……"光头佬低头拿起毛巾,他在同一个部位已经反复擦拭了好几次。

"我不相信他们,我只相信你!"

"好吧,"他丢下毛巾,向我走来,像是要伸出手来跟我相握,"我必须要感谢你的信任。"

没等我伸出手,光头佬一记重拳将我击倒在地。我眼前最后一幕清醒的画面,是他那些残缺不全的脚趾,在地板上不停收缩展开,发出昆虫抓挠金属的声响。

***

我试图睁开双眼,可是不能;我试图移动身体,可是不能。

我感觉到一些手正将我整个抬起,塞进什么东西里。一些声音断断续续地传进我的耳朵里,我努力理解这些话语里的含义。

"……我很抱歉,方下巴……这是集体投票的结果……我们不能……不能让你破坏我们的秩序……"

现在我能感觉到,我被装进了一身宇航服里,我从来不喜欢这玩意儿,因为它暗示着你会被抛进一个无法控制的极端环境,你所能依赖的只有这薄薄的一层防护措施。

"……你经常说的……风险最小化……从数学上这是最合理的做法……"

有什么东西被打开了，气压正在迅速地变化，还有温度，我似乎听到宇航服里的模块被一个个唤醒，仿佛具有生命力的是它，而不是我。麻痹的意识开始觉察到一个恐怖的事实，可我的身体还没有完全醒过来。

"……你的氧气还能维持……124 分钟……省着点儿用……"

我终于睁开了双眼，看到所有船员的脸，手在额头做出哀悼的动作，站在最前面的是光头佬。他们的脸和我的脸之间，隔着两层特化玻璃，一层来自隔离舱门，另一层来自我的防护头盔。而他那带着怜悯的声音，来自内置的通讯器。

"……你的债……还清了……死亡只是……中介……"

我伸出麻木的手，想抓住什么东西。我想大声呼喊，说求求你们不要，可是一切已经太迟了。我看着他们的脸迅速远去，周围的光线变得不均匀，身体开始缓慢旋转，没有重力，只有船舱自转的离心力，带着我向远离轴线的方向飘去，永不归来。

巨大恐惧触发编写在杏仁核和腹内侧前额叶中的刺激—反应模块，它会自动加快你的心跳，升高血压，分泌汗液、皮质醇及肾上腺素。相信我，我对恐惧熟悉得很。这是亿万年进化而来的底层原始恐惧包，你无法用自主意识来抑制它，就算你再怎么勇敢也不行。

更何况是我。

我漂浮着，像一袋垃圾，无依无靠。我的理性告诉自己，恐惧会让氧气消耗得更快，而一旦血液中的二氧化碳水平上升，将再次激活原始恐惧包，陷入恶性循环。可我竟然无能为力。

我为人类这种生物身上愚蠢至极的设计而发笑，像个真正的疯子。

不知道过了多久，在这种极端处境下人的时间感总是会产生误差。我以为自己会在无尽的漂流中告别人世，债务清零，却没想到身体撞在某块巨大坚实的表面上，我被拦住了。

这是"鲸母"的内表面，离心力把我推到了这里。

尽管依然没有水和氧气，但这好歹让我重新获得了支撑点和方向感。这稍微平复了我的恐惧，让它开始发挥新的作用，包括重新调配注意力与感知的计算资源，从记忆中调出类似经验，为行为决策作参考。

很遗憾，我从来没有过被丢进太空里的经验。

我像个攀岩选手般双手双脚贴附在小行星内壁上，岩壁间的黑色沙砾提醒了我，这里的岩层含有一定比例的铁和镍，虽然等级不高，但也足以让我的磁力靴发挥作用。

现在，我可以勉强在"鲸母"的脑壳里站立行走了。我体会到了进化史上由猿变成人那一瞬间的快感。

在我头顶上，是以每分钟一圈的速度围绕轴线旋转的船舱，它太快了，也太远了，我没有一点机会。轴线其实是刺入"鲸母"颅骨两侧的超合金轴承管道，由钛、铬及碳纤维编织而成，密封中空，供能源及各种资源管道布线之用。

也许我还有一丝机会。

剩余氧气只有 72 分钟。我开始发挥脑中技能树的优势，结合最近的管道接口距离、体重、步长、心跳及血氧水平、地面磁力及摩擦力，我计算着最佳配速，能够让我在氧气耗尽之前到达目的地，同时找到能够进去的气阀口。

答案不是很乐观，如果速度过快，磁力靴产生的吸力将不足以拉住我的体重；如果过慢，氧气又会耗尽。我需要极其精准地执行这个精确到小数点后两位的太空跑步计划。

从"鲸母"吞噬星空的大嘴边缘露出了一丝遥远的日光，我必须赶在太阳照进这里之前赶到管道入口，否则高温会提前宣判我的死刑。

没有发令枪，没有裁判，没有对手，更没有观众，我开始了与死神的赛跑。

如果不是性命攸关，我真想好好看看这绝无仅有的景色。

无债之人

想象一个半径 5 千米、由石头构成的乒乓球，被斜着削掉三分之一，这层薄壳的内表面，就是我的跑道。而头顶上是深不可测的纯黑星空，像一只眼睛从岩壁缺口处不怀好意地盯着我，还有那如陀螺般旋转不息的船舱，里面装着一群曾经与我朝夕相处，现在却通过投票将我流放到太空自生自灭的矿工伙伴们。

我救过、爱过的人们，就像所有这些巨大冷酷的物体一般，保持沉默，一声不响。

苍茫星空下，我如蚂蚁奔跑不息。面对永恒，所有的债务都变得毫无意义。

我从来不是一个合格的运动员，在这里不是，相信在地球上也不是。路程刚刚过半，我头痛欲裂，关节与肌肉酸胀不堪，心脏负荷接近极限，胸腔里似乎有一台火炉在呼呼地冒着火星，似乎随时都有可能爆炸。

我想要放弃，躺下、飘走，随便。只要让我喘口气，歇一会儿。

数字不会因为我而停止跳动，它们只会归零。

我听见一些奇怪的声音，像是忽远忽近的呢喃、歌唱、喘息。它们似乎围绕着我，引导着我，有些在劝我停下来，有些让我继续。我猜这是缺氧导致的幻觉，不停跳动的红色数字显示氧气还有 18 分钟，而那条管道似乎变得越来越远，遥不可及。黄蓝色的光点在我视野里浮动，像是墓地里翩然起舞交配的萤火虫。

"你看我的鼻子变长了吗？"

一个声音幽幽地在我耳边轻叹，我悚然惊醒，汗毛直立。那是小雀斑的声音。

我几乎把她们都忘记了。我的垂死狂奔不止是为了我自己，还为了那一个个被删除的名字。

遥远的阳光开始从"鲸母"的唇角斜斜射入，在黑灰色岩壳表面涂抹上金色而炽热的色彩。这股能量如此美丽，又如此致命，它能够唤醒沉睡在岩缝深处的水冰，让它们化为气体，如怪物般怒吼着冲出地表，成为致命的长矛。必须赶在阳光追上我的影子之前到达管道，否则不是被高温灼烤致死，就是被气浪刺穿，弹射向另一个毫无生存希望的角落。

我想象着背后的地面如烤箱中的爆米花，会发出焦脆空洞的爆炸声，可是没有，什么声音都没有。死亡如此安静，就像一只处心积虑靠近你的黑猫。

每一次呼吸都将肺部灼烧殆尽，每一次迈步都把肌肉撕拉到极限。我忘记了配速，忘记了疼痛，忘记了死亡，只是机械而麻木地奔跑。没有其他办法能够实现奇迹，除了抛弃作为人类的种种弱点。这也许正是人类的伟大之处。

那根管道比我想象的还要粗大，如定海神针般立在不远处，直插对面另外半球的岩壁。

我的脚下却轻飘起来，我愚蠢地漏掉了一项重要的指标：耗电量。

维持体温需要电，数据运算需要电，外部环境监测需要电，最最重要的，磁力靴需要电。现在的电量已经下降到了5%，维生系统首先关闭了磁力靴。非常合理的选择，却可能让我前功尽弃。

我凭借着惯性往前奔跑，但明显靴底与地面的摩擦力在减小，很快我就会失去对身体的控制，漫无目的地漂浮到空中，永远失去登上管道的机会。

只有一种可能，我的脑中闪过成功率极小的方案。我别无选择。

我深吸一口气，突然停止了迈步，并拢双腿让整个身体随着惯性前倾倒向地面，随即一个前空翻，当身体轴线旋转到一定角度时，朝地面蹬出双腿，用尽全身的力气实现信仰一跃。

脚下出现一团黑色粉尘，像是刚刚经历了微型核爆，绷直的身体如离弦之箭，借助着反作用力向着银灰色管道射去。

面罩上的氧气量已经开始进入最后一分钟倒计时，红色闪烁的读秒数字提醒着我，即便到达管道表面，如果无法及时打开气闸门进入内部，大概率还是会死。

这一分钟无比漫长，爱因斯坦是对的。

我不断调整着在空中的姿态。有那么几个瞬间，我以为自己玩完了，会永远地错失抓住救命稻草的机会，坠入无尽星海，但最终还是重重撞上了坚硬的管道表面。也许断了几根肋骨，头盔出现了不祥的裂缝，但至少，我到达了目的地。

撞击点所幸离气阀口不远，我已经耗尽宇航服里的自备氧气，仅凭最后一点残余意志挪到了阀门口，试图破解开门密码。

实际上我根本用不着破解，那些把我流放到太空里的伙伴们，还没将我从系统里删除。

这也许是他们犯下最大的一个错误。

***

我瘫倒在地，大口喘息，像是从水里刚刚上岸的两栖类。

管道里竟然有稀薄氧气，我大概猜到之前物资消耗数据上的缺口是怎么回事了。昏暗的通道中央是粗大的线缆和各种不同颜色的物资供应管，地面两侧每隔几米就有传感器闪烁绿光，像是夜行航班的指示灯，向着两端幽暗深处蔓延开去。

根据方向我可以推断一侧伸向船员们居住的旋转船舱，但是另一端呢？也许是通往埋在岩层里的微型核聚变反应堆？除了太阳能和氢氧混合推动剂之外，那是我们大部分能量的来源。

不知为何，我想起了"弹舌鸟"临死之前的玩笑。我决定跟随着绿光，往远离船舱的一侧走去。

现在我已经是一个死人了。至少在系统里，宇航服已经死得透透的，没有电，没有氧，也没有头盔。我手动关闭了定位模块，避免伙伴们被一具行尸走肉惊吓到。但如果我想要回到船舱，我还需要一身新的装备。

随着探险的深入，一些奇怪的记忆碎片开始涌现，仿佛我曾经到过这里。强烈的不适感在阻止我重游故地，像是鬼魂逡巡其间，不时往你脖颈后吹口凉气。

我穿过了几道密闭阀门，事情变得更加有趣。其中一个舱室配备了高精度的 3D 打印机，能够从数字图纸打印并模块化装配大部分轻量级的太空用品，包括宇航服外壳、开采工具甚至武器。我需要的只是把旧宇航服里的集成模块拆卸下来，安插进新衣服里。

现在，宇航服里的那个幽灵活了过来。

这中彩票般的发现并没有让我高兴起来，随之而来的是更多的疑问。为什么会在这里设置这样的舱室？谁会使用这样的设备？用来做什么？

也许答案就藏在我记忆中的某个角落，只是被区块化加密上了锁，无法被正确读取。

也许我根本不想知道答案。

终于，我站到了最后一道舱门前，透过舷窗，我看到了地狱般惊悚的场景。不，没有怪物，没有尸体，没有血，一切整洁如新，散发着神圣的生命之光，但却比最恐怖的噩梦还要绝望。

舱门无声滑开。

我的手指颤抖着划过透明密封罩，一个个悬浮其中的躯壳，成型的未成型的，年轻的年老的，面孔熟悉的或陌生的，都在沉睡中等待着被恶灵唤醒。我看到了光头佬、汗毛怪、长腿……他们的身体新鲜强壮，在人造羊水中不时痉挛颤动，如熟透的果实即将落地，只需要最后一道甜美的工序——注入灵魂。

那也许就是我们抵押给魔鬼的东西，灵魂、基因债、记忆区块链……随便你怎么叫它，都改变不了事情的本质。

他们骗了我们。

我突然意识到，这些肉体的苏醒，也许是以船舱里另一个分身的死亡作为信号。那么是谁来控制每一个克隆体生长的速度？难道说，每个矿工的寿命其实早被计算安排得彻底？以符合整体效率最大化的目的？透骨的寒意爬上我的脊背。

这就是太空矿工的秘密，这就是我们身上背负的债。

我来到一具似乎刚到青春期的少女躯壳前，那张脸上的特征，让我陷入了认知上的困境。每个克隆体的面孔，似乎与记忆中一样又不一样。也许是系统改变了一些表观遗传，也许没那么复杂，只需要把我们脑中面孔识别的模块稍加调整，让大脑对某些特征区域的关注超过其他，也许我们便再也认不出同一个人。

但那个少女的脸，似乎激起了某种更为复杂的情绪反应，像一阵漩涡想把我吞噬。我努力挣脱了她充满魅惑的引力场，来到最后一个密封罩前。

这里只有一个小小的胚胎，蜷缩着漂浮在淡黄色的液体中，像颗粉色的小行星。它眯缝着眼睛，吮吸着手指，似乎沉浸在永恒的美梦中。一根半透明的人造脐带正以肉眼可见的速度往胚胎体内输送着养分。

我似乎想到了什么，罩板底部显示着一行编码：EM-L4-D28-58a。

一阵眩晕猛烈袭来，我单膝跪地，努力支撑住身体。

这就是我，准确地说，我其中一个分身。也许是被突如其来的死亡信号催促发育，看起来它还需要一些时间。

它会拥有我所有的记忆吗？包括被区块封装加密的那些。它知道我所经历的生死考验吗？它会像我一样害怕死去吗？还需要多少个它这样的分身才能够还清我身上背负的债？也许永远不会有那么一天？也许人类的存在就是一种债务形式？

一阵无名怒火涌上心头，我用力锤击着透明护罩，发出浑浊而沉闷的回响。我想毁掉这一切，切断这无尽的轮回。

那个小小的我似乎觉察到了什么，眼睑微微颤动，在羊水中缓慢旋转，似乎在回应我的愤怒。

它是无辜的。我醒悟过来，我也是这诸多分身中的一员，它就是我。

我们是无辜的，有罪的是背后建造并操控这一切的人。

我站了起来。我必须回到船舱，告诉那些被欺骗和被损害的矿工们，哪怕我听起来像个疯子。为此，我需要先打印一些东西，能够说服那些被洗过脑的伙伴们，货真价实的东西。

我需要跟公司取得联系，让他们停止这一切，哪怕做出过激举动。

那条闪烁着绿光的狭长通道伸向远方，我不会再畏缩不前。

＊＊＊

光头佬举高双手，背对着我慢慢跪下，双膝着地的他竟然和我齐头高。

我把枪口对准他的后脑，我清楚他有多强壮，并且狡猾。

在我的身后，躺着一具具尸体。血没过我的靴底，踩上去有一种奇怪的黏稠质地。

他们不愿意相信我，甚至不愿意听我说话。他们说我的债还清了，为什么还要回来？他们的脸惊恐而扭曲，像被陨石砸过的抛光铝箔。

我说那只是个谎言，只要你活着，债就不会消失。

我扣动扳机，让那些浸泡在羊水里的分身得到加速发育的机会。

"你不知道自己在做什么……"光头佬喃喃着，气势全无。

"你知道吗？"我反问他。

"有些真相不应该被发现，就像有一些枷锁最好别被打碎。"现在他听起来像是那么回事了，"通过加入神来实现永恒，这是我们唯一的选择……"

"所以，你是被设置为'管理员'的那个人？"

"没有管理员，'鲸母'的运行都是由算法决定的，我的记忆和你一样，并没有清楚多少。"

"所以你也不知道如何与公司取得联系？"

"我说过了，通信是单向的，只能公司联系我们。"

"那么我们来试试最极端的一种情况，"我缓慢而轻柔地晃着枪口，以螺旋式轨迹贴近他的头颅，"所有的矿工只死剩一个，猜猜这样的异常信号会不会引起他们的注意？"

光头佬在颤抖，求生意志压倒了忠诚感，无论是天生的还是后天被植入的。

"回收计划。"

"什么？"

"在我的记忆模块里藏着一个指令，允许我们在最高级警戒状态下向一颗中继卫星发射信号，信号会到达地球上某个秘密测控中心，然后再转接给公司，单程延时大约需要 13.4 秒。公司会将幸存者接回地球，但是……"

"但是什么？"

"……只有在面临死亡威胁的情况下，才能激活指令的记忆……"

我微微一笑，用冰凉的强化塑料枪口抵住他汗涔涔的头皮。

"那应该就是现在。"

光头佬像台蒸汽朋克时代的差分机，一字一顿地键入那组十六位数字指令，屏幕出现我从未见过的界面，提示是否发送回收计划信息。

选择"是"。

信息显示发送成功，我们冷冷对视着，陷入漫长的等待。

一阵飞蛾扑翅般的声响，有信息返回来，这时候时间过去了 5 分 47 秒。也许公司那边已经召开了高层级的紧急会议商讨对策。

对方要求通话，选择"是"。

"——呲呲，这里是地球这里是地球，收到请回话。"

光头佬将目光投向我，里面充满同样的迷惘，但他的身体比意识更快作出反应，一个箭步冲向通话器。比他身体反应更快的是我的枪。为了保证船舱密闭性安全，我们选择了慢速子弹，并不会穿透对象的身体，而是将所有动能通过弹头的碎裂完全释放到中弹者体内，这意味着加倍的痛苦，以及更高的致死率。

他已经没有时间忏悔。

"地球地球，我是 EM-L4-D28-58a，现在只剩下我一个人了，请求回收，请求回收。"

"请求收到。请再次输入指令，授予完全数据权限，帮助我们进行态势评估。"

我看了一眼在血泊中抽搐的光头佬，优雅地举起双手，一字一顿地重复键入那组 16 位数字指令。

死亡只是中介，数学才是永恒。

数据如真空中的雪花无声落下，那会花上好一阵子。我找了个角落蜷缩着半躺下，像是被榨干了这一辈子的所有力气。回忆与疼痛搅拌在一起，混乱不堪。我不在意他们将如何评判我、如何处置我，我所希望的只是离开这个活地狱，回家，哪怕已经没有人在门口等我。

如果他们拒绝，我会选择和整颗小行星同归于尽，只需将电磁质量投射器的加速方向调转，"鲸母"就会被开膛破肚，粉身碎骨，带着所有的债和罪一起化成齑粉。认知模块提醒我，在梵语、希伯来语和阿拉米语里，债和罪本来就是同一个词。

现在真的只剩下我一个人了。

另一股力量在拖拽着我，让我的眼皮下垂、四肢瘫软，阻止我的神经脉冲顺畅流动。它要把我带入梦境，就像曾发生过无数次的对抗，最终都是以我的失败告终。我竭力抵抗着它的入侵，试图听清来自数十万千米之外的福音。那声音虚无缥缈，捉摸不定。

"……EM-L4-D28-58a，所有数据评估已完成，我们会带你回家，我们会……"

黑暗再次吞没了我。

七

　　……负债累累是有罪的，不完整的。但完整只能意味着毁灭……

无债之人 ——

319

拖着"弹舌鸟"残缺身体的"牧羊犬"缓慢消失在深空中。

……祭祀是针对所有的神，而不仅仅是死亡，死亡只是中介……

被粉尘包围的碎裂船舱里，"小雀斑"的头盔与身体藕断丝连，如一朵随时会被吹散的蒲公英。

……一旦我们把自己的生命归功于创造我们的神，便会以牺牲的形式支付利息，最终用我们的生命偿还本金……

光头佬拍打我的肩膀。光头佬被我一枪轰开，在低重力环境下如没有重量的纸偶飞向墙壁，血雾从他胸口迅速扩散，像是绽放的玫瑰。年轻的光头佬在羊水中逐渐成形。

……将出生设想为所有人所承担的原始债务，一种由于人类出现的宇宙力量而产生的债务。然而，这一债务却永远无法在地球上得到解决，因为它的全额偿还是遥不可及的……

"小雀斑"朝我眨眨眼，做了个不雅的手势。出浴的"弹舌鸟"俯身擦拭小腿，她朝我眨眨眼，没有丝毫性的意味。

……如果祭祀仪式做得正确，神就会承诺一种完全摆脱人类状况并实现永恒的方法。因为面对永恒，所有的债务都变得毫无意义……

梦里被隔离的女孩，捧着画册安然入睡。被倒扣在桌上的相框，写着一行小字。密封罩里缓缓旋转的粉色胚胎，眼睑不时抽搐。

> ……它采取牺牲的形式，通过补充活人的信用，使延长生命成为可能，甚至在某些情况下，通过加入神来实现永恒……

密封罩中少女的脸。意欲自杀却被凝固在半空的绝望男子、矿工们的尸体、我自己的尸体、"小雀斑"的脸、"弹舌鸟"的脸、黑衣女子的脸、所有生者与死者的脸缓慢交叠融合成一张脸。

> ……人类的存在就是一种债务形式……

一些名字开始浮现，可我无法确定它们是否真实，就像是我的记忆，如此破碎而混乱。巨大陨石击穿船舱，在我身旁爆炸。炽热的燃料跳蚤潜入我的身体，从里面烧灼出散发焦味的孔洞。我在小行星表面绝望奔跑，背后是不断爆发的冰火山，岩层裂缝将我吞噬。像是跌入无限循环的隧道，一切都被拉扯成无限远无限稀薄的光。

我终于想起了那个名字，那个唯一的、不能被忘却的名字。

八

"安安！"

我从噩梦中惊醒，却发现自己并不在船舱里，也不在"鲸母"体内任何一个据我所知的角落。

这是一座巨大空旷的房间，乳白色的光均匀洒下，却看不到具体的发光装置，认知模块也无法被唤醒。

我试图移动自己，却发现身体沉得吓人，就好像整套肌肉系统只能使出三成力量，甚至每一次呼吸都艰难滞重。我突然意识到这意味着什么，两行喜悦的泪水不受控制地夺眶而出。

我终于回家了。

李医生是个亚非混血后裔女孩，一头蓬松卷曲黑发，像是团碳纤维清洁球。她为我配备了外骨骼和辅助呼吸装置，帮助我适应地球的重力环境。与普通地球人相比起来，我的四肢过分修长羸弱，肤色苍白得古怪，而头部比例又有点过大。如果有人给我身上刷上绿漆，想必扮演个 ET 外星人毫无违和感。

我的活动范围被限制在这一层楼里，李医生说外面有一场因我而起的风暴，我还是暂时待在这里比较安全。我猜她一定是用了隐喻和夸张的修辞法。

这一层楼的活动面积已经超过了"鲸母"上所有舱室与通道面积之和，当然没有算上小行星的内外表面积，毕竟不是每个人都有机会在上面奔跑。这里可以满足我所有的生活所需，我又尝到了梦寐以求的宫保鸡丁，按照正常的地球自转周期进行作息，以及接触到真实的人类，而不是分不清究竟是克隆分身还是记忆遭到篡改的太空矿工。

一切都如同古代的帝王生活般完美，除了一件事，我的记忆依旧没能完全恢复。李医生说，出于某种未知的原因，我的意识突破了原先的区块加密封存技术，等于打穿了记忆屏障，但是所有的信息都未经索引，像一团乱麻，需要时间让大脑重新建立起秩序。

秩序，不知为何这个词让我打了个冷战。

我有太多的问题需要被解答，这种迫切心情被李医生瞬间看穿。

她微笑着安抚我："风暴很快会过去，你会见到我们的领导者，也就是下令救你的人，到时你会得到一切的答案。"

没有电视，没有网络，没有任何能够带来外界信息的媒介，也没有时间。也许它们就在这里，被折叠在墙体里或蜷缩在某个细微的角落，只需要我念对咒语、打个手势，它们就能活过来，蹦跳到你面前。

可我不属于这里，我对如今的地球一无所知，所有太空挖矿的技能树在这里没有半分用武之地。

甚至回来之后，我的梦也被剥夺了。我只能记得那个名字和一些朦胧的片段，却无法与自己的真实感受或记忆连接起来，就像是一个盲人被包裹在塑料薄膜里，只能透过被层层阻隔的感官去触摸世界。这种感觉让人窒息。

我努力讨好李医生，央求她让我看一眼外面的世界，只一眼就好。她总是眼带怜悯地拒绝我。

"还没到时候，你现在最需要的是保护好自己。"

我不确定自己完全理解了她的意思。

终于我等到了机会，一名护工调起了墙上的控制面板，却突然被叫开了。我试探性地按了几下钮，屋里的光线色温平滑变换，像是在数秒内经历了许多时空，我又按了几下，面前的乳白墙体突然变得透明，泄露出背后真实的外部世界。

我惊慌地往后退了几步。外面是一片更加开阔的灰白色广场，被地面的黑色线条切分为不规则形状，远方影影绰绰耸立着巨大的几何形建筑，比例和角度都给人带来一种挑衅式的不稳定感，有一些介于生物与机械之间的活动雕塑点缀其间，似乎能够根据环境的变化产生微妙的交互。

这不是我所熟悉的那个地球。

广场上有一个人看到了我。他抬头看着我，额头上什么东西闪闪发亮，像是传递着某种特定频率的信息。

人越来越多。他们同样额头闪亮，站在广场上，抬头看着我。我注意到每个新的个体加入人群之后，闪烁频率便被调谐成一致。

我感到愈加不安。现在已经有上百个人，黑压压一片站在下面，盯着我。他们每个人的额头几乎变成了一个发光的像素，组合在一起便成了一块低分辨率的显示屏，现在上面开始滚动着一些意义不明的图案，令人眼晕目眩。

我将手掌贴在墙上，人群的图案突然凝固，瞬即转变为另一种模式，如同往里无限收缩的大海。

他们是在跟我交流吗？

我尝试了不同的动作和姿态，他们也随之反应，可我一点也不明白他们想要表达什么。

正当我想要采取更激烈的举动时，眼前突然恢复成一片乳白。我回头，李医生一脸愠怒地看着我，轻轻摇头。

我做出祈求的动作："我只是想看看外面。"

"已经定了，3 天之后，领导者会接见你，做好准备吧。"

我心里一阵忐忑，并没有之前所期待的欣喜。

"外面那些人……他们是谁？为什么要那么做？"

李医生瞪圆了眼睛，似乎在斟酌字句，每次她想找借口时就会出现这种滑稽的表情。但最后她还是放弃了，垂下长而粗的睫毛。

"他们是无债之人，你的崇拜者，你是他们的神。"

九

会面并没有发生在想象中宏伟富丽的殿堂里，相反我被安排在一家典雅朴素名为"格物"的老式书店，有螺旋式的书架式阶梯一直通往顶层咖啡厅。

外骨骼被禁止使用，我顺着台阶如虚弱老人缓慢攀登，感受每块肌肉在三倍重力环境下的运行状况。庆幸书架上的许多书名依然印刻在我的脑海里，即便没有认知模块也能够被随意调取。

领导者从咖啡桌旁起身，一袭黑衣，胸口别着金色胸针，面带微笑迎接我。

"东方觉先生，幸会，我是梅零一格。"

我惊讶于她的年轻，更被她眉目间某种似曾相识的特征所吸引。

"我们……见过吗？"我没能拽住自己的好奇心。

她斜着头，眉头微蹙，思考了一会儿，然后展开笑脸："啊，我知道了，您见的是我的祖母梅李爱夫人吧。"

"祖母……"我被这个称呼所暗含的时间跨度所惊吓。"……那是多少年前的事情了？"

"如果按债务合约签订日期算，那是七十二年前了。"

"72 年……"我深深地吸了一口气，似乎有点晕眩，她扶住我坐下。

"您恢复得不错，我是说，在那样的环境里待了那么长时间……"她语调完美地表达了同情。

"这究竟是怎么一回事，你们是谁？又是谁在背后操控这一切？"

"您一定有很多的问题，考虑到您的记忆还没有完全恢复，我会从我的曾祖父梅峰讲起。"

梅零一格抿了一口咖啡，用纸巾轻拭唇边，开始讲述她曾祖父的故事。

＊＊＊

梅峰先生创立的生命链集团一直致力于将生物技术与区块链技术进行结合，他认为那是通往人类永生之路的不二法门。

当然他发家靠的不是像徐福一样贩卖永生，而是向各国政府提供基因债技术。所谓基因债就是将债务数据区块化加密后嵌入 DNA 链条，能够实时追溯，无法篡改，也能遗传给后代，避免了经济溃败时期以自杀或修改生物信息躲避欠债的行为，同时也能最大限度及最小粒度地管控个体的经济行为。

在那个时候，高精度克隆与人造胚胎早已不是问题，关键就在于意识的转移，如果每次都需要从牙牙学语开始重新体验人生、积累经验，那只能算是代际交替，算不上真正个体生命的延续。所以，梅峰成功研发了记忆存储与植入技术，只需要一个黄豆大小的脑部植入物，便可以向云端同步存储每分每秒的感官刺激及思绪流动，反过来也可以插入现有的海马体皮层，实现记忆的无缝对接。

这项技术引起了极大的恐慌，因为它背后所隐含的种种可能性，也许会造成贫富与阶层的绝对固化，甚至导致人类文明回归到

325

无债之人

奴隶制社会形态。全球领导人们经过一番挣扎，抵挡住了永生的诱惑，达成所谓的"日内瓦共识"，将这项技术与大规模生化基因武器、原子弹一起打入黑名单，在地球上不得投入使用，研发也必须在最高等级监管下有限度地进行。他们也不希望把生命链公司一棍子打死，毕竟还需要用基因债技术维持经济体系的正常运行。

梅峰，我的曾祖父，他经常会回忆起不畏风浪、热衷赌博、将资本和文化通过海潮播撒到全球各地的先祖们。没有什么能够阻挡他冒险的步伐，如果有，那只能是胆量。

于是，作为利益交换，生命链集团在政府默许的"自我治理"范围内迈出一大步，表面上政府仍维持监管职能，实际上却给予财团更大的自由。

梅峰在小行星矿业领域投下重注，兴建空间站，改造小行星，资金与技术都不是难题，但所有太空矿产公司都会遇上同一桩棘手的事情——人。没有足够合资格的矿工，即便是高薪培训也完全满足不了需求。许多企业寄望于机器人，但最终这些需要大量水、冷凝器、继电器、电路和电池来维持运作的铁家伙们，只能在高度可控的环境里执行一些程式化的工作。

曾祖父当时喜欢说一个笑话，机遇号在火星上运行20年所完成的地质勘查工作，也就和一个普通大学研究生一个星期的工作量相当，还不一定有人干得漂亮。

这就是他下的一盘大棋。

生命链集团在全球范围内寻找符合资格的候选人，威逼利诱地与他们签订了债务合约。这些人不但出卖了自己的肉身和基因，还出卖了自己的灵魂。具身生物学证明了只有身体与意识的高度匹配，才能够最充分地发挥人的潜能。他们的基因数据会被传送到太空站中，经由机器重新拼装组合成遗传物质，分裂成受精卵，发育成胚胎。而他们的记忆，经过一系列程序化的激发与再现，像债务数据一样被区块化加密，植回克隆体的大脑皮层。

冷启动的道路铺满了尸体与鲜血，超出任何人的想象。

集团花了 10 年时间、数以百亿计的资金及尚未解密数量的牺牲者，终于实现了这一地外经济体系的稳定运转。回报也是超预期的，除了贵金属和稀土矿，某个站点还捕获了来自太阳系外小行星所携带的亚稳态氮化合物，能够兼顾高能量密度与可再生性，这引发了一场储能方式的革命。

也有一些预料之外的干扰，一些叛变、一些心智崩溃、一些集体屠戮行为。这是人类历史上开疆拓土中曾无数次上演过的戏码。集团发展出一套方式，将那些有可能导致负面冲击的记忆封存起来，并通过 AI 创作了一部指导意识形态的手册——《神圣债务论》，植入到每个矿工的认知模块中，日积月累、水滴石穿地施加精神影响，成为新的宗教。

这套系统设计运行得如此之完美，以至于多年后，地球上竟慢慢地遗忘了这些人的存在。这个秘密只有极少数人知晓。而当梅峰去世之后，我的祖母梅李爱接管了大权，她深知其中隐藏的巨大政治风险，更是将其作为集团的最高机密。这时候，生命链集团已经成为这颗行星上势力最为强大、触角无所不及的庞然巨物。几乎每个人都或多或少背负着来自集团的债务。

当一个生命体变得过分复杂巨大时，它同时也会变得极其脆弱，只需要一次不经意的跌倒，也许就会造成致命的伤害。

就好像你在太空里所做的一切，东方觉先生。

***

信息量太大了，我习惯性地调动认知模块，但随即意识到只能靠自己消化。这需要一些时间。

"所以，我们都是被骗签了卖身契的农奴，而且是永生永世不得翻身？"我尝试着寻找更为缓和的表述方式，可我找不到。

"技术上来说，所有你们可能遭遇到的事情都写在合约里，用法律的语言。"

"可我不明白，为什么要救我回来？不应该让我自生自灭更符合逻辑吗？"

梅零一格微微一笑："如果按照旧时代的利益最大化思维，确实如此，可现在不一样了。"

"哦？"

"实话实说，我们认为这是一个剥离原罪的最好时机。"她似乎犹疑了一下，试探性地看我反应，"作为生命链集团新的管理者，我对此前发生的事并不知情。要不是您发送了紧急信号，也许整个地球对这些骇人听闻的行径还一无所知……"

"我在听。"

"多亏了你们在太空的无私奉献，我们得以发展出激光阵列发射技术，大大降低了单位荷载进入近地轨道的成本。我们还在基多、蒙巴萨、利雅得和新加坡建造了4部太空电梯，即便是太空矿工也无须长时间待在矿区忍受煎熬。新的空间革命即将到来，我们将真正地开始向着太空殖民，向火星、小行星带、木卫二甚至更远的宇宙深处进发。我们需要你这样的英雄来激励人们……"

"英雄？"我嗤笑了一声，"我们能跳过广告直接进入主题吗？"

她突然露出了拘谨而古怪的笑，与我们的对话格格不入，这种感觉似曾相识。

"现在有一些人、一些势力，想借助你的遭遇，来打击集团。他们将你视为偶像，视为反抗整个债务系统的符号性人物……"

"无债之人。"我想起了站在广场上的古怪人群。

"你已经知道了？"梅零一格露出狐疑神色，"他们宣称基因债是守旧的、封闭的、不道德的，应该要以人类整体文明作为债务对象，推行'债务开放运动'。你如果看见他们的人，额头上闪烁的就是每个人给全人类增添的债务数字的变化。"

"听起来不无道理。"

"过去5000年来，这样的事情一直在循环发生。所有的革命都以取消债务、重新分配资源为目标。无论这些债务是记录在纸莎草纸上，还是刻在磁盘里。但是必须要以循序渐进的方式进行，否则就会像罗马帝国或者加洛林帝国崩溃之后那样，人们回归旧经济体系，文明倒退，一去不返。"

"你到底希望我做什么？领导者，我很奇怪为什么他们不叫你老板。"

她再次露出古怪的笑容，我突然捕捉到了什么，那枚锁链状的金色胸针，那是藏在记忆深处的秘密线索。

"站在我们这边，东方觉先生。作为英雄，引领我们去建立一套新的系统，不是以奴役人们负债累累，强迫人们只为了生存而竞争的系统，而是鼓励人们去创造与贡献，去懂得我们生来是为了感恩，对他人、社会、神灵、宇宙去付出的经济系统。我们可以帮助你一起设计这套系统，来对冲旧系统中基于利息的债务压力，将成本内化为一种自然愿望，而不是转嫁到他人与后代身上。你愿意吗？"

梅零一格伸出手，摆出令人难以拒绝的姿态。

我假装犹豫了片刻，突然笑出了声。

"如果不当领导者，你会是一个很好的演员。或者，这两者根本就是一回事。"

"你在说什么？"

"从始至终你都知道小行星矿场的存在，还有上面发生的脏事儿。只不过，有些真相不应该被发现，就像有一些枷锁最好别被打碎。我说得没错吧，梅李爱女士。"

她那精致柔美的表情瞬间凝固，像是变了个人般，眼神露出一丝寒意。

"东方觉，有时候我不得不佩服你。在你身上似乎什么奇迹都有可能发生。我们最顶尖的科学家都无法解释，为什么你的意识能够突破量子计算机都难以破解的记忆屏障。他们说，也许只能用爱的力量来解释了，你看多浪漫。"

"爱？"我迷惘地看着她，这个词已经离我过于遥远了。

无债之人 ——

329

"看来只有这部分记忆你还没有完全恢复，毕竟是被埋得最深，封得最死。我们不希望你和安安相认，于是在你的面孔识别上动了点手脚，让你每次见到她都以为是陌生人。"

"安安……"一些模糊的面孔开始在我脑海聚拢成型，重叠成一张脸。

"是的，安安，你的女儿。你为了自己活下去，将她的数据卖给我们，让她变成一个在无间地狱里轮回受难的罪人。"

梦境里的画面碎片般涌出，带着浓烈的情感将我吞没。我双眼紧闭，大口喘息，头痛欲裂，光头佬说得对，有些真相不应该被发现。

"我真的挺羡慕安安的，有你这样一个爸爸。"我痛苦地睁开眼，梅零一格，或者梅李爱的脸上竟透露出一丝失落，"你愿意为了她，不管死多少次，杀多少人，最后还是一场空。而我的父亲，呵，他永远只把我当成一枚精心算计好的棋子。"

我想起了太空中那枚小小的属于我的胚胎，还有隔壁那位永远陌生的少女。我们俩的密封罩就那么挨着，却方生方死，永不能相认。这一切都是拜眼前这位永生的领导者，以及她背后冷酷贪婪的债务帝国所赐。

"我最后再问您一次，东方觉先生。如果我们能让安安回来，您还会愿意代表生命链集团，成为英雄吗？"梅零一格起身，轻轻鞠躬，"还是，让世界知道背后的真相？您的数学这么好，算一算吧。"

盯着她那张不留岁月痕迹的面孔，我久久无法得出答案。

做梦真是人类一项奇怪的设计。

当在小行星上时，我总是梦到地球上的景象，可当我回来之后，却又时常在梦中重回那个低重力、颜色灰暗、危机四伏的活地狱。就像那里有什么东西让我割舍不下。

我梦见"红毛""小雀斑""弹舌鸟""跳跳糖"……她们一个接着一个向我告别，然后纵身一跳，从旋转的舱口消失，飘向"鲸母"的嘴巴，像是跃入一片装满星星的池塘。

她们没有穿戴任何防护服和头盔，就是那么赤裸地漂浮着，如同浸泡在羊水中，整个宇宙就是她们的子宫。

我也全身赤裸着，在"鲸母"黑灰色的内表面奔跑，追赶着她们如粉色羽毛的身体。无尽的星空、弧形的地平线、闪光的沙砾让人产生幻觉，仿佛自我慢慢消失，不需要氧气，不需要重力，也不需要保护。如同荒野中一匹迷失方向的狼，在濒临死亡之际，与整个宇宙连接起来，潜藏在身体里的力量被自动激发，感官被彻底打开。我于是知道自己还有一些未被系统驯化的东西，一些不能被算法加密或过滤的情感，一些比活着更重要的意义。

我猜她们也同意，没有债务的死去不是一种逃离，而是一种回归。

于是，我停下了脚步，看着她们远去、远去，直到融入群星。

我微笑着睁开眼，面前立着两块墓碑。

我扫了扫碑顶的灰土，抹去那两个名字上的蛛丝，让它们能够被看见。

我从纸箱里拿出一本泛黄的画册，放在左边的墓碑前。画册封面上画着一条灰色巨鲸，巨鲸的肚子里藏着一个长鼻子的木偶男孩，小木偶正咧着嘴笑，好像在说——

"你看我的鼻子变长了吗？"

我忍住眼泪，从纸箱里拿出一架斑驳的相框，里面的照片已经受潮发霉卷曲，看不清原样。我把它翻过来，背面朝外，放在右边的墓碑前。在相框的右下角有一行歪歪扭扭的小字，上面写的是："爸爸，不要怕。"

我点点头，就好像听到了那句话。爸爸不怕，我在心里默念着。

他们说我已经不是那个太空里的我，生命链集团并没有把我的肉身带回来，只是把意识传回地球，换上一个新改造过的身体，所以我无法适应地球重力与肌肉无关，那只是意识的惯性，所以 EM-L4-D28-58a 在小行星上犯下的罪也与我无关。

我努力不去想后来在"鲸母"上发生的事情，那会让我发疯。

现在，我是一个全新的人了。

我结束了祈祷，起身离开，手指从两座墓碑上沿轻轻拂过。我也许不会再回来。

那些无债之人在墓地外的绿色丘陵上排成圆环的形状，他们在等着我。

我挥挥手，他们的额头开始闪烁光芒，像时钟，像漩涡，像奏响一曲关于自由的颂歌。

为我，为安安，也为这世上的每一个人。

黑 屋 问 题

我是在一家韩式火锅店里抽中奖券的。

那是一次失败的相亲，对方是远方亲戚介绍的男生。人倒不差，同样在金融行业摸爬滚打，穿得讲究得体，话语中带有我熟悉的气息，习惯把世间诸事掰开揉碎了还原成可计算或算计的数字，再排个甲乙丙丁、ABCD。他的脸在白汽中忽隐忽现，热情传授着讨好领导和客户的心法。我夹起在滚烫红汤里微微颤动的白色年糕，嘴上嗯嗯啊啊应付着。一切都在预料之中，没有哪怕一丝一毫的惊喜。

"我就不明白了，你条件这么好，是太挑错过了交易窗口期？"他说。

嗓子眼里的年糕差点没把我噎住。没有怒气，无须解释，这样的话我听得太多了。那个专业术语倒显得有几分幽默，让我对他另眼相看。

"就……没兴趣吧"。

"得，我早看出你对我没兴趣了。这顿我请，就算是交个朋友。以后有优质客户也可以推给我，给你返点。"他抬手招呼服务员买单。

像他之前说的，成熟的人不会在已成定局的事情上多浪费一秒。我也懒得解释不是对他这个人没兴趣，而是对这整件事没兴趣。话说回来，我又能对什么感兴趣呢？

服务员托出一个花哨的纸盒，说这周正好店庆，消费满 300 元可获一次抽奖机会，头奖是三亚双人游。

金融男大气地做了个手势示意我抽。我把手伸进盒子里，一堆细碎的小纸条。我搅了搅，试图让它分布得更均匀。他露出眼白，大概是嫌我抽个奖都这么事儿。

有什么滑腻腻的东西擦过我的指腹，我悚然抽手，手心粘着一张黑色纸条。

服务员恭喜我，说这也是个大奖，要了电话邮箱，说过几天奖品赞助商会联系我。

我看到金融男脸上闪过一丝不易察觉的后悔，于是打定主意，收回原本想把奖品让给他的客套。

* * *

3 天后，我收到一封陌生邮件，标题写着"恭喜您获得一次免费黑屋体验"。我猜他们的电话一定是被智能助理拦截了。在接电话这件事情上，AI 干的比我出色得多。

邮件里是一张纯黑图片，用白字写着遮遮掩掩的蹩脚广告语，然后又是一个注册链接。我开始怀疑这是一封钓鱼邮件。

黑屋®为您带来意料之外的惊喜。

点开链接。地点在距离市区车程一个半小时的须弥山上，倒是不远。听起来像是某种高科技密室逃脱之类的时髦玩意儿。只是，我从来都不是一个高风险偏好者，这和我所干的行当——风控，也就是风险控制有关。不过天性和工作，孰因孰果还真说不好。我时常挖掘童年记忆，试图佐证自己并不是从一开始就如此乏味无趣，只不过人生历练了我，也榨干了最后几滴好奇心。

可我什么都想不起来。

网上搜不到任何相关信息或用户评价，看来这家的饥饿营销做得蛮到位。我关闭网页又打开，折腾几个来回。盒子里那怪异的手感让我无法轻易忘记。鼠标游移了几圈，终于点击"发送"，提交预约信息。不知为何，我松了口气。就像相亲中双方看清彼此面目之后，心照不宣地把戏演完。

我以为自己当天晚上会因为兴奋而失眠，可是没有。似乎风控机制已经内化到我的意识深处，不知不觉间，它消化了这个信息，并将所有的不确定性因素在脑中进行分析模拟。看来结论是安全的，我竟然有点失落。

＊＊＊

车子只能停到山脚下，剩下的路得自己爬。

说是山，其实也就是高一点的土丘。也许应了"芥子纳须弥"的佛偈，山虽小，却也玲珑青翠、曲径幽深。我沿着石阶爬出一额细汗，不得不停下来喘歇。心想这项目未免也太会挑地方，分明就不想开门做生意，回报率需要打个大大的问号。

终于找到了掩映在一片竹林后的小院，青瓦白墙，方门圆窗，倒是挺有格调。我按响门铃，过了一会儿，木门悄无声息地开了条缝。我推门抬腿，正要迈过门槛的瞬间，只觉得后背一凉，似乎有人在盯着我。扭头却只见在风中簌簌摇曳的竹林。

接待我的是一男一女两个年轻人，衣着素雅、相貌端正，说话也是绵声细语。

男孩自称小关，向我确认了之前提交的体检报告信息，又问了几个问题，大概是家族和遗传病史之类。

女孩叫小叶，带着我去换上轻便贴身的黑色健身服，再次叮嘱了注意事项。

"不会有危险吧？"我问。

小叶笑笑，"物理上比你坐电梯还安全。"

物理上？我思忖着这是什么修辞。"所以会进行多久？"

"这完全取决于您。每位客人的情况都不一样。我们预留了一整天，今天黑屋就是您的了。"

"所以黑屋里到底有什么？"我脑中的风险探测雷达开始工作了。

"嗯……您听过感官剥夺吗？"小叶想了想反问我。

"听过。某种噱头吧，据说能让人深度放松什么的，从来没试过。"

"对。类似，只不过黑屋更高级。我们能把您的感知系统像开关屋子里的灯一样，一间间地关掉。"

"我的想象力有限，无法把女孩的营销话术转化成画面。"

"但我的人就在这间屋子里吧？我看过一些恶搞视频，有些人上着厕所，马桶突然变成了过山车。"

小叶被我逗乐了，手一指，"您就在这里面躺着，哪也不去。还记得当您想结束的时候该怎么办吗？"

"重复自己名字 3 遍？"

"没错。"

"是在脑子里念叨，还是喊出来，还是怎样……"

"您到时候就知道了。"

***

回到山脚下已经日近黄昏。我竟然在黑屋里待了那么久，怀疑自己要么眼睛出了问题，要么对时间的判断出了问题。

我突然领悟，时间感也是感知的一种。

等车的时候，一个人猝不及防地出现，就像是从地里钻出来的。

他笑着说："我等你好久了。"

我诧异地打量他，看上去比我年轻几岁，头发不长不短，长相也没什么特点，穿着还算干净，黑帽衫牛仔裤，踩着一双帆布鞋。

"你不认识我。"他又笑了，"你是从黑屋里出来的吧。"

"我警惕地点点头，这不会是骗局的一部分吧。"

"所以……你看到了什么？"男人的眼睛突然放光，那张脸变得生动了起来。

"什么也没有。"我想了想，又补充，"我睡着了，也许做了几个梦，可完全不记得了。这就是家骗子吧，可图什么呢……"

男人眼中的光消失了，变成了不解。他移开视线，开始自言自语起来，说着些听不懂的话。

"这不可能！"他斩钉截铁地朝我吼起来，我吓了一跳，心想这人果然有病。

他像条围着篝火上的烤肉打转的野兽，既想靠近，又心存恐惧。突然，他露出了恍然大悟的笑脸。

"我明白了！"他说，"一定是这样的！"

就在这头神志不清的野兽想再次向我靠近时，车子终于到了。我逃难般钻进后座，撞上车门，一只手从车窗缝隙塞进来什么东西。

"你一定要联系我……"

没听清楚后半句，车子已经启动了，那个奇怪的人在后视镜中渐渐缩小不见。

司机善解人意地笑笑，并没有说什么。我捡起男人丢下的卡片，上面有他的名字和联系方式。

他叫张启迪，是递归俱乐部创始人。至少名片上是这么印的。

听上去就不像什么正经人。

***

事情过去一个星期了，我用心感受身上是否发生了任何变化，结论是——我不知道。

当我盯着地毯、墙纸或者卫生间瓷砖看稍微久一点，那些花纹就会发生微妙的扭曲和旋转，像是要从视线中心逃离开去。

噪声变得难以忍受。餐厅的叫号声、笑声、孩子的打闹声都变得尖利刺耳。中午我只能待在办公室里叫一人食外卖。

我变得容易走神，开会中话说到一半忘记后半截，或者某个词在舌头上打转，但就是吐不出来。同事们都投来忧虑的眼神，这样的事情在我身上从来没发生过。

领导叫我去他办公室，问我家里是不是有什么事。我摇摇头。

"休个假放松放松吧，让小吴替你撑几天。"领导发话了。小吴是部门里的另一个女孩，名校毕业，聪明肯拼，我知道在心里她一直把我视为竞争对手。

"领导，我没事的，我只是……"脑中某个开关咔嗒一下，我突然改变了想法，不再拒绝。

晚上，我约了久未碰面的闺蜜在 DMT 酒吧相聚。她一脸疑惑，"以前叫我出来都是百般不愿意，今天是有什么大喜事儿吗？"

"这不好久没见了，想你了不行啊。"

"哟，你今儿个是变性了吗？闺蜜依旧狗嘴吐不出象牙。"

我们有一搭没一搭地瞎聊着，夜渐渐深了。我注意到隔壁桌有个斯文男人一直盯着我看，当我回视时他又假装移开目光。没劲！

我上洗手间，出来时门口正好撞见那个男人。他好像有点喝多了，眼睛直直的，凑上来要强吻我。我推了一把没推开，照以往肯定一个巴掌就呼上去，可今晚竟然没有，被亲了一嘴浓重的烟酒味儿。

"够了没？"我冷冷问他。那男人一脸受挫，愣愣地看着我离开。

"哟，唇膏怎么花了？"闺蜜乐开了花。

"狗啃的。"

我心里清楚，这跟那个男人一点关系也没有，是我自己的问题。可这些跟那间黑屋有关系吗？

***

我好不容易从衣兜里翻出那张卡片，打通了张启迪的电话，他倒是一点都不意外。

"来我这儿坐坐吧。"他说，然后发过来一个地址。

这间茶室跟他的名片一样难找，藏在市中心的弄堂深处，倒是闹中取静。装修风格也是一如其人，普普通通，没什么出彩之处。墙上高悬着一幅手书，模仿的也许是某家大师草体，龙飞凤舞地写着"递归俱乐部"，颇有几分滑稽。

　　张启迪给我沏上当季的龙井，茶香氤氲，白色水汽中他的脸微微变形，像是油锅里未凝固的煎蛋。

　　"说说？"他说。

　　"我讨厌那副自以为是的腔调，可不得不装出客气。"

　　"张老师，我觉得自己好像……有点变化。"

　　"上次不还说人家是骗子吗？"张启迪含笑给我斟茶，"什么样的变化？"

　　"说不好……打个比方，就像是有块骨头错位了，怎么复原都差那么一点。"

　　"就是那么一点让你难受对吧？"

　　我点点头。

　　"上次你说你在黑屋里什么都没看到？"

　　"是真的没看到。"

　　我开始回忆当天的经过。进了黑屋之后，地上有一块泛着蓝绿色荧光的方形区域，那是让你躺下的地方，记忆材料根据体重身型把你裹住。荧光暗下，不见一丝光亮，似乎有轻微的静噪，还能闻到似有若无的橘花香，很快静噪消失了，一片死寂压迫耳膜，香气也消失了。我猜这就是小叶所说的逐步关掉感知系统的过程。我感觉自己飘浮在空中，连重力的方向都分辨不清，不知道过了多久，思绪也变得稀薄，无法组织起成型的想法，或者概念。我试图张嘴说话，却发现不能，运动控制也被关闭了吗。我开始理解渐冻症患者的绝望，以一种快进的方式。幸好我还知道我是谁。我还有记忆。

　　下一秒，我便失去了意识。

　　醒来的时候，我已经换好衣服，小叶和小关向我挥手道别，我昏昏沉沉地下了山，又遇见了你。我尽量中性地描述张启迪的出现。

他听得很认真，眉头紧锁。

"所以你对黑屋一无所知？"他问。

"我以为就是那种傻不拉叽的密室逃脱。"

张启迪露出一脸惊诧，就像是看到不知好歹的孩子把手伸进鲨鱼的血盆大口。

"黑屋最初是为了科研目的而建造的。"看得出来，他在努力把复杂概念翻译成我听得懂的话，尽管不是很成功。

"有一种理论叫预测性编码，说的是人类大脑并非完全依靠感官来认知外部世界，而是有一部分自上而下的'预测'模型，与自下而上的实际输入信号相比较，通过不断修正原有的模型，将误差值减少到最小。也有人用信息论中的自由能，或者更直接的说法——'意外'的概念来表示这个误差。实验证明，生物的神经构造倾向于追寻自由能最小化，大脑不喜欢意外。"他顿了顿，看我反应。

"我也不喜欢意外。"我笑了笑，表示目前为止还跟得上。

"这是非常简略的表述，我省去了大量变分贝叶斯算法和不同层级的复杂情况。当这种理论成为主流之后，科学家们意识到自己面临一个悖论：如果以上假设正确的话，那么生物最合理的做法，莫过于寻找到一个完全黑暗的屋子或者洞穴，在里面待着，以将意外减少到最低限度。可是这与我们所知的一切不符，不仅是人类，所有生物都表现出对玩耍与探索的热情，这明显会带来更多的意外。这就是所谓的黑屋问题。"

"要我说，这个问题可以有很多种简单的解释，科学家们想多了。"

"说说看？"张启迪面露鼓励。

"也许工作影响了我看问题的角度。首先人要求生存，生物都是，如果不确定洞穴或黑屋能够确保持续的生存，那会是最大的风险。其次，或许对于大脑来说，黑屋本身就是最大的意外，因为它与我们日常生活环境如此不同。"

"你说的都有道理，可科学讲究实证，所以他们发明了黑屋。"

"你的意思是……让感官信号无限接近零，与预测模型完全一致，也就没有了意外？"

"没错。"

我喝了口茶，回想起在山脚下第一次见到他的情形，分明有哪里不对。

"如果是那样的话，我什么都没看见不是再正常不过吗？可当时你……"

"你很敏锐。"张启迪烧着水说，"因为在黑屋里，人们发现了别的东西。"

"什么东西？"

他停下了手里的活，抬头看着我，那眼神有点瘆人。

"幻觉。至少科学家们这么认为。"

接下来的话把他的形象又拉回更接近我最初判断的那一端，疯癫的、不可预测的、民科的那一端。

张启迪说："受试者报告他们开始看到一些奇怪的图像。科学家以为是由于无法由表层意识控制的内感知和本体感知信号所导致，最好的办法就是关闭默认模式网络，主要由内侧前额叶皮质、后扣带皮层、楔前叶和角回的协同通信组成，是自我的神经基础，也是理解他人与社会，回忆过去与想象未来的神经基础，简单来说，一切叙事都需要通过这个网络才能被理解。"

"这等同于短暂抹去了这个人全部的自我意识。"

"更奇怪的事情发生了。当受试者恢复意识之后，开始回忆起一些事情。在那段本不应该有任何意识活动的时间里，有的人经历了一段与现实完全不同的人生，有的人化身其他物种，生活在陌生的世界里，有的人得到了至今无法得到验证的神秘知识，还有的人融入了宇宙，体验了由大爆炸到热寂再到大爆炸的无限循环。"

"这些信息从何而来？又是经由大脑哪个区域发挥作用？在自我消失之时，是谁在记住这一切？"

"科学家们提出了许多假设，解释了一些现象，又牵扯出更大的问题。这些问题触及世界与人类的本质。"

"之后，实验便被官方叫停了。"

"等等。"我还记得当时自己毫不客气地打断了张启迪，"如果实验已经被叫停了，那我做的那是什么？"

张启迪深吸了一口气，面露犹疑。

"今天有点晚了，你的茶也凉了，下次再聊吧。"

***

有一股说不清楚的力量，把我从原先一成不变的生活撕裂开了。

我辞掉了工作，在众人惊愕的眼神中抱着纸箱离开办公室。那些业绩数字、圈中八卦、人事斗争、家长里短……像是越来越锐利的噪声包围着我，挤得我喘不过气。我没法堵上耳朵，只有逃掉。

我如果告诉爸妈，他们肯定会买两张机票飞过来，看我究竟怎么了。他们眼中那个循规蹈矩到近乎完美的乖乖女，是余下人生的唯一寄托。我不想让他们的想象破灭，至少现在还不行。

一张世界地图在屏幕上铺开，许多彩色的虚拟图钉，标注出我想去却从没去成的地方。敦煌、拉萨、尼泊尔、印度、埃及、土耳其、冰岛、秘鲁、古巴、特立尼达和多巴哥……我让地图缓慢转动，闭上眼，用手指随意一戳。

冰岛。

一种复杂的情绪涌上来，兴奋、激动，同时不安。我真的要这么做吗？像是一座矗立了数万年的冰山缓缓破裂瓦解，可底下藏着的是什么？是另一个自己吗？那个自己是真实的吗？还是像张启迪所说的，只是一种幻觉。

我把注意力重新集中到查旅游攻略上，把疑虑抛开。

我去了很多地方，见识了许多完全不同的生活。我曾在兰屿岛的落日中追逐金凤蝶；在柏林的地下俱乐部看青年人彻夜疯狂；在斯里兰卡康提听僧人诵经晨祷；在北冰洋寒冷海面上等待极光。我和其中的一些人产生了亲密而强烈的联结，有男，有女，还有说不清楚的流动性别，我尝试了未曾尝试过的事物和体验，以往它们都被我扫进一个标着"高风险"的圈圈里。如今回头再看，那个圈圈就像是孙悟空头上的金箍，只是在束缚你的人生可能性。

我抛弃了计划和攻略，每一次有意义的邂逅都将我指向下一个目的地。我相信那并不是完全随机的意外，而是存在着某种草蛇灰线般的线索。我花光了积蓄，又赚到了更多的钱，以不可思议的方式。就像爬一座野山，一旦你抛弃了原有的成见，不再执着于保持鞋子干爽、衣服整洁，面前的有限路径将会变得无穷无尽。你成了山的一部分，你就是山。

后来，巴布亚新几内亚的原住民巫师用火烤着犰狳鳞甲为我占卜时，指着我心脏的位置说："家，家。"

我知道是时候回去了。

回去之后的第一件事，我选择了预约黑屋体验。我迫切想知道，在那里究竟发生了什么，还能再发生些什么。

没有回复。

我不甘心，直接跑到了须弥山上。那座院子现在变成了禅修班，一群慈眉善目的老人看着我，像是看见了从前的自己。

无奈之下，我想起了张启迪。

＊＊＊

"你看起来完全不一样了。"见面第一句话，张启迪说。

"我把头发剪短了，晒黑了许多，因为没有时间做护理，手也是粗糙的。当然我知道他指的不是这些。"

"你可没变。"我笑笑，"还好这间小茶室也没有变。我去了须弥山，黑屋不见了。"

"噢。"他似乎一点也不意外。

"所以，这回你该告诉我真相了吧。"

张启迪不慌不乱地泡着茶，半晌，才慢悠悠地回答。

"想听听我的理论吗？"

我坐直了身体。

"那些人在黑屋里体验到的，才是世界的本质。当科学家们以为切断了所有感官信号和自我意识时，像一个终止指令，让系统返回到上一级菜单，我把它称为'元意识'。当然，这只是一种方便的说法，每一层都是下一层的元意识，因此层级可以是无限的。"

"所以那些都是上一层元意识的记忆？"我努力跟上他的思路。

"可以这么理解。"

"可自我不是已经消失了吗？"

"我们对于自我的理解过于狭隘了，就好像你站在两面平行的镜子中间，经过无限次的反射，你得到了无数多个自己的影像，那些都是你，复数的你。"

"我以为那些只是镜像，就像幻觉。"

"是也不是。你，你的镜像，或者镜子本身，只有在这组关系中才被赋予了意义。唯一真实的，是你从镜子里辨认出自我的这种努力。"

"我完全糊涂了。"

"没关系。"

"可我什么都没看见……这意味着什么？"

张启迪端起茶杯，闻了闻。

"你应该听过从前有座山，山上有个庙，庙里有个老和尚的故事吧？"

"小时候听过。"

"这就是一个最简单的递归语句。想象一下，如果你在元意识里也去了黑屋，会发生什么？"

"再返回上一级菜单，再返回上上一级菜单……没完没了？"

他笑着说，你懂了。

所以……

"所以在计算机语言里，这样的无限递归会导致堆栈溢出，系统宕机。用你熟悉的话来说，为了控制风险，必须在有限次数里中止递归。"

"也就是说……"我开始理解张启迪话中所暗示的那件事，视野中的一切开始朝边缘滑开，我屏住呼吸，"我还在元意识里？所有这一切？这个世界？"

他点点头："你不是第一次进入黑屋，我们也不是第一次见面。也许是某种好奇心让你不断地返回黑屋，想要回到源头。你以为那是一个更完整、更圆满、更丰富的自我。"

我静静听着，思绪一片混乱。

"可你错了。芥子和须弥互相包藏，每一个你都映射出全部的你，与其试图在一间黑屋里去寻找另一间黑屋，不如接受事实，你从来就没有走出过这间屋子。"

所有的记忆如同被打碎的拼图，开始胡乱地镶嵌成一幅图画，我不知道哪些是真实发生过的，哪些只是幻觉，哪些属于过去，哪些属于未来……又或者像张启迪说的，它们都是一样的，没有区别，只是映射。

"可你又是谁？"我终于问出了那个问题。

* * *

护士把轮椅推回房间，又扶我躺回床上。

"阿姨今天想看点什么呀？"护士手里拿着遥控器问我。

"不用了。"我摇摇头，"我自己待会儿就好。"

这是我第三次被抢救过来，医院里的人都在流传关于我的故事，说我求生意志强大。他们对此毫无头绪。

张启迪说得对，我已经拥有了全部的自我和可能性，关键在于如何对待人生。我尝试了所有想尝试的事情，爱了所有值得或不值得的人。我终于明白了应该如何去玩这个游戏，这个关于人生的无限游戏。秘诀就在于——接受所有的意外。

这世界却没有几个人明白。

我从床头柜抽屉抽出厚厚的红皮笔记本，郑重地写下最后一行字。爬满褶皱的手抚摸着伤痕累累的皮革封面，上面写着标题：《黑屋问题》。

现在，是时候了。

我微笑着，默念自己的名字，3遍。

窗外的日光迅速黯淡，像是被巨大乌云遮住，所有的声音都消失了。房间变得越来越空旷，笔记本变得无比遥远。时钟的秒针静止了。

我知道，很快又能和老朋友见面了。